EM ÁGUAS SOMBRIAS

PAULA HAWKINS

EM ÁGUAS SOMBRIAS

Tradução de
Claudia Costa Guimarães

1ª edição

EDITORA RECORD
RIO DE JANEIRO • SÃO PAULO
2017

CIP-BRASIL. CATALOGAÇÃO NA PUBLICAÇÃO
SINDICATO NACIONAL DOS EDITORES DE LIVROS, RJ

H325e Hawkins, Paula, 1972-
Em águas sombrias / Paula Hawkins; tradução de Claudia Costa Guimarães. – 1ª ed. – Rio de Janeiro: Record, 2017.
364 p.; 23 cm.

Tradução de: Into the Water
ISBN: 978-85-01-10994-1

1. Romance inglês. I. Guimarães, Claudia Costa. II. Título.

17-40604

CDD: 823
CDU: 821.111-3

Título em inglês:
Into the Water

Copyright © Paula Hawkins, 2017

Trecho de "The Numbers Game", *Dear Boy* © Emily Berry, reimpresso mediante permissão da Faber & Faber.

Letra de "Down by the Water", de PJ Harvey, reproduzida mediante autorização da Hot Head Music Ltd.

Trecho de *A mente assombrada* © 2012, Oliver Sacks, tradução de Laura Teixeira Motta, autorizado pelo Grupo Companhia das Letras.

Texto revisado segundo o novo Acordo Ortográfico da Língua Portuguesa.

Todos os direitos reservados. Proibida a reprodução, no todo ou em parte, através de quaisquer meios. Os direitos morais da autora foram assegurados.

Direitos exclusivos de publicação em língua portuguesa somente para o Brasil adquiridos pela
EDITORA RECORD LTDA.
Rua Argentina, 171 – Rio de Janeiro, RJ – 20921-380 – Tel.: (21) 2585-2000, que se reserva a propriedade literária desta tradução.

Impresso no Brasil

ISBN 978-85-01-10994-1

Seja um leitor preferencial Record.
Cadastre-se no site www.record.com.br e receba informações sobre nossos lançamentos e nossas promoções.

Atendimento e venda direta ao leitor:
mdireto@record.com.br ou (21) 2585-2002.

Para todas as encrenqueiras

Era eu muito nova quando fui violentada.

Algumas coisas, **você** deveria esquecer
Outras, não
Opiniões divergem sobre quais.

— *The Numbers Game*, Emily Berry

Hoje sabemos que as memórias não são fixas ou congeladas,
como proustianos vidros de conserva na despensa; elas são
transformadas, desmontadas, remontadas e recategorizadas
a cada ato de recordação.

— *A mente assombrada*, Oliver Sacks

O Poço dos Afogamentos

Libby

— *Mais uma vez! Mais uma vez!*

Os homens a amarram de novo. Agora de um jeito diferente: polegar esquerdo com dedão do pé direito, polegar direito com dedão do pé esquerdo. A corda ao redor da cintura. Dessa vez, eles a carregam para dentro d'água.

— *Por favor* — *ela começa a implorar, pois não tem certeza se vai conseguir enfrentar aquilo, a escuridão e o frio. Ela quer voltar para um lar que já não existe, para uma época em que ela e a tia se sentavam diante da lareira e contavam histórias uma para a outra. Quer estar na própria cama na casinha delas, quer ser pequena outra vez, sentir o cheiro da fumaça da lenha, das rosas, da calidez da pele da tia.* — *Por favor.*

Ela afunda. Quando a arrastam para fora pela segunda vez, seus lábios estão do roxo de um hematoma e ela já não respira mais.

Parte Um

2015

Jules

TINHA ALGUMA COISA que você queria me contar, não tinha? O que era mesmo que você estava tentando dizer? Tenho a impressão de que fui saindo aos poucos dessa conversa muito tempo atrás. Parei de prestar atenção, estava pensando em outras coisas, seguindo em frente com a vida, não estava ouvindo e perdi o fio da meada. Bem, agora você tem a minha atenção. Só não consigo deixar de achar que perdi alguns detalhes importantes.

Quando vieram me contar, senti raiva. Num primeiro momento, fiquei aliviada, porque quando dois policiais aparecem na sua porta na hora que você está procurando o bilhete do trem, pronta para ir trabalhar, você teme o pior. Eu temi pelas pessoas com quem me importo: meus amigos, meu ex, meus colegas de trabalho. Mas não tinha nada a ver com eles, me disseram, tinha a ver com você. Sendo assim, fiquei aliviada, por um instante, mas aí eles me contaram o que tinha acontecido, o que você tinha feito, me falaram que você foi avistada na água, e então fiquei furiosa. E com medo.

Fiquei pensando no que eu diria para você quando chegasse lá, que sabia que você tinha feito isso para me magoar, para me chatear, para me assustar, para tumultuar minha vida. Para chamar minha atenção, me arrastar de volta para onde você me queria. Muito bem, Nel, você conseguiu: aqui estou no lugar para onde eu nunca quis voltar, para cuidar da sua filha, para dar um jeito na confusão que você armou.

Segunda-feira, 10 de agosto

Josh

Alguma coisa me acordou. Saí da cama para ir ao banheiro e vi que a porta do quarto da mamãe e do papai estava aberta, e, quando olhei lá dentro, deu para ver que mamãe não estava na cama. Papai roncava, como sempre. O rádio-relógio dizia que eram 4:08. Imaginei que ela devia estar lá embaixo. Mamãe tem dificuldade para dormir. Os dois têm, agora, mas papai toma uns remédios tão fortes que daria para a gente chegar do lado da cama e berrar no ouvido dele, que ele não acordaria.

Desci a escada sem fazer barulho porque o que geralmente acontece é que a mamãe liga a TV e fica vendo aqueles anúncios superchatos de aparelhos que ajudam a pessoa a emagrecer ou a limpar o chão ou a picar legumes de um monte de jeitos diferentes e aí ela pega no sono. Mas a TV não estava ligada e mamãe não estava no sofá, então deduzi que ela devia ter saído.

Mamãe já fez isso algumas vezes — que eu saiba, pelo menos. Eu não dou conta de saber onde todo mundo está o tempo todo. Da primeira vez, ela me disse que só tinha ido dar uma volta para clarear as ideias, mas aí teve outro dia que eu acordei e ela não estava em casa, e, quando olhei pela janela, não vi o carro dela estacionado na calçada onde costuma ficar.

Acho que ela deve ir passear na beira do rio ou visitar o túmulo da Katie. Eu faço isso às vezes, mas não no meio da noite. Eu ia ficar com medo de ir no escuro, sem contar que isso ia me fazer sentir esquisito à beça porque foi o que a Katie fez: ela acordou no meio da noite, foi até o rio e nunca mais voltou. Mas entendo por que a mamãe faz isso: é o mais perto que consegue chegar da Katie agora, além de ficar sentada no quarto dela, talvez — outra coisa que sei que mamãe faz de vez em quando. O quarto da Katie fica do lado do meu e dá para ouvir a mamãe chorando.

Eu me sentei no sofá para esperar por ela, mas devo ter pegado no sono, porque, quando ouvi a porta abrir, já havia amanhecido e, quando olhei para o relógio que fica em cima da lareira, eram 7:15. Ouvi mamãe fechar a porta depois de entrar e subir a escada depressa.

Subi atrás dela. Fiquei do lado de fora do quarto e espiei pela fresta da porta. Mamãe estava de joelhos encostada na cama, do lado do papai, com a cara vermelha de quem esteve correndo. Ofegante, ela dizia:

— Alec, acorde. Acorde — e sacudia meu pai. — Nel Abbott está morta — disse ela. — Foi encontrada na água. Ela se jogou.

Não me lembro de ter falado nada, mas devo ter feito algum barulho porque ela ergueu o olhar para mim e se levantou do chão toda desajeitada.

— Ah, Josh — disse ela, vindo na minha direção —, ah, Josh. — Mamãe tinha lágrimas escorrendo pelo rosto e me abraçou com força. Quando me desvencilhei do abraço, ela ainda chorava, mas sorria, também. — Ah, meu anjo — falou.

Papai se sentou na cama. Estava esfregando os olhos. Ele demora séculos para acordar direito.

— Não estou entendendo. Quando... durante a noite? Como você sabe?

— Eu saí para comprar leite — respondeu ela. — Todo mundo só falava nisso... no mercado. Encontraram Nel hoje cedo. — Ela se sentou na cama e começou a chorar de novo. Papai deu um abraço nela, mas ficou me olhando, e estava com uma cara estranha.

— Aonde você foi? — perguntei a ela. — Onde você estava?

— Fui ao mercado, Josh. Acabei de dizer.

Você está mentindo, eu quis falar. *Faz horas que você saiu, não foi só comprar leite.* Foi o que pensei em dizer, mas não consegui porque meus pais estavam sentados na cama olhando um para o outro e pareciam felizes.

Terça-feira, 11 de agosto

Jules

Eu me lembro. No banco de trás da Kombi, travesseiros empilhados no meio para demarcar a fronteira entre o seu território e o meu, a caminho de Beckford para passar o verão, você irrequieta e toda animada — mal podia esperar para chegar lá — e eu verde com o enjoo da viagem, tentando não vomitar.

E não só me lembrei, eu senti. Senti o mesmo enjoo esta tarde, curvada sobre o volante como uma idosa, dirigindo em alta velocidade e mal, jogando o carro no meio da estrada nas curvas, dando pisadas bruscas no freio e guinadas ao ver um carro se aproximando na pista oposta. Senti aquela coisa, aquela sensação que tenho quando vejo uma van branca vindo a toda na minha direção numa daquelas estradinhas estreitas e penso: *vou virar o volante, vou sim, vou jogar o carro bem na frente dela*, não por querer, mas por precisar. Como se no último instante eu fosse perder toda a vontade própria. Igual àquela sensação que a gente tem quando está de pé na beira de um penhasco ou de uma plataforma de trem e se sente sendo empurrado por uma mão invisível. E se? E se eu desse um passo à frente? E se eu virasse o volante?

(Você e eu não somos tão diferentes assim, afinal.)

O que me impressionou foi a clareza dessa lembrança. Vívida demais. Por que consigo recordar com tanta nitidez as coisas que aconteceram comigo quando eu tinha 8 anos, mas é impossível lembrar se falei ou não com meus

JULES

colegas de trabalho sobre reagendar uma avaliação com um cliente para a próxima semana? As coisas que quero lembrar, não consigo, e as coisas que faço de tudo para esquecer não param de voltar à minha memória. Quanto mais eu me aproximava de Beckford, mais inquestionável se tornava, o passado se lançando sobre mim como pardais saindo em revoada de cercas vivas, assustador e inevitável.

Toda aquela exuberância, aquele verde incrível, o amarelo vivo e ácido dos tojos nas colinas, entrou calcinante na minha mente e trouxe consigo um curta-metragem de lembranças: papai me carregando para dentro da água quando eu tinha quatro ou cinco anos, eu dando gritinhos e agitando o corpo de alegria; você pulando das pedras para dentro do rio, subindo mais e mais alto a cada vez. Piqueniques na margem arenosa em frente ao poço do rio, o gosto de filtro solar na minha língua; pescando peixes marrons gordos nas águas vagarosas e turvas rio abaixo depois do moinho. Você voltando para casa com sangue escorrendo pela perna depois de ter calculado mal um daqueles mergulhos, mordendo um pano de prato para não chorar, enquanto papai lavava o corte. Não na minha frente. Mamãe, de vestido azul-claro, descalça na cozinha fazendo mingau para o café da manhã, as solas dos pés de um marrom escuro e ásperas. Papai sentado à margem do rio, desenhando. Anos mais tarde, quando éramos maiores, você de short jeans com a parte de cima do biquíni sob a camisa de malha, saindo de casa sem ninguém ver, tarde da noite, para se encontrar com um garoto. Não um garoto qualquer, *o* garoto. Mamãe, mais magra e mais frágil, cochilando na poltrona da sala de estar; papai sumindo em longas caminhadas com a mulher gorducha, branquela e de chapéu de sol do vigário. Eu me lembro de um jogo de futebol. O sol quente refletindo na água, todos os olhos em mim; eu tentando conter as lágrimas, o sangue na minha coxa, as gargalhadas ecoando em meus ouvidos. Ainda consigo ouvi-las. E, ao fundo, o ruído da água corrente.

Eu estava tão imersa naquelas águas que nem me dei conta de que tinha chegado. Lá estava eu, no coração da cidade; veio até mim de supetão, como se eu tivesse fechado os olhos e sido transportada até o lugar, e, antes que me desse conta, dirigia lentamente por ruas estreitas ladeadas de veículos 4x4, um borrão de quartzo rosa na minha visão periférica, seguindo em direção à igreja, à velha ponte, com todo cuidado. Mantive os olhos no asfalto à minha frente e tentei não olhar para as árvores, para o rio. Tentei não ver, mas não consegui evitar.

Parei no acostamento e desliguei o motor. Ergui o olhar. Lá estavam as árvores e os degraus de pedra, verdes de musgo e perigosos depois da chuva. Meu corpo inteiro se arrepiou. Eu me lembrei da cena: a chuva gelada açoitando o asfalto, as luzes azuis do giroflex rivalizando com os relâmpagos na iluminação do rio e do céu, o ar condensado da respiração na frente de rostos em pânico, e um garotinho, branco como um fantasma e tremendo dos pés à cabeça, conduzido escada acima até a estrada por uma policial. Ela segurava firme a mão dele, os olhos arregalados e vidrados, virando a cabeça de um lado para o outro enquanto gritava por alguém. Ainda consigo sentir o que senti naquela noite, o horror e o fascínio. Ainda consigo ouvir suas palavras na minha cabeça: *Como deve ser? Dá para imaginar? Ver a própria mãe morrer?*

Desviei o olhar. Liguei o carro e voltei para a estrada, atravessando a ponte onde a pista fica sinuosa. Prestei atenção para ver onde deveria virar: a primeira à esquerda? Não, essa não, a segunda. Lá estava ela, aquele caixotão de pedra velho e marrom, a Casa do Moinho. Um arrepio percorreu minha pele, frio e úmido. Com o coração batendo perigosamente rápido demais, guiei o carro pelo portão aberto e para a entrada de veículos da casa.

Havia um homem postado lá, olhando para o celular. Um policial fardado. Caminhou empertigado em direção ao carro e eu abri o vidro.

— Eu sou a Jules — falei. — Jules Abbott? A... irmã dela.

— Ah. — Ele pareceu ficar constrangido. — Sim. Certo. Claro. Bem — ele olhou para a casa —, não tem ninguém aqui agora. A menina... sua sobrinha... ela saiu. Não sei exatamente aonde... — Ele tirou o rádio do cinto.

Abri a porta e saltei do carro.

— Tudo bem se eu entrar na casa? — perguntei.

Eu estava olhando para cima, para a janela aberta, seu antigo quarto. Ainda conseguia ver você ali, sentada no parapeito, os pés para fora. De dar vertigem.

JULES

O policial parecia não saber o que fazer. Ele se virou para o outro lado e disse alguma coisa baixinho no rádio antes de se voltar de novo para mim.

— Sim, tudo bem. Pode entrar.

Subi os degraus sem ver para onde eu ia, mas ouvia a água e sentia o cheiro da terra, da terra à sombra da casa, sob as árvores, em locais intocados pelo sol, o odor acre das folhas em decomposição, e o cheiro me transportou de volta ao passado.

Abri a porta da frente, meio esperando ouvir a voz da minha mãe gritando da cozinha. Instintivamente, soube que teria que dar um tranco na porta com o quadril, bem no ponto onde ela agarra no chão. Entrei no saguão e fechei a porta, com dificuldade para enxergar na penumbra; senti um calafrio com a repentina queda de temperatura.

Na cozinha, havia uma mesa de carvalho acomodada sob a janela. A mesma de antes? Era parecida, mas não podia ser, o lugar tinha mudado de dono muitas vezes desde aquela época. Eu poderia tirar a dúvida se engatinhasse e procurasse as marcas que você e eu deixamos debaixo da mesa, mas, só de pensar nisso, minha pulsação se acelerou.

Eu me lembro de como o sol da manhã batia na mesa, e de que quando a gente sentava do lado esquerdo, de frente para o fogão Aga, tinha uma vista da velha ponte, perfeitamente emoldurada. Tão linda, era o que todos diziam sobre a paisagem, só que não a viam de verdade. Nunca abriam a janela e se debruçavam para fora, nunca olhavam para a roda lá embaixo, apodrecendo, nunca viam nada além da luz do sol brincando na superfície da água, nunca enxergavam o que a água era de fato, algo preto-esverdeado e cheio de coisas vivas e mortas.

Saí da cozinha, entrei no corredor, passei pela escada, penetrando cada vez mais fundo na casa. Eu me deparei com ele tão de repente que levei um susto, junto à enorme janela debruçada sobre o rio — *dentro* do rio, quase, dando a impressão de que, se você a abrisse, a água invadiria a casa por cima do banco largo de madeira que acompanhava toda a extensão do batente.

Eu me lembro. Todos aqueles verões, mamãe e eu sentadas naquele banco sob a janela, escoradas em almofadas, os pés para cima, os dedões quase se

EM ÁGUAS SOMBRIAS

tocando, livros sobre os joelhos. Um prato com petiscos em algum lugar, embora ela nunca os tocasse.

Foi difícil olhar para ele; ver o banco de novo dessa maneira fez meu coração doer, me encheu de desespero.

O revestimento de gesso foi arrancado, deixando os tijolos aparentes, e a decoração era a sua cara: tapetes orientais no chão, móveis pesados de ébano, sofás e poltronas de couro grandes, e velas em excesso. E, por todos os lados, indícios da sua obsessão: imensas reproduções emolduradas de grandes obras. *Ofélia*, de Millais, linda e serena, os olhos e a boca abertos, flores presas na mão. *Hécate*, de Blake, *O sabá das bruxas*, de Goya, e seu *Cão semissubmerso*. Este é o que eu mais odeio, o pobre animal lutando para manter a cabeça acima da maré alta.

Ouvi um telefone tocar e o som parecia vir de baixo da casa. Cruzei a sala de estar e desci alguns degraus seguindo o ruído — se não me engano, antigamente havia um depósito aqui, cheio de tralhas. Um ano ele alagou e tudo ficou coberto com uma camada de lodo, como se a casa estivesse se tornando parte do leito do rio.

Entrei no que havia virado seu estúdio. Estava cheio de equipamentos fotográficos, telas, lâmpadas e caixas de luz, uma impressora, papéis, livros e pastas empilhados no chão, arquivos-armários encostados na parede. E fotos, claro. Suas fotos cobrindo cada centímetro do revestimento. Ao olhar desavisado, poderia parecer que você era fã de pontes: a Golden Gate, a ponte do rio Nanjing Yangtze, o viaduto Prince Edward. Mas, olhe de novo. Não tem nada a ver com as pontes em si, não se trata de uma paixão por essas obras-primas da engenharia. Olhe de novo e verá que não são só pontes, há o penhasco de Beachy Head, a floresta de Aokigahara, a falésia de Preikestolen. Lugares aonde vai quem já perdeu as esperanças, para dar um fim em tudo, catedrais do desespero.

Na parede oposta à entrada, imagens do Poço dos Afogamentos. Várias delas, de cada ângulo concebível, de todas as perspectivas possíveis: descorado e glacial no inverno, o penhasco negro e desolado, ou cintilante no verão,

JULES

um oásis, luxuriante e verde, ou cinza-fosco e pedregoso, coroado por nuvens de tempestade, muitas e muitas delas. As imagens se fundiam em uma só; um ataque vertiginoso aos olhos. Tive a sensação de estar *lá*, naquele lugar, de cima do penhasco olhando para baixo, para dentro da água, sentindo aquela emoção pavorosa, a tentação da entrega total e absoluta.

Nickie

ALGUMAS DELAS ACABAVAM na água por vontade própria, outras, não, e se você perguntasse a Nickie — não que alguém fosse fazer isso, porque ninguém nunca o fez —, Nel Abbott não foi sem lutar. Mas ninguém ia lhe perguntar nem lhe dar ouvidos, então não adiantava nada dizer coisa alguma. Principalmente para a polícia. Mesmo que ela não tivesse tido problemas com a lei no passado, não podia falar disso para eles. Arriscado demais.

Nickie tinha um apartamento em cima do mercadinho, um cômodo só, na verdade, com uma quitinete e um banheiro tão minúsculo que quase não era digno do nome. Nada do que se gabar, não muito o que mostrar por uma vida inteira, mas havia uma poltrona confortável perto da janela com vista para a cidade, e era ali que ela se sentava, onde comia e até dormia, às vezes, porque raramente conseguia pegar no sono, nos últimos tempos, então ir para a cama não fazia muito sentido.

Ela ficava sentada e observava todas as idas e vindas, e, quando não via, *sentia*. Mesmo antes de o giroflex começar a lançar flashes azuis sobre a ponte, ela já havia sentido alguma coisa. Não soube que se tratava de Nel Abbott, não num primeiro momento. As pessoas acham que as visões são nítidas, mas não é tão simples assim. Tudo o que ela sabia era que alguém tinha ido nadar de novo. Com a luz apagada, permaneceu sentada, e observou: um homem e seus cães subiram a escada correndo e, em seguida, um carro chegou; não um carro de polícia, só um carro comum, azul-escuro. O detetive-

NICKIE

-inspetor Sean Townsend, pensou ela, e acertou. Ele e o homem com os cães voltaram, desceram a escada e, nesse instante, a polícia em peso chegou, com os giroflex piscando, mas sem sirenes. Não havia por quê. Não havia pressa.

No dia anterior, ao amanhecer, ela havia descido para comprar leite e jornal, e todo mundo estava comentando, todo mundo estava dizendo: mais uma, a segunda este ano, mas quando disseram quem era, quando falaram que era Nel Abbott, Nickie soube que a segunda não era igual à primeira.

Chegou a pensar em ir até Sean Townsend e lhe dizer isso naquele momento. Mas mesmo ele sendo um rapaz simpático e educado, era policial, e filho daquele pai, então não era confiável. Nickie nem teria pensado nisso se não nutrisse certa afeição por Sean. Ele mesmo tinha sido vítima de uma tragédia, e só Deus sabia do que mais depois disso, e tinha sido gentil com ela — o único a ser gentil quando foi presa.

Da segunda vez, na verdade. Isso já fazia algum tempo, uns seis ou sete anos. Praticamente desistira do negócio depois da primeira condenação por fraude, mantendo só uns poucos fregueses fiéis e os fãs de bruxaria, que apareciam de vez em quando para prestar homenagem a Libby, a May e a todas as mulheres da água. Ela dava consultas de tarô, fazia duas sessões espíritas no verão; de vez em quando lhe pediam que entrasse em contato com um parente ou com uma das "nadadoras". Porém, ela deixara de fazer propaganda dos seus serviços havia um bom tempo.

Mas, aí, suspenderam seu auxílio-desemprego pela segunda vez, então Nickie abandonou a pseudoaposentadoria. Com a ajuda de um dos rapazes que trabalhava como voluntário na biblioteca, criou um website em que oferecia consultas com duração de meia hora, a 15 libras. Comparativamente, era barato — aquela tal de Susie Morgan da TV, que era tão clarividente quanto a bunda de Nickie, cobrava 29,99 libras por vinte minutos, e por esse valor a pessoa nem chegava a falar diretamente com ela, só com algum integrante de sua "equipe de médiuns".

O site estava no ar havia apenas poucas semanas quando ela foi denunciada para a polícia por um oficial de normas comerciais por "não divulgar as informações exigidas pelo Código de Defesa do Consumidor". Código de

EM ÁGUAS SOMBRIAS

Defesa do Consumidor! Nickie disse que não sabia que era preciso divulgar essas informações; a polícia lhe avisou que a lei havia mudado. Como, perguntou, esperavam que ela soubesse disso? O que foi motivo de muito riso, claro. Durma-se com um barulho desses! Quer dizer, só o futuro é que vale? Não o passado?

Apenas o detetive-inspetor Townsend — um simples guardinha naquela época — não achou graça. Ele foi gentil e lhe explicou que aquilo tudo tinha a ver com novas regras impostas pela União Europeia. Regras da União Europeia! Defesa do Consumidor! Houve um tempo em que gente da laia de Nickie era processada (*perseguida*) sob a Lei de Bruxaria e a Lei de Médiuns Fraudulentos. Agora eram vítimas de burocratas europeus. Como caíram os poderosos.

Então Nickie tirou o site do ar, desistiu da tecnologia e voltou aos velhos métodos, mas quase ninguém recorria aos seus serviços.

O fato de ser Nel na água lhe causou uma certa surpresa, tinha de admitir. Sentiu-se mal. Não *culpada* exatamente, porque não era culpa de Nickie. Ainda assim, ficou se perguntando se teria falado demais, revelado demais. Mas ela não podia levar a culpa por ter começado tudo isso. Nel Abbott já vinha brincando com fogo — era obcecada pelo rio e seus segredos, e esse tipo de obsessão nunca acaba bem. Não, Nickie nunca mandou Nel procurar confusão, só a colocou na direção certa. E não foi por falta de aviso, foi? O problema era que ninguém lhe dava ouvidos. Nickie vivia dizendo que havia homens naquela cidade que a condenariam ao colocarem os olhos em você, sempre foi assim. Mas as pessoas faziam vista grossa, não faziam? Ninguém gostava de pensar que a água daquele rio era infectada com o sangue e a bile de mulheres perseguidas, de mulheres infelizes; eles a bebiam todos os dias.

Jules

VOCÊ NUNCA MUDOU. Eu devia ter imaginado. Eu *sabia*. Você adorava a Casa do Moinho e a água, e era obcecada por aquelas mulheres, pelo que fizeram e por quem deixaram para trás. E agora isso. Sério, Nel. Será que você levou a coisa tão longe assim?

No segundo andar da casa, hesitei do lado de fora do quarto principal. Os dedos na maçaneta, respirei fundo. Eu sabia o que eles tinham me dito, mas eu também conhecia você e não podia acreditar neles. Tive certeza de que, assim que eu abrisse a porta, você estaria lá, alta e magra, nem um pouco feliz em me ver.

Não havia ninguém no quarto. Ele passava a impressão de ter ficado vazio há pouco, como se você tivesse acabado de sair e descido rapidamente para fazer café. Como se fosse voltar a qualquer momento. Ainda dava para sentir seu perfume no ar, um cheiro forte, doce e antiquado, como os que a mamãe costumava usar, tipo Opium ou Yvresse.

— Nel? — falei seu nome baixinho, como se para invocá-la, como a um demônio.

O silêncio foi a minha resposta.

Mais adiante no corredor ficava o "meu quarto" — aquele onde eu dormia: o menor da casa, como convém à caçula. Me pareceu ainda menor do que eu recordava, mais escuro, mais triste. Estava vazio a não ser por uma cama de solteiro desarrumada, e tinha cheiro de umidade, de terra. Nunca dormi bem nesse quarto, nunca me senti à vontade. O que não é de se admirar, considerando como você gostava de me dar sustos. Sentada do outro lado da parede, arranhando o revestimento com as unhas, pintando símbolos atrás da porta com esmalte vermelho-sangue, escrevendo no vidro embaçado da janela os nomes de mulheres mortas. E depois havia aquele monte de histórias que você contava, de bruxas arrastadas para a água, ou de mulheres desesperadas se atirando do penhasco em direção às pedras lá embaixo, de um garotinho apavorado que se escondeu entre as árvores e viu a mãe pular para a morte.

Eu não *me lembro* da cena em si. É claro que não. Quando analiso a lembrança de ter ficado observando o garotinho, não faz o menor sentido: é tão desconexa quanto um sonho. Você sussurrando no meu ouvido — aquilo não aconteceu numa noite fria à beira d'água. Nós nunca vínhamos aqui no inverno, não houve noites frias à beira d'água. Eu nunca vi uma criança assustada na ponte no meio da noite — o que eu, também criança pequena, estaria fazendo lá? Não, essa foi uma história que você contou, como o garoto ficou agachado entre as árvores e ergueu o olhar e a viu, o rosto tão pálido quanto a camisola ao luar, como ele ergueu o olhar e a viu se atirar, os braços abertos como asas, mergulhando no ar silencioso, como o grito morreu em seus lábios quando se chocou com a água escura.

Eu nem sei se realmente *houve* um garoto que viu a mãe morrer, ou se você inventou a história toda.

Deixei meu antigo quarto e me virei para o seu, o lugar que era seu, o lugar que, pelo que parece, agora é da sua filha. Uma bagunça caótica de roupas e livros, uma toalha molhada no chão, canecas sujas na mesa de cabeceira, um fedor de cigarro velho no ar e o cheiro enjoativo de lírios apodrecendo, murchando num vaso perto da janela.

Sem pensar no que estava fazendo, comecei a dar um jeito no quarto. Arrumei a cama e pendurei a toalha no toalheiro do banheiro da suíte. Eu estava de joelhos, tirando um prato sujo de baixo da cama, quando ouvi sua voz, uma adaga em meu peito.

— Que merda você pensa que está fazendo?

Jules

Eu me levantei depressa, um sorriso triunfante no rosto porque sabia — sabia que eles tinham se enganado, sabia que você não tinha morrido de verdade. E lá estava você, de pé no vão da porta, me mandando dar o fora do seu quarto, PORRA. Uns 16, 17 anos, a mão segurando meu pulso, unhas pintadas se enterrando na minha carne. *Eu mandei DAR O FORA, Julia. Sua vaca gorda.*

O sorriso morreu porque, obviamente, não era você, e sim sua filha, que é quase idêntica a você quando era adolescente. Ela ficou no vão da porta, a mão no quadril:

— O que você está fazendo? — perguntou de novo.

— Perdão — falei. — Eu sou a Jules. Nós ainda não nos conhecemos, mas sou sua tia.

— Eu não perguntei quem você era — disse ela, me olhando como se eu fosse burra. — Perguntei o que estava fazendo. O que você está procurando? — Os olhos dela desviaram do meu rosto para a porta do banheiro. Antes que eu pudesse responder, ela disse: — A polícia está lá embaixo — e saiu bruscamente pelo corredor, as pernas compridas, os passos vagarosos, chinelos de dedo estapeando o piso de cerâmica.

Eu me apressei em segui-la.

— Lena — falei, colocando a mão em seu braço. Ela o puxou com força, como se tivesse sido escaldada, virando para me fuzilar com os olhos. — Eu sinto muito.

Ela baixou os olhos, os dedos massageando o local onde a toquei. Suas unhas exibiam resquícios de esmalte azul, as pontas dos dedos parecendo pertencer a um cadáver. Ela assentiu, sem me olhar nos olhos.

— A polícia precisa falar com você — falou.

Ela não é o que eu esperava. Acho que eu imaginava uma criança desamparada, desesperada para ser consolada. Mas é claro que não é, ela não é criança, tem 15 anos e é quase adulta, e quanto a precisar ser consolada — ela não demonstrou precisar de nenhum consolo ou, pelo menos, não de mim. Ela é sua filha, afinal de contas.

Os policiais aguardavam na cozinha, de pé ao lado da mesa, olhando para a ponte. Um homem alto, com uma curta barba grisalha salpicando-lhe o rosto, e uma mulher ao seu lado, uns trinta centímetros mais baixa que ele.

O homem deu um passo à frente, a mão estendida, os olhos cinza-claro fixos em meu rosto.

— Detetive-inspetor Sean Townsend — disse ele. Quando pegou minha mão, notei um ligeiro tremor. A pele dele era fria, além de fina e seca como papel, como se pertencesse a um homem bem mais velho. — Sinto muito por sua perda.

Tão estranho ouvir aquelas palavras. Foram as mesmas que me disseram ontem, quando me deram a notícia. Eu mesma quase as tinha dito para Lena, mas dessa vez senti uma coisa diferente. Sua *perda*. Me deu vontade de dizer a eles, ela não está perdida. Não pode estar. Vocês não conhecem Nel, não sabem como ela é.

O detetive Townsend observava meu rosto, esperando que eu dissesse alguma coisa. Era muito mais alto que eu, magro e anguloso, como se pudesse cortar a gente se chegasse perto demais. Eu ainda o encarava quando me dei conta de que a mulher me observava, seu rosto o retrato da comiseração.

— Detetive-sargento Erin Morgan — disse ela. — Meus pêsames.

Sua pele tinha cor de azeitona, os olhos eram escuros, o cabelo, preto--azulado da cor da asa de um corvo. Ela o usava penteado para trás, mas alguns cachos haviam escapulido nas têmporas e por trás das orelhas, dando a ela uma aparência de desalinho.

— A detetive-sargento Morgan será seu contato na polícia — disse o detetive Townsend. — Ela a manterá informada sobre o andamento da investigação.

— Há uma investigação? — perguntei, pasma.

A mulher assentiu, sorriu e fez sinal para que eu me sentasse à mesa da cozinha, o que fiz. Os policiais se sentaram do outro lado. O detetive-inspetor Townsend baixou os olhos e esfregou a palma da mão direita no pulso esquerdo em movimentos rápidos e agitados: um, dois, três.

A detetive-sargento Morgan falava comigo, o tom calmo e tranquilizador contrastando com as palavras que saíam de sua boca.

— O corpo da sua irmã foi visto no rio por um homem que passeava com os cães ontem de manhã bem cedo — disse ela. Um jeito londrino de falar, a voz suave como fumaça. — Evidências preliminares sugerem que ela estava na água fazia poucas horas. — Ela olhou para o detetive-inspetor e de novo para mim. — Sua irmã estava totalmente vestida e os ferimentos dela são compatíveis com uma queda do penhasco que fica acima do poço.

— Vocês acham que ela *caiu*? — indaguei.

Olhei dos policiais para Lena, que havia me seguido e estava do outro lado da cozinha, encostada na bancada. Descalça, com uma calça *legging* preta, um colete cinza esticado sobre clavículas ossudas e seios minúsculos como flores em botão, ela nos ignorava como se aquilo fosse normal, banal. Como se fosse um acontecimento cotidiano. Ela segurava o celular com a mão direita, rolando a tela com o polegar, o braço esquerdo da espessura aproximada do meu pulso abraçando o corpo magro. Uma boca larga e tristonha, sobrancelhas escuras, cabelos loiro-escuros caindo no rosto.

Ela deve ter percebido que eu a observava, pois ergueu os olhos para mim e os arregalou por um instante, para que eu desviasse o olhar.

— *Você* não acha que ela caiu, acha? — perguntou ela, franzindo o lábio com desdém. — Você é mais inteligente que isso.

Lena

ESTAVAM TODOS ME encarando e me deu vontade de berrar com eles, de botar todo mundo para fora da nossa casa. Da *minha* casa. A casa é minha, é nossa, nunca vai ser dela. *Tia Julia.* Eu a encontrei no meu quarto, mexendo nas minhas coisas antes mesmo de ela me conhecer. Aí tentou ser simpática e me disse que sentia muito, como se eu não soubesse que ela não está nem se lixando.

Não durmo há dois dias e não quero falar com ela nem com ninguém. Também não quero a ajuda dela ou seus pêsames de merda, nem quero ouvir teorias imbecis sobre o que aconteceu com a minha mãe vindo de gente *que nem a conhecia.*

Eu estava tentando manter a boca fechada, mas, quando disseram que ela provavelmente caiu, eu me irritei, porque é óbvio que ela não caiu. Não caiu, não. Eles não entendem. Não foi um acidente aleatório, *ela fez isso.* Quer dizer, não que isso tenha importância agora, acho, mas acredito que todo mundo deva pelo menos admitir a verdade.

Eu disse a eles:

— Ela não caiu. Ela se jogou.

A policial começou a fazer perguntas idiotas do tipo: por que eu diria uma coisa dessas, e ela andava deprimida, e já tinha tentado isso antes, e o tempo todo tia Julia simplesmente ficou me olhando fixo com aqueles olhos castanhos tristes como se eu fosse alguma aberração.

Eu continuei.

LENA

— Vocês sabem que ela era obcecada por aquele poço, por tudo o que aconteceu ali, por todo mundo que morreu ali. Vocês sabem disso. Até *ela* sabe disso — falei, olhando para Julia.

Ela abriu a boca e fechou de novo, igual a um peixe. Parte de mim quis contar tudo para eles, parte de mim quis explicar tudo, tintim por tintim, mas, para quê? Não acho que sejam capazes de entender.

Sean — *detetive Townsend*, como tenho de chamá-lo quando o assunto é profissional — começou a fazer perguntas a Julia: quando foi última vez que ela falou com a minha mãe? Como estava seu estado de espírito na ocasião? Havia alguma coisa a incomodando? E tia Julia ficou ali sentada e mentiu.

— Eu não falo com ela há anos — afirmou, o rosto ficando bem vermelho ao dizer isso. — Nós estávamos brigadas.

Ela conseguia ver que eu a estava encarando e tinha consciência de que eu sabia que ela estava mentindo, e foi ficando mais e mais vermelha, então tentou desviar a atenção de si perguntando para mim:

— Por que, Lena, por que você diria que ela se jogou?

Eu a encarei por um bom tempo antes de responder. Quis que ela soubesse que não conseguia me enganar.

— Estou surpresa por você me perguntar isso — falei. — Não foi você que disse à minha mãe que ela tinha tendências suicidas?

Ela começou a balançar a cabeça e a dizer:

— Não, não, eu não disse isso, não dessa maneira...

Mentirosa.

A policial começou a falar sobre como eles não tinham "prova alguma, no momento, que indique que esse tenha sido um ato deliberado" e sobre como eles não haviam encontrado nenhum bilhete.

Aí, eu tive de rir.

— E vocês acham que ela deixaria um *bilhete*? Minha mãe não deixaria porra de bilhete nenhum. Isso seria, tipo, tão banal.

Julia fez que sim com a cabeça.

— Isso é... isso é verdade. Posso imaginar Nel querendo deixar todo mundo curioso... Ela adorava um mistério. E teria adorado se ver no centro de um.

Tive vontade de dar um tapa na cara dela nesse momento. *Sua vaca estúpida*, me deu vontade de dizer, *isso também é culpa sua*.

A policial começou a se mexer à nossa volta, servindo copos d'água para todo mundo e tentando enfiar um na minha mão, e eu simplesmente não aguentei mais. Eu sabia que ia começar a chorar e não ia fazer isso na frente deles.

Fui para o meu quarto, tranquei a porta e chorei lá dentro. Enrolei uma echarpe no rosto e chorei o mais baixo que pude. Eu venho tentando não me entregar, não ceder ao desejo de me deixar arrastar e desmoronar, porque sinto que, quando isso começar, nunca mais vai parar.

Tenho tentado não deixar que as palavras venham, mas elas ficam girando e girando dentro da minha cabeça: *me desculpe me desculpe me desculpe, foi minha culpa*. Fiquei olhando fixamente para a porta do meu quarto e repassando sem parar aquele momento, no domingo à noite, quando mamãe veio me dar boa-noite. Ela disse: "Aconteça o que acontecer, você sabe o quanto eu te amo, Lena, não sabe?" Eu me virei na cama e enfiei os fones no ouvido, mas sabia que ela ainda estava ali, eu podia senti-la ali em pé, me olhando, foi como se eu pudesse sentir a sua tristeza e aquilo me deixou satisfeita porque achei que ela merecia. Eu faria qualquer coisa, qualquer coisa, para poder me levantar e abraçá-la e dizer que eu também a amo e que não foi nem um pouco culpa dela, eu nunca devia ter dito que a culpa era toda dela. Se ela teve culpa de alguma coisa, então eu também tive.

Mark

ERA O DIA mais quente do ano até ali, e como o Poço dos Afogamentos estava inacessível, por motivos óbvios, Mark subiu o rio e foi nadar em outro lugar. Havia um trecho em frente à casa dos Wards onde o rio alargava, a água correndo rápida e fria sobre seixos cor de ferrugem na margem, mas, no centro, era funda, fria o bastante para deixar você sem fôlego e queimar a sua pele, o tipo de frio que fazia a gente gargalhar com o choque.

E foi o que ele fez, gargalhou — era a primeira vez que sentia vontade de rir em meses. E era a primeira vez que entrava na água em meses, também. O rio, para ele, havia passado de fonte de prazer para um lugar pavoroso, mas hoje tinha voltado a ser o que era. Hoje, a sensação era boa. Ele soube desde o instante em que acordou, mais leve, a cabeça desanuviada, com os membros mais soltos, que hoje seria um bom dia para nadar. Ontem, acharam Nel Abbott morta na água. Hoje era um bom dia. A sensação não era exatamente de que um fardo tinha sido retirado de seus ombros, mas que um torno — que vinha apertando suas têmporas, ameaçando sua sanidade, ameaçando sua vida — tinha sido, enfim, afrouxado.

Uma policial tinha ido a sua casa, uma detetive muito jovem, com um jeitinho doce e ligeiramente feminino que fez com que ele ficasse com vontade de falar coisas para ela que realmente não devia. Callie Alguma Coisa, o nome dela. Ele a convidou para entrar e lhe contou a verdade. Disse que tinha visto Nel Abbott saindo do pub no domingo à noite. Não mencionou que tinha ido até lá com a intenção expressa de esbarrar com ela, isso não era importante. Disse que haviam se falado, mas só rapidamente, porque Nel estava com pressa.

— Sobre o que vocês conversaram? — perguntou a detetive.

— A filha dela, Lena, é uma das minhas alunas. Ela me deu um certo trabalho no semestre passado, problemas disciplinares, essas coisas. Ela vai estar na minha turma de inglês outra vez em setembro, e este é um ano importante para ela, o ano dos exames de certificação do ensino médio, então quis ter certeza de que não íamos voltar a ter problemas.

Não deixa de ser verdade.

— Ela disse que estava sem tempo, que tinha outras coisas para fazer.

Também verdade, embora não *toda a verdade*. Não exatamente *nada mais que a verdade*.

— Estava sem tempo para discutir os problemas da filha na escola? — indagou a detetive.

Mark deu de ombros e sorriu para ela com pesar.

— Alguns pais se envolvem mais que outros — disse ele.

— Quando ela saiu do pub, para onde foi? Estava de carro?

Mark meneou a cabeça.

— Não, acho que estava indo para casa. Saiu andando naquela direção.

A detetive assentiu.

— Você não a viu de novo depois? — perguntou ela. Mark fez que não.

Enfim, parte daquilo era verdade, parte era mentira, mas, de qualquer forma, a detetive pareceu ficar satisfeita; deixou um cartão com um telefone e disse a ele que ligasse caso se lembrasse de mais algum detalhe.

— Pode deixar — falou, dando seu sorriso mais encantador, o que a fez recuar de leve. Ele se perguntou se teria exagerado.

Mark submergiu por inteiro, nadando em direção ao leito do rio, enterrando os dedos na lama macia e lodosa. Dobrou o corpo num círculo compacto, e então, com um movimento explosivo, deu impulso até a superfície, enchendo o pulmão de ar.

Ele ia sentir falta do rio, mas precisava se mudar dali. Teria de começar a procurar um novo emprego, talvez na Escócia, ou quem sabe mais longe:

MARK

França, ou Itália, algum lugar onde ninguém soubesse de onde tinha vindo ou o que havia acontecido pelo caminho. Sonhava com a chance de recomeçar, com uma página em branco, com uma história sem manchas.

Ao lançar o corpo em direção à margem, sentiu o torno voltar a apertar de leve. Seus problemas não estavam de todo resolvidos. Ainda não. Havia a questão da menina, ela ainda poderia lhe causar problemas, apesar de que, se havia ficado calada por tanto tempo, não parecia provável que fosse quebrar o silêncio agora. Podiam dizer o que quisessem a respeito de Lena Abbott, mas ela era leal; cumprira sua palavra. E talvez, agora, livre da influência tóxica da mãe, fosse até se tornar uma pessoa decente.

Mark se sentou à margem por um tempo, a cabeça baixa, escutando a canção do rio, sentindo o sol nos ombros. A euforia evaporou junto com a água das costas mas deixou outro sentimento no lugar, não esperança, exatamente, mas uma silenciosa premonição de que a esperança seria pelo menos possível.

Ele ouviu um barulho e ergueu a cabeça. Alguém estava vindo. Reconheceu a silhueta dela, a agoniante lentidão de seu andar, e seu coração começou a bater mais forte dentro do peito. Louise.

Louise

HAVIA UM HOMEM sentado à beira do rio. A princípio, ela achou que ele estava nu, mas, quando o homem se levantou, pôde ver que estava de sunga, uma sunga pequena e justa. Percebeu que o estava analisando, reparando em sua pele, e corou. Era o Sr. Henderson.

Com o tempo que ela levou para chegar aonde ele estava, o Sr. Henderson havia enrolado uma toalha na cintura e vestido uma camisa de malha. Ele caminhou em sua direção com a mão estendida.

— Sra. Whittaker, como vai?

— Louise — disse ela. — Por favor.

Ele baixou a cabeça, abriu um meio sorriso.

— Louise. Como vai?

Ela se esforçou para sorrir.

— Você sabe. — Ele não sabia. Ninguém sabia. — Eles falam para a gente... *eles,* eu tenho cada uma! Os *terapeutas do luto* dizem que haverá dias bons e dias ruins, e que simplesmente é preciso lidar com isso.

Mark fez que sim com a cabeça, mas seus olhos desviaram dos dela e Louise reparou que suas bochechas ficaram vermelhas. Ele parecia constrangido.

Todo mundo ficava constrangido. Antes de sua vida ser destroçada, ela nunca se dera conta de o quanto o luto provocava constrangimentos, de quão inconveniente era para todo mundo com quem o enlutado entrava em contato. De início, o luto era reconhecido, respeitado, acatado. Mas, depois de um tempo, começava a interferir — nas conversas, no riso, na vida normal. Todo

LOUISE

mundo queria deixar aquilo para trás, seguir em frente com a vida, e lá estava você, no meio do caminho, fechando a passagem, arrastando o cadáver da sua filha atrás de você.

— Como está a água? — perguntou ela, e ele corou ainda mais. A água, a água, a água... não havia como fugir dela naquela cidade. — Fria, imagino?

Ele sacudiu a cabeça como um cão molhado.

— *Brrr!* — disse ele e riu, fazendo graça.

Havia um elefante ali, entre os dois, e ela achou que devia mencioná-lo.

— Você soube da mãe da Lena? — Como se ele pudesse não ter sabido. Como se alguém pudesse morar naquela cidade e não saber.

— Soube. Terrível. Meu Deus, é terrível. Que choque. — Ele se calou e, quando Louise não disse nada, ele continuou: — É... quer dizer, eu sei que você e ela... — Ele deixou a frase no meio, olhando por cima do ombro em direção ao carro. Estava desesperado para sair correndo, coitadinho.

— Não nos entendíamos muito bem? — completou Louise. Ela brincou com a corrente que usava no pescoço, puxando o pingente, um pássaro azul, de um lado para o outro. — Não, não mesmo. Ainda assim...

Ainda assim foi o máximo que ela conseguiu dizer. *Não nos entendíamos muito bem* era um eufemismo ridículo, mas não havia a menor necessidade de explicitar as coisas. O Sr. Henderson sabia da desavença e ela preferia morrer a ficar ali de pé, ao lado do rio, fingindo infelicidade porque Nel Abbott havia encontrado seu fim dentro dele. Ela não podia, nem queria fazer isso.

Ela sabia, quando escutava o que os terapeutas do luto tinham a dizer, que o que falavam era bobagem, e que ela nunca, nunca mais teria um dia bom pelo resto da vida e, no entanto, houve alguns instantes nas últimas 24 horas, mais ou menos, em que ela tivera dificuldade em tirar a expressão de triunfo do rosto.

— Suponho que, de um jeito terrível — disse o Sr. Henderson —, é estranhamente apropriado, não é? O jeito como Nel...

Louise assentiu, sombriamente.

— Vai ver é isso o que ela queria. Vai ver *foi* o que ela quis.

Mark franziu a testa.

EM ÁGUAS SOMBRIAS

— Você acha que ela... Acha que foi um ato deliberado?

Louise meneou a cabeça.

— Eu realmente não faço a menor ideia.

— Não. Não. É claro que não. — Ele fez uma pausa. — Pelo menos... pelo menos agora, o que ela estava escrevendo não vai ser publicado, vai? O livro em que ela estava trabalhando, sobre o poço do rio, não estava finalizado, estava? Então não vai poder ser publicado...

Louise lançou-lhe um olhar penetrante.

— Você acha? Para mim, o jeito como Nel morreu o tornaria ainda mais publicável. Uma mulher escrevendo um livro sobre as pessoas que morreram no Poço dos Afogamentos se torna uma das afogadas? Aposto que alguém iria querer publicá-lo.

Mark reagiu horrorizado.

— Mas Lena... certamente que Lena... ela não ia querer isso...

Louise deu de ombros.

— Quem sabe? Mas imagino que seja ela quem vai receber os *royalties*. — Suspirou. — Preciso ir andando, Sr. Henderson. — E lhe deu um tapinha no braço. Mark pousou a mão na dela.

— Eu sinto muito, Sra. Whittaker — falou ele, e ela se emocionou ao ver que havia lágrimas nos olhos do pobre homem.

— Louise — repetiu ela. — Me chame de Louise. E eu sei. Sei que sente.

Louise pegou o caminho de casa. Tomava-lhe horas essa caminhada, subindo e descendo a trilha que acompanhava o rio — mais tempo ainda nesse calor —, mas ela não conseguia encontrar nenhuma outra forma de preencher seus dias. Não que não houvesse coisas a fazer. Havia corretores de imóveis a contatar, escolas a pesquisar. Uma cama que precisava ser desfeita e um armário cheio de roupas que precisavam ser guardadas numa mala. Uma criança que precisava dos cuidados da mãe. Amanhã, talvez. Amanhã faria tudo isso, mas hoje ela andava à margem do rio e pensava na filha.

Hoje ela fez o mesmo que fazia todos os dias, vasculhava a memória imprestável atrás de sinais que deviam ter passado despercebidos, de alertas

LOUISE

pelos quais passara direto e despreocupadamente. Ela procurava por migalhas, por indícios de sofrimento na vida feliz da filha. Pois a verdade é que eles nunca se preocuparam com Katie. Katie era inteligente, capaz, equilibrada, dona de uma grande força de vontade. Ela fez a transição da infância para a adolescência como se fosse uma coisa simples, sem a menor dificuldade: o máximo que acontecia era Louise se entristecer por Katie nunca demonstrar que precisava dos pais para coisa nenhuma. Nada a tirava do sério — nem as tarefas da escola, nem a atenção melosa da melhor amiga carente, nem mesmo seu rápido e quase perplexificante desabrochar para a beleza adulta. Louise se lembrava perfeitamente da vergonha aguda e afrontosa que sentira ao reparar em homens olhando para o *seu* corpo quando era adolescente, mas Katie não demonstrou nada disso. Outros tempos, disse Louise para si mesma, as meninas de hoje são diferentes.

Louise e o marido, Alec, não se preocupavam com Katie, eles se preocupavam com Josh. Sempre sensível, sempre uma criança ansiosa, algo havia mudado esse ano, algo o vinha incomodando; ele tinha se tornado mais retraído, mais introvertido, dia após dia. Eles se preocupavam com *bullying*, com as notas cada vez mais baixas, com as olheiras profundas todas as manhãs.

A verdade é — a verdade *deve* ser — que enquanto observavam o filho, esperando que caísse, foi a filha que tropeçou, e eles não notaram, não estavam por perto para ampará-la. A culpa era como uma pedra entalada na garganta de Louise, ela vivia esperando que essa pedra fosse sufocá-la, mas não sufocava, não sufocaria, então precisava continuar respirando; respirando e recordando.

Na noite anterior, Katie estava calada. Eram só os três jantando porque Josh ia dormir na casa do amigo Hugo. Não costumavam permitir isso quando havia aula no dia seguinte, mas abriram uma exceção porque estavam preocupados com ele. E aproveitaram a oportunidade para conversar com Katie. Por acaso ela havia notado, perguntaram, o quanto Josh parecia ansioso?

— Deve estar preocupado com a mudança para a escola maior no ano que vem — disse ela, mas não olhou para os pais enquanto falava, manteve os olhos no prato, e sua voz vacilou um pouco.

— Mas ele vai ficar bem — falou Alec. — Metade da turma dele vai para lá. E você vai estar lá.

Louise se lembrava da mão da filha segurando o copo d'água com um pouco mais de força quando Alec disse isso. Ela se lembrava de Katie ter engolido em seco, fechando os olhos só por um segundo.

Elas deram um jeito na louça juntas, Louise lavando e Katie secando, porque a lava-louças estava quebrada. Louise se lembrava de ter dito que estava tudo bem, que ela podia fazer aquilo sozinha caso Katie tivesse dever de casa e que Katie respondera: "Está tudo feito." Louise se lembrava de que, cada vez que Katie pegava um prato da sua mão para secar, deixava os dedos roçarem os da mãe um segundo a mais que o necessário.

O problema é que agora Louise não tinha mais certeza se se lembrava dessas coisas. Será que Katie baixou a vista mesmo e olhou para o prato? Será que ela apertou mais o copo, ou demorou a afastar os dedos? Era impossível dizer agora, todas as suas lembranças pareciam dar margem à dúvida, a um erro de interpretação. Ela não sabia direito se isso era decorrente da surpresa ao ter percebido que tudo o que tinha como certo não era tão certo assim, ou se sua mente havia ficado permanentemente embotada pelos remédios que havia ingerido nos dias e semanas depois da morte de Katie. Louise tinha engolido comprimido após comprimido, cada punhado lhe oferecendo horas de um alívio vazio, apenas para mergulhar no mesmo pesadelo ao acordar. Depois de um tempo, ela se deu conta de que o horror de redescobrir a ausência da filha, repetidamente, não valia as horas de esquecimento.

Mas de uma coisa ela achava que podia ter certeza: quando Katie lhe deu boa-noite, sorriu e a beijou como sempre havia feito. Ela a abraçou, nem mais forte nem por mais tempo que de costume, e disse: "Durma bem."

E como poderia ter agido assim, sabendo o que estava prestes a fazer?

O caminho à frente de Louise ficou embaçado, as lágrimas obscurecendo sua visão, de modo que ela não reparou na fita até estar bem em cima dela. *Polícia. Não ultrapasse.* Já estava na metade da ladeira e se aproximava do topo; precisava fazer um desvio acentuado para a esquerda de maneira a não revirar o último solo sobre o qual Nel Abbott havia pisado.

LOUISE

Ela cruzou o topo com passos pesados e começou a descer a encosta, os pés doendo e o suor grudando os cabelos no couro cabeludo, até chegar à convidativa sombra no local onde a trilha atravessava uma pequena mata à beira do poço. Mais ou menos um quilômetro e meio adiante, ela atingiu a ponte e subiu a escada em direção à estrada. Um grupo de meninas vinha se aproximando pela esquerda e ela procurou, como sempre fazia, pela filha entre elas, buscando os cabelos castanho-avermelhados, tentando ouvir sua gargalhada sonora. O coração de Louise se partiu mais uma vez.

Ela observou as meninas, os braços nos ombros das outras enquanto se abraçavam, uma massa emaranhada de pele aveludada, e, no centro, Louise se deu conta, estava Lena Abbott. Lena, tão solitária nesses últimos meses, estava tendo os seus quinze minutos de fama. Ela também seria alvo dos olhares insistentes, da piedade alheia e, não demoraria muito, passaria a ser evitada.

Louise desviou das meninas e começou a caminhar ladeira acima em direção à sua casa. Encurvou os ombros, encostou o queixo no pescoço e torceu para conseguir se afastar dali sem ser notada, porque olhar para Lena Abbott lhe dava aflição, invocava imagens tenebrosas na sua mente. Mas a menina já a havia visto e gritou:

— Louise! Sra. Whittaker! Por favor, espere.

Louise tentou caminhar mais rápido, mas as pernas estavam pesadas e o coração murcho como um velho balão, e Lena era jovem e forte.

— Sra. Whittaker, quero falar com a senhora.

— Agora não, Lena. Sinto muito.

Lena colocou a mão no braço de Louise, mas Louise o puxou bruscamente, sem conseguir olhar para ela.

— Sinto muito. Não posso falar com você agora.

Louise havia se transformado num monstro, numa criatura vazia que não consolava uma adolescente órfã de mãe, que — e isso era pior, muito pior — não conseguia olhar para ela sem pensar, *Por que não foi você? Por que não foi você na água, Lena? Por que não foi você? Por que minha Katie? Gentil, amável, generosa, estudiosa e dedicada — melhor que você em todos os aspectos possíveis. Ela nunca devia ter acabado lá dentro. Devia ter sido você.*

O Poço dos Afogamentos, Danielle Abbott
(texto inédito)

Prólogo

Quando eu tinha 17 anos, salvei minha irmã de um afogamento.

Mas isso, acredite se quiser, não foi onde tudo começou.

Há pessoas que são atraídas pela água, que retêm alguma noção vestigial e primitiva de para onde ela flui. Acho que sou uma delas. Eu me sinto mais viva quando estou perto da água, quando estou perto desta água. Este é o lugar onde aprendi a nadar, o lugar onde aprendi a habitar a natureza e o meu corpo do jeito mais feliz e prazeroso.

Desde que me mudei para Beckford, em 2008, tenho nadado no rio quase todos os dias, no inverno e no verão, às vezes com a minha filha, e outras, sozinha, e desenvolvi um fascínio pelo fato de este lugar, o meu lugar de êxtase, ser para outros um local de medo e terror.

Quando eu tinha 17 anos, salvei minha irmã de um afogamento, mas eu já estava obcecada pelo poço de Beckford muito antes disso. Meus pais eram contadores de histórias, minha mãe principalmente; foi de sua boca que ouvi sobre o trágico fim de Libby pela primeira vez, sobre a carnificina na casa dos Wards, sobre o terrível caso do menino que viu a mãe se jogar. Eu a fazia me contar, de novo e de novo. Lembro da preocupação do meu pai ("Essas não são histórias para crianças") e da resistência da minha mãe ("É claro que são! São históricas").

O POÇO DOS AFOGAMENTOS

Ela plantou uma semente em mim, e muito antes de a minha irmã entrar na água, muito antes de eu pegar uma câmera fotográfica ou de começar a escrever, passava horas sonhando acordada e imaginando como devia ter sido, qual foi a sensação, quão gelada a água devia estar para Libby naquele dia.

Agora que sou adulta, o mistério que vem me consumindo é, obviamente, o da minha própria família. Isso não deveria ser um mistério, mas é, pois, apesar dos meus esforços em cultivar o nosso relacionamento, minha irmã não fala comigo há muitos anos. Ante seu silêncio, tentei imaginar o que a atraiu para o rio no meio da noite, e mesmo eu, dona de uma imaginação singular, falhei. Porque minha irmã nunca foi a dramática da família, nunca a propensa a atitudes ousadas. Ela podia ser dissimulada, astuta, vingativa como a própria água, mas eu continuo sem compreender. E me pergunto se algum dia vou solucionar esse mistério.

No processo de tentar entender a mim mesma, à minha família e às histórias que contamos uns para os outros, decidi que tentaria encontrar um sentido para todas as histórias de Beckford, que descreveria os últimos minutos, como os imaginei, das vidas das mulheres que morreram no Poço dos Afogamentos de Beckford.

Seu nome tem peso; e, no entanto, o que ele é? Uma curva do rio, só isso. Um meandro. É só seguir o rio em todas as suas voltas e reviravoltas, cheias e inundações, gerando vida e tirando vidas também, que você o encontra. O rio se alterna entre frio e límpido, estagnado e poluído; serpenteia pela floresta e corta como aço os suaves montes Cheviot, e, então, um pouco ao norte de Beckford, ele perde velocidade. Descansa, só por um instante, no Poço dos Afogamentos.

Este é um lugar idílico: carvalhos fazem sombra no caminho, faias e plátanos salpicam as encostas, e há uma margem arenosa em declive no lado sul. Um local onde se pode andar descalço na beira d'água, aonde se pode levar as crianças; o local perfeito para um piquenique num dia de sol.

Mas as aparências enganam, pois este é um lugar mortífero. A água, escura e opaca, oculta o que há por baixo: algas que te prendem, que te arrastam para o fundo, pedras pontiagudas que cortam a pele e a carne. Acima paira o penhasco de rocha de ardósia cinza: um desafio, uma provocação.

43

EM ÁGUAS SOMBRIAS

Este é o local que, ao longo dos séculos, tirou as vidas de Libby Seeton, Mary Marsh, Anne Ward, Ginny Thomas, Lauren Slater, Katie Whittaker e mais — muitas outras, sem nome e sem rosto. Tive vontade de perguntar por que, e como, e o que suas vidas e mortes nos dizem sobre nós. Há aqueles que preferem não fazer essas perguntas, que preferem se calar, omitir, silenciar. Mas eu nunca fui de ficar calada.

Nesta obra, este livro de memórias da minha vida e do poço de Beckford, eu gostaria de começar não com os afogamentos, mas com o processo do julgamento por água. Porque é aí que tudo começa: com o julgamento das bruxas — o ordálio por água. Lá, no meu poço, aquele local de pacífica beleza a um quilômetro de onde estou sentada agora, era para onde eles as levavam, as amarravam e as atiravam no rio, para afundar ou boiar.

Há quem diga que essas mulheres deixaram algo de si na água, outros, que a água retém parte do poder de cada uma, pois desde então tem atraído para suas margens as desventuradas, as desesperadas, as infelizes, as perdidas. Elas vêm aqui para nadar com suas irmãs.

Erin

BECKFORD É UM lugar esquisito pra cacete. É lindo, de tirar o fôlego em alguns pontos, mas é estranho. Dá a sensação de ser um local isolado, desconectado de tudo que o cerca. Claro, fica a quilômetros de qualquer canto — é preciso dirigir horas para se chegar à civilização. Quer dizer, isso se você considerar Newcastle um lugar civilizado, o que não tenho certeza se considero. Beckford é um lugar estranho, cheio de gente esquisita, com uma história muito bizarra. E, atravessando a cidade, bem no meio, tem esse rio, e é aí que está o detalhe mais surreal — a impressão que dá é que para todos os lugares que a gente vira, não importando a direção em que esteja indo, de alguma maneira sempre acaba de novo no rio.

Tem alguma coisa errada com o detetive-inspetor, também. Ele é nascido e criado aqui, então acho que seja de se esperar. Pensei nisso assim que pus os olhos nele ontem de manhã, quando tiraram o corpo de Nel Abbott da água. Ele estava de pé na margem do rio, as mãos nos quadris, a cabeça baixa. Falava com alguém — o médico-legista, na verdade —, mas de longe parecia estar rezando.

E foi nisso que pensei — um padre. Um homem alto, magro, de roupas escuras, a água negra como cenário, o penhasco de rocha cinza ao fundo e, a seus pés, uma mulher pálida e serena.

Não serena, claro; morta. Mas seu rosto não estava deformado, não estava desfigurado. Se você não olhasse para o corpo dela, para os membros fraturados ou para a coluna retorcida, acharia que ela havia só se afogado.

EM ÁGUAS SOMBRIAS

Eu me apresentei e achei, de imediato, que havia algo de errado com ele — os olhos marejados, o ligeiro tremor das mãos, que tentou controlar esfregando uma na outra, palma contra pulso. Me fez pensar no meu pai naquelas manhãs-após-a-noite-anterior quando era preciso manter a voz e a cabeça baixas.

Manter a minha cabeça baixa parecia uma boa ideia, de qualquer forma. Eu estava no norte há menos de três semanas, após uma transferência expressa de Londres graças a um *affair* inconsequente com alguém do trabalho. Sinceramente, tudo o que eu queria era trabalhar nos meus casos e esquecer aquela confusão toda. No começo pensei que eles fossem me dar tarefas chatas, por isso fiquei surpresa quando me chamaram para trabalhar numa morte suspeita. Uma mulher, o corpo avistado num rio por um homem passeando com os cães. Vestida da cabeça aos pés, ela não tinha ido nadar. O inspetor-chefe me avisou logo: "Tudo indica que se jogou. Está no Poço dos Afogamentos de Beckford."

Foi uma das primeiras coisas que perguntei ao detetive-inspetor Townsend:

— Ela se jogou, você acha?

Ele olhou para mim por alguns segundos, me *estudou*. Então apontou para o alto do penhasco.

— Vamos lá em cima — comandou —, procurar o perito criminal e ver se eles já descobriram alguma coisa: evidência de luta, sangue, uma arma. O celular dela seria um bom começo, porque não está com o corpo.

— Boa ideia.

Enquanto eu andava, olhei para a mulher e pensei no quanto parecia triste, no quanto tinha uma aparência comum e simples.

— O nome dela é Danielle Abbott — disse Townsend, falando um pouco alto demais. — Ela mora aqui. É escritora e fotógrafa, relativamente famosa. Tem uma filha, 15 anos. Então, não, em resposta à sua pergunta, não acho provável que ela tenha se jogado.

Subimos até o penhasco juntos. O caminho segue por uma trilha que sai da pequena faixa de areia margeando a lateral do poço até desviar para a direita, por uma pequena mata; daí em diante, é uma subida íngreme até

ERIN

o cume. O caminho estava enlameado em alguns trechos — dava para ver onde botas haviam escorregado e derrapado, apagando os rastros de pegadas deixadas anteriormente. No topo, o caminho dá uma guinada brusca para a esquerda e, emergindo das árvores, conduz diretamente à beira do penhasco. Senti um frio na barriga.

— Jesus.

Townsend olhou para trás, sobre o ombro. Pareceu quase achar graça.

— Tem medo de altura?

— Um medo perfeitamente razoável de dar um passo em falso e despencar para a morte — respondi. — É de se imaginar que alguém colocaria uma grade aqui, qualquer coisa, não? Não é muito seguro, é?

O detetive-inspetor não respondeu, apenas seguiu em frente, caminhando de modo resoluto para a beira do penhasco. Eu o segui, imprensando o corpo contra os arbustos de tejo para evitar olhar por cima do rochedo até a água, lá embaixo.

O perito criminal — rosto pálido, cabeludo, como sempre parecem ser — tinha pouco a nos fornecer no quesito boas notícias.

— Nada de sangue, nem arma, nenhum sinal óbvio de luta — disse ele, dando de ombros. — Nem resquícios de lixo recente. Mas a filmadora foi danificada. E está sem o cartão de memória.

— Filmadora?

O cabeludo virou-se para mim.

— Dá para acreditar? Ela montou uma filmadora com sensor de movimento como parte de um projeto em que vinha trabalhando.

— Para quê?

Ele deu de ombros.

— Para filmar as pessoas aqui em cima... ver o que vinham fazer? De vez em quando vêm uns esquisitões aqui, sabe, por causa da história toda do lugar. Ou então ela queria pegar um suicida no ato... — Ele fez uma careta.

— *Credo*. E alguém danificou a filmadora? Bem, isso é... não é nada conveniente.

Ele assentiu. Townsend suspirou, cruzando os braços sobre o peito.

47

EM ÁGUAS SOMBRIAS

— Pois é. Embora isso possa não querer dizer nada. O equipamento dela já havia sido danificado antes. O projeto tinha seus detratores. Na verdade — ele deu alguns passos mais para perto da beira do penhasco e eu senti a cabeça girar —, nem tenho certeza se ela substituiu a filmadora depois da última vez. — Ele espiou da beirada. — Tem outra, não tem? Fixada em algum lugar lá embaixo. Sabemos algo a respeito dela?

— Sim, parece estar intacta. Vamos levá-la para o laboratório, mas...

— Não vai mostrar nada.

O cabeludo deu de ombros mais uma vez.

— Pode até mostrar a queda na água, mas não vai nos dizer o que aconteceu aqui em cima.

Mais de 24 horas tinham se passado desde então, e não parecíamos mais perto de descobrir o que realmente havia acontecido lá. O celular de Nel Abbott não havia aparecido, o que era estranho, embora talvez não tão estranho assim. Se ela tivesse se jogado, havia uma chance de que tivesse se livrado dele primeiro. Se tivesse caído, podia estar na água ainda em algum lugar, talvez afundado na lama ou ter sido arrastado pela correnteza. Se foi empurrada, obviamente, quem quer que a empurrou pode tê-lo tirado dela primeiro, mas, considerando a ausência de qualquer sinal de luta em cima do penhasco, isso não parecia muito provável.

Me perdi na volta, depois de levar Jules (*NÃO Julia*, aparentemente) para a identificação do corpo no hospital. Deixei-a na Casa do Moinho e pensei que estivesse indo na direção da delegacia quando descobri que não: depois de atravessar a ponte, eu, de alguma maneira, dei meia-volta e acabei de novo no rio. Como eu disse antes, não importa para que lado se vire. De qualquer maneira, estava com o celular na mão, tentando descobrir para onde eu deveria seguir, quando vi um grupo de meninas atravessando a ponte. Lena, mais alta que as outras, se afastou do grupo.

Saltei do carro e fui atrás dela. Tinha uma coisa que eu queria lhe perguntar, algo que a tia havia mencionado, mas, antes que eu pudesse alcançá-la, Lena começou a discutir com alguém — uma mulher, na faixa dos 40, talvez.

ERIN

Vi Lena segurar seu braço, a mulher se desvencilhando e levando a mão ao rosto, como se temesse levar um tapa. Então elas se separaram de repente, Lena indo para a esquerda e a mulher seguindo ladeira acima. Fui atrás de Lena. Ela se recusou a me contar do que aquilo se tratava. Insistiu que não havia nada de errado, que não havia sido uma discussão e que, de qualquer forma, não era da minha conta. Um exemplo de bravata, mas seu rosto estava rajado de lágrimas. Me ofereci para levá-la em casa, mas ela me mandou dar o fora.

Então, eu dei. Voltei para a delegacia e contei a Townsend tudo sobre a identificação formal do corpo feita por Jules Abbott.

Em linha com o tema geral, a identificação foi esquisita.

— Ela não chorou — contei ao chefe, que fez um gesto com a cabeça como quem diz: *Bem, isso é normal.* — Não foi normal — insisti. — Aquilo não foi um choque normal. Foi bem estranho.

Ele se remexeu na cadeira. Estava sentado atrás de uma mesa numa sa-linha minúscula nos fundos da delegacia, e parecia grande demais para o cômodo como se, caso se levantasse, fosse dar com a cabeça no teto.

— Estranho como?

— É difícil explicar, mas ela parecia estar falando sem emitir nenhum som. E eu não estou me referindo àquele tipo de choro silencioso, não. Foi estranho. Os lábios se mexiam como se ela estivesse dizendo alguma coisa... e não só dizendo alguma coisa, mas falando com alguém. Como se estivesse conversando.

— Mas você não conseguiu ouvir nada?

— Nada.

Ele olhou para a tela do laptop à sua frente, então de novo para mim.

— E foi só isso? Ela disse alguma coisa para você? Alguma outra coisa? Algo útil?

— Ela perguntou a respeito de uma pulseira. Parece que Nel tinha uma pulseira que pertenceu à mãe delas, e que usava o tempo todo. Ou, pelo menos, usava o tempo todo da última vez que Jules viu Nel, há muitos anos.

Townsend fez que sim, coçando o pulso.

— Não há pulseira nenhuma nos pertences dela, eu verifiquei. Estava usando um anel e nenhuma outra joia.

Ele ficou em silêncio por tanto tempo que achei que a conversa tinha chegado ao fim. Eu estava prestes a sair da sala quando, de repente, ele disse:

— Você devia perguntar a Lena sobre isso.

— Era o que eu pretendia fazer — falei —, mas ela não estava muito interessada em falar comigo.

Contei sobre o encontro na ponte.

— Essa mulher — disse ele —, descreva-a para mim.

Então eu a descrevi: uns 40 anos, cheinha, cabelos escuros, usava um cardigã vermelho comprido apesar do calor.

Townsend me estudou por um bom tempo.

— Não tem ideia de quem seja, então? — perguntei.

— Tenho, sim — respondeu ele, me olhando como se eu fosse uma criança especialmente ingênua. — É Louise Whittaker.

— Que vem a ser?

Ele franziu a testa.

— Você não leu nada dos antecedentes do caso?

— Na verdade, não — respondi.

Me deu vontade de chamar atenção para o fato de que me atualizar sobre qualquer dado relevante poderia ser considerada função dele, já que era a autoridade local.

Ele suspirou e começou a digitar alguma coisa no computador.

— Você deveria estar em dia com tudo isso. Deviam ter lhe dado os arquivos. — Ele deu uma batida especialmente violenta no botão de *enter*, como se estivesse esmurrando as teclas de uma máquina de escrever em vez de o teclado de um MacBook de aparência cara. — E também devia ler o livro que Nel Abbott estava escrevendo. — Ele olhou para mim e franziu o cenho. — O projeto no qual ela vinha trabalhando? Era para ser uma espécie de livro de arte, acho. Fotos e histórias sobre Beckford.

— Um livro de história local?

Ele soltou o ar com vigor.

ERIN

— Mais ou menos. A interpretação de Nel Abbott dos fatos. De acontecimentos selecionados. A... *versão* dela. Como já mencionei, não algo que muitos dos habitantes locais estivessem ansiosos para ver. Temos cópias, de qualquer forma, do que ela havia escrito até o momento. Um dos investigadores lhe arranjará uma. Peça a Callie Buchan; você a encontrará lá na frente. A questão é que um dos casos sobre os quais ela escreveu foi o de Katie Whittaker, que se suicidou em junho. Katie era muito amiga de Lena Abbott, e Louise, sua mãe, tinha uma relação amigável com Nel. Elas se desentenderam, parece que devido ao enfoque do trabalho de Nel, e então quando Katie morreu...

— Louise a culpou — completei. — Ela a considera responsável.

Ele fez que sim.

— Sim, considera.

— Então eu devia ir lá falar com ela, com essa Louise?

— Não — replicou ele. Seus olhos permaneceram na tela. — Eu vou. Eu a conheço. Fui o responsável pela investigação da morte da filha dela.

Ele fez um longo silêncio mais uma vez. Não havia me dispensado, então, por fim, eu disse:

— Houve qualquer suspeita, em algum momento, de que mais alguém estivesse envolvido na morte de Katie?

Ele balançou a cabeça.

— Nenhuma. Não pareceu haver um motivo claro, mas, como você sabe, geralmente não há. Não um que faça sentido para quem ficou para trás, de qualquer forma. Mas ela deixou um bilhete de despedida. — Ele coçou os olhos. — Foi só uma tragédia.

— Então duas mulheres morreram naquele rio este ano? — perguntei. — Duas mulheres que se conheciam, que tinham uma ligação... — O detetive-inspetor não disse nada, nem olhou para mim; eu nem sabia direito se ele estava escutando. — Quantas morreram ali? Quer dizer, ao todo?

— Desde quando? — perguntou ele, voltando a balançar a cabeça. — Até quando você gostaria de voltar no tempo?

Como eu disse antes: esquisito pra cacete.

51

Jules

SEMPRE TIVE UM pouco de medo de você. Você sabia disso, gostava do meu medo, gostava do poder que ele lhe dava sobre mim. Sendo assim, acho que, apesar das circunstâncias, você teria gostado desta tarde.

Eles me pediram para fazer a identificação do corpo — Lena se ofereceu, mas eles disseram a ela que não, então eu tive de aceitar. Não havia mais ninguém. E mesmo que eu não quisesse vê-la, sabia que tinha de fazê-lo porque vê-la seria melhor do que imaginá-la; os horrores produzidos pela mente são sempre tão piores que a vida *real*. E eu precisava ver você, porque nós duas sabemos que eu não acreditaria, que eu não seria capaz de acreditar que você havia partido, até vê-la.

Você estava deitada numa maca no meio de uma sala fria, um lençol verde-claro cobrindo seu corpo. Havia um rapaz de bata cirúrgica lá, que acenou com a cabeça para mim e para a detetive, e ela fez o mesmo. Quando ele estendeu a mão para puxar o lençol, prendi a respiração. Não me lembro de ter sentido tanto medo desde criança.

Fiquei esperando você pular em cima de mim.

Você não fez isso. Estava imóvel e linda. Havia sempre tanta coisa no seu rosto — tantas expressões, alegria ou maldade — e continuava tudo presente, resquícios delas; você ainda era você, ainda era perfeita, então me ocorreu: você se jogou.

Você se jogou?

Você *se jogou?*

JULES

Aquele verbo, que pronunciei com total desconforto. Você não se jogaria. Nunca, jamais, não é assim que se faz. *Você* me disse isso. O penhasco não é alto o suficiente, você disse. São só 55 metros do topo até a superfície da água — as pessoas podem sobreviver à queda. Então, você disse, se estiver determinada, se estiver determinada mesmo, precisa tomar certas providências. Mergulhar de cabeça. Se estiver decidida, não pode se jogar, tem de mergulhar de cabeça.

E a não ser que esteja determinada, para que fazer uma coisa assim? Não dê uma de turista. Ninguém gosta de turistas.

As pessoas podem sobreviver à queda, mas isso não quer dizer que vão sobreviver. Aí está você, afinal, e não mergulhou de cabeça. Caiu em pé e eis o resultado: suas pernas estão quebradas, sua coluna está quebrada, você está quebrada. O que isso significa, Nel? Que perdeu a coragem? (Nem um pouco a sua cara.) Que não conseguiu conceber a ideia de cair de cabeça e desfigurar o seu lindo rosto? (Você sempre foi muito vaidosa.) Não faz sentido para mim. Não é típico de você fazer o que disse que não faria, ir contra si mesma.

(Lena disse que não há mistério algum aqui, mas quem é ela para saber?)

Peguei sua mão e ela me passou uma sensação desconhecida, não só por estar muito fria, mas por eu não reconhecer o seu formato, o seu toque. Quando foi a última vez que segurei a sua mão? Talvez você a tenha estendido para mim no enterro da mamãe? Eu me lembro de ter me afastado de você, de procurar o papai. Lembro da expressão no seu rosto. (O que você esperava?) Meu coração enrijeceu dentro do peito, os batimentos lentos como uma marcha fúnebre.

Alguém falou:

— Eu sinto muito, mas você não pode encostar nela.

Acima da minha cabeça, a luz zumbia iluminando a sua pele, palida e cinza deitada sobre aço. Coloquei meu polegar na sua testa, corri o dedo pela lateral do seu rosto.

— Por favor, não a toque.

A sargento Morgan estava de pé logo atrás de mim. Eu podia ouvir a sua respiração, lenta e constante, acima do chiado das luzes.

— Onde estão as coisas dela? — perguntei. — As roupas que estava usando? As joias?

— Elas serão devolvidas a vocês — disse a sargento Morgan —, depois que a perícia examinar tudo.

— Tinha uma pulseira? — perguntei a ela.

Ela meneou a cabeça.

— Não sei, mas o que quer que ela estivesse usando, será devolvido para vocês.

— Tinha de haver uma pulseira — sussurrei, baixando os olhos para Nel. — Uma pulseira de prata com um fecho de ônix. Era da mamãe, tinha as iniciais dela gravadas. SJA. Sarah Jane. Ela a usava o tempo todo. A mamãe. Depois você. — A detetive estava me encarando. — Quer dizer, depois ela. Nel.

Voltei o olhar para você, para o seu pulso delgado, para o local onde o fecho de ônix estaria pousado sobre veias azuis. Quis tocá-la outra vez, sentir a sua pele. Tinha certeza de que conseguiria acordá-la. Sussurrei o seu nome e esperei que você estremecesse, que os seus olhos tremulassem e abrissem, que me seguissem pela sala. Pensei que talvez eu devesse beijá-la, que como na *Bela Adormecida* talvez funcionasse, e isso me fez sorrir porque você odiaria a ideia. Você nunca foi a princesa, nunca foi a beleza passiva à espera de um príncipe, você era outra coisa. Tomava o partido das trevas, da madrasta malvada, da fada má, da bruxa.

Senti os olhos da detetive em mim e comprimi os lábios para reprimir o sorriso. Meus olhos estavam secos, e minha garganta, vazia, e, quando sussurrei para você, parece que não saiu som nenhum:

— O que era mesmo que você queria me contar?

Lena

DEVIA TER SIDO eu. Eu é que sou o parente mais próximo, a família dela. A pessoa que a amava. Devia ter sido eu, mas não me permitiram ir. Fui deixada sozinha, sem nada para fazer além de ficar sentada numa casa vazia, fumando até o cigarro todo acabar. Fui até a loja do vilarejo para comprar mais — a gorda que trabalha lá de vez em quando pede para ver minha identidade, mas eu sabia que ela não faria isso hoje. Quando eu saía, vi aquelas vadias da minha escola — Tanya, Ellie e todo aquele bando — vindo pela rua na minha direção.

Tive a sensação de que ia vomitar. Baixei a cabeça, desviei e comecei a andar o mais rápido que pude, mas elas me viram, chamaram meu nome e vieram todas correndo até mim. Eu não sabia o que iam fazer. Na verdade, quando me alcançaram, começaram todas a me abraçar e a dizer que sentiam muito e Ellie teve a cara de pau de chorar lágrimas de crocodilo. Eu deixei que elas se pendurassem em mim, deixei que me abraçassem e alisassem o meu cabelo. Na verdade, foi gostoso ser tocada.

Atravessamos a ponte — elas começaram a falar sobre irmos à casa dos Wards para tomar umas bolinhas e nadar um pouco. "Podia ser uma espécie de velório, meio que uma celebração", disse Tanya. Imbecil. Será que ela achou mesmo que eu ia querer ficar chapada e nadar naquela água hoje? Eu estava tentando pensar no que dizer, mas aí vi Louise e foi uma chance daquelas caídas do céu, e eu pude simplesmente me afastar delas sem dizer uma palavra e não houve nada que pudessem fazer.

A princípio, achei que ela não tivesse me ouvido, mas, quando a alcancei, notei que estava chorando e que não queria ficar perto de mim. Eu a segurei. Não sei por que, mas não queria que ela se afastasse, não queria que me deixasse ali com aquele bando de urubus vadias me olhando e fingindo tristeza, amando aquele dramalhão de merda. Ela tentou se desvencilhar, tirando meus dedos um a um de seu braço enquanto dizia:

— Sinto muito, Lena, não posso falar com você agora. Não posso falar com você.

Eu queria dizer alguma coisa para ela do tipo: *Você perdeu sua filha e eu perdi minha mãe. Isso não nos deixa quites? Será que agora você não pode, simplesmente, me perdoar?*

Mas não disse, e então aquela policial sem noção apareceu e quis saber por que estávamos discutindo, aí eu a mandei dar o fora e fui andando para casa sozinha.

Achei que Julia já estaria em casa quando eu chegasse. Sério, quanto tempo leva para uma pessoa ir a um necrotério, olhar alguém puxar um lençol e dizer: sim, é ela? Não é como se Julia fosse querer se sentar ao lado dela, segurar sua mão e demonstrar afeto, como eu teria feito.

Devia ter sido eu, mas não me deixaram ir.

Fiquei deitada na minha cama em silêncio. Não consigo nem ouvir música porque tenho a sensação de que tudo tem outro significado que eu não entendia antes e agora está doendo demais para eu poder lidar com isso. Não quero chorar o tempo todo, dói o peito e dói a garganta, e a pior parte é que ninguém vem me ajudar. Não sobrou ninguém para me ajudar. Então fiquei deitada na cama fumando um cigarro atrás do outro até ouvir a porta da frente abrir.

Ela não gritou meu nome nem nada, mas eu a ouvi na cozinha, abrindo e fechando armários, mexendo em panelas e frigideiras. Esperei que ela viesse à minha procura, mas acabei cansando, e estava enjoada de tanto fumar e cheia de fome, então desci.

Ela estava diante do fogão mexendo uma panela e, quando se virou e me viu ali, deu um pulo. Mas não foi daquele jeito normal, que nem quando

LENA

alguém nos dá um susto e a gente começa a rir logo depois; o medo permaneceu em seu rosto.

— Lena — disse ela. — Você está bem?

— Você a viu? — perguntei.

Ela assentiu e olhou para o chão.

— Ela parecia... ela mesma.

— Que bom — comentei. — Fico feliz. Não gosto de pensar nela...

— Não. Não. E ela não estava. Toda quebrada. — Ela se virou para o fogão outra vez. — Você gosta de espaguete à bolonhesa? — perguntou. — Estou fazendo... é o que estou fazendo.

Eu gosto, sim, mas não quis lhe dizer isso, então não respondi. Em vez disso, perguntei:

— Por que você mentiu para a polícia?

Ela se virou de repente, a colher de pau em sua mão esguichando molho vermelho pelo chão.

— Como assim, Lena? Eu não menti...

— Mentiu, sim. Você disse a eles que nunca fala com a minha mãe, que vocês duas não têm contato há anos...

— E não temos. — O rosto e o pescoço dela ficaram bem vermelhos, a boca curvou para baixo como a de um palhaço e eu enxerguei: a feiura da qual a mamãe falava. — Eu não tenho nenhum contato *significativo* com Nel desde...

— Ela ligava para você o tempo todo...

— Não era *o tempo todo*. Só de vez em quando. E, de qualquer forma, nós não nos falávamos.

— É, ela me disse que você se recusava a falar com ela, por mais que tentasse.

— É um pouco mais complicado que isso, Lena.

— Complicado como? — vociferei. — Como? — Ela desviou o olhar. — Isso é culpa sua, sabia?

Ela pousou a colher e deu dois passos na minha direção, as mãos na cintura, uma expressão toda preocupada, como uma professora prestes a dizer o quanto está *desapontada* com a sua atitude em sala de aula.

— Como assim? — perguntou ela. — O que é culpa minha?

— Ela tentou entrar em contato com você, queria conversar com você, precisava...

— Ela não precisava de mim. Nel nunca precisou de mim.

— Ela estava infeliz! — falei. — Será que você nem liga, cacete?

Ela deu um passo atrás. Limpou o rosto como se eu tivesse cuspido nela.

— Por que ela estava infeliz? Eu não... Ela nunca disse que estava infeliz. Nunca me contou que estava infeliz.

— E o que você teria feito se ela tivesse contado? Nada! Você não teria feito nada, como sempre. Igual a quando a mãe de vocês morreu e você foi terrível com ela, ou quando ela te convidou para vir aqui quando a gente se mudou, ou daquela vez que ela te chamou para vir ao meu aniversário e você nem respondeu! Simplesmente a ignorou, como se ela não existisse. Mesmo sabendo que ela não tinha mais ninguém, mesmo...

— Ela tinha você — disse Julia. — E eu nunca suspeitei que ela estivesse infeliz, eu...

— Bem, mas estava. Ela nem nadava mais.

Julia ficou imóvel e virou a cabeça em direção à janela como se estivesse tentando escutar alguma coisa.

— O quê? — perguntou ela, mas não estava olhando para mim. Era como se estivesse olhando para outra pessoa, ou para o próprio reflexo. — O que foi que você disse?

— Ela parou de nadar. A minha vida toda eu me lembro dela indo a alguma piscina, ou ao rio, todo santo dia, estava no sangue dela, era uma nadadora nata. Todo dia, mesmo no inverno aqui, quando faz um frio do cacete e é preciso quebrar o gelo da superfície. E aí ela parou. Sem mais nem menos. Estava infeliz a esse ponto.

Ela não disse nada por um tempo, simplesmente ficou ali, olhando pela janela, como se procurasse alguém.

— Você sabe... Lena, você acha que ela se indispôs com alguém? Ou que alguém a estava incomodando, ou...?

Eu fiz que não com a cabeça.

LENA

— Não. Ela teria me contado.

Ela teria me alertado.

— Será que teria mesmo? — perguntou Julia. — Porque, você sabe que Nel... sua mãe... tinha aquele jeito dela, né? Quer dizer, ela sabia irritar as pessoas, sabia infernizar os outros...

— Isso não é verdade! — exclamei, apesar de ser verdade que ela fazia isso às vezes, mas só com gente burra, só com gente que não a entendia. — Você não a conhecia nem um pouco, *você* não a entendia. Você não passa de uma filha da puta invejosa, era assim quando era jovem e ainda é até hoje. Credo. Não adianta nem tentar conversar com você.

Saí de casa mesmo estando morta de fome. Melhor morrer de fome do que me sentar à mesa e comer com ela, pareceria uma traição. Fiquei pensando na mamãe sentada ali, falando ao telefone, o silêncio do outro lado da linha. Piranha insensível. Eu me irritei com ela por causa disso uma vez e perguntei: "Por que você não larga de mão? Não esquece? É óbvio que ela não quer nada com a gente." E a mamãe respondeu: "Ela é minha irmã, a única família que eu tenho." Eu reclamei: "E eu? Eu sou família." Ela riu, então, e disse: "Você não é família. É *mais* que família. É parte de mim."

Parte de mim se foi e nem me deixaram vê-la. Não me deixaram segurar sua mão, nem lhe dar um beijo de despedida, nem lhe dizer que eu sinto muito.

Jules

NÃO A SEGUI. Na verdade, não *queria* alcançar Lena. Eu não sabia o que eu queria. Então só fiquei em pé ali, nos degraus na frente da casa, as mãos esfregando os braços, a visão se adaptando gradualmente ao lusco-fusco.

Eu sabia o que eu não queria: não queria confrontá-la, não queria ouvir mais nada. *Minha culpa?* Como aquilo podia ser minha culpa? Se você estava infeliz, nunca me disse nada. Se tivesse me dito, eu teria escutado. Na minha cabeça, você ria. Ok, mas se você tivesse me dito que havia parado de nadar, Nel, aí eu teria sabido que alguma coisa estava errada. Nadar era essencial para a sua sanidade, era o que você me dizia; sem nadar, você desmoronava. Nada conseguia manter você fora d'água, da mesma forma que nada me fazia entrar nela.

Exceto que alguma coisa conseguiu. Alguma coisa deve ter conseguido.

Senti uma fome repentina, um desejo violento de me sentir saciada de alguma forma. Voltei para dentro e me servi de um prato de espaguete à bolonhesa, então de mais um, e de um terceiro. Comi e comi e, então, com nojo de mim mesma, fui para o andar de cima.

Ajoelhada no banheiro, deixei as luzes apagadas. Um hábito há muito abandonado, mas tão antigo que a sensação foi quase reconfortante; me debrucei no escuro, os vasos sanguíneos prestes a estourar de tanta pressão, as lágrimas jorrando enquanto eu vomitava. Quando senti que não restava mais nada, fiquei em pé e dei descarga. Joguei água no rosto, desviando o olhar do reflexo no espelho, mas o vendo na superfície da banheira, atrás de mim.

JULES

Não tomo banho de banheira há mais de vinte anos. Durante várias semanas, depois do meu quase afogamento, tive dificuldade de tomar banho direito. Quando comecei a feder, minha mãe teve de me colocar debaixo do chuveiro à força e me segurar embaixo dele.

Fechei os olhos e joguei mais água no rosto. Ouvi um carro diminuindo a velocidade lá fora, meu coração batendo mais rápido diante disso, para logo depois se aquietar enquanto o carro ia se afastando.

— Não tem ninguém vindo aí — comentei em voz alta. — Não há motivo para ter medo.

Lena não tinha voltado e, no entanto, eu não tinha a menor ideia de onde procurá-la nesta cidade tão familiar e tão estranha ao mesmo tempo. Fui para a cama, mas não dormi. Cada vez que fechava os olhos, eu via o seu rosto, roxo e pálido, seus lábios cor de violeta, e na minha imaginação eles desnudavam as suas gengivas e, embora sua boca estivesse cheia de sangue, você sorria.

— *Pare com isso, Nel.* — Eu estava falando em voz alta de novo, como uma louca. — *Pare.*

Fiquei esperando sua resposta e tudo o que recebi foi o silêncio; um silêncio interrompido pelo barulho da água, pelos ruídos da casa se mexendo, se deslocando e rangendo enquanto o rio passava. Na escuridão, tateei a mesa de cabeceira à procura do meu celular e liguei para a caixa postal. *Você não tem novas mensagens*, me disse a voz eletrônica. *Há sete mensagens armazenadas.*

A mais recente delas tinha entrado na terça-feira passada, menos de uma semana antes de você morrer, a uma e meia da manhã.

Julia, sou eu. Preciso que você me ligue de volta. Por favor, Julia. É importante. Preciso que você me ligue, assim que puder, está bem? Eu... é... é importante. Ok. Tchau.

Apertei o "1" para repetir, de novo e de novo. Prestei atenção na sua voz, não só na rouquidão, no jeito de falar afetado, sutil, porém irritante, mas em *você*. O que estava tentando me contar?

Você deixou a mensagem no meio da noite e eu a ouvi nas primeiras horas da manhã, me virando na cama ao ver a luz branca piscante do celular. Ouvi suas primeiras três palavras: *Julia, sou eu* e desliguei. Estava cansada, me sentindo para baixo e não estava a fim de ouvir sua voz. Escutei o restante mais tarde. Não achei o recado estranho, nem especialmente intrigante. É o tipo de coisa que você faz: deixa mensagens enigmáticas para aguçar o meu interesse. Vem fazendo isso há anos, então, quando liga outra vez, um ou dois meses depois, eu me dou conta de que não havia crise, não havia mistério, nenhum grande acontecimento. Você só estava tentando chamar minha atenção. Era um jogo. Não era?

Escutei o recado, repetidamente, e agora que o estava ouvindo direito não consegui acreditar que não notei antes a enunciação ligeiramente ofegante e a suavidade pouco característica da sua fala, hesitante, titubeante.

Você estava com medo.

Medo de quê? De *quem*? Das pessoas deste vilarejo: das que param e nos encaram sem dar pêsames, das que não nos trazem comida, que não nos mandam flores? Não me parece, Nel, que você esteja fazendo muita falta. Ou talvez você estivesse com medo da sua filha estranha, insensível e raivosa que não chora por você, que insiste que você se matou, sem provas, sem motivo?

Eu me levantei da cama e fui pé ante pé até o seu quarto. Me senti subitamente infantil. Eu costumava fazer isso — ir de mansinho até o quarto ao lado — quando meus pais dormiam aqui, quando sentia medo durante a noite, quando tinha tido pesadelos depois de ouvir uma das suas histórias. Abri a porta e entrei.

O quarto estava abafado, quente, e ver a sua cama por fazer me levou de repente às lágrimas.

Eu me empoleirei na beira da cama, peguei seu travesseiro, o linho cinza cor de ardósia bem engomado e debruado de vermelho-sangue, e o abracei. Tive uma lembrança nítida de nós duas entrando aqui no aniversário da mamãe. Tínhamos feito o café da manhã para ela, que estava doente na época, e nós estávamos nos empenhando, tentando nos entender. Essas tréguas nunca duravam muito: você se cansava de me ter por perto, eu nunca conseguia manter a sua atenção. Eu acabava voltando para o lado da mamãe e você me olhava com olhos semicerrados, ao mesmo tempo desdenhosa e magoada.

JULES

Eu não entendia você, mas se você me causava estranheza naquela época, agora me é completamente desconhecida. Estou aqui, sentada na sua casa, no meio das suas coisas, e é a casa que me é familiar, não você. Eu não a conheço desde que éramos adolescentes, desde que você tinha 17 anos, e eu, 13. Desde aquela noite em que, como um machado sendo enterrado num pedaço de madeira, as circunstâncias nos separaram, deixando uma fissura larga e profunda.

Mas foi só seis anos mais tarde que você desferiu a machadada de novo e nos separou de vez. Foi depois do funeral. Nossa mãe tinha acabado de ser enterrada, você e eu estávamos fumando no jardim, numa noite gélida de novembro. Eu estava muda de dor, mas você vinha se automedicando desde o café da manhã e queria conversar. Você me contou sobre a viagem que ia fazer para a Noruega, para a Preikestolen, uma falésia de seiscentos metros debruçada sobre um fiorde. Eu estava tentando não prestar atenção porque sabia do que se tratava e não queria ouvir. Alguém — um amigo do nosso pai — se dirigiu a nós.

— Vocês estão bem aí, meninas? — As palavras dele saíram ligeiramente arrastadas. — Afogando as mágoas?

— Afogando, afogando, afogando... — você repetiu. Também estava bêbada. Olhou para mim sob pálpebras pesadas, um brilho estranho nos olhos. — Ju-ulia — começou, esticando as sílabas do meu nome lentamente —, você pensa naquilo de vez em quando?

Você colocou a mão no meu braço e eu o afastei.

— Penso em quê? — Eu estava me levantando, não queria mais ficar com você, queria ficar sozinha.

— Naquela noite. Você... alguma vez conversou com alguém sobre aquilo?

Eu me afastei um passo, mas você agarrou minha mão e apertou com força.

— Ah, peraí, Julia... Seja sincera. Você não gostou nem um pouquinho?

Depois desse dia, parei de falar com você. Isso, segundo sua filha, fui *eu* sendo má com *você*. Nós contamos as nossas histórias de maneira diferente, não é mesmo, você e eu?

Parei de falar com você, mas isso não a impediu de me ligar. Deixava recadinhos estranhos, me contando do seu trabalho, ou da sua filha, de algum prêmio que havia ganho, de alguma homenagem recebida. Nunca dizia onde estava nem com quem, embora em algumas ocasiões eu ouvisse sons ao fundo, música ou trânsito, de vez em quando vozes. Com frequência eu apagava as mensagens, mas armazenava algumas. Às vezes, eu as escutava repetidamente, tanto que mesmo anos depois me lembrava de cada palavra.

De vez em quando você era enigmática, ou então estava zangada; repetia velhos insultos, trazia à tona desentendimentos há muito submersos, me xingava por causa de velhas insinuações. O ímpeto de morte! Um dia, no calor do momento, cansada das suas obsessões mórbidas, eu a acusei de ter um ímpeto de morte e, ah, você nunca mais parou de bater nessa tecla!

De vez em quando você era piegas, falava da mamãe, da nossa infância, da felicidade que vivenciamos e que perdemos. Outras vezes estava para cima, feliz, agitada. *Venha à Casa do Moinho!*, me convidava. *Por favor, venha! Você vai amar. Por favor, Julia, já é hora de a gente deixar aquilo tudo para trás. Não seja teimosa. Está na hora.* E aí eu ficava furiosa. *Está na hora!* Por que *você* é quem escolhia quando era a hora de deixar para trás os nossos problemas?

Eu só queria que me deixassem em paz, esquecer Beckford, esquecer você. Construí uma vida só minha — menor que a sua, claro, e como não haveria de ser? Mas minha. Bons amigos, relacionamentos, um apartamento minúsculo num bairro encantador nos arredores de Londres. Um emprego em assistência social que me dava um propósito na vida; um trabalho que me consumia e me satisfazia apesar do salário baixo e das longas jornadas.

Eu queria ser deixada em paz, mas você não queria nem saber. Duas vezes por ano ou duas num mesmo mês, você me ligava: me perturbando, me desestabilizando, me inquietando. Exatamente como sempre tinha feito — era uma versão adulta de todos os jogos que você costumava jogar. E o tempo todo eu esperei, esperei pela única ligação à qual eu talvez tivesse atendido, aquela na qual você explicaria como pôde se comportar daquele jeito quando éramos jovens, como pôde me ferir, como pôde ser tão passiva enquanto me

JULES

feriam. Parte de mim queria ter uma conversa com você, mas não antes de você me dizer que sentia muito, não antes de implorar o meu perdão. Mas o seu pedido de desculpas nunca veio, e eu continuo esperando.

Me debrucei sobre a cama e abri a gaveta de cima da mesa de cabeceira. Havia cartões-postais, em branco — fotos de lugares onde você esteve, talvez — camisinhas, lubrificante, um antigo isqueiro de prata com as iniciais *LS* gravadas na lateral. *LS*. Algum amante? Olhei à minha volta de novo, pelo quarto, e me dei conta de que não havia fotos de homens na casa. Nem aqui em cima, nem lá embaixo. Até os quadros são quase todos de mulheres. E quando você deixava os seus recados falava do trabalho, da casa e de Lena, mas nunca mencionou homem nenhum. Homens nunca pareceram ter muita importância para você.

Exceto por um, não é mesmo? Há muito tempo, um garoto foi importante para você. Quando você era adolescente, costumava sair às escondidas de casa à noite, pela janela da área, despencando lá de cima na margem do rio e dando a volta na casa de mansinho, afundada até as canelas na lama. Você subia pela beira do rio toda atrapalhada até a estrada e lá estava ele à sua espera. Robbie.

Pensar em Robbie, em você com Robbie, era como atravessar a ponte arqueada em alta velocidade: atordoante. Robbie era alto, forte e loiro, na boca um perpétuo sorriso de escárnio. Tinha um jeito de olhar para as garotas que as virava pelo avesso. Robbie Cannon. O macho alfa, o líder, sempre cheirando a desodorante Lynx e a sexo, abrutalhado e mau. Você o amava, segundo dizia, embora para mim aquilo nunca tenha parecido amor. Ou vocês ficavam aos amassos ou se insultavam, não havia meio-termo. Nem paz. Não me lembro de muitas risadas. Mas eu tinha, sim, uma lembrança nítida de vocês dois deitados à margem do poço, as pernas emaranhadas, os pés dentro d'água, ele rolando para cima de você, empurrando os seus ombros na areia.

Alguma coisa nessa imagem me deixou agitada, me fez sentir algo que eu não sentia havia muito tempo. Vergonha. A vergonha suja e secreta de um voyeur com um toque a mais de outra coisa, algo que eu não conseguia iden-

EM ÁGUAS SOMBRIAS

tificar com precisão, nem queria. Tentei ignorar o que quer que fosse, mas me lembrei: aquela não foi a única vez que fiquei olhando vocês dois.

Me senti subitamente desconfortável, então me levantei da sua cama e comecei a andar de um lado para o outro, olhando para as fotos. Fotos por todos os lados. Claro. Porta-retratos em cima da cômoda com fotos suas, bronzeada e sorridente, em Tóquio e em Buenos Aires, durante férias esquiando ou em praias, com sua filha nos braços. Nas paredes, reproduções emolduradas de capas de revistas fotografadas por você, uma reportagem na primeira página do *New York Times*, os prêmios que você recebeu. Está aqui: toda a evidência do seu sucesso, a prova de que você me superou em tudo. Trabalho, beleza, filhos, vida. E agora me superou outra vez. Até nisto, você venceu.

Uma foto me fez parar de súbito. Uma foto sua com Lena — não mais um bebê, uma garotinha, talvez com seus 5 ou 6 anos, possivelmente mais velha, nunca sei precisar a idade de uma criança. Ela está sorrindo, exibindo seus dentinhos brancos, e há algo de estranho ali, algo que me provocou um calafrio; algo nos olhos dela, na expressão do seu rosto, lhe dava a aparência de uma predadora.

Senti uma veia pulsar no pescoço, um medo antigo surgir. Eu me deitei de novo na cama e tentei não escutar a água, mas, mesmo com as janelas fechadas, no andar de cima da casa, era impossível bloquear o som. Dava para senti-la empurrando as paredes, infiltrando-se pelas rachaduras da alvenaria, subindo. Dava para sentir seu gosto, lamacento e sujo na minha boca. Percebi que minha pele estava úmida.

Em algum lugar da casa ouvi alguém rir e a risada era igualzinha à sua.

Agosto de 1993

Jules

MAMÃE COMPROU UM maiô novo para mim, um com uma cara antiguinha, de algodão quadriculado azul e branco com "sustentação". Era para ter uma aparência meio anos cinquenta, o tipo de coisa que Marilyn talvez usasse. Gorda e branquela, eu não era nenhuma Norma Jean, mas o vesti assim mesmo porque ela teve um trabalho danado para encontrá-lo. Não era fácil encontrar maiô para alguém como eu.

Coloquei um short azul e uma camisa de malha branca extragrande por cima dele. Quando Nel desceu para almoçar com seu short jeans e um biquíni frente única, deu uma olhada em mim e perguntou:

— Você vai ao rio hoje à tarde?

O tom que usou deixou claro que não queria que eu fosse, então seus olhos cruzaram com os da mamãe e ela foi logo avisando:

— Eu não vou ficar tomando conta dela, não, tá? Estou indo encontrar minhas amigas.

Mamãe disse:

— Seja boazinha, Nel.

Mamãe estava em remissão nessa época, tão frágil que uma brisa mais forte poderia derrubá-la, a pele cor de azeitona amarelada como papel velho, e Nel e eu tínhamos ordens expressas de nosso pai para que "nos entendêssemos".

EM ÁGUAS SOMBRIAS

Parte do "que nos entendêssemos" significava "me enturmar", de maneira que, sim, eu ia ao rio. Todo mundo ia ao rio. Era a única coisa que tinha para fazer, na verdade. Beckford não era igual à praia, não tinha parque de diversões, fliperama, nem mesmo um campo de minigolfe. O que tinha era a água: e só.

Algumas semanas após o início do verão, depois que as rotinas haviam sido criadas, que todo mundo já tinha descoberto onde se encaixava e com quem, que o pessoal de fora e os locais já haviam se misturado, amizades e inimizades estabelecidas, as pessoas começavam a se reunir em grupos ao longo da margem do rio. As crianças mais novas costumavam nadar ao sul da Casa do Moinho, onde a correnteza era mais fraca e havia peixes para pescar. A garotada da pesada se juntava na casa dos Wards para usar drogas e transar, brincar com tabuleiros Ouija e tentar invocar espíritos zangados. (Nel me contou que, se a gente olhasse com atenção, ainda dava para ver vestígios do sangue de Robert Ward nas paredes.) Mas o grupo maior se reunia no Poço dos Afogamentos. Os garotos pulavam das pedras, as meninas tomavam banho de sol, havia música tocando e churrasqueiras acesas. Alguém sempre levava cerveja.

Eu teria preferido ficar em casa, entre quatro paredes, longe do sol. Teria preferido ficar deitada na minha cama lendo ou jogando cartas com a mamãe, mas não quis que ela se preocupasse comigo, tinha coisas mais importantes com que se preocupar. Queria mostrar a ela que eu podia ser sociável, que podia fazer amigos. Que podia "me enturmar".

Sabia que Nel não ia querer que eu fosse. Para ela, quanto mais tempo eu passasse dentro de casa, melhor, e menos provável que seus amigos me vissem — a bolota, a vergonha: *Julia*, gorda, feia e chata. Ela ficava completamente constrangida com a minha companhia, sempre caminhando alguns passos à frente ou molengando dez atrás; seu desconforto na minha presença era óbvio o bastante para chamar atenção. Uma vez, quando nós duas saíamos do mercadinho do vilarejo juntas, ouvi um dos garotos dizer:

— Ela *deve* ser adotada. Não tem a menor chance de essa vaca gorda ser irmã de Nel Abbott de verdade.

JULES

Eles riram e eu busquei o apoio dela, mas o que encontrei foi vergonha.

Naquele dia, caminhei até o rio sozinha. Carreguei uma sacola contendo uma toalha e um livro, uma lata de Coca Diet e dois Snickers para o caso de sentir fome entre o almoço e o jantar. Minha barriga doía e as costas também. Quis dar meia-volta, retornar para a privacidade do meu quartinho frio e escuro onde podia ficar sozinha. Sem que ninguém me visse.

As amigas de Nel já estavam lá quando cheguei. Elas tomaram conta da praia, a pequena meia-lua de margem arenosa mais próxima do poço. Era o lugar mais agradável para se sentar, com uma inclinação em que dava para deitar com os dedos dos pés dentro d'água. Havia três meninas — duas das redondezas e uma outra chamada Jenny, que era de Edimburgo e que tinha uma pele cor de marfim linda e cabelos pretos num corte chanel reto. Apesar de ser escocesa, falava o "inglês da rainha", e os garotos andavam desesperados para dar uns amassos nela porque, segundo boatos, ainda era virgem.

Todos os garotos menos Robbie, claro, que só tinha olhos para Nel. Os dois haviam se conhecido dois anos antes, quando ele tinha 17 anos, e ela, 15, e agora eram um casal oficial de verão, embora pudessem sair com outras pessoas durante o restante do ano porque não era realista esperar que ele fosse ser fiel quando ela não estivesse por perto. Robbie tinha 1,86m, era bonito, popular, jogava rúgbi com frequência, e sua família tinha dinheiro.

Depois de estar com Robbie, às vezes Nel voltava para casa com hematomas nos pulsos ou nos braços. Quando eu perguntava como aquilo tinha acontecido, ela ria e dizia: "O que você acha?" Robbie me dava arrepios na espinha e eu não conseguia parar de encará-lo sempre que estava por perto. Eu tentava evitar, mas continuava olhando. Um dia ele notou e começou a me encarar também. Ele e Nel faziam piadinhas a respeito, e, de vez em quando, ele olhava para mim, passava a língua nos lábios e ria.

Os meninos também já estavam lá quando cheguei ao poço, mas do outro lado, nadando, escalando as margens, empurrando os outros das pedras, rindo, falando palavrões e chamando um ao outro de gay. Era assim que sempre parecia ser: as meninas ficavam sentadas esperando e os meninos faziam bagunça até se cansarem, então se aproximavam e faziam coisas com as me-

EM ÁGUAS SOMBRIAS

ninas, às quais elas às vezes resistiam, e outras, não. Todas as meninas menos Nel, que não tinha medo de mergulhar e de molhar o cabelo, que adorava a brutalidade e a agitação das brincadeiras deles, que conseguia galgar a corda bamba entre ser um dos meninos e o objeto de desejo absoluto deles.

Não me sentei com as amigas de Nel, obviamente. Estendi a toalha debaixo das árvores e fiquei sozinha. Havia outro grupo de meninas mais novas, mais ou menos da minha idade, sentadas um pouco mais adiante, e reconheci uma delas de verões anteriores. Ela sorriu para mim e eu sorri para ela também. Dei um tchauzinho, mas ela desviou o olhar.

Estava quente. Naquele momento, senti vontade de entrar na água. Eu conseguia imaginar exatamente como seria a sensação dela na minha pele, suave e limpa, a textura da lama morna entre os dedos dos pés, como seria sentir a luz cálida e laranja nas pálpebras ao me deitar na água para boiar. Tirei a camisa, mas isso não me refrescou nem um pouco. Notei que Jenny estava me observando. Ela torceu o nariz e olhou para baixo, para a areia, porque sabia que eu tinha percebido a expressão de repugnância em seu rosto.

Dei as costas para todos, me deitei sobre o meu lado direito e abri meu livro. Estava lendo *A história secreta*. Tudo o que eu queria era um grupo de amigos como aquele: unido, exclusivo e maravilhoso. Eu queria ter alguém para seguir, alguém que me protegesse, alguém impressionante por sua mente, não pelas longas pernas. Embora eu soubesse que, se tivesse gente desse tipo por aqui, ou na minha escola em Londres, não iam querer ser meus amigos. Eu não era burra, mas não brilhava. Nel brilhava.

Ela desceu para o rio em algum momento no meio da tarde.

Eu a escutei chamar as amigas e ouvi os meninos gritarem para ela de cima do penhasco onde estavam sentados, balançando as pernas e fumando. Olhei por cima do ombro, observando enquanto ela tirava a roupa e caminhava lentamente para dentro d'água, salpicando-a sobre o próprio corpo, curtindo a atenção.

Os meninos começaram a descer do penhasco, por entre as árvores. Virei de barriga para baixo, mantendo a cabeça inclinada, os olhos grudados na página, as palavras um borrão. Queria não ter vindo, queria poder escapulir sem ser vista, mas não havia nada que eu pudesse fazer sem ser notada, literalmente nada. Meu corpo branco e redondo não conseguia "escapulir" para lugar algum.

Os meninos traziam uma bola de futebol e começaram a chutá-la de um lado para o outro. Eu podia ouvi-los pedindo o passe, a bola batendo na superfície da água, os gritinhos das meninas rindo ao receberem os respingos. Então senti uma pancada ardida na coxa quando a bola me atingiu. Todos riram. Robbie ergueu a mão e veio correndo na minha direção para pegar a bola.

— Foi mal, foi mal — disse ele, com um largo sorriso na cara. — Desculpe, Julia, não foi de propósito. — Ele pegou a bola e eu o vi olhar para mim, para a marca vermelha e enlameada carimbada na minha pele branca e marmorizada como gordura animal congelada. Alguém fez algum comentário sobre o alvo ser grande, pois é, dá até para errar uma porta de celeiro, mas é impossível não acertar um bundão desses em cheio.

Voltei a atenção para o meu livro. A bola quicou numa árvore a poucos centímetros de mim e alguém berrou: "Foi mal." Eu ignorei. Aconteceu outra vez, e de novo. Virei de barriga para cima. Estavam mirando em mim. Tiro ao alvo. As meninas estavam dobradas ao meio, sem conseguirem controlar o riso, os gritinhos de divertimento de Nel os mais altos de todos.

Eu me sentei, tentei me fazer de valente:

— Certo. *Tá*. Muito engraçado. Agora já podem parar. Chega! Parem com isso — gritei, mas já havia outro garoto mirando o chute. A bola veio na minha direção. Ergui o braço para proteger o rosto e a bola me atingiu, a pancada forte como uma ferroada. Com lágrimas querendo surgir nos olhos, eu me levantei desajeitadamente. As outras meninas, as mais novas, também olhavam. Uma delas cobriu a boca com a mão.

— Parem! — gritou. — Vocês a machucaram. Ela está sangrando.

Olhei para baixo.

Tinha sangue na minha perna, escorrendo pela parte interna da minha coxa em direção ao joelho. Não era nada disso, eu soube imediatamente, eles não tinham me machucado. As cólicas, a dor nas costas — e eu vinha me sentindo mais triste que de costume, a semana toda. Eu estava sangrando de verdade, profusamente, não era só uma mancha na calcinha — meu short estava encharcado. E todos olhavam para mim, me encarando. As meninas não riam mais, olhavam umas para as outras, boquiabertas, um misto de horror e divertimento. Meu olhar cruzou com o de Nel e ela desviou os olhos, quase deu para senti-la se encolher. Estava constrangida. Morta de vergonha de mim. Vesti a camisa o mais rápido que pude, enrolei a toalha na cintura e saí andando desajeitadamente, de volta pela trilha. Ouvi os garotos começarem a rir de novo enquanto eu me afastava.

Naquela noite, eu me atirei na água. Foi mais tarde — bem mais tarde — e eu havia bebido, minha primeira experiência com bebida alcoólica. Outras coisas também tinham acontecido. Robbie veio me procurar, se desculpou pela maneira como ele e os amigos se comportaram. Me disse que sentia muito, botou o braço no meu ombro e disse que eu não precisava ficar envergonhada.

Mas eu fui ao Poço dos Afogamentos mesmo assim e Nel me arrastou para fora dele. Me arrastou até a margem e me fez ficar de pé. Deu um tapa no meu rosto com força.

— Sua vaca, sua vaca estúpida e gorda, o que foi que você fez? O que está tentando fazer?

2015

Quarta-feira, 12 de agosto

Patrick

A CASA DOS Wards não pertencia mais aos Wards havia quase cem anos, e tampouco pertencia a Patrick — na verdade, não parecia mais pertencer a ninguém. Patrick supunha que pertencesse ao conselho municipal, provavelmente, embora ninguém nunca a tivesse reclamado para si. Mas, de qualquer forma, Patrick tinha a chave, então isso o fazia se sentir proprietário. Ele pagava as contas de luz e de água, que eram baixas, e colocara ele próprio a fechadura alguns anos antes, depois de a porta ter sido arrombada por um bando de maus elementos. Agora só ele e o filho, Sean, tinham as chaves e Patrick se certificava de que o local fosse mantido limpo e organizado.

Só que às vezes a porta ficava destrancada e, para ser franco, Patrick já não conseguia ter certeza de que a trancara. Começara a ter, cada vez mais no último ano, momentos de confusão que o enchiam de um pavor tão grande que ele se recusava a enfrentá-lo. Às vezes esquecia palavras ou nomes e levava um bom tempo para se lembrar deles. Velhas recordações voltavam à tona para interromper a paz dos seus pensamentos, chegando com um colorido feroz e um volume perturbador. Ao seu redor, via sombras se moverem.

Patrick subia o rio todos os dias, fazia parte da sua rotina: acordar cedo, caminhar os cinco quilômetros ao longo do rio até a casa, às vezes pescava por uma ou duas horas. Não fazia isso com muita frequência mais. Não era só por estar cansado, ou porque as pernas doíam, era a vontade mesmo que lhe faltava. Não sentia mais a mesma satisfação com as coisas que um dia haviam lhe dado prazer. Mas ainda gostava de manter tudo sob controle, e, quando as pernas estavam boas, conseguia fazer a caminhada até lá e de volta em umas duas horas. Naquela manhã, no entanto, acordara com a panturrilha esquerda inchada e dolorida, aquele vago latejar da veia persistente como um relógio marcando o tempo. Assim, decidiu ir de carro.

Levantara-se da cama, tomara banho, se vestira, e então lembrara com uma ligeira irritação de que o carro ainda estava na oficina — esquecera completamente de buscá-lo na tarde anterior. Resmungando baixinho, atravessara o pátio mancando para perguntar à nora se podia pegar o dela emprestado.

A mulher de Sean, Helen, estava na cozinha limpando o chão. Durante o ano letivo, ela já teria saído — era diretora da escola e fazia questão de estar em seu escritório às 7:30 todas as manhãs. Mas, mesmo nas férias, não era do tipo que dormia até mais tarde. A inatividade não fazia parte da sua natureza.

— Já está acordada e cheia de disposição tão cedo — disse Patrick, entrando na cozinha; ela sorriu. Com rugas ao redor dos olhos e mechas grisalhas nos cabelos castanhos e curtos, Helen parecia ser mais velha que seus 36 anos. Mais velha, pensou Patrick, e mais cansada do que deveria estar.

— Não consegui dormir — disse ela.

— Ora, eu sinto muito, querida.

Ela deu de ombros.

— O que fazer, não é? — Ela enfiou o esfregão dentro do balde e o encostou de pé na parede. — Posso fazer um café para o senhor, papai? — Era como ela o chamava agora. Ele havia estranhado de início, mas agora gostava; aquilo o aquecia por dentro, o carinho na voz dela quando dizia a palavra. Ele disse que levaria o café numa garrafa térmica, explicando que queria subir o rio. — Não vai chegar nem perto daquele poço, vai? Eu só acho que...

Ele sacudiu a cabeça.

— Não. É claro que não. — Ele fez uma pausa. — Como Sean está lidando com tudo isso?

PATRICK

Ela deu de ombros.

— O senhor sabe. Ele não é muito comunicativo.

Sean e Helen moravam na casa que Patrick um dia compartilhara com a mulher. Depois da morte dela, Sean e Patrick viveram juntos lá. Muito tempo depois, após o casamento de Sean, eles converteram o velho celeiro que ficava do outro lado do pátio em uma casa e Patrick se mudou para lá. Sean reclamou, dizendo que ele e Helen é que deveriam se mudar, mas Patrick não quis saber. Queria os dois lá, gostava da sensação de continuidade, da ideia de os três formarem uma pequena comunidade, parte da cidade, mas separados dela.

Ao chegar à casa dos Wards, Patrick logo percebeu que alguém tinha estado lá. As cortinas estavam fechadas, e a porta da frente, entreaberta. Dentro, encontrou a cama desarrumada. Havia copos vazios manchados de vinho no chão e uma camisinha boiando na privada. Havia guimbas de cigarros num cinzeiro. Ele pegou um e cheirou à procura do cheiro de marijuana, mas só sentiu o odor de cinzas frias. Havia outras coisas lá, também, peças de roupa e tralhas generalizadas — um pé de meia azul, um colar de contas. Ele juntou tudo e enfiou num saco plástico. Tirou os lençóis da cama, lavou os copos na pia, atirou as guimbas de cigarro no lixo e trancou a porta cuidadosamente ao sair. Levou tudo para o carro e jogou os lençóis no banco de trás, o lixo, na mala do carro, e os objetos abandonados, no porta-luvas.

Trancou o carro e caminhou até a beira do rio, acendendo um cigarro no caminho. A perna doeu, o peito apertou enquanto tragava, a fumaça quente batendo no fundo da garganta. Tossiu, imaginando poder sentir o arranhão acre contra os pulmões cansados e empretecidos. Sentiu-se subitamente muito triste. Esse estado de ânimo se apossava dele de vez em quando, agarrava-o com tanta força que ele se via desejando o fim de tudo. Tudo. Olhou para a água e fungou. Jamais seria uma dessas pessoas que se entregavam à tentação de ceder, de submergir, de fazer tudo desaparecer, mas era sincero o bastante para admitir que até ele podia enxergar a atração pela entrega total e absoluta.

EM ÁGUAS SOMBRIAS

Até voltar para casa, metade da manhã já havia se passado, o sol estava alto no céu. Patrick viu a gata malhada, o animal de rua que Helen vinha alimentando, andando preguiçosamente pelo pátio em direção ao arbusto de alecrim que ficava no canteiro sob a janela da cozinha. Patrick notou que as costas dela estavam ligeiramente encurvadas e a barriga, inchada. Prenhe. Teria de dar um jeito nisso.

Quinta-feira, 13 de agosto

Erin

Meus vizinhos de merda, na merda do apartamento de temporada que aluguei em Newcastle, estavam tendo uma puta discussão às quatro da manhã, então decidi me levantar e sair para correr. Estava toda vestida e pronta, quando me ocorreu: por que correr aqui se posso correr lá? Então fui de carro até Beckford, estacionei em frente à igreja e peguei a trilha que sobe o rio.

Foi difícil, de início. Assim que você passa o poço, tem de subir a ladeira e depois pegar o declive do outro lado, mas então o terreno fica bem mais plano e aquilo vira um sonho de corrida. Fresco antes de o sol de verão bater, silencioso, pitoresco e sem ciclistas, bem diferente da minha corrida londrina ao longo do Regent's Canal, desviando de bicicletas e de turistas o tempo todo.

Alguns quilômetros rio acima, o vale se alarga e a encosta verdejante salpicada de ovelhas do lado oposto se estende em suaves ondulações. Segui pelo terreno plano e coberto de seixos, árido a não ser por trechos de capim espesso e do onipresente tejo. Corri com vontade, a cabeça baixa até que, mais ou menos um quilômetro e meio adiante, cheguei a uma pequena casa, ligeiramente afastada da beira do rio e com um pequeno bosque de bétulas ao fundo.

Diminuí o passo para recuperar o fôlego e me dirigi à construção para dar uma olhada. Era um lugar solitário, aparentemente desocupado, mas não abandonado. Havia cortinas, puxadas até a metade, e as janelas estavam limpas. Espiei dentro e vi uma sala de estar minúscula mobiliada com duas poltronas verdes e uma mesinha de centro. Tentei abrir a porta, mas estava trancada, então me sentei nos degraus do pórtico e tomei um gole da minha garrafa d'água. Alongando as pernas à minha frente e flexionando os tornozelos, esperei até que a respiração e os batimentos se acalmassem. Na base da moldura da porta, notei que alguém havia riscado uma mensagem — *Annie, a louca, esteve aqui* — com uma caveirinha desenhada ao lado.

Corvos discutiam nas árvores atrás de mim, mas, além disso e do eventual balido de uma ovelha, o vale era silencioso e perfeitamente intocado. Eu me considero uma garota cem por cento urbana, mas este lugar — mesmo sendo esquisito — conquista a gente.

O inspetor Townsend convocou uma reunião logo depois das nove. Não éramos muitos, os presentes — dois guardas que vinham ajudando com as entrevistas de porta em porta, Callie, a detetive novata, Cabeludo, o cara da cena do crime, e eu. Townsend acompanhara o médico-legista durante a autópsia — nos passou os detalhes, a maior parte dos quais já era de esperar. Nel morrera em decorrência dos ferimentos sofridos na queda. Não havia água nos pulmões — ela não se afogou, já estava morta quando atingiu a água. Não tinha ferimentos que não pudessem ser explicados pela queda em si — nenhum arranhão ou hematoma que parecesse estar no lugar errado ou que talvez sugerisse o envolvimento de outra pessoa. Também tinha uma boa quantidade de álcool no sangue — o equivalente a três ou quatro doses.

Callie relatou as entrevistas de porta em porta — embora não houvesse muito o que contar. Sabemos que Nel esteve no pub por pouco tempo na noite de domingo e que saiu por volta das sete. Sabemos que ficara na Casa do Moinho até pelo menos às 22:30 quando Lena foi se deitar. Ninguém relatou tê-la visto depois disso. Ninguém relatou tê-la visto em qualquer discussão recente, tampouco, apesar de todos os entrevistados concordarem que ela não gozava de grande estima. Os moradores da cidade não gostavam da sua atitude, de uma forasteira se achar no direito de vir para a terra deles e ter a pretensão de contar a sua história. Quem ela achava que era?

ERIN

O Cabeludo vem analisando a conta de e-mail de Nel — ela havia criado uma conta exclusiva para seu projeto e convidara as pessoas a mandarem as suas histórias. Em geral, só recebia insultos.

— Embora eu não diria que seja tão pior do que muitas mulheres recebem pela internet normalmente — disse ele, dando de ombros como se pedisse desculpas, como se fosse responsável por todo idiota misógino que habita a internet. — Vamos dar prosseguimento, claro, mas...

O restante do testemunho do Cabeludo, na verdade, foi bastante interessante. Para início de conversa, demonstrou que Jules Abbott era mentirosa: o celular de Nel Abbott continuava desaparecido, mas o registro de chamadas mostrava que, apesar de ela não usar muito o telefone, havia feito *onze* ligações para a irmã nos últimos três meses. A maioria havia durado menos de um minuto, às vezes dois ou três; nenhuma delas era especialmente longa, mas ela tampouco ligara e desligara sem falar nada.

Ele também havia conseguido precisar a hora do óbito. A filmadora que ficava nas pedras lá debaixo — a que não havia sido danificada — registrara alguma coisa. Nada de muito claro, nem de muito revelador, só um súbito borrão de movimento na escuridão seguido por um jato de água. Às 2:31, horário registrado na filmadora, Nel foi parar na água.

Mas ele guardou o melhor para o fim.

— Tiramos uma impressão digital da outra filmadora, da que foi danificada — disse ele. — Não corresponde a ninguém que já tenha ficha criminal, mas podemos pedir ao pessoal das redondezas para se apresentar, para que sejam excluídos da lista de suspeitos.

Townsend assentiu lentamente com a cabeça.

— Sei que aquela filmadora já foi danificada antes disso — continuou Cabeludo, dando de ombros —, então não vamos, necessariamente, conseguir nada de conclusivo, mas...

— Ainda assim. Vamos ver o que encontramos. Vou deixar isso com você — disse Townsend, olhando para mim. — Vou dar uma palavrinha com Julia Abbott sobre essas ligações. — Ele ficou de pé, cruzando os braços por cima do peito, a cabeça baixa. — Todos vocês, estejam avisados — começou ele,

EM ÁGUAS SOMBRIAS

com a voz baixa, quase em tom de desculpas — de que a Divisão ligou para mim esta manhã. — Deu um longo suspiro e nós, os demais, nos entreolhamos. Sabíamos o que estava por vir. — Levando em conta os resultados da autópsia e a falta de indícios físicos de algum tipo de luta lá em cima daquele penhasco, estamos sob pressão para não *desperdiçar recursos* — desenhou aspas no ar ao dizer as duas últimas palavras — num suicídio ou morte acidental. Então. Eu sei que ainda temos trabalho a fazer, mas precisamos trabalhar de forma rápida e eficiente. Não vão nos dar muito tempo para esse caso.

Aquilo não me surpreendeu. Pensei na conversa que tinha tido com o inspetor-chefe no dia em que me fora atribuído o caso — *tudo indica que se jogou.* Já indicando toda a espécie de saltos: de penhascos aos de lógica. O que não chegava a ser inesperado, levando-se em conta a história do lugar.

Ainda assim. Eu não estava gostando daquilo. Não estava gostando do fato de duas mulheres terem morrido naquelas águas no intervalo de dois meses e de elas se conhecerem. Tinham uma ligação, com o local e com as pessoas. Eram ligadas por Lena: melhor amiga de uma, filha da outra. A última pessoa a ver a mãe viva e a primeira a insistir que isso — não só a morte da mãe, mas o mistério que a cercava — era *o que ela queria.* Que coisa mais estranha para uma adolescente dizer.

Comentei isso com o inspetor quando saíamos da delegacia. Ele olhou para mim com uma expressão sombria.

— Só Deus sabe o que está se passando na cabeça daquela menina — comentou. — Deve estar tentando encontrar um sentido para isso. Ela... — Ele parou de falar. Uma mulher vinha caminhando em nossa direção. Na verdade, ela arrastava os pés mais do que andava, e resmungava baixinho. Usava um casaco preto apesar do calor, os cabelos grisalhos tinham mechas roxas e as unhas eram pintadas de preto. Parecia uma gótica idosa.

— Boa tarde, Nickie — disse Sean.

A mulher ergueu o olhar para ele, em seguida para mim, os olhos estreitando sob grossas sobrancelhas.

— Humpf — resmungou ela, presumivelmente como forma de cumprimento. — Estão chegando a algum lugar, estão?

ERIN

— Chegando a algum lugar com relação a que, Nickie?

— A descobrir quem foi! — falou ela. — A descobrir quem a empurrou.

— Quem a *empurrou*? — repeti. — Está se referindo a Danielle Abbott? Tem alguma informação que talvez nos possa ser útil, senhora...

Ela me fuzilou com os olhos, então voltou-se outra vez para Sean.

— Quem é esta aqui? — perguntou, cutucando o ar com o dedo na minha direção.

— Esta é a detetive-sargento Morgan — respondeu ele sem se alterar. — Tem alguma coisa que gostaria de nos contar, Nickie? Sobre a outra noite?

Ela voltou a emitir seu murmúrio de desdém.

— Eu não vi nada — resmungou —, e, mesmo que tivesse visto, até parece que a laia de vocês me daria ouvidos, não é mesmo?

Retomou a caminhada arrastada passando por nós, seguindo pela rua ensolarada e resmungando.

— Que história foi essa, na sua opinião? — perguntei ao inspetor. — Ela é alguém que deveríamos interrogar oficialmente?

— Eu não levaria Nickie Sage muito a sério — respondeu Sean, balançando a cabeça. — Ela não é exatamente confiável.

— Ah, é?

— Ela diz que é "médium", que conversa com os mortos. Já tivemos alguns problemas com ela antes, fraude e coisas do tipo. Também afirma ser descendente de uma mulher que foi morta aqui por caçadores de bruxas — acrescentou ele, secamente. — É doida de pedra.

Jules

EU ESTAVA NA cozinha quando a campainha tocou. Olhei pela janela e vi o detetive Townsend de pé nos degraus da varanda olhando para cima, para as janelas. Lena chegou à porta antes de mim. Abriu-a para ele e disse:

— Oi, Sean.

Townsend entrou na casa, roçando de leve o corpo magrelo de Lena ao passar por ela, reparando (ele deve ter reparado) em seu short jeans e em sua camisa dos Rolling Stones com a língua de fora. Ele estendeu a mão para mim e o cumprimentei. A palma estava seca, a pele tinha um tom enfermo, e ele exibia olheiras cinzentas. Lena o observava com os olhos semicerrados. Ela levou os dedos à boca e roeu uma unha.

Eu o conduzi até a cozinha e Lena nos seguiu. O detetive e eu nos sentamos à mesa, enquanto Lena ficou encostada na bancada. Ela cruzou as pernas, apoiando uma canela na outra, e em seguida transferiu o peso do corpo de um pé para o outro, cruzando as pernas outra vez.

Townsend não olhou. Ele tossiu, esfregou o pulso.

— A autópsia foi concluída — disse ele, baixinho. Olhou para Lena e depois para mim. — Nel foi morta pelo impacto da queda. Não há indicação de que outra pessoa esteja envolvida. Havia um pouco de álcool em seu sangue. — Sua voz ficou ainda mais baixa. — O suficiente para afetar negativamente seu bom senso. E para deixá-la sem equilíbrio.

Lena fez um barulho, um suspiro longo e estremecido. O detetive olhava para as mãos, agora entrelaçadas à sua frente na mesa.

JULES

— Mas... Nel andava com a firmeza de uma cabra no alto daquele penhasco — protestei. — E dava conta de bem mais que algumas taças de vinho. Na verdade, podia dar conta de uma garrafa...

Ele assentiu.

— Talvez — falou. — Mas, à noite, lá em cima...

— Não foi acidente — disse Lena, bruscamente.

— Ela *não se jogou* — vociferei.

Lena apertou os olhos, me encarando, na boca uma expressão de desdém.

— Como *você* sabe? — perguntou. Ela se virou para o detetive. — Você sabia que ela mentiu para você? Ela mentiu sobre não ter tido contato com a minha mãe. Mamãe tentou ligar para ela, tipo, sei lá quantas vezes. Ela nunca atendeu, nunca retornou a ligação, nunca... — Lena parou e olhou para mim. — Ela só... por que é que você está aqui, mesmo? Eu não quero você aqui. — Saiu pisando firme e bateu a porta da cozinha. Alguns instantes depois, também a porta do quarto.

O detetive-inspetor Townsend e eu permanecemos sentados em silêncio. Fiquei esperando que ele me perguntasse sobre os telefonemas, mas ele não disse nada; seus olhos eram impenetráveis, o rosto, sem expressão.

— Você não acha estranho o fato de ela estar convencida de que Nel fez isso de caso pensado? — falei, por fim.

Ele se virou para mim, a cabeça ligeiramente inclinada para o lado. Mesmo assim, não disse nada.

— Vocês não têm um suspeito nesta investigação? Quer dizer... é que eu tenho a impressão de que ninguém aqui se importa que ela esteja morta.

— Mas você se importa? — perguntou ele, sem se alterar.

— Que tipo de pergunta é essa? — Senti o rosto ficar quente. Sabia o que estava por vir.

— Srta. Abbott — começou ele. — Julia.

— Jules. É Jules. — Eu tentava ganhar tempo, adiando o inevitável.

— Jules. — Ele pigarreou. — Como Lena acabou de mencionar, embora você tenha nos dito que não mantinha contato com sua irmã há anos, os registros de chamadas do celular de Nel revelam que, só nos últimos três meses, ela fez onze ligações para o seu telefone. — Com o rosto queimando de vergonha, desviei o olhar. — *Onze* ligações. Por que mentir para nós?

(*Ela vive mentindo*, resmungou você, sombriamente. *Vive mentindo. Vive contando histórias.*)

— Eu não *menti* — respondi. — Nunca falei com ela. Foi como Lena disse: ela deixava recados, eu não retornava. Então, não menti — repeti. Soei fraca, falsa, até para mim mesma. — Olhe, você não pode me pedir para explicar isso porque não há jeito de eu conseguir fazer com que uma pessoa de fora entenda. Nel e eu tínhamos problemas há anos, mas isso não tem nada a ver com a morte dela.

— Como você sabe? — perguntou Townsend. — Se você não falava com ela, como sabe com o que tinha a ver?

— Eu só... Tome aqui — comecei, estendendo o celular. — Tome. Ouça você mesmo. — Minhas mãos estavam tremendo e, quando pegou o telefone, as dele também. Ele escutou sua mensagem final.

— Por que você não retornava as ligações dela? — indagou, a expressão no rosto transparecendo decepção. — Ela parecia tensa, você não acha?

— Não, eu... Eu não sei. Ela parecia a Nel. Às vezes estava feliz, às vezes estava triste, às vezes estava zangada, mais de uma vez estava bêbada... Não *significava nada*. Você não a conhece.

— As outras ligações que ela fez — continuou ele, agora com um tom mais agressivo. — Você ainda tem os recados?

Eu não tinha, não todos, mas ele escutou os que eu havia armazenado, a mão segurando meu celular com tanta força que os nós dos dedos ficaram brancos. Quando terminou, me devolveu o aparelho.

— Não apague esses. Talvez seja preciso escutar outra vez. — Ele arrastou a cadeira para trás, ficou de pé, e eu o segui até o corredor.

Na porta, ele se virou para me encarar.

— Vou te dizer uma coisa — começou —, eu acho estranho você não ter retornado as ligações dela. Que não tenha tentado descobrir por que ela queria falar com você com tanta urgência.

— Pensei que ela só quisesse chamar atenção — repliquei, baixinho, e ele me deu as costas.

Só depois de ele sair e fechar a porta foi que me lembrei. Corri atrás dele.

— Detetive Townsend — gritei —, tinha uma pulseira. A pulseira da minha mãe. Nel a usava sempre. Já a encontraram?

Ele fez que não com a cabeça, virando-se de novo para me olhar.

— Não encontramos nada, não. Lena disse à sargento Morgan que, apesar de Nel realmente usar a pulseira com frequência, não era algo que usasse todos os dias. Embora — continuou ele, baixando a cabeça —, eu imagine que você não teria como saber disso.

Lançando um olhar para a casa, ele entrou no carro e foi deixando a entrada de veículos de ré, bem devagar.

Jules

ENTÃO, DE ALGUMA forma, isto acabou sendo culpa minha. Você é mesmo impressionante, Nel. Está morta, possivelmente assassinada, e todo mundo aponta o dedo para mim. Eu nem estava aqui! Fiquei irritadiça, reduzida à minha "eu" adolescente. Queria gritar com aquelas pessoas. *Como isto é culpa minha?*

Depois que o detetive saiu, voltei para dentro de casa como um furacão, captando minha imagem no espelho do corredor ao passar, e me surpreendi ao pegar você me encarando (mais velha, não tão bonita, mas ainda assim você). Alguma coisa apertou dentro do meu peito. Fui para a cozinha e chorei. Se falhei com você, preciso saber como. Posso não ter amado você, mas não tolero a ideia de vê-la abandonada dessa forma, descartada. Quero saber se alguém lhe fez mal e por quê; quero que paguem por isso. Quero esclarecer tudo para que talvez você possa parar de cochichar no meu ouvido que *não se jogou, não se jogou, não se jogou.* Eu acredito em você, está bem? E (*sussurrando*) quero ter certeza de que estou em segurança. Quero ter certeza de que não tem ninguém atrás de mim. Quero ter certeza de que a menina de quem vou ter de cuidar é só isso — uma menina inocente — e nada mais. Não algo perigoso.

Não conseguia parar de pensar em como Lena havia olhado para o inspetor Townsend, o tom da voz dela ao chamá-lo pelo nome (pelo nome?) e não pelo sobrenome, na forma como ele olhou para ela. Me perguntei se o que ela tinha dito à polícia a respeito da pulseira era verdade. Soava falso, para mim, porque você a reclamara para si, se apossara dela com tanta rapidez. Era possível, eu supunha, que você só tivesse insistido em ficar com ela porque sabia o quanto eu a queria. Quando você a encontrou no meio das coisas da mamãe e a colocou no pulso, eu reclamei com o papai (sim, mais uma vez contando histórias). Eu perguntei: "Por que é *ela* que tem de ficar com a pulseira?" Você retrucou: "Por que não? Eu sou a mais velha." E, quando ele saiu, você sorriu ao admirá-la no pulso. "Combina comigo", falou. "Não acha que combina comigo?" E beliscou uma camada de gordura no meu braço. "Duvido que ela fosse caber nesse seu bracinho gorducho."

Enxuguei os olhos. Você me alfinetava desse jeito com frequência; a crueldade sempre foi o seu forte. Algumas farpas — sobre a minha gordura, sobre o quanto eu era lenta, sem graça — eu deixava para lá. Outras — "Ah, peraí, Julia... Seja sincera. Você não gostou nem um pouquinho?" — estavam entranhadas tão fundo na minha carne que eu não tinha como tirá-las a não ser abrindo novas feridas. Essa última foi sussurrada com uma voz pastosa dentro do meu ouvido no dia em que enterramos a nossa mãe — ah, eu teria ficado feliz em estrangular você com minhas próprias mãos por causa dessas palavras. E se você fez aquilo *comigo*, se foi capaz de me fazer sentir daquele jeito, em quem mais você despertou instintos assassinos?

Lá embaixo, nos recônditos da casa, em seu estúdio, remexi sua papelada. Comecei com as coisas mundanas. Dos arquivos-armários de madeira encostados na parede, tirei pastas contendo exames médicos seus e de Lena, a certidão de nascimento de Lena, sem o nome do pai. Eu já havia imaginado que esse seria o caso, claro; esse era um dos seus mistérios, um dos segredos que você guardava em seu íntimo. Mas que nem mesmo Lena soubesse? (Eu tive de me perguntar, maliciosamente, se você também talvez não soubesse.)

Havia boletins escolares da Park Slope Montessori, no Brooklyn, e da escola primária e secundária daqui de Beckford. Os títulos de propriedade da casa, uma apólice de seguro de vida (com Lena como beneficiária), extratos bancários, contas de investimento. Todos os fragmentos comuns de uma vida relativamente bem organizada, sem segredos para revelar nem verdades ocultas para contar.

EM ÁGUAS SOMBRIAS

Nas gavetas inferiores estavam suas pastas relacionadas "ao projeto": caixas abarrotadas de impressões grosseiras de fotografias, páginas de anotações, algumas datilografadas, outras na sua caligrafia ilegível, em tinta azul e verde, palavras riscadas, escritas em maiúsculas e sublinhadas, como os desvarios de uma teórica das conspirações. Uma louca. Diferentemente das outras pastas, essas não estavam em ordem, estava tudo bagunçado, misturado. Como se alguém tivesse revirado os arquivos atrás de alguma coisa. Senti um calafrio, minha boca ficou seca. A polícia tinha revistado tudo, *claro*. Estavam com o seu computador, mas quiseram olhar isto também. Talvez estivessem atrás de um bilhete.

Dei uma olhada na primeira caixa de fotos. A maioria era do poço, das rochas, da faixa de areia. Em algumas delas, você havia feito anotações nas beiradas, códigos que eu não tinha como decifrar. Havia fotos de Beckford também: suas ruas e casas, as mais bonitas de pedra, e as recentes, mais feias. Uma delas fora retratada várias vezes, uma casa eduardiana geminada simples, com cortinas encardidas abertas pela metade. Havia fotos do centro da cidade, da ponte, do pub, da igreja, do cemitério. Do túmulo de Libby Seeton.

Pobre Libby. Você era obcecada por ela quando criança. Eu odiava a história, triste e cruel como era, mas você queria ouvi-la sem parar. Queria ouvir como Libby, ainda pequena, fora levada para a água, acusada de bruxaria. *Por quê?*, eu perguntava, e nossa mãe respondia: "Porque ela e a avó tinham conhecimento de ervas e de plantas. Sabiam fazer remédios." Aquilo me parecia um motivo idiota, mas as histórias dos adultos eram cheias de crueldades idiotas: criancinhas impedidas de entrar na escola porque tinham a cor de pele errada, gente surrada ou morta por adorar o deus errado. Mais tarde você me contou que aquilo não teve nada a ver com fazer remédios, foi porque Libby seduziu (você explicou o significado da palavra) um homem mais velho e fez com que ele deixasse a mulher e o filho. Isso não a diminuiu aos seus olhos; era um sinal do poder dela.

Quando você era pequena, com uns 6 ou 7 anos, insistiu em usar uma das saias velhas da mamãe para ir ao poço; a saia foi arrastando pela terra, mesmo você a tendo puxado até debaixo do queixo. Você escalou as pedras e se atirou na água enquanto eu brincava na areia. Você era Libby: *Olhe, mamãe! Olhe! Você acha que eu vou afundar ou boiar?*

Ainda consigo ver você fazendo aquilo, a animação estampada no rosto. Sinto a maciez da mão da mamãe na minha, a areia quentinha entre meus dedos dos pés enquanto a observávamos. Mas isso não faz sentido: se você tinha 6 ou 7 anos, eu não tinha mais que 2 ou 3 — não há a menor chance de eu conseguir me lembrar disso, há?

Lembrei do isqueiro que encontrei na sua gaveta, das iniciais gravadas nele. *LS*. Uma homenagem a Libby? Sério, Nel? Você era tão obcecada por uma garota morta há trezentos anos que mandou gravar as iniciais dela em um objeto seu? Talvez não. Talvez não tenha sido obsessão. Talvez só tenha gostado da ideia de poder segurá-la na palma da mão.

Voltei às pastas, à procura de mais informações sobre Libby. Vasculhei as páginas impressas e as fotos, reproduções de velhos artigos de jornal, recortes de revistas, aqui e ali seus garranchos na borda das páginas, quase sempre ilegíveis, raramente distintos. Havia nomes que eu já tinha ouvido e nomes que não: Libby e Mary, Anne e Katie, Ginny e Lauren, e lá, no topo da página sobre Lauren, em tinta preta grossa, você havia escrito: *Beckford não é um local de suicídios. Beckford é um local para se livrar de mulheres encrenqueiras.*

O Poço dos Afogamentos

Libby, 1679

Ontem eles disseram amanhã, o que agora é hoje. Ela sabe que não vai demorar. Eles virão para levá-la até a água, para julgá-la. Ela quer que chegue a hora, torce para que chegue a hora, quanto mais cedo, melhor. Está cansada de se sentir tão suja, da coceira na pele. Sabe que não vai ajudar muito com as feridas, já pútridas e fedorentas. Precisa de baga de sabugueiro ou de calêndula, não sabe qual das duas seria melhor, ou se já é tarde demais para fazer qualquer coisa. Tia May saberia, mas ela já se foi, morta na forca há oito meses.

Libby adora a água, ama o rio, apesar de ter medo da parte funda. Vai estar fria o bastante para congelá-la nessa época, mas pelo menos haverá de tirar os insetos de sua pele. Eles rasparam sua cabeça assim que a prenderam, mas seus cabelos já cresceram um pouco, e há coisas rastejando por todas as partes, cavoucando sua pele, ela as sente nos ouvidos, nos cantos dos olhos e no meio das pernas. Ela se coça até sangrar. Vai ser bom lavar isso tudo, o cheiro de sangue, dela própria.

Eles chegam pela manhã. Dois homens jovens, brutos, física e verbalmente — ela já foi alvo de seus punhos antes. Mas não mais, agora eles têm cuidado, porque ouviram o que disse o homem, aquele que a viu na floresta, as pernas abertas e o demônio entre elas. Eles riem e lhe dão tapas, mas também têm medo dela e, de qualquer forma, ela já não está nada atraente.

O POÇO DOS AFOGAMENTOS

Ela se pergunta: será que ele vai estar lá para vê-la, e o que haverá de pensar? Ele a achara linda um dia, mas agora seus dentes estão apodrecendo e a pele está cheia de hematomas como se fosse uma morta-viva.

Eles a levam para Beckford, onde o rio faz uma curva acentuada ao redor do penhasco para então fluir lenta e profundamente. É aqui que ela vai nadar.

É outono, um vento frio sopra, mas o sol está brilhando e ela se sente envergonhada, nua assim sob a claridade intensa, diante de todos os homens e mulheres do vilarejo. Ela tem a impressão de poder ouvir a reação deles, de pavor ou surpresa, diante daquilo em que se transformou a encantadora Libby Seeton.

Ela está amarrada com cordas grossas e ásperas o bastante para fazerem um sangue vivo e fresco brotar em seus pulsos. Só os braços. As pernas permanecem soltas. Então amarram uma corda ao redor de sua cintura para, no caso de ela afundar, poderem puxá-la de volta à superfície.

Quando a levam até a beira do rio, ela se vira e procura por ele. As crianças gritam nessa hora, achando que está jogando uma praga nelas, e os homens a empurram para dentro d'água. O frio rouba-lhe todo o fôlego. Um dos homens empunha uma vara e a empurra em suas costas, fazendo-a avançar cada vez mais até ela não conseguir ficar em pé. Ela desliza para baixo, para dentro d'água. Ela afunda.

O frio é tão intenso que ela esquece onde está. Abre a boca, puxa o ar e sorve a água negra, começa a engasgar, se debate, agita as pernas, mas está desorientada, já não sente o leito do rio sob os pés.

A corda a puxa com força, aperta sua cintura, esfola a pele.

Quando a arrastam de volta à margem, ela está chorando.

— Mais uma vez!

Alguém clama por um segundo ordálio.

— Ela afundou! — grita uma voz de mulher. — Não é uma bruxa, é só uma criança.

— Mais uma vez! Mais uma vez!

Os homens a amarram de novo para o segundo ordálio. Agora de um jeito diferente: polegar esquerdo com dedão do pé direito, polegar direito com dedão do pé esquerdo. A corda ao redor da cintura. Dessa vez, eles a carregam para dentro d'água.

— Por favor — ela começa a implorar, pois não tem certeza se vai conseguir enfrentar aquilo, a escuridão e o frio. Ela quer voltar para um lar que já não existe, para uma época em que ela e a tia se sentavam diante da lareira e contavam histórias uma para a outra. Quer estar na própria cama na casinha delas, quer ser pequena outra vez, sentir o cheiro da fumaça da lenha, das rosas, da calidez da pele da tia. — Por favor.

Ela afunda. Quando a arrastam para fora pela segunda vez, seus lábios estão do roxo de um hematoma e ela já não respira mais.

SEGUNDA-FEIRA, 17 DE AGOSTO

Nickie

NICKIE ESTAVA SENTADA em sua poltrona, ao lado da janela, vendo o sol nascer e evaporar a bruma matinal de cima dos montes. Ela mal havia dormido, com todo esse calorão e a irmã tagarelando em seus ouvidos a noite toda. Nickie não gostava de calor. Tinha nascido para o clima frio: a família do pai viera das Hébridas. Sangue de viking. A da mãe deixara o leste da Escócia rumo ao sul há centenas de anos, expulsa por caçadores de bruxas. O povo de Beckford podia não acreditar, podia zombar e desdenhar, mas Nickie sabia que descendia das bruxas. Podia traçar uma linha direta até bem lá atrás, de Sage a Seeton.

De banho tomado, alimentada e vestida de preto, em sinal de respeito, Nickie foi primeiro ao poço. Arrastou os pés numa caminhada lenta e longa pela trilha. Ficou grata pela sombra proporcionada pelos carvalhos e pelas faias. Mas, mesmo assim, o suor ardia em seus olhos e se acumulava na base das costas. Quando chegou à pequena faixa de areia do lado sul, tirou as sandálias e foi entrando no rio até ficar com os tornozelos submersos. Abaixou-se e encheu de água as mãos em concha, jogando-a no rosto, no pescoço e nos braços. Em outros tempos, teria subido até o topo do penhasco para prestar homenagem às que haviam caído, às que haviam se jogado e às que haviam sido empurradas de lá, mas suas pernas já não colaboravam, então o que quer que ela quisesse dizer para as nadadoras, teria de ser dali mesmo.

EM ÁGUAS SOMBRIAS

Quando viu Nel Abbott pela primeira vez, Nickie estava quase exatamente neste mesmo local. Isso tinha sido há alguns anos e ela fazia o mesmo que agora — chapinhava na água, se refrescava —, quando avistou uma mulher lá em cima do penhasco. Ela a viu andar de um lado para o outro uma vez, depois uma segunda, e na terceira a palma da mão de Nickie começou a formigar. Algo maligno, pensou ela. Observou a mulher se abaixar, ficar de joelhos e, então, como uma cobra deslizando sobre o ventre, se mover até o limite da beira do penhasco, os braços pendendo para baixo. Com o coração na boca, Nickie berrou:

— Ei!

A mulher olhou para ela e, para surpresa de Nickie, sorriu e acenou.

Nickie passou a vê-la com bastante frequência depois disso. Ela ia muito ao poço, ficava tirando fotos, desenhando e fazendo anotações. Ia lá em cima a qualquer hora da noite e do dia, com chuva ou sol. De sua janela, Nickie tinha observado Nel atravessar a cidade em direção ao poço no meio da noite, durante uma tempestade de neve, ou quando chuvas torrenciais caíam com força suficiente para arrancar a pele dos ossos.

De vez em quando, Nickie passava por ela na trilha e Nel nem piscava, nem parecia perceber que tinha companhia de tão absorta no que estava fazendo. Nickie gostava disso, admirava a concentração da mulher, o jeito como o trabalho a consumia. Também gostava da devoção de Nel ao rio. Houve um tempo em que Nickie adorava mergulhar durante as manhãs quentes de verão, embora esses dias já tivessem ficado para trás. Mas Nel! Ela nadava ao amanhecer e ao anoitecer, no inverno e no verão. Embora, pensando bem, fizesse algum tempo que Nickie não a via nadando no rio, pelo menos há umas duas semanas. Mais tempo, talvez? Tentou se lembrar da última vez que a vira na água, mas não conseguiu, graças à irmã que tagarelava outra vez em seu ouvido, enevoando sua mente.

Como queria que ela calasse a boca.

Todo mundo achava que Nickie era a ovelha negra da família, mas, na verdade, era sua irmã Jean. Durante toda a infância, todos haviam dito que Jeannie era a boa menina, que fazia o que lhe mandavam, então, quando

NICKIE

completou 17 anos, o que fez senão ingressar na polícia? Na polícia! O pai delas trabalhava numa mina, pelo amor de Deus! Aquilo era uma traição, disse a mãe, uma traição para a família inteira, a comunidade toda. Os pais pararam de falar com Jean na época e era para Nickie eliminá-la de sua vida também, sem piedade. Só que não podia, podia? Jeannie era sua irmã caçula.

E tinha a língua frouxa, esse era o seu problema — não sabia quando ficar calada. Depois que deixou a polícia e antes de ir embora de Beckford, Jean contou a Nickie uma história que a deixou de cabelos em pé e, desde então, Nickie mordia a língua e cuspia na terra, murmurando invocações para se proteger, cada vez que Patrick Townsend cruzava seu caminho.

Até agora, havia funcionado. Estava protegida. Mas não Jeannie. Depois daquela história toda com Patrick e sua mulher e todos os problemas que se seguiram, Jeannie se mudou para Edimburgo, se casou com um homem imprestável e, juntos, eles passaram os quinze anos seguintes se matando de tanto beber. Mas Nickie ainda a via de vez em quando, ainda conversava com ela. Ultimamente, com mais frequência. Jeannie ficara prolixa de novo. Barulhenta, incômoda. Insistente.

Vinha tagarelando mais do que nunca nas últimas noites, desde que Nel Abbott caíra na água. Jeannie teria gostado de Nel, teria visto algo de si na mulher. Nickie também gostava dela, gostava das conversas que tinham, gostava do fato de Nel *escutar* quando Nickie falava. Ouvia as suas histórias, mas não dava ouvidos aos seus alertas, dava? Como Jeannie, Nel era outra que não sabia quando ficar de boca fechada.

O negócio é que, de vez em quando, depois de uma chuva forte, por exemplo, o nível do rio sobe. Desordeiro que é, ele suga a terra e a revira e revela algo que foi perdido: a ossada de um carneiro, a galocha de uma criança, um relógio de ouro coberto de lodo, um par de óculos com uma correntinha de prata. Uma pulseira com um fecho quebrado. Uma faca, um anzol, uma chumbada. Latas e carrinhos de supermercado. Lixo. Coisas importantes ou sem importância. E, tudo bem, assim são as coisas, assim é o rio. O rio pode voltar ao passado, trazer coisas à tona e cuspi-las na margem diante dos olhos de todos, mas as pessoas não podem. As mulheres não podem. Quando você começa a fazer perguntas e a colocar pequenos anúncios em lojas e em pubs, quando começa a tirar fotos e a conversar com os jornais e a fazer perguntas sobre bruxas, sobre mulheres e almas perdidas, não está atrás de respostas, está atrás de problemas.

Disso Nickie entendia.

Até secar os pés, calçar as sandálias e começar a caminhar, muito lentamente, de volta pela trilha, subir a escada e atravessar a ponte, já eram dez e pouco, estava quase na hora. Ela foi até o mercado, comprou uma lata de Coca-Cola e se sentou no banco em frente ao átrio da igreja. Não ia entrar — igreja não era lugar para ela —, mas queria observá-los. Queria observar os enlutados, os curiosos e os hipócritas mais descarados.

Acomodou-se ali e fechou os olhos — só por um instante, pensou —, mas quando os abriu de novo, já havia começado. Observou a jovem policial, nova na cidade, andando de um lado para o outro, virando a cabeça como um suricato. Ela também era uma observadora. Nickie viu o pessoal do pub, o proprietário, sua mulher e a jovem que trabalhava atrás do balcão, dois professores da escola, o gordo desleixado e o bonitão, com óculos escuros cobrindo-lhe os olhos. Viu os Whittakers, os três, a infelicidade exalando de seus corpos como vapor de uma panela, o pai encolhido de dor, o menino com medo da própria sombra, só a mãe de cabeça erguida. Um bando de meninas grasnando como gansos, um homem logo atrás, um rosto do passado, um rosto feio. Nickie o conhecia, mas não sabia de onde, não conseguiu ligar o nome à pessoa. Foi distraída pelo carro azul-escuro que embicou no estacionamento, pela comichão na pele, pela sensação de ar frio na nuca. Viu a mulher primeiro, Helen Townsend, sem graça feito um passarinho marrom, surgir do banco de trás do carro. O marido saltou do banco do motorista e, do banco do carona, saiu o velho, Patrick, as costas eretas como as de um sargento-mor. Patrick Townsend: homem de família, pilar da comunidade, ex-policial. Escória. Nickie cuspiu no chão e disse a sua invocação. Sentiu o velho virar os olhos em sua direção e Jeannie sussurrar: *Desvie o olhar, Nic.*

Nickie contou quantos entraram e voltou a contar quantos saíram, meia hora depois. Houve algum tipo de confusão na porta, gente se esbarrando,

NICKIE

empurrando para passar, então alguma coisa aconteceu entre o professor bonitão e Lena Abbott, algumas palavras trocadas de maneira áspera. Nickie ficou olhando e percebeu que a policial fazia o mesmo; Sean Townsend caminhando imponente em meio ao grupo com a cabeça e os ombros acima de todos. Mantendo a ordem. Mas algo ali passou despercebido, não passou? Como um daqueles truques feitos por vigaristas, no qual você tira o olho da bolinha só por um segundo e o jogo todo muda.

Helen

HELEN SE SENTOU à mesa da cozinha e chorou baixinho, os ombros sacudindo, as mãos unidas sobre o colo. Sean interpretou a situação de forma totalmente equivocada.

— Você não precisa ir — disse ele, pousando a mão suavemente no ombro dela. — Não tem motivo nenhum para ir.

— Ela tem que ir, sim — interferiu Patrick. — Helen tem que ir, você tem que ir... todos nós. Fazemos parte desta comunidade.

Helen assentiu, secando as lágrimas com o dorso das mãos.

— É claro que eu vou — disse ela, pigarreando. — Claro que vou.

Não estava abalada por causa do enterro. Estava triste porque Patrick tinha afogado a gatinha no rio pela manhã. Ela estava prenhe, ele lhe dissera, e não podiam se dar ao luxo de permitir que a casa fosse dominada por gatos. Eles se tornariam um inconveniente. Ele tinha razão, claro, mas, mesmo assim... A gata, apesar de selvagem, já era quase um bichinho de estimação para Helen. Gostava de vê-la atravessar o pátio toda manhã com seus passos macios, farejando a porta da frente à procura de um petisco, afastando preguiçosamente com a pata as abelhas que zumbiam em torno do alecrim. Pensar naquilo fez seus olhos se encherem de lágrimas outra vez.

Depois que Sean subiu, ela disse:

— Você não precisava *afogar* a gata. Eu poderia tê-la levado ao veterinário, eles poderiam tê-la sacrificado.

Patrick balançou a cabeça.

HELEN

— Não tinha necessidade — disse ele, asperamente. — Foi a melhor maneira. Terminou num instante.

Mas Helen tinha visto os arranhões profundos nos antebraços dele, o que provava a ferocidade com a qual a gata havia lutado. *Ótimo,* pensou. *Espero que ela tenha machucado você feio.* Então se sentiu mal porque é claro que ele não havia feito aquilo por maldade.

— Vou ter que dar um jeito nisso aí — disse ela, apontando para os arranhões em seus braços.

Ele fez que não com a cabeça.

— Está tudo bem.

— Não está, não, pode acabar infeccionando. E vai sujar a camisa de sangue.

Ela o sentou à mesa da cozinha, limpou os arranhões, passou um antisséptico nos ferimentos, então cobriu os cortes mais profundos com curativos adesivos. Patrick observou o rosto dela o tempo todo e Helen imaginou que ele devia estar sentindo algum remorso, porque, quando terminou, ele beijou sua mão e disse:

— Boa garota. Você é uma boa garota.

Helen ficou de pé e se afastou dele, colocou-se diante da pia com as mãos na bancada e fitou as pedras do calçamento banhadas de sol. Mordeu o lábio.

Patrick suspirou, baixando o volume da voz até virar um murmúrio.

— Olhe, minha querida, eu sei que é difícil para você. Sei disso. Mas precisamos ir em família, não é mesmo? Precisamos apoiar Sean. Isto não tem a ver com chorar a perda dela. Tem a ver com deixar aquilo tudo para trás.

Helen não soube dizer se foram as palavras que disse ou o hálito dele em sua nuca, mas sentiu um arrepio na espinha.

— Patrick — começou, virando-se para olhá-lo. — *Papai.* Preciso conversar com você sobre o carro, sobre...

Sean vinha descendo as escadas ruidosamente, dois degraus de cada vez.

— Sobre o quê?

— Nada não — disse ela, e ele franziu o cenho. Ela balançou a cabeça. — Não é nada importante.

Ela subiu, lavou o rosto e vestiu o terninho cinza-escuro, normalmente reservado para as reuniões com o conselho escolar. Passou um pente nos cabelos, tentando não encarar os próprios olhos no espelho. Não queria admitir, nem para si mesma, que estava com medo; não queria enfrentar aquilo que temia. Havia encontrado alguns objetos no porta-luvas do carro, coisas que não sabia explicar e para as quais não sabia se queria explicação. Pegara tudo e escondera — sem pensar, sem raciocinar — debaixo da cama.

— Você está pronta? — gritou Sean lá debaixo. Ela respirou fundo, forçando-se a olhar para o próprio reflexo, para o rosto pálido, a cara lavada, os olhos transparentes como vidro cinza.

— Estou pronta — disse para si mesma.

Helen se acomodou no banco de trás do carro de Sean, Patrick na frente ao lado do filho. Ninguém disse nada, mas ela podia ver, pela forma como ele ficava passando a palma da mão no pulso, que o marido estava ansioso. Ele devia estar sofrendo, claro. Aquilo tudo — essas mortes no rio — trazia à tona lembranças dolorosas para ele e para o pai.

Ao atravessarem a primeira ponte, Helen baixou os olhos para o rio esverdeado e tentou não pensar nela, mantida à força debaixo d'água, lutando pela própria vida. A gata. Estava pensando na gata.

Josh

TIVE UMA BRIGA com a mamãe antes de a gente sair para o enterro. Eu desci e ela estava lá no corredor passando batom na frente do espelho. Estava com uma blusa vermelha. Aí, eu disse: "Você não pode usar essa blusa num enterro, é falta de respeito." Ela meio que deu uma risada engraçada e entrou na cozinha como se eu não tivesse falado nada. Mas eu não ia desistir daquilo porque a gente não precisa chamar mais atenção do que já chama. É capaz de a polícia estar lá — a polícia sempre aparece no enterro de gente que morre de maneira suspeita. Já é ruim o bastante eu ter mentido para eles, e mamãe também — o que eles vão achar quando ela aparecer lá vestida como quem vai para uma festa?

Eu segui a mamãe para dentro da cozinha. Ela me perguntou se eu queria um chá e respondi que não. Falei que achava que ela não devia ir ao enterro e ponto final, e ela perguntou: "E por que diabos não?" E eu respondi: "Você nem gostava dela. Todo mundo sabe que você não gostava dela." Ela abriu um sorriso irritante e falou: "Ah, sabem, é?" E eu disse: "Estou indo porque sou amigo da Lena." E ela falou: "Você não é, não." O papai desceu a escada e reclamou: "Não diga isso, Lou. É claro que ele é." Ele falou alguma coisa para ela bem baixinho para eu não ouvir, ela fez que sim com a cabeça e subiu.

Papai fez chá para mim, que eu não queria, mas tomei mesmo assim.

— A polícia vai estar lá? — perguntei a ele, mesmo sabendo a resposta.

— Imagino que sim. O Sr. Townsend conhecia Nel, não conhecia? E, bem... imagino que algumas pessoas da cidade vão querer prestar uma última homenagem a ela, quer a tenham conhecido ou não. Eu sei... sei que é complicado para a gente, mas acho certo a gente tentar fazer o possível, você não concorda? — Eu não falei nada. — E você vai querer ver a Lena, não vai?, dizer a ela o quanto lamenta a sua perda? Imagine só como a pobre da Lena deve estar se sentindo. — Continuei sem falar nada. Ele estendeu a mão para bagunçar meu cabelo, mas eu me encolhi.

— Pai — comecei —, sabe quando a polícia perguntou sobre domingo de madrugada, sobre onde a gente estava e tudo mais?

Ele assentiu, mas notei que ele olhou por cima da minha cabeça para ver se a mamãe estava escutando.

— Você disse que não tinha ouvido nada fora do normal, não foi? — perguntou ele. Eu fiz que sim. — Você contou a verdade.

Fiquei sem saber se ele tinha dito *Você contou a verdade?* como uma pergunta, ou *Você contou a verdade*, como afirmação.

Eu queria falar uma coisa, queria dizer em voz alta. Queria perguntar: *Mas e se? E se ela fez algo ruim?* Só para o papai me dizer que eu estava sendo ridículo, só para ele gritar comigo e perguntar: *Como você pôde pensar uma coisa dessas?*

Eu disse:

— A mamãe foi ao mercado.

Ele olhou para mim como se eu fosse idiota.

— É, eu sei. Ela foi ao mercado cedo aquele dia para comprar leite. Josh... Ah! Pronto — disse ele, olhando por cima do meu ombro. — Aí está ela. Bem melhor, não acha?

Ela havia trocado a blusa vermelha por uma preta.

Melhor, estava, mas eu continuava com medo do que ia acontecer. Tinha medo de ela dizer alguma coisa ou de ela rir no meio da cerimônia ou qualquer coisa assim.

A cara dela naquele momento estava me incomodando muito, não uma cara de quem está feliz nem nada, era mais como... como a cara que ela faz para o papai quando sai vitoriosa depois de uma discussão, que nem quando ela diz: *Eu avisei que seria mais rápido pegar a estrada A68.* Era como

JOSH

se tivesse ficado provado que ela estava certa sobre alguma coisa e que não conseguisse tirar aquela expressão de vitória do rosto.

Quando chegamos à igreja, um monte de gente andava de um lado para outro — isso fez eu me sentir um pouco melhor. Vi o Sr. Townsend e acho que ele me viu, mas não se aproximou da gente nem disse nada. Ficou só em pé ali, olhando em volta, então parou e ficou observando enquanto Lena e a tia atravessavam a ponte. Lena estava parecendo gente grande, diferente de como ela costuma ser. Mas ainda assim bonita. Quando passou andando pela gente, me viu e abriu um sorriso triste. Eu quis ir até ela e lhe dar um abraço, mas a mamãe estava segurando a minha mão com tanta força que não deu para eu me afastar.

Eu não precisava ter ficado com medo de a mamãe rir. Quando entramos na igreja, ela começou a chorar, a soluçar tão alto que outras pessoas se viraram para olhar. Não sei direito se isso melhorou ou piorou as coisas.

103

Lena

ESTA MANHÃ, EU me senti feliz Estava deitada na cama, já livre das cobertas. Dava para sentir o calor aumentando e eu soube que ia ser um dia lindo. Dava para ouvir a mamãe cantar. Aí, eu acordei.

O vestido que eu pretendia usar estava pendurado atrás da porta do meu quarto. Pertencia à mamãe, um Lanvin. Nunca, nem em um milhão de anos, ela me deixaria usá-lo, mas acho que hoje ela não ligaria. Não tinha sido lavado desde a última vez que ela o havia usado, então ainda estava com o cheiro dela. Quando o vesti, foi como ter a pele dela encostada na minha.

Lavei e sequei o cabelo, então o prendi. Costumo usá-lo solto, mas a mamãe gostava dele preso. *Totes sophis,* dizia daquele jeito dela quando queria que eu revirasse os olhos. Quis entrar no quarto dela para procurar a pulseira — sabia que ia estar ali em algum lugar —, mas não consegui.

Não consigo entrar no quarto dela desde que morreu. A última vez que estive lá foi no domingo passado à tarde. Eu estava de saco cheio e triste por causa da Katie, então fui ao quarto dela procurar erva. Não encontrei nenhuma na mesinha de cabeceira, então comecei a vasculhar os bolsos dos casacos dentro do armário porque, de vez em quando, é onde ela guardava uns troços. Não esperava que ela estivesse em casa. Quando ela me pegou, não pareceu ficar puta, só meio triste.

— Nem pense em me dar bronca — fui avisando. — Estou procurando o bagulho no *seu quarto*. Então você não pode ficar puta comigo. Isso faria de você uma hipócrita de marca maior.

LENA

— Não — disse ela —, faria de mim um adulto.

— Dá no mesmo — retruquei, e ela riu.

— É, talvez, mas o fato é que eu posso fumar e beber, e você, não. Mas por que você quer ficar chapada no meio de uma tarde de domingo? E sozinha? Meio triste, não é? — Então, ela continuou: — Por que não vai nadar, ou algo assim? Por que não liga para alguma amiga?

Pirei com ela porque parecia que estava dizendo o tipo de coisa que Tanya e Ellie e aquele monte de vagabundas falam sobre mim — que sou deprê, que não presto para nada, que não tenho amigos agora que a única pessoa que gostava de mim se matou. Aí comecei a berrar:

— Que amiga, porra? Eu não tenho nenhuma, esqueceu? Não lembra do que aconteceu com a minha melhor amiga?

Ela ficou superquieta e ergueu as mãos do jeito que faz — fazia — quando não quer brigar. Mas eu não recuei, simplesmente não quis recuar. Comecei a berrar sobre como ela nunca estava em casa, sobre como vivia me deixando sozinha, sobre como ficava sempre tão distante que parecia não me querer por perto. Ela balançava a cabeça e dizia:

— Não é verdade, não é verdade. Sinto muito se tenho andado distraída, mas é que tem umas coisas acontecendo que eu não posso explicar. Tem uma coisa que eu preciso fazer e não posso explicar como é difícil.

Fui fria com ela.

— Você não precisa *fazer* nada, mãe. Posso jurar que você me prometeu que ia ficar de boca fechada. Então, você não precisa fazer nada. Credo, será que você já não fez o bastante?

— Lenie — ela começou —, Lenie, por favor. Você não sabe *de tudo*. Eu sou sua mãe, você precisa confiar em mim.

Então eu disse umas coisas bem escrotas, sobre como ela nunca tinha sido uma boa mãe, que tipo de mãe deixa erva dando sopa em casa e leva homens para lá à noite e me deixa ouvir tudo? Eu disse a ela que, se fosse o contrário, se eu é que tivesse me metido em encrenca como a Katie, Louise teria sabido o que fazer, ela teria agido como mãe, teria feito alguma coisa e ajudado. E era tudo um monte de asneira, claro, porque fui eu que não quis que a mamãe dissesse nada e ela chamou atenção para isso e então lembrou que, de qualquer forma, tinha tentado ajudar. Aí eu simplesmente comecei a gritar, a dizer que era tudo culpa dela, e que se abrisse aquela boca grande para qualquer um eu ia embora e nunca mais falava com ela. Repeti um monte de vezes: *Você já causou estragos demais.* A última coisa que eu disse para ela foi que a culpa de Katie estar morta era dela.

Jules

ESTAVA QUENTE NO dia do seu enterro, o calor tremeluzindo na água, a claridade forte demais, o ar denso demais, pesado com a umidade. Lena e eu fomos a pé até a igreja. Ela avançou alguns passos à minha frente e a distância foi aumentando; eu não sei andar muito bem de salto alto, ela o faz com naturalidade. Estava muito elegante, muito bonita, aparentando ter muito mais do que os seus 15 anos, com um vestido de crepe preto com um decote em gota. Caminhamos em silêncio, o rio turvo serpenteando por nós, taciturno e silencioso. O vento quente cheirava a decomposição.

Quando dobramos a curva para pegar o acesso à ponte, senti medo de quem talvez estivesse na igreja. Temi que ninguém aparecesse e que Lena e eu nos víssemos forçadas a sentar sozinhas sem nada além de você entre nós duas.

Mantive a cabeça baixa, o olho na rua, me concentrei em colocar um pé na frente do outro, tentando não tropeçar no asfalto irregular. Minha blusa (preta e de tecido sintético com um laçarote no pescoço, errada para aquele clima) grudava nas minhas costas. Meus olhos começaram a lacrimejar. *Não importa*, pensei, *se meu rímel borrar. As pessoas vão pensar que estive chorando.*

Lena ainda não chorou. Ou pelo menos não na minha frente. Às vezes, acho que a ouço soluçar no meio da noite, mas ela desce para tomar café com os olhos normais e despreocupada. Entra e sai de casa sem dizer uma palavra. Eu a ouço falar baixinho dentro do quarto, mas ela me ignora, se encolhe quando me aproximo, é ríspida quando lhe faço qualquer pergunta, rejeita a minha atenção. Não quer assunto comigo. (Eu me lembro de você entrando no meu quarto depois que a mamãe morreu, querendo conversar, e eu a mandando sair. É esse o caso? Ela está fazendo a mesma coisa? Não sei dizer.)

Quando nos aproximamos do átrio da igreja, reparei numa mulher sentada num banco perto da rua. Ela sorriu para mim com dentes podres. Pensei ter ouvido alguém gargalhar, mas era só você, dentro da minha cabeça.

Algumas das mulheres sobre as quais você escrevia estão enterradas naquele átrio, algumas das suas *encrenqueiras*. Será que vocês *todas* eram encrenqueiras? Libby era, claro. Aos 14 anos, seduziu um homem de 34, levou-o a se separar da amada esposa e do filho pequeno. Ajudada pela tia, a bruxa May Seeton, e pelos inúmeros demônios que invocaram, Libby convenceu o pobre e inocente Matthew a realizar uma série de atos antinaturais. Encrenqueira, mesmo. Dizem que Mary Marsh realizava abortos. Anne Ward era assassina. Mas e você, Nel? O que foi que você fez? Com quem você criou encrenca?

Libby está enterrada ali. Você sabia onde ela havia sido sepultada, assim como as outras, você me mostrou as lápides, raspando o musgo para que pudéssemos ler as inscrições. Você guardou um pouco dele — do musgo, digo — e entrou sorrateiramente no meu quarto e colocou um pouco debaixo do meu travesseiro, então me disse que Libby o havia deixado lá. Ela passeava pela beira do rio à noite, você me contou; se a gente prestasse bem atenção, podia ouvi-la chamar pela tia, por May, para vir salvá-la. Só que May nunca vem: ela não pode. Não está no cemitério. Depois que extraíram sua confissão, eles a enforcaram na praça da cidade; seu corpo está enterrado no bosque para além do muro do átrio da igreja, com pregos atravessando-lhe as pernas para que ela nunca mais possa se levantar.

No ponto mais alto da ponte, Lena se virou, só por um segundo, para me olhar.

Sua expressão — impaciência, talvez só um pingo de pena — era tão parecida com a sua que estremeci Cerrei os punhos e mordi o lábio: não posso ter medo dela! É só uma criança.

JULES

Meus pés doíam. Eu sentia o suor na testa, a vontade que eu tinha era de rasgar o tecido da minha blusa, de rasgar a minha pele. Dava para ver uma pequena multidão aglomerada no estacionamento em frente à igreja. Eles se viravam agora, se viravam para nós, observando a nossa aproximação. Pensei em qual seria a sensação de me atirar por cima do muro de pedra: apavorante, sim, mas só por um segundo. Eu poderia escorregar para dentro da lama e deixar a água cobrir a minha cabeça; seria um alívio tão grande sentir frio, ficar invisível.

Lá dentro, Lena e eu nos sentamos lado a lado (distantes uns trinta centímetros) no primeiro banco. A igreja estava cheia. Em algum lugar atrás de nós, uma mulher chorava sem parar, como se estivesse com o coração partido. O vigário falou sobre a sua vida, listou as suas realizações, falou de sua dedicação à sua filha. Fui mencionada de passagem. Tinha sido eu quem lhe dera as informações, então acho que não podia me queixar de o discurso parecer superficial. Eu mesma poderia ter dito alguma coisa, talvez devesse ter dito, mas não consegui pensar em como falar sobre você sem denunciar alguma coisa — você, eu mesma, ou a verdade.

O sermão terminou de maneira abrupta e, antes que eu me desse conta, Lena já estava se levantando. Eu a segui pela passagem entre os bancos, o calor da atenção que nos dispensavam de certa forma ameaçador, nada consolador. Tentei não enxergar os rostos à minha volta, mas não consegui evitar: a mulher chorosa, o rosto enrugado e vermelho, Sean Townsend, os olhos cruzando com os meus, um rapaz de cabeça baixa, uma adolescente rindo por trás do punho cerrado. Um homem violento. Parei de repente e a mulher que vinha atrás de mim pisou no meu calcanhar.

— Perdão, perdão — murmurou, desviando de mim para passar.

Fiquei imóvel, parei de respirar, não conseguia engolir, minhas entranhas viraram líquido. Era ele.

Mais velho, sim, mais feio, decadente, porém inconfundível. Um homem violento. Esperei que ele direcionasse o olhar para mim. Achei que, se o fizesse, das duas, uma: ou eu choraria ou me atiraria em cima dele. Esperei, mas ele não estava olhando para mim. Olhava para Lena, observando-a.

EM ÁGUAS SOMBRIAS

Minhas entranhas liquefeitas viraram gelo.

Segui em frente sem ver para onde eu ia, empurrando as pessoas para fora do meu caminho. Ele ficou de lado, ainda vidrado em Lena. Observava enquanto ela tirava os sapatos. Os homens olham meninas como Lena com vários tipos de sentimento: desejo, luxúria, aversão. Eu não tinha como ver seus olhos, mas não precisava. Sabia o que havia dentro deles.

Comecei a avançar na direção dele, um ruído subindo pela minha garganta. As pessoas olhavam para mim, com pena ou confusas, sei lá. Eu precisava chegar até ele... Mas então ele se virou de repente e saiu andando. Transpôs o caminho rapidamente até chegar ao estacionamento e eu fiquei ali em pé, o ar invadindo meus pulmões de uma só vez, a adrenalina fazendo minha cabeça girar. Ele entrou num grande carro verde e foi embora.

— Jules? Você está bem? — A sargento Morgan surgiu ao meu lado e pousou uma das mãos no meu braço.

— Você viu aquele homem? — perguntei a ela. — Você o viu?

— Que homem? — perguntou ela, olhando à sua volta. — Quem?

— Ele é um homem violento — falei.

Ela pareceu se alarmar.

— Onde, Jules? Alguém fez alguma coisa... disse alguma coisa para você?

— Não, eu... não.

— Que homem, Jules? De quem você está falando?

Minha língua estava amarrada com algas, e minha boca, cheia de lama. Eu queria contar a ela, queria dizer: *Eu me lembro dele. Eu sei do que ele é capaz.*

— Quem você viu? — ela me perguntou.

— Robbie — enfim, eu disse o nome dele. — Robbie Cannon.

AGOSTO DE 1993

Jules

EU TINHA ME esquecido. Antes do jogo de futebol, outra coisa aconteceu. Eu estava sentada na toalha, lendo o meu livro, não tinha ninguém por perto, então você chegou. Com Robbie. Você não me viu sob as árvores, correu para dentro d'água com ele, e vocês nadaram e esguicharam água e se beijaram. Ele pegou sua mão e levou você até a beira do rio, deitou em cima de você, empurrou seus ombros para baixo, arqueou as costas e ergueu a vista. E me viu, olhando. E sorriu.

Depois, naquela mesma tarde, voltei para casa sozinha. Tirei o maiô de algodão quadriculado e o short e os deixei de molho em água fria na pia. Enchi a banheira, entrei e pensei: *Nunca vou conseguir me livrar disso tudo, desse monte de carne.*

Grandalhona. Brutamontes. Pernas que ajudariam um 747 a pegar no tranco. Ela poderia jogar no ataque da seleção de rúgbi da Inglaterra.

Grande demais para os espaços que eu habitava, sempre transbordando. Eu ocupava espaço demais. Afundei o corpo e a água subiu. Eureca.

De volta ao meu quarto, me enfiei debaixo das cobertas e fiquei ali deitada, sufocando de infelicidade, autopiedade misturada com culpa, porque minha mãe estava deitada no quarto ao lado morrendo de câncer de mama e tudo em que eu conseguia pensar era no quanto eu não queria continuar, não queria viver assim.

Peguei no sono.

Meu pai me acordou. Ele precisava levar a mamãe ao hospital para fazerem mais exames e eles iam passar a noite na cidade porque tinham de chegar bem cedo. Tinha comida no forno, ele disse, era para eu me servir dela.

Nel estava em casa, eu sabia, porque dava para ouvir música no quarto ao lado. Depois de um tempo, a música parou e ouvi vozes, baixas, depois mais altas, e outros barulhos também: gemidos, grunhidos, ruídos fortes de respiração. Eu me levantei da cama, me vesti e saí para o corredor. A luz estava acesa, a porta do quarto de Nel, entreaberta. Estava mais escuro lá dentro, mas dava para ouvi-la, dizia alguma coisa, o nome dele.

Quase sem respirar, dei um passo à frente. Pela fresta da porta dava para ver os vultos deles se movendo na escuridão. Não consegui desviar o olhar, fiquei olhando até ouvi-lo emitir um som alto, animalesco. Em seguida começou a rir e eu soube que tinham terminado.

Lá embaixo, todas as luzes estavam acesas. Saí pela casa apagando tudo, então entrei na cozinha e abri a geladeira. Fiquei olhando para o que tinha lá dentro e, pelo canto do olho, vi uma garrafa de vodca aberta, pela metade, em cima da bancada. Copiei o que já tinha visto Nel fazer: me servi de meio copo de suco de laranja e completei com vodca, então, me preparando para sentir o gosto horroroso e amargo de bebida alcoólica, que já tinha provado ao experimentar vinho e cerveja, tomei um gole e descobri que era doce, nem um pouco amargo.

Bebi tudo e preparei outra dose. Curti a sensação física, o calor se espalhando do estômago para o peito, o sangue esquentando, o corpo todo se soltando, a tristeza daquela tarde diminuindo.

Fui até a sala e olhei para o rio, uma serpente negra e fluida correndo por baixo da casa. Foi surpreendente para mim, como de repente fui capaz de ver o que não enxergara antes — que o meu problema não era, de maneira alguma, insolúvel. Tive um súbito momento de clareza: eu não precisava ser consertada, eu podia ser fluida. Como o rio. Talvez não fosse ser tão difícil assim, afinal. Será que não era possível eu me matar de fome, me exercitar (em segredo, quando ninguém estivesse olhando)? Ser transformada, de lagarta em borboleta, me tornar uma pessoa diferente, irreconhecível, para que a menina feia e sangrando pudesse ser esquecida? Eu me renovaria.

Voltei para a cozinha para pegar outra bebida.

Ouvi passos lá em cima, uma pausa no patamar da escada, depois descendo a escada. Voltei de mansinho para a sala, apaguei o abajur e me encolhi no escuro, no banco sob a janela, os pés debaixo do corpo.

Eu o vi entrar na cozinha, escutei quando abriu a geladeira — não, o congelador, deu para ouvi-lo tirando gelo da forma. Ouvi o ruído de líquido sendo servido e o vi passar. Então ele parou. E deu um passo atrás.

— Julia? É você?

Eu não disse nada, parei de respirar. Não queria ver ninguém — muito menos ele — mas Robbie começou a tatear à procura do interruptor, então as luzes se acenderam e lá estava ele, de cueca boxer e mais nada, a pele bem bronzeada, os ombros largos, o corpo afinando até uma cintura estreita, a penugem da barriga descendo pelo short adentro. Ele sorriu para mim.

— Você está bem? — perguntou. Quando vinha se aproximando, notei que seus olhos pareciam um pouco desfocados, o sorriso um pouco mais bobo, mais frouxo que de costume. — Por que está aqui sentada no escuro? — Notou que eu segurava um copo e seu sorriso ficou mais largo. — Eu achei que a vodca tinha evaporado...

Ele andou até onde eu estava e tilintou o copo contra o meu, então se sentou ao meu lado, a coxa encostada no meu pé. Eu me afastei, coloquei os pés no chão e comecei a me levantar, mas ele pôs a mão no meu braço.

— Ei, peraí — disse ele. — Não saia correndo. Quero conversar com você. Queria me desculpar por hoje à tarde.

— Tudo bem — falei.

Senti meu rosto ficando vermelho. Não olhei para ele.

— Não, eu sinto muito. Aqueles caras foram escrotos. Eu sinto muito mesmo, está bem? Não tem nada do que se envergonhar.

Eu fiz que sim e me encolhi, o corpo todo ardendo de vergonha. Uma parte pequena e burra de mim teve esperança de que eles não tivessem visto, de que não tivessem se dado conta do que se tratava.

Ele apertou meu braço, estreitando os olhos enquanto me olhava.

— Você tem um rosto bonito, Julia, sabia? — Ele riu. — Estou falando sério, tem, sim. — Ele tirou a mão do meu braço e pousou o dele em meus ombros.

— Cadê a Nel? — perguntei.

— Dormindo — respondeu ele. Deu um gole na bebida e estalou os lábios. — Acho que acabei com ela. — Ele puxou o meu corpo mais para perto. — Você já beijou um cara, Julia? — me perguntou. — Quer me beijar? — Ele virou o meu rosto para o dele e encostou os lábios nos meus, senti a língua dele, quente e pegajosa, invadindo a minha boca. Achei que ia engasgar, mas deixei, só para ver como era. Quando me afastei, ele sorriu para mim. — Gostou? — perguntou ele, o hálito quente, o bafo de cigarro e de bebida alcoólica no meu rosto.

Ele me beijou outra vez e eu o beijei também, tentando sentir o que quer que fosse que eu deveria estar sentindo. A mão dele deslizou para dentro do cós da calça do meu pijama. Eu tentei me desvencilhar, constrangida, quando senti os dedos dele pressionando a gordura da minha barriga e entrando pela minha calcinha.

— Não! — eu pensei ter gritado, mas foi mais um sussurro.

— Está tudo bem — disse ele. — Não encana. Eu não ligo para um pouquinho de sangue.

Ele ficou irritado comigo depois, porque eu não parava de chorar.

— Ah, vai, não doeu tanto assim! Não chora. Vamos, Julia, para de chorar. Você não achou gostoso? Foi boa, a sensação, não foi? Você estava bem molhadinha. Vamos, Julia. Bebe mais um pouco. Isso. Toma um gole. Credo, para de chorar! Puta merda. Achei que você ia ficar agradecida.

2015

Sean

Levei Helen e meu pai para casa, mas, quando chegamos à porta da frente, relutei em atravessar a soleira. De vez em quando, pensamentos estranhos tomam conta de mim e eu tenho dificuldade de me livrar deles. Fiquei do lado de fora, minha mulher e meu pai lá dentro, olhando para trás, para mim, na expectativa. Eu disse a eles que comessem sem mim. Disse que precisava voltar para a delegacia.

Sou um covarde. Devo mais do que isso ao meu pai. Devia ficar com ele hoje, especialmente hoje. Helen vai ajudá-lo, claro, mas ela não tem como entender como ele vai estar se sentindo, a profundidade do sofrimento dele. E, no entanto, não consegui me sentar com meu pai, não consegui olhá-lo nos olhos. De alguma maneira, nós nunca conseguimos nos encarar quando nossos pensamentos estão voltados para a minha mãe.

Peguei o carro e dirigi, não para a delegacia, mas de volta ao átrio da igreja. Minha mãe foi cremada; não está aqui. Meu pai levou as cinzas dela para "um lugar especial". Nunca me disse exatamente onde, embora tenha prometido que um dia me levaria lá. Nunca fomos. Eu costumava perguntar a respeito, mas isso sempre o deixava abalado, então, depois de um tempo, parei.

A igreja e o cemitério estavam desertos, ninguém por perto a não ser pela velha Nickie Sage, mancando devagar para lá e para cá do lado de fora. Saltei do carro e peguei a trilha que rodeava o muro de pedra em direção às árvores que ficavam atrás da igreja. Quando alcancei Nickie, ela estava com uma das mãos no muro, o ar chiando no peito. Ela se virou de repente. O rosto estava bem rosado e ela suava em bicas.

— O que você quer? — arquejou ela. — Por que está me seguindo?

Eu sorri.

— Não estou *seguindo* você. Eu a vi do carro e pensei em vir aqui e dizer oi. Você está bem?

— Eu estou bem, estou bem. — Mas ela não parecia bem. Encostou-se no muro e olhou para o céu. — Vai cair um temporal mais tarde.

Eu fiz que sim.

— Está com cheiro de chuva.

Ela baixou a cabeça de repente.

— Está tudo acabado, então? Nel Abbott? Caso encerrado? Ela já é coisa do passado?

— O caso não está encerrado — respondi.

— Ainda não. Mas logo vai estar, não é mesmo?

Ela murmurou mais alguma coisa bem baixinho.

— O que foi que você disse?

— Está tudo resolvido, não está? — Ela se virou para mim e cutucou meu peito com um dedo gordo. — Você sabe, não sabe, que esta não foi igual à última? Não foi igual a Katie Whittaker. Foi igual à sua mãe.

Dei um passo atrás.

— O que você quer dizer com isso? — perguntei a ela. — Se você sabe de alguma coisa, precisa me contar. Você sabe? Sabe de alguma coisa sobre a morte de Nel Abbott?

Ela me deu as costas, resmungando bem baixinho outra vez, suas palavras indistintas.

Minha respiração ficou mais rápida, meu corpo se aqueceu.

— Não fale da minha mãe dessa forma. Justo hoje. Jesus Cristo! Que tipo de pessoa faz uma coisa dessas?

Ela levantou a mão.

SEAN

— Ah, vocês não ouvem, vocês nunca ouvem — disse ela, e seguiu cambaleando pela trilha, ainda falando enquanto andava, de vez em quando encostando a mão no muro para se equilibrar.

Fiquei com raiva dela, mas, mais do que isso, me senti ultrajado, fiquei um pouco magoado, até. Nós nos conhecíamos há muitos anos e eu sempre fui cortês com ela. Nickie era desorientada, sem dúvida, mas eu não achava que ela fosse uma pessoa má e muito menos uma pessoa cruel.

Fui voltando para o carro com passos lentos e pesados antes de mudar de ideia e ir em direção ao mercado. Comprei uma garrafa de Talisker — meu pai gosta, embora não beba muito. Pensei em tomarmos um trago juntos mais tarde, para compensar um pouco por eu ter saído daquela maneira. Tentei imaginar a cena, os dois sentados à mesa da cozinha, a garrafa entre nós, erguendo nossos copos num brinde. Eu me perguntei a que — a quem — nós brindaríamos. Só de imaginar aquilo, fiquei apreensivo e minha mão começou a tremer. Abri a garrafa.

O cheiro do uísque e o calor do álcool em meu peito me fizeram lembrar de febres da infância, de sonhos inquietantes, de acordar com minha mãe sentada na beira da minha cama afastando cabelos suados da minha testa e esfregando Vick no meu peito. Houve momentos na minha vida em que eu nem pensava nela, mas ultimamente ela tem estado cada vez mais presente nos meus pensamentos — e mais que nunca nos últimos dias. Seu rosto surge na minha mente; às vezes sorrindo, outras, não. Às vezes ela estende a mão para mim.

A tempestade de verão começou sem que eu notasse. Talvez eu tenha cochilado. Só sei que, quando dei por mim, a estrada à minha frente lembrava um rio e os trovões pareciam sacudir o carro. Virei a chave na ignição, mas aí me dei conta de que havia bebido um terço da garrafa de uísque que estava no meu colo, então desliguei o motor de novo. Sob o tamborilar da chuva torrencial eu podia ouvir a minha própria respiração, e apenas por um instante achei ter ouvido a de outra pessoa também. Um pensamento ridículo invadiu a minha mente, de que, se eu me virasse, haveria alguém ali, no banco de trás do carro. Por um instante, tive tanta certeza disso que fiquei apavorado demais para me mexer.

Decidi que uma caminhada na chuva me deixaria sóbrio. Abri a porta do carro, verificando o banco de trás, mesmo sem querer, e saltei. Fiquei instantaneamente encharcado e cegado pela água. Um relâmpago bifurcado cortou o ar e nesse segundo vi Julia, ensopada, meio andando e meio correndo em direção à ponte. Me enfiei de volta no carro e pisquei os faróis. Ela parou. Pisquei os faróis outra vez e, hesitante, ela veio se aproximando de mim. Parou a alguns metros de distância. Baixei o vidro e chamei por ela.

Ela abriu a porta e entrou. Ainda estava com as roupas do enterro, embora agora estivessem encharcadas e coladas ao corpo magro. Mas ela havia trocado os sapatos. Notei que as meias-calças haviam rasgado — dava para ver um círculo de pele branca no joelho. Aquilo me causou uma certa surpresa porque, sempre que eu a vira antes, seu corpo estava coberto — mangas compridas e golas altas, nenhuma pele à mostra. Inacessível.

— O que você está fazendo aqui? — perguntei. Ela olhou para a garrafa de uísque no meu colo, mas não fez nenhum comentário. Em vez disso, estendeu os braços, puxou meu rosto e me beijou. Foi estranho, inebriante. Senti o gosto de sangue em sua língua e, por um segundo, cedi, antes de me afastar dela com violência.

— Foi mal — disse ela, esfregando os lábios, olhando para baixo. — Eu sinto muito. Não tenho a menor ideia de por que fiz isso.

— Não — falei. — Nem eu.

Sem mais nem menos, começamos os dois a rir, um riso nervoso de início, mas logo estávamos rindo com vontade, como se o beijo tivesse sido a piada mais engraçada do mundo. Quando paramos, estávamos enxugando lágrimas dos olhos.

— O que você está fazendo aqui fora, Julia?

— Jules — corrigiu ela. — Eu estava procurando Lena. Não sei onde ela está... — Ela me pareceu diferente, não mais tão distante. — Estou com medo — disse ela, então riu de novo, como se estivesse envergonhada agora. — Estou realmente com medo.

SEAN

— Com medo de quê?

Ela pigarreou e tirou os cabelos molhados do rosto.

— Do que você está com medo?

Ela respirou fundo.

— Eu não... Isso vai soar estranho, eu sei, mas tinha um homem no enterro, um homem que eu reconheci. Ele foi namorado de Nel.

— É?

— Quer dizer... não recentemente. Há séculos. Quando éramos adolescentes. Não faço ideia se ela manteve contato com ele. — Duas bolas vermelhas tomaram conta das suas bochechas. — Ela nunca o mencionou em nenhum dos seus recados. Mas ele estava no enterro, e eu acho... Não consigo explicar por que, mas acho que ele pode ter feito alguma coisa com ela.

— Feito alguma coisa? Você está dizendo que acha que ele pode estar envolvido na morte dela?

Ela olhou para mim com uma expressão de súplica.

— Eu não posso afirmar uma coisa dessas, obviamente, mas você precisa dar uma investigada nele, precisa descobrir onde ele estava quando ela morreu.

Meu couro cabeludo pareceu encolher, a adrenalina cortando o efeito do álcool.

— Qual é o nome desse homem? De quem você está falando?

— Robbie Cannon.

O nome não me disse nada por um instante, então me ocorreu.

— Cannon? Um cara daqui da cidade? A família era dona de concessionárias de automóveis, tinham muito dinheiro. É esse?

— Isso. Esse mesmo. Você o conhece?

— Não o conheço, mas me lembro dele.

— Se lembra...?

— Da escola. Estava um ano na minha frente. Bom nos esportes. Fazia sucesso com as garotas. Não era muito inteligente.

Com a cabeça tão baixa que o queixo quase encostava no peito, Jules disse:

— Eu não sabia que você tinha estudado aqui.

119

— Estudei — respondi. — Sempre morei aqui. Você não se lembraria de mim, mas eu me lembro de você. De você e da sua irmã, claro.

— Ah — disse ela, e seu rosto se fechou como uma cortina. Ela colocou a mão na maçaneta da porta, como se fosse sair.

— Peraí — pedi. — O que a faz pensar que Cannon fez alguma coisa com a sua irmã? Ele disse alguma coisa, fez alguma coisa? Era violento com ela?

Jules sacudiu a cabeça e desviou o olhar.

— Só sei que ele é perigoso. Não é uma boa pessoa. E eu o vi... olhando para Lena.

— Olhando para Lena?

— Isso, *olhando*. — Ela virou a cabeça e me encarou, por fim. — Não gostei da maneira como ele olhou para ela.

— Tá — falei. — Eu vou... é... vou ver o que consigo descobrir.

— Obrigada.

Ela fez menção de abrir a porta do carro outra vez, mas eu pus a mão no seu braço.

— Eu a levo de volta.

Mais uma vez ela olhou para a garrafa, mas não disse nada.

— Ok.

Foram só alguns minutos até a Casa do Moinho e nenhum de nós falou nada até Jules abrir a porta do carro. Eu não deveria ter dito nada, mas quis que ela soubesse.

— Você é muito parecida com ela, sabe?

Ela se sobressaltou e deu uma gargalhada que mais parecia uma sequência de soluços.

— Eu não sou nada parecida com ela. — Secou uma lágrima do rosto. — Sou a antiNel.

— Eu não acho — falei, mas ela já havia se afastado.

Não me lembro de ter dirigido até em casa.

O Poço dos Afogamentos

Lauren, 1983

Para comemorar o aniversário de 32 anos de Lauren, dali a uma semana, eles iriam a Craster. Só ela e Sean, porque Patrick estaria trabalhando. "É o meu lugar preferido no mundo todo", disse ela para o filho. "Tem um castelo e uma praia linda, e às vezes dá para ver focas nas pedras. E depois que a gente for à praia e ao castelo, vamos ao fumeiro comer arenque defumado com pão integral. Divino."

Sean torceu o nariz. "Acho que eu preferia ir a Londres", anunciou, "para ver a Torre. E tomar sorvete."

A mãe riu e disse: "Ok, talvez a gente deva fazer isso, então."

No fim, não fizeram nenhuma das duas coisas.

Era novembro, os dias curtos e frios, e Lauren andava distraída. Tinha consciência de que vinha agindo de maneira diferente, mas não parecia conseguir evitar. Às vezes estava sentada à mesa do café da manhã com a família e, de repente, a pele corava, o rosto queimava, e ela precisava se virar para que ninguém visse. Virava o rosto quando o marido vinha beijá-la, também — o movimento da cabeça era quase involuntário, fora de seu controle, de forma que os lábios dele roçavam a sua bochecha, ou o canto da boca.

Três dias antes do seu aniversário, uma tempestade caiu. Passou o dia todo se formando, um vento violento açoitando o vale, a espuma branca encrespan-

EM ÁGUAS SOMBRIAS

do a superfície do poço. À noite, a tempestade desabou, o rio transbordando pelas margens, as árvores caindo por toda a sua extensão. A chuva caiu torrencialmente, o mundo todo debaixo d'água.

O marido e o filho de Lauren dormiam como bebês, mas ela estava acordada. No escritório, lá embaixo, sentou-se à escrivaninha do marido, uma garrafa do uísque preferido dele perto do seu cotovelo. Tomou um copo e arrancou uma folha de papel de um caderno. Tomou outro copo, e mais outro, e a folha continuou em branco. Não conseguia nem decidir a forma de tratamento — "querido" lhe pareceu desdenhoso, e "queridíssimo", uma mentira. Com a garrafa quase vazia e a folha ainda em branco, ela saiu para a tempestade.

O sangue denso de bebida, dor e raiva, ela seguiu em direção ao poço. O vilarejo estava vazio, todos recolhidos esperando o pior passar. Sem ser vista ou importunada, foi escalando e escorregando pela lama até o penhasco. Esperou. Esperou que alguém viesse, rezou para que o homem por quem se apaixonara fosse de alguma forma saber, miraculosamente, de alguma forma pressentir o seu desespero e aparecer para salvá-la de si mesma. Mas a voz que ouviu, chamando o seu nome num pânico desesperado, não foi a que ela desejava ouvir.

E assim, com grande ousadia, ela se aproximou do precipício e, com os olhos bem abertos, jogou o corpo para a frente.

Não tinha como poder tê-lo visto, nenhum jeito de ter sabido que o filho estava lá embaixo, atrás das árvores.

Nenhum jeito de saber que ele havia acordado com os gritos do pai e com a porta da casa batendo, que ele havia se levantado da cama e corrido escada abaixo e saído na tempestade lá fora, os pés descalços e os membros magros protegidos apenas pelo mais fino algodão.

Sean viu o pai entrar no carro e gritou pela mãe. Patrick se virou, berrando com o filho para que voltasse para casa. Correu até ele, agarrou-o bruscamente pelo braço, erguendo-o do chão, e tentou forçá-lo a voltar para dentro de casa. Mas o menino implorou: "Por favor, por favor, não me deixe aqui."

Patrick cedeu. Pegou o menino no colo e o carregou até o carro, acomodando-o no banco traseiro, onde Sean se encolheu, apavorado, sem entender nada. Fechou os olhos bem apertados. Foram até o rio. Seu pai estacionou o carro na

O POÇO DOS AFOGAMENTOS

ponte e disse a ele: "Espere. Espere aqui." Mas estava escuro e a chuva que batia no teto do carro soava como uma saraivada de balas e Sean não conseguia se livrar da sensação de que havia mais alguém no carro com ele, podia ouvir a respiração entrecortada. Então ele saltou e saiu correndo, tropeçando nos degraus de pedra e caindo na lama da trilha, tentando achar o caminho do poço na escuridão e na chuva.

Depois, na escola, circulou a história de que ele tinha visto tudo — ele foi o menino que viu a mãe saltar para a morte. Não era verdade. Ele não viu nada. Quando chegou ao poço, o pai já estava dentro d'água, nadando para a margem. Sem saber o que fazer, voltou e se sentou sob as árvores, encostado num tronco robusto para que ninguém pudesse chegar de mansinho e assustá-lo.

Teve a impressão de ter ficado ali por muito tempo. Relembrando aquela noite, perguntava-se se talvez tivesse cochilado, apesar de que, com a escuridão e os barulhos e o medo, isso não lhe parecesse muito provável. O que ele conseguia lembrar era de uma mulher chegando — Jeannie, da delegacia. Ela levou um cobertor e uma lanterna e o acompanhou de volta até a ponte e lhe deu um chá adoçado e os dois esperaram ali pelo pai dele.

Mais tarde, Jeannie o levou para a casa dela e fez torradas com queijo para ele. Mas de jeito nenhum Lauren poderia ter sabido de nada disso.

Erin

AO SAIR DO enterro, notei quantas das pessoas que haviam comparecido à cerimônia fúnebre se aproximaram para trocar algumas palavras com o pai de Sean Townsend, um homem ao qual eu fora apresentada, de maneira incrivelmente breve, como Patrick Townsend. Foram vários apertos de mão e demonstrações de respeito e o tempo todo ele ficou lá plantado como um major-general numa parada militar, a coluna ereta e a boca rija.

— Que tipo decadente, hein? — comentei com o guarda ao meu lado. O policial se virou para mim e me olhou como se eu fosse um alienígena.

— Mostre algum respeito — disse ele, entre dentes, dando as costas para mim.

— Como é?! — indaguei, falando com a nuca do sujeito.

— Trata-se de um oficial altamente condecorado — disse o policial. — E viúvo. A mulher dele morreu aqui, neste rio. — Ele se virou para me encarar outra vez, e, sem o menor sinal de deferência pela minha patente, fungou: — De maneira que você devia lhe mostrar algum respeito.

Eu me senti uma babaca. Mas, sério, como é que eu ia saber que o Sean da história de Nel Abbott era o Sean da delegacia? Eu não sabia os nomes dos pais dele. Puta merda. Ninguém me contou, e quando li a obra de Nel Abbott não prestei *tanta* atenção assim para os detalhes de um suicídio ocorrido há mais de três décadas. Não me pareceu tão urgente, dadas as circunstâncias.

Sério: como é que alguém consegue não confundir todos os cadáveres deste lugar? É igual ao *Midsomer Murders,* só que com acidentes, suicídios e

ERIN

afogamentos históricos e misóginos grotescos em vez de gente que escorrega na lama ou que senta o cacete na cabeça de outra pessoa.

Voltei para a cidade depois do trabalho — alguns policiais iam ao pub, mas graças à gafe do Patrick Townsend, meu status de forasteira estava mais em evidência do que nunca. De qualquer maneira, esse caso está encerrado, não está? Não tenho motivo nenhum para ficar por aqui.

Eu me senti aliviada, do jeito que a gente se sente quando finalmente lembra em qual filme já viu tal ator, quando alguma coisa meio nebulosa que vem nos incomodando entra em foco de repente. A esquisitice do detetive-inspetor — os olhos marejados, as mãos trêmulas, a incoerência —, tudo isso faz sentido agora. Faz sentido se você conhece a história dele. Sua família sofreu quase que exatamente o mesmo que Jules e Lena estão sofrendo agora — o mesmo horror, o mesmo choque. O mesmo processo de ficar se perguntando por quê.

Reli o capítulo de Nel Abbott sobre Lauren Townsend. Não conta exatamente uma história. Ela era uma esposa infeliz, apaixonada por outro homem. Menciona o jeito distraído e ausente dela — talvez estivesse deprimida? No fim das contas, quem sabe? Não é como se a coisa fosse verdade mesmo, é só a versão de Nel Abbott para a história. É preciso ser dona de um estranho senso de prerrogativa, imaginei, para pegar a tragédia de outra pessoa e escrevê-la como se pertencesse a você.

Relendo-a, o que eu não entendo é como Sean pôde ter ficado aqui. Mesmo sem tê-la visto cair, ele estava *lá*. Que porra será que uma coisa dessas é capaz de fazer com uma pessoa? Ainda assim, ele devia ser pequeno, imagino. Uns 6 ou 7 anos? As crianças conseguem bloquear esse tipo de memória, esse tipo de trauma. Mas e o pai? Ele caminha ao longo do rio todos os dias, eu já o vi. Imagine só isso. Imagine passar pelo lugar onde você perdeu alguém, todo santo dia. Não consigo nem imaginar, não conseguiria fazer isso. Mas, também, acho que nunca perdi ninguém de verdade. Então, como eu haveria de saber como é sentir esse tipo de perda?

PARTE DOIS

Terça-feira, 18 de agosto

Louise

A DOR DE Louise era como o rio: constante e em eterna mutação. Ondulava, alagava, em fluxos e refluxos, uns dias frio, escuro e profundo, outros, rápido e intenso. Sua culpa era igualmente líquida, ia se infiltrando pelas frestas quando tentava represá-la. Tinha dias bons e dias ruins.

Ontem tinha ido à igreja para vê-los colocando Nel debaixo da terra. Na verdade — e ela devia ter imaginado —, não foi o que fizeram. Ainda assim, teve a chance de observar enquanto a deslizavam para ser cremada, e isso fez as vezes de um dia bom. Até sua profusão de emoções — ela havia chorado de soluçar durante toda a cerimônia, mesmo sem querer — fora catártica.

Mas hoje ia ser uma merda de dia. Sentiu aquilo assim que acordou, não uma presença, mas uma ausência.

A euforia que sentira de início, aquela satisfação vingativa, já se esvaía. E agora, com Nel reduzida a cinzas, Louise se via sem nada. Nada. Não tinha mais a quem direcionar sua dor e seu sofrimento porque Nel se fora. E ela temia que, no fim das contas, o único lugar para o qual poderia levar o tormento que sentia era para casa.

Para casa, para o marido e o filho. Então. Hoje ia ser uma merda, mas essa merda tinha de ser enfrentada, encarada de cima a baixo. Ela havia tomado uma decisão; chegara a hora de seguir em frente. Precisavam ir embora antes que fosse tarde demais.

EM ÁGUAS SOMBRIAS

Louise e o marido, Alec, vinham discutindo o assunto fazia semanas — o tipo de bate-boca contido e em voz baixa que tinham ultimamente. Alec achava que seria melhor se mudarem antes do início do novo semestre escolar. Deviam permitir que Josh começasse o novo ano letivo num lugar completamente novo, argumentou ele, onde ninguém soubesse quem ele era. Onde não fosse ser confrontado com a ausência da irmã todos os dias.

— Para ele nunca ter de falar dela? — indagou Louise.

— Ele vai falar dela *com a gente* — replicou Alec.

Discutiam em pé na cozinha, as vozes tensas e abafadas.

— Precisamos vender esta casa e recomeçar — disse Alec. — Eu sei — falou, erguendo as mãos assim que Louise começou a protestar. — Eu sei que esta é a casa dela. — Ele fraquejou nesse momento, pousando as mãos grandes e cheias de sardas sobre a bancada. Apoiou-se ali como se sua vida dependesse disso. — Temos de recomeçar de alguma maneira, Lou, pelo Josh. Se fôssemos só você e eu...

Se fossem só eles dois, pensou ela, eles seguiriam Katie para dentro d'água e acabariam logo com aquilo tudo. Não seguiriam? Não tinha certeza se Alec faria uma coisa dessas. Costumava achar que só pais e mães podiam compreender o tipo de amor que engole por inteiro, mas agora se perguntava se eram só as mães que compreendiam. Alec sentia a dor, claro, mas ela não sabia se ele sentia o desespero. Ou o ódio.

Assim, as rachaduras começavam a aparecer num casamento que ela acreditara ser inabalável. Mas é claro que ela não sabia de nada disso antes. Agora era óbvio: nenhum casamento seria capaz de sobreviver a uma perda daquelas. Sempre se interporia entre eles — o fato de que nenhum dos dois tenha sido capaz de impedi-la. Pior, que nenhum dos dois tenha suspeitado de nada. Que ambos tenham ido se deitar e caído no sono e descoberto a cama dela vazia pela manhã, sem pensar, nem por um segundo, que ela estava dentro do rio.

Não havia a menor esperança para Louise, e pouca, pensou ela, para Alec, mas Josh era diferente. Josh sentiria saudades da irmã todos os dias, pelo resto da vida, mas poderia ser feliz: seria feliz. Ele a carregaria consigo, mas também trabalharia, viajaria, se apaixonaria, viveria. E a melhor chance que tinha era indo embora daqui, para longe de Beckford, para longe do rio. Louise sabia que o marido estava certo.

Lá no fundo, ela tinha essa noção, só estivera relutante em encarar os fatos. Mas ontem, observando o filho depois do enterro, ela havia sido tomada pelo pavor. O rosto dele, tenso e ansioso. A facilidade com a qual ele se sobressaltava, tomando sustos quando ouvia barulhos mais altos, se encolhendo como um cão amedrontado em meio a muita gente. O jeito como se virava o tempo todo para olhá-la, como se estivesse regredindo para a primeira infância, não mais um menino independente de 12 anos, mas um garotinho assustado e carente. Tinham de tirá-lo dali.

E, no entanto, foi ali que Katie deu os primeiros passos, falou as primeiras palavras, brincou de pique-esconde, deu estrelas pelo jardim, brigou com o irmãozinho, consolando-o mais tarde, onde riu, cantou, chorou, xingou, sangrou e abraçou a mãe todos os dias quando chegava da escola.

Mas Louise havia tomado uma decisão. Como a filha, era determinada, embora fosse muito difícil. Só se levantar da mesa da cozinha, andar até o pé da escada, subir os degraus, colocar a mão na maçaneta, empurrá-la para baixo e entrar no quarto dela uma última vez. Porque essa era a sensação. De que aquela era a última vez que seria o quarto *dela*. Depois de hoje, passaria a ser outra coisa.

O coração de Louise era um bloco de madeira; não batia, apenas lhe causava dor, raspando contra o tecido macio, rasgando veia e músculo, inundando seu peito de sangue.

Dias bons e dias ruins.

Não podia deixar o quarto daquele jeito. Por mais difícil que fosse pensar em empacotar as coisas de Katie, guardar suas roupas, tirar seus quadros das paredes, guardá-la, escondê-la de vista, era pior pensar em pessoas desconhecidas ali dentro. Era pior pensar no que eles tocariam, em como procurariam pistas, em como ficariam impressionados com o quanto tudo parecia normal, com o quanto Katie parecera normal. *Ela?* Certamente que não? Decerto que *ela* não pode ser a tal que se afogou?

EM ÁGUAS SOMBRIAS

Então, Louise o faria: tiraria o material escolar de cima da escrivaninha e pegaria a caneta que um dia pousara na mão da filha. Dobraria a camisa de malha cinza macia com a qual Katie dormira, arrumaria a sua cama. Pegaria os brincos azuis que a tia favorita de Katie lhe dera no seu aniversário de 14 anos e os guardaria na caixinha de joias. Tiraria a grande mala preta de cima do armário do corredor e a encheria com as roupas de Katie.

Era o que faria.

Estava em pé no meio do quarto, pensando em tudo isso, quando ouviu um barulho às suas costas e se virou, dando com Josh no vão da porta a observá-la.

— Mãe? — Ele estava branco como um fantasma, a voz presa na garganta. — O que você está fazendo?

— Nada, meu amor, eu só... — Ela deu um passo em direção a ele, mas Josh recuou.

— Você vai... você vai esvaziar o quarto dela agora?

Louise fez que sim.

— Vou começar — respondeu ela.

— O que você vai fazer com as coisas dela? — perguntou ele, a voz ficando cada vez mais aguda. Ele soava estrangulado. — Vai dar tudo?

— Não, meu anjo. — Ela foi até ele e estendeu a mão para afastar os cabelos macios da testa. — Nós vamos guardar tudo. Não vamos dar nada.

Ele se mostrou preocupado.

— Mas será que você não devia esperar pelo papai? Ele não devia estar aqui? Você não devia estar fazendo isso sozinha.

Louise sorriu para ele.

— Eu só vou começar — disse ela, com o máximo de leveza que lhe foi possível. — Na verdade, achei que você tinha ido para a casa do Hugo de manhã, então... — Hugo era amigo de Josh, provavelmente seu único amigo de verdade. (Todos os dias, Louise agradecia ao Senhor a existência de Hugo e sua família, que acolhiam Josh sempre que ele precisava de refúgio.)

— Eu fui, mas esqueci o celular, então voltei para pegar. — Ele o ergueu para que ela pudesse ver.

LOUISE

— Ok — comentou ela. — Bom garoto. Vai almoçar por lá?

Ele fez que sim e tentou sorrir, então se foi. Ela esperou até ouvir a porta da casa bater antes de se sentar na cama e se permitir chorar de verdade.

Sobre a mesinha de cabeceira havia um elástico de cabelo velho, gasto e quase todo distendido, alguns fios do magnífico cabelo de Katie ainda entrelaçados a ele. Louise o pegou e o virou nas mãos, enlaçando-o entre os dedos. Levou-o de encontro ao rosto. Levantou-se e foi até a penteadeira, abriu a caixinha de joias de estanho em formato de coração e colocou o elástico de cabelo dentro. Ficaria ali junto com as pulseiras e os brincos — nada seria jogado fora, tudo ficaria guardado. Não aqui, mas em algum lugar; viajaria com eles. Nenhuma parte de Katie, nada do que ela havia tocado, definharia na prateleira empoeirada de um bazar beneficente.

No pescoço de Louise pendia o colar que Katie estava usando quando morreu, uma corrente de prata com um pássaro azul. Incomodava a Louise que ela tivesse escolhido aquele cordão em especial. Louise não imaginara que fosse um de seus preferidos. Não como os brincos de ouro branco que Louise e Alec haviam lhe presenteado no seu aniversário de 13 anos e que ela adorava, ou então a pulseira da amizade trançada ("pulseira da irmandade") que Josh comprara para ela (com o próprio dinheiro!) nas últimas férias na Grécia. Louise não conseguia compreender por que Katie havia escolhido esse — um presente dado por Lena, de quem já nem parecia ser mais tão amiga assim, no pássaro a inscrição (nada compatível com Lena) *com amor.*

Não estava com nenhuma outra joia. Jeans, uma jaqueta, quente demais para uma noite de verão, os bolsos cheios de pedras. A mochila igualmente carregada. Quando a encontraram, estava cercada de flores, algumas delas ainda presas em sua mão. Como Ofélia. Como o quadro na parede de Nel Abbott.

As pessoas diziam que, na melhor das hipóteses, era um argumento fraco, e, na pior, um argumento ridículo e cruel, culpar Nel Abbott pelo que acontecera com Katie. Só porque Nel escrevia sobre o poço, falava sobre o poço, tirava fotos no local, realizava entrevistas, publicava artigos na imprensa, falara a respeito uma vez num programa de rádio da BBC, só porque ela tinha dito as palavras "local de suicídios", só porque falava das suas adoradas "nadadoras" como heroínas gloriosas e românticas, como mulheres corajosas que encontraram mortes tranquilas num lugar de beleza escolhido pelas próprias, *ela* não podia ser considerada responsável.

Só que Katie não se enforcou atrás da porta do quarto, não cortou os pulsos nem engoliu um monte de comprimidos. Ela escolheu o poço. Ignorar isso é que era ridículo, ignorar o contexto, ignorar o quanto algumas pessoas podem ser sugestionáveis — gente sensível, gente jovem. Adolescentes — crianças boas, inteligentes, gentis — ficam inebriadas de ideias. Louise não entendia por que Katie fez o que fez, nunca entenderia, mas sabia que o seu não fora um ato isolado.

Nas duas únicas sessões que teve com o terapeuta de luto, ele havia lhe aconselhado a não procurar saber o porquê. Que ela jamais conseguiria responder a essa pergunta, que ninguém conseguiria; que em muitos casos onde alguém tira a própria vida, não existe uma única razão, a vida não é tão simples assim. Louise, em desespero, ressaltara que Katie não tinha nenhum histórico de depressão, que não vinha sofrendo *bullying* (conversaram com a escola, reviraram os e-mails dela pelo avesso, a conta do Facebook, não encontraram nada além de amor). Ela era bonita, ia bem na escola, tinha ambições, garra. Não estava infeliz. Às vezes era passional, com frequência irritadiça. Temperamental. Tinha *15 anos.* Acima de tudo, não era de guardar segredos. Se tivesse se metido em alguma enrascada, teria contado à mãe. Contava tudo à mãe, desde sempre.

— Ela não escondia as coisas de mim — disse Louise ao terapeuta, vendo os olhos dele desviarem de seu rosto.

— É o que todos os pais e mães pensam — disse ele, baixinho —, e eu sinto dizer que todos estão errados.

Louise não foi mais ao terapeuta depois disso, mas o estrago já havia sido feito. Uma fenda se abrira e a culpa se infiltrara, uma gota, de início, depois uma inundação. Ela não conhecia a filha. Era por isso que o colar a incomodava tanto, não só porque viera de Lena, mas porque se transformara num símbolo de tudo aquilo que não sabia sobre a vida da filha. Quanto

LOUISE

mais pensava nisso, mais se culpava: por ter estado ocupada demais, por ter se concentrado demais em Josh, por ter fracassado tão completamente em proteger a filha.

A maré de culpa foi subindo e subindo e só havia uma forma de ela manter a cabeça acima da superfície, de não se afogar, ou seja, encontrando uma razão, apontando para ela e dizendo: *Aí está. Foi isso.* Sua filha havia feito uma escolha sem sentido, mas, com os bolsos cheios de pedras e as mãos cheias de flores, essa escolha tinha contexto. O contexto fora proporcionado por Nel Abbott.

Louise colocou a mala preta em cima da cama, abriu o armário e começou a tirar as roupas de Katie dos cabides: as camisas de malha coloridas, os vestidos de verão, o casaco de capuz rosa-shocking que ela usara o inverno passado inteirinho. Sua visão embaçou e ela tentou pensar em alguma coisa que impedisse as lágrimas de brotarem, tentou encontrar alguma imagem na qual focar a mente, então pensou no corpo de Nel, todo quebrado dentro d'água, e tirou todo o consolo que pôde daí.

Sean

FUI DESPERTADO PELO grito de uma mulher, um som desesperado e distante. Achei que devia ter sonhado, mas aí acordei sobressaltado com um estrondo, um ruído alto, próximo, intrusivo e real. Tinha alguém batendo na porta da casa.

Eu me vesti às pressas e corri lá para baixo, olhando o relógio da cozinha ao passar. Era pouco mais de meia-noite — eu devia estar dormindo há menos de meia hora. As batidas na porta persistiram e ouvi uma mulher chamando o meu nome, uma voz conhecida, mas que por um instante não consegui identificar. Abri a porta.

— Está vendo isto? — berrava Louise Whittaker para mim, o rosto vermelho e furiosa. — Eu te disse, Sean! Falei que tinha alguma coisa acontecendo! — O *isto* ao qual ela se referia era um frasco de plástico laranja, do tipo que contém remédios só vendidos com receita médica, e na lateral havia uma etiqueta com um nome. Danielle Abbott. — Eu te disse! — repetiu ela, então caiu em prantos. Eu a conduzi rapidamente para dentro da casa, só que tarde demais. Antes que eu fechasse a porta da cozinha vi uma luz se acender no quarto de cima da casa do meu pai.

Demorei um bom tempo para compreender o que Louise tentava me dizer. Estava histérica, suas frases iam emendando umas nas outras e não faziam o menor sentido. Tive de ir arrancando as informações dela, pouco a pouco, uma frase engasgada, arfante e furiosa de cada vez. Eles haviam decidido, enfim, colocar a casa à venda. Antes que as visitas dos interessados

SEAN

pudessem começar, ela precisava esvaziar o quarto de Katie. Não queria estranhos invadindo o lugar, tocando as coisas dela. Tinha começado o processo naquela tarde. Enquanto guardava as roupas da filha, tinha encontrado o frasco laranja. Aconteceu quando tirava um casaco de um cabide, o verde, um dos preferidos de Katie. Ouviu algo chacoalhar. Enfiou a mão no bolso e descobriu o frasco de comprimidos. Ela ficou surpresa, ainda mais quando viu que o nome no frasco era o de Nel. Nunca tinha ouvido falar da droga — Rimato — , mas deu uma busca na internet e descobriu que era um tipo de remédio para emagrecer. *Os comprimidos não estão liberados para consumo no Reino Unido. Estudos realizados nos Estados Unidos associaram seu uso a depressão e pensamentos suicidas.*

— Você deixou isso passar! — gritou ela. — Disse que não tinha nada no sangue dela. Disse que Nel Abbott não tinha nada a ver com isso. Pois tome aqui — deu um murro na mesa, fazendo o frasco saltar no ar —, veja! Ela estava fornecendo remédios para a minha filha, remédios *perigosos*. E você deixou que ela se safasse disso.

Foi estranho, mas o tempo todo que ela dizia aquilo, que me atacava, eu me senti aliviado. Porque agora havia um motivo. Se Nel havia fornecido remédios a Katie, então podíamos apontar para isso e dizer: "Então foi por isso que aconteceu. Foi por isso que uma menina brilhante e feliz perdeu a vida. Foi por isso que *duas* mulheres perderam a vida."

Era um alívio, mas também uma mentira. Eu sabia que era mentira.

— Os exames de sangue dela deram negativo, Louise — falei. — Não sei quanto tempo esse... esse Rimato? Não sei quanto tempo permanece no organismo. Não temos nem ideia se isto realmente *é* Rimato, mas... — Eu fiquei de pé, tirei um saco plástico para sanduíche da gaveta da cozinha e o estendi para Louise. Ela pegou o frasco de cima da mesa e o jogou dentro do saco. Eu o lacrei. — Podemos descobrir.

— E então, nós saberemos — concluiu ela, mais uma vez exaltada.

A verdade é que nós não saberíamos. Mesmo que houvesse vestígios do medicamento em seu organismo, mesmo que tivéssemos deixado passar alguma coisa, o exame não nos apresentaria nada de definitivo.

EM ÁGUAS SOMBRIAS

— Sei que é tarde demais — disse Louise —, mas quero que todos saibam disso. Quero que todo mundo saiba o que Nel Abbott fez. Meu Deus, ela podia estar distribuindo comprimidos para outras meninas... Você precisa conversar com a sua mulher sobre isso; como diretora, ela precisa saber que alguém andou vendendo essa merda dentro da escola. Vocês precisam revistar os armários, precisam...

— Louise... — eu me sentei ao seu lado —, calma. É claro que nós vamos levar isso a sério, vamos, sim, mas nós não temos como saber de que forma esse frasco foi parar nas mãos de Katie. É possível que Nel Abbott tenha comprado os comprimidos para uso próprio...

— E daí? O que você está dizendo? Que Katie os *roubou*? Como você ousa sugerir uma coisa dessas, Sean! Você a conhecia...

A porta dos fundos da cozinha chacoalhou — ela costuma prender, especialmente depois que chove — e foi escancarada. Era Helen, com uma aparência desgrenhada, usando calças de moletom e uma camisa de malha, os cabelos despenteados.

— O que está acontecendo? Louise, o que aconteceu?

Louise sacudiu a cabeça, mas não disse nada. Cobriu o rosto com as mãos. Eu fiquei de pé e disse a Helen, baixinho:

— Você devia voltar para a cama. Não há nada com que se preocupar.

— Mas...

— Eu só preciso conversar com Louise um pouco. Está tudo bem. Vá lá para cima.

— Está bem — concordou ela, cautelosamente, olhando para a mulher que chorava baixinho à mesa da nossa cozinha. — Se você tem certeza...

— Tenho, sim.

Helen deixou a cozinha discretamente e subiu a escada. Louise enxugou as lágrimas. Estava me olhando de maneira estranha, imagino que se perguntando de onde Helen tinha vindo. Eu podia ter explicado: ela tem dificuldade para dormir, meu pai também é insone, então às vezes eles ficam acordados juntos fazendo palavras cruzadas, ouvindo rádio. Eu podia ter explicado, mas me deu um cansaço só de pensar, então falei:

SEAN

— Eu não acho que Katie tenha roubado nada, Louise. É claro que não. Mas quem sabe ela... sei lá, pegou o frasco sem pensar no que estava fazendo. Talvez tenha ficado curiosa. Você disse que ele estava no bolso de um casaco? Talvez ela o tenha pegado e até esquecido.

— Minha filha não tirava coisas da casa dos outros — replicou Louise, azeda, e eu assenti. Não havia por que discutir.

— Eu vou investigar isso amanhã cedo. Vou mandar esses comprimidos para o laboratório e vamos analisar os exames de sangue de Katie de novo. Se eu tiver deixado passar qualquer coisa, Louise...

Ela balançou a cabeça.

— Eu sei que não muda nada. Sei que isso não vai trazê-la de volta — disse ela, baixinho. — Mas me ajudaria. A compreender.

— Eu entendo. É claro que sim. Gostaria que eu a levasse até em casa? — perguntei. — Posso levar seu carro para você de manhã.

Ela fez que não com a cabeça e abriu um sorriso vacilante.

— Eu estou bem — disse ela. — Obrigada.

O eco do agradecimento de Louise — injustificado, desmerecido — retumbou no silêncio depois que ela se foi. Eu me senti péssimo, e fiquei agradecido pelos passos de Helen na escada, grato por não ter de ficar sozinho.

— O que está acontecendo? — perguntou ela ao entrar na cozinha. Estava pálida e parecia muito cansada, com olheiras que se assemelhavam a hematomas. Sentou-se à mesa e estendeu a mão para a minha. — O que Louise estava fazendo aqui?

— Ela encontrou uma coisa — respondi. — Uma coisa que ela acha que possa ter alguma ligação com o que aconteceu com Katie.

— Ah, meu Deus, Sean. O quê?

Enchi as bochechas de ar.

— Eu não devia... talvez não deva discutir isso em detalhe por enquanto. — Ela assentiu e apertou minha mão. — Me diga uma coisa, quando foi a última vez que você confiscou drogas na escola?

Ela franziu o cenho.

EM ÁGUAS SOMBRIAS

— Bem, aquele monstro do Watson, o Iain, foi pego com maconha no fim do semestre, mas, antes disso... bem, já faz um tempo. Um bom tempo. Em março, acho, tivemos aquele problema com Liam Markham.

— Foram comprimidos, não foram?

— Isso, ecstasy, ou algo que parecia ser ecstasy, de qualquer forma, além de Rohypnol. Ele acabou sendo expulso.

Eu me lembrava vagamente do incidente, embora não seja o tipo de coisa no qual me envolva.

— Não teve mais nada desde então? Nenhum problema com comprimidos para emagrecer?

Ela arqueou uma das sobrancelhas.

— Não. Nada de ilegal, pelo menos. Algumas meninas tomam aqueles comprimidinhos azuis... como é mesmo o nome? Alli, eu acho. Estão à venda sem receita médica, embora eu não ache que devessem ser vendidos para menores de idade. — Ela franziu o nariz. — Deixa as meninas muito flatulentas, mas parece que é um preço aceitável a ser pago por um vão entre as coxas.

— A ser pago pelo quê?

Helen revirou os olhos.

— Um vão entre as coxas! Todas elas querem ter coxas tão finas que não se encostem no alto. Sério, Sean, às vezes acho que você vive em outro planeta. — Ela voltou a apertar a minha mão. — E às vezes tenho vontade de morar aí com você.

Subimos juntos para a cama pela primeira vez em muito tempo, mas eu não podia tocá-la. Não depois do que eu havia feito.

QUARTA-FEIRA, 19 DE AGOSTO

Erin

FORAM NECESSÁRIOS MAIS ou menos cinco minutos para que o Cabeludo, o perito criminal, encontrasse o recibo eletrônico da compra do remédio para emagrecer na caixa de spam de Nel Abbott. Até onde ele podia dizer, ela só havia comprado o remédio em uma única ocasião, a não ser, claro, que tivesse outra conta de e-mail antiga, sem uso recente.

— Estranho, né? — comentou um dos guardas, um dos mais velhos, cujo nome eu não me dei ao trabalho de fixar. — Ela era uma mulher tão magra. Não me passaria pela cabeça achar que precisaria disso. A irmã, ela sim é que era a gorda.

— Jules? — perguntei. — Ela não é gorda.

— Ah, é, hoje em dia, não, mas você devia ter visto antigamente. — Ele começou a rir. — Ela parecia uma vaca.

Que amor de pessoa.

Desde que Sean me contou dos comprimidos, venho pesquisando tudo que posso a respeito de Katie Whittaker. Fora tudo bem evidente, embora *o porquê* da questão ainda pairasse no ar — como costuma ser o caso. Os pais não suspeitaram que algo estivesse acontecendo. Os professores comentaram que talvez ela até andasse um pouco distraída, talvez um pouco mais reservada que de costume, mas não houve sinal de alerta. O exame não revelou nada em seu sangue. Não havia nenhuma lesão autoinfligida em seu histórico.

141

EM ÁGUAS SOMBRIAS

A única coisa — pouco significativa — era uma suposta briga com a melhor amiga, Lena Abbott. Algumas das colegas de Katie da escola afirmaram que Lena e Katie tinham se desentendido sobre alguma coisa. Louise, a mãe de Katie, disse que elas estavam se vendo com menos frequência, mas que não achava que tivessem brigado. Se tivessem, disse ela, Katie teria mencionado. Elas já haviam brigado antes — adolescentes fazem isso — e Katie sempre fora franca com a mãe nesse quesito. E, no fim, as duas sempre faziam as pazes. Depois de uma dessas brigas, Lena se sentiu mal a ponto de dar um colar de presente para Katie.

As tais colegas da escola, no entanto — Tanya Não Sei Quê e Ellie Não Sei Que Lá —, contaram que tinha alguma coisa importante acontecendo, embora não soubessem dizer o quê. Só sabiam que um mês, mais ou menos, antes de Katie morrer, Lena e ela tiveram o que chamaram de "uma briga feia" que acabou com as duas sendo fisicamente separadas por um professor. Lena negava isso veementemente, afirmando que Tanya e Ellie queriam ver a caveira dela, que estavam só tentando metê-la em encrenca. Louise certamente nunca ouvira falar dessa briga, e o professor envolvido — Mark Henderson — afirmava que, na verdade, não havia sido briga nenhuma. As duas tinham fingido que estavam brigando, segundo ele. Fora uma brincadeira. A coisa ficou barulhenta e ele pediu a elas que baixassem o volume. Só isso.

Passei rápido por essa parte enquanto lia a ficha de Katie, mas ficava voltando ao mesmo ponto. Alguma coisa ali não parecia se encaixar. Garotas adolescentes fingem que estão brigando? Isso me parece mais uma coisa que *garotos* adolescentes estariam propensos a fazer. Mas vai ver que eu internalizei mais sexismo do que gosto de admitir. É só que eu olhava as fotos dessas meninas — belas, confiantes, especialmente Katie, que era toda arrumadinha — e elas não me pareciam o tipo que fingia brigar.

Quando estacionei o carro em frente à Casa do Moinho, ouvi um barulho e olhei para o alto. Lena estava com o corpo debruçado para fora de uma das janelas do andar de cima com um cigarro na mão.

— Oi, Lena — gritei. Ela não disse nada, mas, num movimento calculado, mirou e atirou a guimba de cigarro na minha direção. Então entrou e fechou

ERIN

a janela com um estrondo. Não engulo essa história de briga de mentirinha de jeito nenhum: imagino que, quando Lena Abbott briga, briga para valer.

Jules abriu a porta para mim, olhando nervosamente por cima do meu ombro.

— Está tudo bem? — perguntei a ela. Estava com uma aparência horrível: abatida, pálida, os olhos cansados, os cabelos sujos.

— Eu não consigo dormir — disse ela, baixinho. — Simplesmente não consigo pegar no sono.

Atravessou a cozinha quase sem levantar os pés, ligou a chaleira elétrica e se atirou na cadeira. Aquilo me fez lembrar da minha irmã, três semanas depois de dar à luz gêmeos — mal tinha força para manter a cabeça erguida.

— Talvez você devesse pedir a um médico para lhe receitar alguma coisa — sugeri, mas ela fez que não com a cabeça.

— Não quero apagar — respondeu ela, arregalando os olhos, o que a deixou com cara de louca. — Preciso ficar alerta.

Eu poderia ter comentado que já tinha visto pacientes em coma mais alertas do que ela, mas não comentei.

— Esse tal de Robbie Cannon sobre o qual você andou perguntando — comecei. Ela estremeceu e roeu uma unha. — Demos uma verificada nele. Você tem razão sobre ele ser violento: tem duas condenações por violência doméstica, entre outras coisas. Mas não teve envolvimento na morte da sua irmã. Fui até Gateshead, onde ele mora, e tivemos uma conversinha. Ele estava em Manchester visitando o filho na noite em que Nel morreu. Disse que não a via havia anos, mas que, quando leu sobre a morte dela no jornal local, decidiu vir aqui prestar uma última homenagem. Pareceu bastante confuso por estarmos lhe fazendo perguntas.

— Ele... — Sua voz soava pouco mais que um sussurro. — Ele falou de mim? Ou de Lena?

— Não. Não falou. Por que a pergunta? Ele esteve aqui? — Lembrei da forma hesitante com que ela havia aberto a porta da casa, como olhara por cima do meu ombro como se tentasse identificar a presença de outra pessoa.

— Não. Quer dizer, acho que não. Não sei.

EM ÁGUAS SOMBRIAS

Não consegui tirar mais nada dela sobre o assunto. Ficou claro que tinha medo dele por algum motivo, mas não queria dizer por quê. Não fiquei satisfeita, mas deixei a coisa por aí, visto que tinha outro assunto desagradável para tratar.

— Isso é um pouco difícil — comecei —, mas sinto dizer que vamos precisar revistar a casa outra vez.

Ela me encarou horrorizada.

— Por quê? Vocês descobriram alguma coisa? O que foi que aconteceu?

Expliquei sobre os comprimidos.

— Ai, meu Deus. — Ela fechou os olhos e deixou a cabeça pender. Talvez fosse o cansaço embotando sua reação, mas ela não me pareceu surpresa.

— Ela os comprou em novembro do ano passado, no dia dezoito, de um site americano. Não conseguimos encontrar registros de quaisquer outras compras, mas precisamos ter certeza...

— Tá — disse ela. — Claro. — Esfregou os olhos com as pontas dos dedos.

— Dois guardas vão vir esta tarde, ok?

Ela deu de ombros.

— Bem, se é o que tem de fazer, mas eu... em que data você disse que ela comprou o remédio?

— Dezoito de novembro — respondi, lendo minhas anotações. — Por quê?

— É só que... é a data do aniversário. Da morte da nossa mãe. Só me parece... ah, sei lá. — Ela franziu a testa. — Me parece estranho porque Nel costumava me ligar no dia dezoito e o ano passado foi diferente porque ela não ligou. No fim das contas, tinha sido internada para uma apendectomia de emergência. Acho que só estou surpresa que ela tenha perdido tempo comprando remédio para emagrecer quando estava no hospital para uma cirurgia de emergência. Tem certeza que foi no dia dezoito?

De volta à delegacia, verifiquei com o Cabeludo. Eu estava certa com relação à data.

— Ela pode ter comprado pelo celular — sugeriu Callie. — É um tédio ficar internada.

ERIN

Mas o Cabeludo balançou a cabeça.

— Não, eu verifiquei o endereço de IP. Quem quer que tenha feito a compra o fez às 4:17 da tarde e de um computador que usava o roteador da Casa do Moinho. Então tem que ter sido alguém que estava dentro ou próximo da casa. Sabe a que horas ela foi internada?

Não sabia, mas não era difícil descobrir. Nel Abbott foi internada bem cedo no dia dezoito de novembro para uma apendectomia de emergência, exatamente como relatou a irmã. Permaneceu o dia todo no hospital, onde também pernoitou.

Nel não poderia ter comprado os comprimidos. Haviam sido comprados por outra pessoa, usando o cartão dela, na casa dela.

— Lena — falei para Sean. — Deve ter sido Lena.

Ele fez que sim, com uma expressão severa no rosto.

— Vamos precisar conversar com ela.

— Quer fazer isso agora? — perguntei, e ele voltou a assentir.

— Não há momento melhor que o presente — disse ele. — Não há momento melhor que logo depois que a menina perdeu a mãe. Cara, que caos.

E a situação estava prestes a ficar ainda mais caótica. Estávamos saindo do trabalho quando fomos detidos por uma Callie para lá de agitada.

— As digitais! — disse ela, sem fôlego. — Encontraram uma correspondência. Bem, não exatamente uma correspondência porque não correspondem às de ninguém que tenha se apresentado até agora, só que...

— Só que o quê? — interrompeu o detetive-inspetor.

— Algum gênio resolveu dar uma olhada nas digitais que estavam no frasco de comprimidos e compará-las com as digitais da filmadora... sabe, a que foi danificada?

— Sei, a gente se lembra da filmadora danificada — respondeu Sean.

— Certo, bem, são iguais. E antes que você diga mais alguma coisa, não, não são de Nel Abbott e também não são de Katie Whittaker. Alguma outra pessoa manuseou os dois objetos.

— Louise — concluiu Sean. — Só pode ser. Louise Whittaker.

Mark

MARK ESTAVA FECHANDO o zíper da mala quando a detetive chegou. Uma detetive diferente dessa vez, outra mulher, um pouco mais velha e não tão bonita.

— Detetive-sargento Erin Morgan — ela se apresentou, cumprimentando-o com um aperto de mão. — Será que podíamos conversar um pouco?

Ele não a convidou para entrar. A casa estava uma bagunça e ele não estava com disposição para ser cordial.

— Estou fazendo as malas para sair de férias — avisou ele. — Vou de carro até Edimburgo esta noite para buscar a minha noiva. Vamos passar quatro dias na Espanha.

— Não vai demorar muito — disse a sargento Morgan, o olhar deslizando por cima de seu ombro e indo parar dentro da casa.

Ele encostou a porta. Conversaram nos degraus da varanda.

Imaginou que seria mais uma vez a respeito de Nel Abbott. Afinal, ele tinha sido uma das últimas pessoas a vê-la com vida. Ele a vira do lado de fora do pub, haviam se falado brevemente, ele a vira partir em direção à Casa do Moinho. Estava preparado para aquela conversa. Mas não para esta:

— Eu sei que já falou a esse respeito, mas precisamos esclarecer algumas coisas — começou a mulher — sobre episódios que precederam a morte de Katie Whittaker.

Mark sentiu o pulso acelerar.

— Ao que... é... como assim?

MARK

— Eu soube que o senhor precisou intervir durante uma briga entre Lena Abbott e Katie, cerca de um mês antes da morte de Katie?

A garganta de Mark pareceu ficar seca. Teve dificuldade em engolir.

— Não foi uma briga — disse. Ergueu a mão para proteger os olhos do sol. — Por que... Me desculpe, por que isso está voltando à tona? A morte de Katie foi considerada suicídio, eu achei...

— Sim — interrompeu a detetive —, foi, sim, e isso não mudou. Entretanto, chegou à nossa atenção que talvez tenha havido... é... *circunstâncias* em torno da morte de Katie que desconhecíamos anteriormente e que requerem investigações adicionais.

Mark se virou de repente, escancarando a porta com tanta violência que esta bateu nele quando deu um passo para o corredor. O torno apertava seu crânio, o coração martelava no peito, ele precisava sair do sol.

— Sr. Henderson? O senhor está bem?

— Estou, sim. — Com os olhos se acostumando à escuridão do corredor, ele se voltou para olhá-la outra vez. — Estou bem. Com um pouco de dor de cabeça, só isso. A claridade, é só...

— Por que não pegamos um copo d'água para o senhor? — sugeriu a sargento Morgan com um sorriso.

— Não — retrucou ele, dando-se conta, ao terminar de falar, do quanto soava amuado. — Não, estou bem.

Fez-se um silêncio.

— A briga, Sr. Henderson? Entre Lena e Katie?

— Não foi uma briga... Eu disse isso à polícia na época. Eu não tive de *separar* as duas. Não... pelo menos não da forma como foi sugerido. Katie e Lena eram muito amigas, podiam ser agitadas e volúveis, da mesma forma que muitas meninas, muitas adolescentes, dessa idade são.

A detetive, ainda em pé no sol, no degrau à frente da casa, era agora um contorno sem rosto, uma sombra. Ele a preferia assim.

— Alguns dos professores de Katie relataram que ela parecia distraída, talvez um pouco mais reservada que de costume nas semanas que precederam a sua morte. É essa a sua lembrança?

EM ÁGUAS SOMBRIAS

— Não — respondeu Mark. Ele piscou, lentamente. — Não. Eu acho que não. Não acho que ela tenha mudado. Não notei nada de diferente. Eu não esperava uma coisa dessas. Nós... nenhum de nós esperava isso.

A voz dele saiu baixa, tensa, e a detetive notou.

— Eu sinto muito por trazer isso tudo à tona outra vez — disse ela. — Compreendo o quanto é difícil...

— Não imagino que compreenda, na verdade. Eu via essa menina todos os dias. Era jovem e inteligente e... Era uma das minhas melhores alunas. Éramos todos muito... afeiçoados a ela. — Ele hesitou na hora do *afeiçoados*.

— Eu sinto muito, sinto mesmo. Mas acontece que surgiram alguns dados novos e nós precisamos investigá-los.

Mark assentiu, pelejando para escutá-la acima do ribombar do sangue nos ouvidos; seu corpo ficou frio como se alguém tivesse despejado gasolina nele.

— Sr. Henderson, chegou ao nosso conhecimento que Katie talvez estivesse tomando um medicamento, algo chamado Rimato. O senhor já ouviu falar?

Mark olhou para ela. Agora ele queria ver os olhos dela, queria interpretar a expressão em seu rosto.

— Não... eu... eu achei que tinham dito que ela não havia tomado nada. Foi o que a polícia falou na época. Rimato? O que é isso? É... uma droga recreativa?

Morgan fez que não com a cabeça.

— É um remédio para emagrecer — respondeu.

— Katie não estava acima do peso — comentou ele, dando-se conta, ao dizê-lo, de o quanto aquilo soava ridículo. — Mas elas falam nisso o tempo todo, não falam? As adolescentes. Sobre o peso delas. E não só as adolescentes, não. Adultas, também. Minha noiva não tem outro assunto.

Verdade, embora não fosse *toda a verdade*. Como sua noiva já não era sua noiva, ela não reclamava mais sobre o peso com ele, e também não estava à sua espera para que ele a buscasse para acompanhá-lo até Málaga. Em seu último e-mail, enviado há alguns meses, ela desejara que ele fosse infeliz, dissera que nunca o perdoaria pela forma como a tratara.

148

MARK

Mas o que ele havia feito de tão horrível? Se fosse um homem realmente hediondo, um homem frio, cruel e sem sentimentos, ele a teria enrolado só pelas aparências. Afinal, para ele teria sido interessante. Mas ele *não era* um homem mau. Era só que, quando amava, amava por inteiro — e o que havia de errado nisso?

Depois que a detetive foi embora, ele andou pela casa, abrindo gavetas, folheando as páginas dos livros, à procura de algo que ele sabia perfeitamente que não iria encontrar. Na noite após o solstício de verão, zangado e assustado, ele acendera uma fogueira no jardim dos fundos e atirara dentro dela cartões, cartas, um livro. E outros presentes. Se olhasse pela janela dos fundos agora, ainda podia ver um pedacinho de terra queimada no local onde havia eliminado qualquer vestígio dela.

Ao abrir a gaveta da escrivaninha da sala de estar, sabia exatamente o que haveria de encontrar, pois não era a primeira vez que o fazia. Procurara e procurara algo que talvez tivesse esquecido, às vezes motivado por medo, com frequência pela dor. Mas ele havia sido cuidadoso naquela noite.

Havia fotos, ele sabia, na sala da diretora na escola. Um arquivo. Agora fechado, mas ainda existente. Tinha uma chave do prédio da administração e sabia exatamente onde procurar. E queria alguma coisa, *precisava* de alguma coisa para levar com ele. Não era uma banalidade, ele sentia que era essencial, já que o futuro lhe parecia tão incerto. Ele tinha um pressentimento de que no momento em que virasse a chave da porta dos fundos, para a viagem de férias sem a noiva, talvez nunca mais voltasse a fazê-lo. Talvez nunca mais entrasse em casa. Talvez estivesse chegando a hora de desaparecer, de recomeçar.

Dirigiu até a escola, parando no estacionamento vazio. Às vezes Helen Townsend trabalhava durante as férias escolares, mas não havia sinal de seu carro hoje. Estava sozinho. Abriu a porta, entrou no prédio e atravessou a sala dos funcionários até a de Helen. A porta estava fechada, mas, quando testou a maçaneta, encontrou-a destrancada.

Abriu a porta, inalando o horroroso odor químico de detergente para carpetes. Atravessou a sala até o arquivo-armário e puxou a gaveta de cima.

EM ÁGUAS SOMBRIAS

Tinha sido esvaziada e a gaveta logo abaixo estava trancada. Ele se deu conta, sentindo uma enorme frustração, que alguém reorganizara tudo e que, na verdade, não sabia exatamente onde procurar, que talvez tivesse perdido a viagem. Retornou depressa ao corredor para se certificar de que ainda estava sozinho — estava, seu Vauxhall vermelho ainda o único carro no estacionamento — e voltou à sala da diretora. Com cuidado para não tirar nada do lugar, abriu as gavetas da mesa de Helen, uma a uma, à procura das chaves do arquivo-armário. Não as encontrou, mas achou outra coisa: uma bijuteria que não podia imaginar Helen usando. Algo que lhe pareceu vagamente familiar. Uma pulseira de prata com um fecho em ônix e a gravação *SJA*.

Ele se sentou e a fitou por um bom tempo. Não conseguiu, por mais que tentasse, decifrar o que aquilo significava, o fato de aquilo estar *ali*. Não significava nada. Não podia significar nada. Mark colocou a pulseira de volta na mesa, desistiu da busca e voltou para o carro. Estava com a chave na ignição quando se deu conta de exatamente quando vira aquela pulseira pela última vez. Ele a vira em Nel, do lado de fora do pub. Haviam conversado brevemente. Ele a vira partir em direção à Casa do Moinho. Mas, antes disso, antes de ela ir embora, estivera brincando com alguma coisa em seu pulso enquanto conversavam, e lá estava, bem ali. Ele refez o caminho que acabara de percorrer, voltou à sala de Helen, abriu a gaveta, pegou a pulseira e a colocou no bolso. Sabia, enquanto o fazia, que se alguém lhe perguntasse por quê, ele não seria capaz de explicar.

Era como se ele estivesse em águas profundas tentando agarrar alguma coisa, qualquer coisa, para se salvar. Como se estivesse tentando chegar a uma boia e só alcançasse algas, mas se agarrasse a elas mesmo assim.

Erin

O MENINO — Josh — estava do lado de fora da casa quando chegamos, como um soldadinho de sentinela, pálido e atento. Cumprimentou o detetive-inspetor educadamente, olhando para mim com mais desconfiança. Segurava um canivete suíço, os dedos percorrendo a lâmina nervosamente, enquanto o abria e o fechava.

— Sua mãe está em casa, Josh? — perguntou Sean, e ele assentiu.

— Por que vocês querem falar com a gente de novo? — perguntou ele, a voz ficando aguda e terminando num guincho. Ele pigarreou.

— Nós só precisamos verificar algumas coisas — disse Sean. — Não há nada com que se preocupar.

— Ela estava na cama — anunciou Josh, o olhar indo do rosto de Sean para o meu. — Naquela noite. Mamãe estava dormindo. Todos estávamos.

— Qual noite? — perguntei. — De qual noite você está falando, Josh?

Ele ruborizou, olhou para as mãos e mexeu no canivete. Um garotinho que ainda não tinha aprendido a mentir.

A mãe abriu a porta atrás dele. Olhou de mim para Sean e suspirou, esfregando os dedos acima das sobrancelhas. Seu rosto estava da cor de um chá preto com leite, e, quando se virou para falar com o filho, notei que as costas estavam encurvadas como as de uma velha. Ela o chamou para perto e falou baixinho.

— Mas e se eles também quiserem falar comigo? — eu o ouvi perguntar.

Ela pousou as mãos com firmeza nos ombros dele.

— Não vão querer, meu anjo — disse ela. — Pode ir.

Josh fechou o canivete e o enfiou no bolso da calça jeans, os olhos grudados nos meus. Eu sorri e ele me deu as costas, saindo apressado pela rua, virando-se apenas uma vez enquanto a mãe fechava a porta ao entrarmos.

Segui Louise e Sean até uma sala de estar ampla e clara que conduzia a um desses solários modernos e quadrados que ligam a casa ao jardim externo de forma perfeitamente harmônica. Do lado de fora, dava para ver um galinheiro de madeira no gramado, com belos garnisés preto e brancos e galinhas amareladas ciscando atrás de comida. Louise fez sinal para que nos sentássemos no sofá. Ela se acomodou na poltrona em frente, lenta e cuidadosamente, como quem se recupera de uma lesão, não querendo causar ainda mais danos.

— Então — começou ela, erguendo o queixo ligeiramente ao olhar para Sean. — O que você tem para me dizer?

Sean explicou que os novos exames de sangue haviam apresentado os mesmos resultados dos primeiros: não havia nenhum vestígio de medicamentos no organismo de Katie.

Louise escutou, balançando a cabeça com evidente incredulidade.

— Mas vocês não sabem, não é mesmo, quanto tempo esse tipo de remédio permanece no organismo? Ou quanto tempo demora para o efeito se manifestar ou desaparecer? Vocês não podem ignorar isso, Sean...

— Nós não estamos ignorando nada, Louise — disse ele, sem emoção na voz. — Eu só estou relatando o que descobrimos.

— É certo que... bem, é certo que fornecer medicamentos ilegais para alguém, para uma criança, é crime, de qualquer forma, não? Eu sei... — Ela raspou os dentes pelo lábio inferior. — Sei que é tarde demais para *puni-la*, mas isso precisa ser de conhecimento público, não acha? O que ela fez?

Sean não disse nada. Eu pigarreei e Louise me fuzilou com os olhos quando comecei a falar.

— Pelo que descobrimos com relação ao horário da compra dos comprimidos, Sra. Whittaker, Nel não poderia tê-los comprado. Apesar de seu cartão de crédito ter sido usado, parece...

ERIN

— O que está sugerindo? — A voz dela foi aumentando de volume raivosamente. — Agora está dizendo que Katie roubou o cartão de crédito dela?

— Não, não — falei. — Não estamos sugerindo isso...

O rosto dela mudou quando se deu conta do que devia ter acontecido.

— Lena — disse ela, recostando-se outra vez na poltrona, a boca fixa numa expressão resignada. — Foi a Lena.

Nós também não sabíamos disso com certeza, explicou Sean, embora certamente fôssemos interrogá-la. Na verdade, ela ficara de comparecer à delegacia naquela tarde. Ele perguntou a Louise se ela havia encontrado mais alguma coisa de preocupante entre os pertences de Katie. Louise descartou a pergunta sem cerimônia.

— É isso — disse ela, inclinando o corpo para a frente. — Será que você não vê? Se juntar os comprimidos com esse lugar, mais o fato de Katie passar tanto tempo na casa das Abbotts cercada daquele monte de fotos e histórias e... — parou por aí. Nem mesmo ela parecia inteiramente convencida da história que contava. Porque mesmo que estivesse certa, e mesmo que aqueles comprimidos tivessem deixado sua filha deprimida, nada daquilo mudava o fato de ela não ter reparado em nada.

Eu não disse isso, claro, porque o que precisava lhe perguntar já era bastante difícil. Louise estava se levantando com dificuldade, imaginando que nossa reunião tivesse chegado ao fim, esperando que fôssemos embora, e eu tive de detê-la.

— Tem mais uma coisa que precisamos lhe perguntar — falei.

— Sim? — Ela permaneceu de pé, os braços cruzados.

— Gostaríamos de saber se estaria disposta a nos permitir tirar as suas impressões digitais...

Ela me interrompeu antes que eu pudesse explicar.

— Para quê? Por quê?

Sean se remexeu na cadeira, desconfortável.

— Louise, encontramos digitais idênticas no frasco de comprimidos que você me deu e em uma das filmadoras de Nel Abbott e precisamos descobrir por quê. Só isso.

153

EM ÁGUAS SOMBRIAS

Louise sentou-se outra vez.

— Bem, é provável que sejam de Nel — sugeriu ela. — Não faz sentido?

— Não são de Nel — repliquei. — Já verificamos. Também não são de sua filha.

Ela se encolheu ao ouvir isso.

— É claro que não são de Katie. O que Katie estaria fazendo com essa filmadora? — Ela comprimiu os lábios, levando a mão à corrente no pescoço, deslocando o pequeno pássaro azul de um lado para o outro. Suspirou pesadamente. — Bem, são minhas, claro — admitiu. — São minhas.

Aconteceu três dias depois que a filha morreu, ela nos contou.

— Fui à casa de Nel Abbott. Eu estava... bem, duvido que consigam imaginar o estado em que eu me encontrava, mas podem tentar. Esmurrei a porta da frente, mas ela não quis sair. Eu não desisti, fiquei onde estava, esmurrando a porta e gritando por ela e, por fim — disse ela, afastando uma mecha de cabelo do rosto —, Lena abriu a porta. Estava chorando, aos soluços, praticamente histérica. Foi uma cena e tanto. — Ela tentou, mas não conseguiu sorrir. — Eu disse umas coisas para ela, coisas cruéis, acho, pensando bem, mas...

— Que tipo de coisas? — perguntei.

— Eu... eu não me lembro dos detalhes, na verdade. — Ela começava a perder a compostura, a respiração foi ficando curta, as mãos agarravam os braços da poltrona, o esforço deixando amarelada a pele azeitonada que cobria os nós dos dedos. — Nel deve ter me escutado. Acabou saindo e me mandando deixar as duas em paz. Ela disse — Louise deu uma gargalhada —, ela disse que *sentia muito pela minha perda*. Sentia muito pela minha perda, mas que isso não tinha nada a ver com ela, nada a ver com a filha dela. Lena estava no chão, eu me lembro disso, fazia um barulho igual a um... igual a um animal. Um animal ferido. — Ela fez uma pausa para recobrar o fôlego antes de continuar. — Nós discutimos, Nel e eu. Foi uma discussão bastante agressiva. — Ela abriu um meio sorriso para Sean. — Está surpreso? Ainda não sabia de nada disso? Imaginei que Nel tivesse lhe contado, ou Lena, pelo menos. Sim, eu... bem, eu não bati nela, mas voei em cima dela e ela me

ERIN

empurrou para trás. Eu exigi que ela me mostrasse as filmagens da câmera. Eu queria... eu não queria ver, mas queria mais do que qualquer coisa que ela não tivesse... eu não podia tolerar...

Louise desmoronou.

É horrível ver uma pessoa nas garras da dor; o ato de assistir à cena parece uma violência, uma intrusão, uma violação. No entanto, nós o fazemos, temos de fazê-lo, o tempo todo, só precisamos aprender a lidar com isso do jeito que der. A reação de Sean foi baixar a cabeça e ficar imóvel; a minha foi encontrar uma distração: olhei as galinhas ciscando pelo gramado lá fora. Fitei as estantes de livros, passando os olhos por conceituados romances contemporâneos e livros de história militar; admirei as fotos nos porta-retratos no console da lareira. A foto de casamento, o retrato de família e a foto de um bebê. Só um, um garotinho de azul. Onde estava a foto de Katie? Tentei imaginar como seria tirar a foto de um filho de seu local de orgulho e guardá-la numa gaveta. Quando olhei para Sean, percebi que sua cabeça já não estava baixa e que ele me olhava de cara feia. Me dei conta de que havia um barulho de batidinhas na sala e que vinha de mim, o som da minha caneta batucando no caderno. Eu não estava fazendo aquilo de propósito. Estava era tremendo toda.

Depois do que pareceu ser um tempão, Louise voltou a falar.

— Eu não podia tolerar a ideia de que *Nel* fosse a última pessoa a ver a minha filha. Ela me disse que não havia filmagem alguma, que a câmera não estava funcionando, que, mesmo que estivesse, estava no alto do penhasco e que não teria... não a teria captado. — Ela suspirou, um tremor percorrendo seu corpo, dos ombros até os joelhos. — Eu não acreditei nela. Não quis arriscar. E se tivesse alguma coisa naquela filmadora e ela usasse? E se mostrasse minha menina para o mundo, sozinha e assustada e... — Ela parou e respirou fundo. — Eu disse a ela... Lena deve ter lhe contado isso tudo? Eu disse a ela que não ia sossegar até vê-la pagar pelo que tinha feito. Então fui embora. Fui até o penhasco e tentei abrir a filmadora para tirar o cartão de memória, mas não consegui. Tentei arrancá-la do tripé, arranquei a unha tentando. — Ela ergueu a mão esquerda: a unha do indicador estava curta e deformada. — Eu a chutei algumas vezes, bati nela com uma pedra. Então, voltei para casa.

Erin

JOSH ESTAVA SENTADO na calçada do outro lado da rua quando saímos. Ele ficou nos olhando enquanto andávamos em direção ao carro, atravessando a rua rapidamente quando tínhamos avançado uns cinquenta metros, e sumindo casa adentro. O detetive-inspetor, fechado em seu mundinho, não pareceu reparar.

— Então ela *não ia sossegar até ver Nel pagar*? — repeti quando chegamos ao carro. — Isso, por acaso, não lhe soa como ameaça?

Sean me encarou com sua já familiar expressão vazia, aquela irritante cara do tipo "não estou aqui". Ele não falou nada.

— Quer dizer, não lhe parece estranho que Lena não tenha nos contado isso? E Josh? Que história foi aquela sobre todos estarem dormindo? Foi uma mentira tão óbvia...

Ele assentiu bruscamente com a cabeça.

— É. Pareceu mesmo. Mas eu não confiaria muito nas histórias de uma criança de luto — disse ele, baixinho. — Não temos como saber o que ele está sentindo, ou imaginando, ou o que ele acha que devia ou não dizer. Josh sabe que nós sabemos que a mãe dele nutria um rancor por Nel Abbott e imagino que tenha medo de que ela seja considerada culpada, que seja tirada dele. Precisamos nos lembrar do quanto ele já perdeu. — Ele fez uma pausa. — E quanto a Lena, se ela realmente ficou tão histérica quanto Louise sugeriu, é possível que nem se lembre do incidente com clareza, é possível que só se recorde da própria angústia.

Da minha parte, eu estava achando difícil conciliar a descrição de Lena no tal dia fornecida por Louise — a de uma fera uivante e ferida — com a menina normalmente controlada e ocasionalmente venenosa com a qual vínhamos lidando. Achei bizarro que sua reação à morte da amiga fosse tão extrema, tão visceral, quando a reação à morte da mãe fora tão *contida*. Teria Lena sido de tal forma afetada pela dor de Louise, pela certeza de Louise de que Nel tinha culpa na morte de Katie, que ela própria passara a acreditar nisso? Uma comichão percorreu a minha pele. Não me parecia provável, mas e se, como Louise, Lena culpava a mãe pela morte de Katie? E se tivesse decidido fazer alguma coisa a respeito?

Lena

POR QUE OS adultos sempre fazem as perguntas erradas? Os comprimidos. Agora é disso que não param de falar. Daquelas merdas de comprimidos idiotas para emagrecer — eu até tinha me esquecido de que os havia comprado de tanto tempo que faz. E agora decidiram que OS COMPRIMIDOS SÃO A RESPOSTA PARA TUDO, então tive de ir à delegacia — com Julia, que vem a ser meu *adulto responsável*. Isso me fez rir. Ela é, tipo, o adulto menos responsável possível para esta situação em particular.

Eles me levaram para uma sala nos fundos da delegacia que não era nada parecida com as que a gente vê na televisão, era só uma sala normal. Todos nos sentamos ao redor de uma mesa e aquela mulher — a detetive-sargento Morgan — fez as perguntas. A maioria. Sean também fez algumas, mas a maioria foi ela.

Contei a verdade. Comprei os comprimidos com o cartão da mamãe porque Katie me pediu e nem ela nem eu sabíamos que faziam mal. Ou eu, pelo menos, não sabia, e se Katie tinha alguma ideia disso, nunca me contou.

— Você não parece especialmente preocupada — comentou a sargento Morgan — com a possibilidade de esses comprimidos terem contribuído para o estado mental negativo de Katie no fim de sua vida?

Eu quase fiz um buraco na língua com os dentes.

— Não — falei —, eu não estou preocupada com isso. Katie não fez o que fez por causa de comprimido nenhum.

— Então foi por quê?

LENA

Eu devia ter sabido que ela não ia deixar o comentário passar batido, então fui em frente.

— Ela nem tomou muitos. Alguns, provavelmente, não mais que quatro ou cinco. Conte os comprimidos — falei para Sean. — Tenho quase certeza de que o pedido foi de trinta e cinco. Contem.

— Nós vamos contar — disse ele. Então, perguntou: — Você forneceu comprimidos para mais alguém? — Eu fiz que não com a cabeça, mas ele não deixou por aí. — Isto é importante, Lena.

— Eu sei que é — respondi. — Foi a única vez que comprei. Estava fazendo um favor para uma amiga. Só isso. Sério.

Ele se recostou de volta na cadeira.

— Está bem — disse ele. — O que eu não entendo é por que Katie iria querer tomar esse tipo de comprimido para início de conversa. — Ele olhou para mim, depois para Julia, como se ela talvez soubesse a resposta. — Ela não estava acima do peso, nem nada.

— Bem, ela também não era magra — observei, e Julia fez um barulho engraçado que pareceu ser um misto de bufada com risada, e, quando a encarei, Julia me olhava como se me *odiasse*.

— As pessoas diziam isso para ela? — perguntou a sargento Morgan. — Na escola? Faziam comentários sobre o corpo dela?

— Meu Deus! — Estava sendo muito difícil eu não perder a calma. — Não. Katie não estava sofrendo *bullying*. Querem saber de uma coisa? Ela costumava me chamar de piranha magrela o tempo todo. Ria de mim porque, sabe... — Fiquei envergonhada por Sean estar olhando para mim, mas eu tinha começado então ia ter de terminar. — Porque eu não tenho peito. Então ela me chamava de piranha magrela e eu respondia com vaca gorda e *nenhuma das duas estava falando sério*.

Eles não entenderam. Nunca entendem. E o problema era que eu não tinha como explicar aquilo muito bem. De vez em quando, nem eu mesma entendia direito, porque, apesar de Katie não ser magra, ela não ligava para isso. Nunca falava desse assunto do jeito que as outras garotas falavam. Eu nunca nem tive de tentar, mas Amy, Ellie e Tanya, sim. Viviam cortando carboidratos, fazendo jejum, vomitando ou sei lá que merda. Mas Katie não estava nem aí, ela *gostava* de ter peitos. Gostava da aparência do corpo dela, ou pelo menos sempre tinha gostado. Aí — eu sinceramente não sei o que foi que rolou — algum comentário idiota no Insta ou uma observação imbecil de algum troglodita na escola, e ela ficou toda esquisita. Foi então que me pediu para comprar os comprimidos. Mas, quando eles chegaram, ela já parecia ter superado aquela fase — e me contou que não funcionavam de qualquer jeito.

Achei que a entrevista tinha terminado. Achei que tinha dado o meu recado, mas aí a sargento Morgan pegou uma tangente completamente diferente, me perguntando sobre o dia em que Louise passou na nossa casa logo depois que Katie morreu. Eu fiquei, tipo, sim, *é claro* que eu me lembro desse dia. Foi um dos piores dias da minha vida. Ainda fico mal só de pensar nele.

— Eu nunca vi nada parecido com aquilo — contei a eles —, com o jeito como Louise estava naquele dia.

Ela fez que sim com a cabeça, então perguntou, toda sincera e preocupada:

— Quando Louise disse para sua mãe que "não ia sossegar até ver Nel pagar", como você reagiu? O que você achou que ela quis dizer com isso?

Foi aí que eu perdi a cabeça.

— Ela não quis dizer *nada* com isso, sua idiota de merda.

— Lena — Sean estava me olhando de cara feia. — Olha a boca, por favor.

— Tá, foi mal, mas pelo amor de Deus! A filha da Louise tinha acabado de morrer, ela nem sabia direito o que estava dizendo. Estava *louca*.

Eu estava pronta para ir embora, mas Sean me pediu para ficar.

— Mas eu não tenho que ficar, tenho? Não estou presa, estou?

— Não, Lena, é claro que não — respondeu ele.

Eu me dirigi a Sean, porque ele entendia.

— Olha, a Louise não estava falando sério. Ela estava completamente histérica. Fora de si. Você se lembra, não lembra? De como ela ficou? Quer dizer, é claro que ela estava dizendo várias coisas, todos nós estávamos. Acho que todos ficamos meio doidos depois que a Katie morreu. Mas, pelo amor de Deus, Louise não fez nada com a mamãe. Sinceramente, acho que, se ela tivesse um revólver ou uma faca naquele dia, até podia ser. Mas não tinha.

LENA

Eu queria contar toda a verdade. Queria, mesmo. Não para a detetive, nem para Julia, mas para Sean. Só que eu não podia. Teria sido uma traição, e depois de tudo o que eu tinha feito, não podia trair Katie agora. Então contei tudo o que dava para contar.

— Louise não fez nada com a minha mãe, tá? Não fez. A mamãe fez a escolha dela.

Eu me levantei para sair, mas a sargento Morgan ainda não tinha terminado. Olhava para mim com uma expressão estranha no rosto, como se não tivesse acreditado em uma única palavra do que eu tinha dito, então falou:

— Você sabe o que eu acho estranho, Lena? Você não parece nem um pouco curiosa para saber o motivo pelo qual Katie fez o que fez, ou o motivo pelo qual sua mãe fez o que *ela* fez. Quando alguém morre dessa forma, a pergunta que todo mundo se faz é *por quê*? Por que fariam uma coisa dessas? Por que tirariam a própria vida quando tinham tantos motivos para viver? Mas você, não. E o único motivo, *o único motivo*, que me ocorre para isso é que você já sabe.

Sean me pegou pelo braço e me conduziu para fora da sala antes que eu pudesse dizer alguma coisa.

Lena

JULIA QUIS ME levar para casa de carro, mas eu disse a ela que estava com vontade de ir a pé. Não era verdade, mas: a) eu não queria ficar sozinha num carro com ela, e b) eu vi Josh, de bicicleta, do outro lado da rua, dando voltas e mais voltas, e saquei que ele estava me esperando.

— E aí, Josh? — perguntei quando ele se aproximou na bicicleta. Quando ele tinha uns 9 ou 10 anos, começou a dizer "E aí?" em vez de oi, e Katie e eu nunca mais o deixamos esquecer isso. Normalmente, ele acha graça, mas dessa vez não. Parecia assustado. — O que há de errado, Josh? O que foi que aconteceu?

— O que eles estavam te perguntando? — indagou ele com uma vozinha sussurrada.

— Nada, não, não se preocupe. Eles acharam uns comprimidos que a Katie andou tomando e acham que eles, quer dizer, os comprimidos, talvez tenham alguma coisa a ver com... com o que aconteceu. Estão enganados, claro. Não se preocupe. — Dei um abraço nele, mas ele se afastou, o que não costuma fazer. O normal é usar qualquer desculpa para ganhar um abraço meu ou segurar a minha mão.

— Eles te perguntaram sobre a mamãe? — perguntou ele.

— Não. Bem, sim, eu acho que sim. Um pouco. Por quê?

— Não sei — respondeu ele, mas não quis olhar para mim.

— Por que, Josh?

— Eu acho que a gente devia contar — disse ele.

LENA

Senti as primeiras gotas de chuva morna nos meus braços e olhei para o céu. Estava totalmente escuro, uma tempestade chegando.

— Não, Josh — falei. — Não. Nós não vamos contar.

— Lena, a gente tem que contar.

— Não! — repeti, e agarrei o braço dele com mais força do que queria e ele ganiu como um cachorrinho quando tem o rabo pisado. — Nós prometemos. *Você* prometeu. — Ele fez que não com a cabeça, então enterrei as unhas no braço dele.

Ele começou a chorar.

— Mas que bem isso está fazendo agora?

Soltei o braço dele e plantei as mãos nos seus ombros. Fiz com que olhasse para mim.

— Promessa é promessa, Josh. Estou falando sério. Você não vai contar para ninguém.

Ele tinha razão, de certa forma, nós não estávamos fazendo bem nenhum. Não havia bem algum a ser feito. Ainda assim, eu não podia traí-la. E se eles descobrissem o lance da Katie, iam fazer perguntas sobre o que aconteceu depois, e eu não queria que ninguém soubesse o que nós fizemos, a mamãe e eu. O que fizemos e o que deixamos de fazer.

Eu não queria deixar Josh naquele estado e não queria mesmo ir para casa, então passei o braço nos ombros dele, lhe dei um aperto tranquilizador e peguei sua mão.

— Vem — falei. — Vem comigo. Eu sei de uma coisa que a gente pode fazer, de uma coisa que vai fazer a gente se sentir melhor. — Ele ficou bem vermelho e eu comecei a rir. — Não é *isso*, seu moleque tarado! — Então ele também riu e enxugou as lágrimas do rosto.

Caminhamos em silêncio até a extremidade sul da cidade, Josh empurrando a bicicleta ao meu lado. Não havia ninguém na rua, a chuva caía com mais e mais vontade e eu percebia que Josh me espiava de vez em quando porque minha camisa tinha ficado completamente transparente e eu estava sem sutiã. Cruzei os braços e ele voltou a ficar vermelho. Eu sorri, mas não disse nada. Não dissemos nada até chegar à rua do Mark. Josh perguntou:

— O que a gente está fazendo aqui?

Eu me limitei a sorrir para ele.

Quando estávamos bem em frente à casa do Mark, ele voltou a perguntar:

— Lena, o que a gente está fazendo aqui? — Parecia assustado outra vez, mas parecia igualmente empolgado, e eu senti a adrenalina correndo dentro de mim, me deixando tonta e enjoada.

— Isto — respondi.

Peguei uma pedra sob a cerca viva e a atirei com toda a força em direção ao janelão da frente da casa, e ela atravessou o vidro direto, fazendo só um buraquinho.

— Lena! — gritou Josh, olhando em volta todo ansioso para ver se alguém estava olhando.

Não havia ninguém. Eu sorri para ele, peguei outra pedra e fiz a mesma coisa, e dessa vez ela estilhaçou a janela e a vidraça inteira desmoronou com um estrondo.

— Vamos — eu disse para ele, e lhe dei uma pedra.

Juntos demos a volta na casa toda. Foi como se a gente estivesse doidão de ódio — ríamos e gritávamos e xingávamos aquele escroto de todos os nomes que conseguíamos pensar.

O Poço dos Afogamentos

Katie, 2015

A caminho do rio, ela parava de vez em quando para pegar uma pedra, ou um pedaço de tijolo, que colocava na mochila. Fazia frio, ainda não havia amanhecido, embora, se ela tivesse olhado para trás em direção ao mar, teria visto um toque de cinza no horizonte. Ela não olhou para trás, nem uma vez sequer.

Caminhou rapidamente, de início, descendo a ladeira em direção ao centro da cidade, distanciando-se de sua casa. Não foi direto para o rio; quis, uma última vez, caminhar pelo lugar onde fora criada, passando pela escola primária (sem ousar olhar para ela caso lembranças de sua infância a imobilizassem), pelo mercado do vilarejo, ainda fechado, pelo gramado onde o pai tentara, sem sucesso, lhe ensinar a jogar críquete. Passou pelas casas das amigas.

Havia uma casa em especial a visitar na Seward Road, mas ela não se sentiu capaz de passar por ela, então escolheu outra, e seus passos se tornaram mais lentos enquanto o fardo ia ficando mais pesado, enquanto a estrada subia em direção à cidade velha, as ruas estreitando entre casas de pedra cobertas de rosas trepadeiras.

Seguiu em frente, rumando para o norte e passando pela igreja até a estrada fazer uma curva acentuada para a direita. Atravessou o rio, parando um instante na ponte arqueada. Ela olhou para baixo, para a água, oleosa e fluida, correndo ligeira sobre as pedras. Podia ver, ou talvez apenas imaginar, o

EM ÁGUAS SOMBRIAS

contorno escuro do velho moinho, a roda pesada e apodrecida imóvel, há meio século sem girar. Pensou na menina que dormia lá dentro e pousou as mãos, branco-azuladas de frio, na lateral da ponte, para que parassem de tremer.

Desceu um lance da escada de pedra íngreme que ia da estrada até a trilha na margem do rio. Nessa trilha, poderia seguir até a Escócia se quisesse. Já havia feito isso uma vez, um ano atrás, no verão anterior. Eram seis, carregando barracas e sacos de dormir, e fizeram o percurso em três dias. Acamparam ao lado do rio à noite, tomaram vinho comprado ilegalmente sob a luz do luar, contando histórias sobre o rio, sobre Libby, Anne e todas as outras. Não poderia sequer imaginar naquela época que um dia caminharia por onde elas haviam caminhado, que o seu destino e o delas estavam interligados.

Nos oitocentos metros entre a ponte e o Poço dos Afogamentos, ela caminhou ainda mais lentamente, a mochila pesada nas costas, objetos duros cutucando a sua coluna. Chorou um pouco. Por mais que tentasse, não conseguia evitar pensar na mãe, e isso era o pior, o pior de tudo.

Ao passar sob as copas das faias que ladeavam o rio, a escuridão era tanta que ela mal conseguia ver um palmo à sua frente, e havia certo consolo nisso. Pensou em se sentar por um instante, tirar a mochila das costas e descansar, mas sabia que não podia, porque, se o fizesse, o sol nasceria e seria tarde demais e nada teria mudado e haveria mais um dia em que ela teria de acordar antes do amanhecer e deixar todos em casa dormindo. Assim, ela continuou andando.

Pé ante pé até chegar ao bosque, pé ante pé para sair da trilha, tropeçando de leve na margem, e então, pé ante pé, para dentro da água.

Jules

Você estava inventando histórias. Reescrevendo a história, recontando-a do seu ponto de vista, a sua versão da verdade.

(Quanta arrogância, Nel. Mas que *puta arrogância*.)

Você não sabe o que aconteceu com Libby Seeton e certamente não sabe o que estava passando pela cabeça de Katie quando ela morreu. Suas anotações deixam isso claro:

> *Na noite do solstício de verão, Katie Whittaker se jogou no Poço dos Afogamentos. Suas pegadas foram encontradas na faixa de areia da extremidade sul do poço. Ela usava um vestido verde de algodão e uma corrente simples no pescoço com um pingente de pássaro azul e as palavras "com amor" gravadas. Nas costas, carregava uma mochila cheia de tijolos e pedras. Exames realizados após sua morte revelaram que estava sóbria e sem vestígios de substâncias químicas no organismo.*
>
> *Katie não tinha histórico de transtorno mental ou ferimentos autoinfligidos. Era boa aluna, bonita e popular. A polícia não encontrou evidências de bullying, nem na vida real nem nas redes sociais.*
>
> *Katie vinha de um bom lar, de uma boa família. Katie era amada.*

Eu estava sentada de pernas cruzadas no chão do seu estúdio, folheando a sua papelada na escuridão do início da noite, atrás de respostas. Atrás de *alguma coisa*. Em meio às anotações — fora de ordem e bagunçadas, com rabiscos quase ilegíveis nas margens, palavras sublinhadas em vermelho ou riscadas em preto — também havia fotos. Numa pasta de papel pardo vagabundo, encontrei ampliações em papel fotográfico de má qualidade: Katie com Lena, duas garotinhas sorrindo para a câmera, sem fazer beicinho, sem fazer pose, relíquias de uma era distante, inocente, pré-Snapchat. Flores e homenagens deixadas à beira do poço, ursinhos de pelúcia e bijuterias. Pegadas na areia à margem do poço. Não dela, imagino. Certamente não as pegadas da *própria* Katie. Não, devem ter sido a sua versão, uma reconstituição. Você seguiu os passos dela, não foi? Andou por onde ela andou, não pôde resistir a desfrutar a mesma sensação.

Sempre foi assim com você. Quando era mais nova, era fascinada pelo ato físico, pela estrutura da coisa, as entranhas. Fazia perguntas do tipo: será que dói? Por quanto tempo? Qual será a sensação de bater na água de uma determinada altura? Será que a gente sente o corpo quebrar? Você pensava menos, eu acho, sobre todo o resto: sobre o que levava uma pessoa a subir até o topo do penhasco, ou ir até a beira da faixa de areia, e a impelia a seguir adiante.

No fundo da pasta havia um envelope com o seu nome rabiscado na frente. Nele havia um bilhete em folha pautada, escrito numa caligrafia trêmula:

Eu estava falando sério ontem. Não quero que a tragédia da minha filha faça parte do seu "projeto" macabro. Não é só por eu achar repugnante você ter ganho financeiro com isso. Eu já lhe disse, várias vezes, que acho que o que você está fazendo é MUITO IRRESPONSÁVEL e que a morte de Katie é a PROVA DISSO. Se você tivesse um pingo de compaixão, deixaria de lado o que está fazendo agora, aceitaria que o que você escreve, publica, diz e faz tem consequências. Não espero que você me dê ouvidos — já que nunca pareceu fazer isso antes. Mas, se continuar por esse caminho, não tenho dúvidas de que algum dia alguém a fará ouvir.

Não estava assinado, mas era óbvio que viera da mãe de Katie. Ela a alertou — e não foi só dessa vez. Na delegacia, ouvi a detetive perguntar a Lena sobre o incidente logo depois que Katie morreu, sobre como ela havia ameaçado você e dito que a faria pagar. Era isso que você queria me contar? Você estava com medo dela? Achou que ela iria atrás de você?

A ideia de que ela, uma mulher transtornada e louca de dor, estivesse perseguindo você — era apavorante, me deixou assustada. Eu não queria mais ficar aqui, em meio às suas coisas. Fiquei de pé e, ao fazê-lo, a casa pareceu se mover, adernar como um navio. Senti o rio empurrar a roda, instigando-a a girar, a água se infiltrando por rachaduras alargadas por algas cúmplices.

Pousei uma das mãos no arquivo-armário e subi a escada até a sala de estar, o silêncio zumbindo em meus ouvidos. Fiquei ali em pé por um segundo, os olhos se ajustando ao aumento da claridade, e, por um instante, estive certa de ter visto alguém, ali no banco da janela, no lugar onde eu costumava me sentar. Só por um segundo, então ela se foi, mas meu coração parecia espancar minhas costelas e meu couro cabeludo formigava. Alguém estava aqui, ou estivera aqui. Ou estava a caminho.

Com a respiração rápida e curta, eu praticamente corri até a porta da frente, que estava trancada, assim como eu a deixara. Mas na cozinha havia um cheiro estranho — uma coisa diferente, doce, como perfume — e a janela estava escancarada. Não me lembrava de tê-la aberto.

Fui até o congelador e fiz uma coisa que raramente faço — me servi de uma bebida: vodca gelada e viscosa. Enchi um copo e o bebi rapidamente; ela desceu queimando pela minha garganta e pelo meu estômago. Então servi uma segunda dose.

Minha cabeça rodou e eu me encostei na mesa da cozinha em busca de apoio. Estava esperando que Lena chegasse, acho. Ela havia desaparecido de novo, depois de recusar uma carona para casa. Parte de mim ficou aliviada — eu não queria ficar sozinha com Lena. Me convenci de que era porque eu estava zangada com ela — fornecendo remédio para emagrecer para outra menina, fazendo com que ela se envergonhasse do próprio corpo —, mas a verdade era que eu estava com medo do que a detetive tinha dito. Que Lena não está curiosa porque já sabe. Eu não conseguia parar de ver o rosto dela, naquela foto lá de cima, com os dentes afiados e o sorriso predatório. O que será que Lena sabe?

EM ÁGUAS SOMBRIAS

Voltei para o estúdio e me sentei no chão mais uma vez, juntei as anotações que havia tirado da pasta e comecei a rearrumá-las, tentando estabelecer algum tipo de ordem. Buscando encontrar algum sentido na sua narrativa. Quando cheguei à foto de Katie e de Lena, parei. Havia um borrão de tinta na superfície, logo abaixo do queixo de Lena. Virei a foto nas mãos. No verso, você havia escrito uma única frase. Eu a li em voz alta: *Às vezes, mulheres encrenqueiras cuidam umas das outras.*

O cômodo escureceu. Ergui a vista e um grito ficou preso na minha garganta. Eu não a ouvi, não tinha escutado a porta da frente abrir ou os passos atravessando a sala, ela simplesmente apareceu ali de repente, de pé no vão da porta, bloqueando a luz, e, do lugar onde eu estava sentada, a silhueta era a de Nel. Então a sombra entrou um pouco mais no estúdio e eu vi Lena, uma mancha de terra no rosto, as mãos imundas, os cabelos desarrumados.

— Com quem você está conversando? — perguntou ela. Trocava o peso de uma perna para a outra, parecia agitada, eufórica.

— Eu não estava conversando, estava...

— Estava, sim — ela deu uma risadinha. — Eu te ouvi. Com quem você estava... — Ela parou de falar nesse momento, e o meio sorriso sumiu de seus lábios quando notou a foto. — O que você está fazendo com isso?

— Eu só estava lendo... eu queria... — Não tive tempo de fazer com que todas as palavras saíssem da minha boca antes de ela estar bem na minha frente, me assomando. Eu me encolhi. Ela saltou em cima de mim e arrancou a foto das minhas mãos.

— O que você está fazendo com isso? — Ela tremia, os dentes cerrados, o rosto vermelho de raiva. Eu me levantei depressa. — Isto não tem nada a ver com você! — Ela me deu as costas, colocou a foto de Katie na mesa e a alisou com a palma da mão. — Que direito você tem de fazer isso? — perguntou ela, virando-se outra vez para me olhar, a voz trêmula. — De revirar as coisas dela, de encostar nas coisas dela? Quem te deu permissão para fazer isso?

Ela deu um passo na minha direção, chutando o copo de vodca. Ele saiu voando e se espatifou na parede. Ela caiu de joelhos e começou a juntar as anotações que eu vinha organizando.

— Você não devia estar tocando nisso! — Ela quase cuspia de tanta raiva. — Isto não tem nada a ver com você!

— Lena — comecei —, não.

Ela recolheu o braço de repente e gemeu de dor. Sua mão havia sido furada por um caco de vidro e começou a sangrar. Ela pegou uma pilha de papéis e os levou ao peito.

— Venha aqui — pedi, tentando tirar os documentos dela. — Você está sangrando.

— Fique longe de mim! — Ela empilhou os papéis na mesa.

Meu olhar foi atraído pela mancha de sangue na página de cima e pelas palavras impressas logo abaixo: *Prólogo,* em negrito, e abaixo disso: *Quando eu tinha 17 anos, salvei minha irmã de um afogamento.*

Senti uma gargalhada histérica subir pela garganta; ela explodiu de dentro de mim com tanta intensidade que Lena deu um pulo. Ela me fitou assombrada. Eu ri ainda mais, da expressão de fúria no seu lindo rosto, do sangue que pingava dos seus dedos até o chão. Ri até as lágrimas brotarem nos meus olhos, até tudo ficar embaçado, como se eu estivesse submersa.

Agosto de 1993

Jules

ROBBIE ME DEIXOU no banco da janela. Bebi o resto da vodca. Eu nunca tinha ficado bêbada na vida, não tinha noção da rapidez com que o rebote vem, a queda da euforia ao desespero, das alturas até o chão. A esperança me pareceu subitamente perdida, o mundo, sombrio. Eu não estava pensando direito, mas achei que minha linha de raciocínio fazia sentido. O rio é a saída. Siga o rio.

Não tenho a menor ideia do que eu queria quando deixei a alameda cambaleando e desci o barranco até a trilha que margeia o rio. Eu andava sem ver para onde ia; a noite parecia mais escura que nunca, sem lua, silenciosa. Até o rio estava quieto, uma coisa reptiliana, fluida e sem atrito, deslizando ao meu lado. Eu não sentia medo. Como eu me sentia? Humilhada, envergonhada. Culpada. Eu olhei para ele, eu o fiquei observando, fiquei vendo vocês dois, e ele me viu.

São alguns quilômetros da Casa do Moinho até o poço, então devo ter levado um bom tempo. Eu já não era muito rápida em condições normais, mas, no escuro, naquele estado, eu teria sido ainda mais lenta. Então você não me seguiu, acho. Mas acabou aparecendo.

Eu estava dentro d'água a essa altura. Eu me lembro do frio ao redor dos tornozelos, então dos joelhos, e em seguida afundando suavemente na escuridão. O frio havia passado, meu corpo inteiro queimava, agora já com água até o pescoço, sem saída, e ninguém podia me ver. Eu estava escondida, estava sumindo, sem ocupar muito espaço, sem ocupar espaço algum.

O calor me atravessou zumbindo, se dissipou e a friagem voltou, não na minha pele, mas na minha carne, nos meus ossos, pesados como chumbo. Eu estava cansada, me pareceu ser uma distância muito grande de volta à margem, eu não tinha certeza se conseguiria voltar. Bati as pernas, para trás e para baixo, mas não consegui sentir o fundo, então achei que talvez pudesse boiar um pouco, sem preocupações, sem que ninguém me visse.

Fiquei à deriva. A água cobria meu rosto e algo roçou em mim, macio, como os cabelos de uma mulher. Uma sensação esmagadora invadiu o meu peito e eu puxei o ar, engolindo água. Em algum lugar a distância, ouvi uma mulher gritar. *Libby*, você dizia, *às vezes dá para ouvi-la à noite, dá para ouvi--la implorar.* Eu me debati, mas alguma coisa esmagou as minhas costelas; senti a mão dela nos meus cabelos, súbita e bruscamente, e ela me puxou para o fundo. Só as bruxas boiam.

Não era Libby, claro, era você, berrando comigo. Sua mão na minha cabeça, me segurando debaixo d'água. Eu lutava para me afastar de você. Você estava me segurando debaixo d'água ou me arrastando para fora dela? Agarrava minha roupa, unhava minha pele, deixou arranhões no meu pescoço e nos braços para combinar com os que Robbie havia deixado nas minhas pernas.

Por fim, acabamos na margem do rio, eu de joelhos, ofegante, buscando o ar, e você em pé acima de mim, aos berros:

— Sua vaca gorda estúpida, o que você estava fazendo? Que merda você estava tentando fazer? — Então caiu de joelhos e me abraçou, aí sentiu o cheiro de álcool em mim e começou a berrar outra vez. — Você tem *13 anos*, Julia! Não pode beber, não pode... O que você estava fazendo? — Seus dedos ossudos se enterraram na carne do meu braço, você me sacudiu com força. — Por que está fazendo isso? Por quê? É para me irritar, é isso? Para deixar a mamãe e o papai com raiva de mim? Meu Deus, Julia, o que foi que eu fiz para você?

Você me levou para casa, me arrastou até o andar de cima e me preparou um banho. Eu não queria entrar na banheira, mas você me forçou, lutando

EM ÁGUAS SOMBRIAS

comigo para me despir e me enfiar na água quente. Apesar do calor da água, eu não conseguia parar de tremer. Eu não queria me deitar na banheira. Fiquei sentada, encolhida, a barriga dura e desconfortável, enquanto você jogava água quente na minha pele com as mãos.

— Meu Deus, Julia. Você é uma criança ainda. Não devia estar... Não devia ter... — Você parecia não saber o que dizer. Limpou meu rosto com uma toalha. Sorriu. Estava tentando ser gentil. — Está tudo bem. Está tudo bem, Julia. Está tudo bem. Foi mal eu ter gritado com você. E eu sinto muito se ele machucou você, eu sinto mesmo. Mas o que você esperava, Julia? Sério, o que você esperava?

Deixei você me banhar, as suas mãos bem mais suaves do que haviam sido no poço. Eu me perguntei como você podia estar tão tranquila com relação àquilo agora, teria imaginado que ficaria mais zangada. Não só comigo, mas por mim. Supus que eu devia estar exagerando, ou então que você simplesmente não queria pensar no assunto.

Você me fez jurar que eu não contaria aos nossos pais o que havia acontecido.

— Promete, Julia. Você não vai contar para eles, não vai contar para ninguém sobre isso. Está bem? Nunca. A gente não pode falar sobre isso, ok? Porque... Porque senão todos nós vamos nos ferrar. Está bem? Simplesmente não fale disso. Se a gente não falar nisso, é como se não tivesse acontecido. Nada aconteceu, tá? Nada aconteceu. Me promete. Me promete, Julia, que você nunca mais vai falar nisso.

Eu cumpri a minha promessa. Você, não.

2015

Helen

A CAMINHO DO supermercado, Helen passou por Josh Whittaker de bicicleta. Ele estava completamente ensopado, e as roupas, enlameadas; ela diminuiu a velocidade do carro e baixou o vidro.

— Você está bem? — gritou ela e ele acenou, mostrando os dentes. Uma tentativa tosca de sorrir, supôs Helen.

Ela continuou dirigindo, lentamente, observando-o pelo retrovisor. Ele tentava ganhar tempo, virando o guidom para cá e para lá, e de vez em quando ficava em pé nos pedais para olhar por cima do ombro.

Ele sempre fora um menino esquisito, e a tragédia recente só fizera exacerbar as coisas. Patrick tinha ido pescar com ele umas duas vezes depois da morte de Katie — como um favor para Louise e Alec, para lhes dar um pouco de tempo a sós. Tinham passado horas e horas no rio e, segundo Patrick, o menino não dissera uma palavra.

— Deviam levá-lo daqui — Patrick disse a ela. — Deviam ir embora.

— Você não foi — replicou ela, cuidadosamente, e ele fez que sim.

— Aquilo foi diferente — afirmou ele. — Eu tive de ficar. Tinha um trabalho a fazer.

Depois que ele se aposentou, ficou por eles — por ela e Sean. Não *por* eles, mas para estar perto deles, porque eram tudo o que ele tinha: eles, a casa, o rio. Mas o tempo estava se esgotando. Ninguém dizia nada porque esse era o tipo de família que eles eram, mas Patrick não parecia bem.

Helen o ouvia tossir durante a noite, sem parar, percebia pela manhã como era doloroso, para ele, se movimentar. O pior de tudo é que ela sabia que não era somente algo físico. A vida toda ele foi dono de uma mente extremamente aguçada, e agora começava a esquecer as coisas, ficava confuso às vezes. Pegava o carro dela emprestado e se esquecia de onde o deixara, ou às vezes o devolvia cheio de tralhas, como fizera outro dia. Lixo que havia encontrado? Bugigangas que tinha recolhido? Troféus? Ela não perguntava. Não queria saber. Temia por ele.

Temia por ela mesma, também, para ser sincera. Vinha se sentindo desorientada, distraída, irracional. De vez em quando, achava que estava enlouquecendo. Perdendo o juízo.

Ela não era assim. Helen era prática, racional, decidida. Avaliava suas opções cuidadosamente, depois agia. Tinha o hemisfério esquerdo do cérebro dominante, segundo o sogro. Mas, ultimamente, não era mais a mesma. Os acontecimentos do último ano a haviam desestabilizado, tirado do rumo. Agora se via questionando aqueles elementos de sua vida que acreditara estarem menos abertos a questionamentos: seu casamento, sua vida em família, até mesmo sua competência no trabalho.

Aquilo começara com Sean. Primeiro com suas suspeitas, e então — através de Patrick —, a terrível confirmação. No outono anterior, ela havia descoberto que o marido — seu marido estável, firme e moralmente irrepreensível — não era nada do que ela pensava ser. Ela havia ficado desnorteada. Sua racionalidade, sua determinação, a deixaram. O que devia fazer? Ir embora? Abandonar sua casa e suas responsabilidades? Será que devia dar um ultimato? Chorar, bajular? Castigá-lo? Se sim, como? Fazendo buracos no tecido das suas camisas preferidas, quebrando suas varas de pescar ao meio, queimando seus livros no jardim?

Todas essas opções lhe pareceram pouco práticas, imprudentes ou simplesmente ridículas, então ela se voltou para Patrick à procura de conselhos. Ele a convenceu a ficar. Garantiu a ela que Sean recobrara o juízo, que se

HELEN

arrependia profundamente da sua infidelidade e que se empenharia em merecer o seu perdão.

— Enquanto isso — sugeriu Patrick —, ele entenderia, nós dois entenderíamos, se você quisesse ocupar o quarto de hóspedes daqui de casa? Talvez lhe faça bem ter um tempo para você mesma, e estou certo de que faria bem, para ele, sentir o gostinho do que poderia estar prestes a perder.

Quase um ano depois, ela ainda dormia na casa do sogro a maioria das noites.

O *erro* de Sean, como ficou conhecido, foi apenas o começo. Depois de se mudar para a casa de Patrick, Helen se viu atormentada por uma terrível insônia: um inferno debilitante e gerador de ansiedade. Algo que, segundo descobriu, era compartilhado pelo sogro. Ele não conseguia dormir, também — estava assim havia anos, foi o que disse. Então ficavam acordados juntos — lendo, fazendo palavras cruzadas, desfrutando da silenciosa companhia um do outro.

Às vezes, quando tomava um trago de uísque, Patrick gostava de falar. Sobre sua vida como detetive, sobre como a cidade tinha sido um dia. De vez em quando, contava a ela coisas que a deixavam perturbada. Histórias sobre o rio, velhos boatos, contos desagradáveis há muito enterrados e agora desenterrados e ressuscitados, espalhados como verdades por Nel Abbott. Histórias sobre a família deles, revelações dolorosas. Mentiras, falsidades difamatórias, não? Patrick disse que não chegava a ser difamação, nada que pudesse ir parar num tribunal.

— As mentiras dela não vão chegar a ver a luz do dia. Eu vou me certificar disso — ele lhe disse.

Só que esse não era o problema. O problema, disse Patrick, era o dano que ela já havia causado — a Sean, à família.

— Você acha, sinceramente, que ele teria se comportado desse jeito se não tivesse sido por ela, enchendo a cabeça dele com essas histórias, fazendo-o duvidar de quem é, de onde vem? Ele mudou, não foi, querida? E foi ela que fez isso. — Helen temia que Patrick tivesse razão e que seu relacionamento nunca mais voltasse a ser como antes, mas ele lhe garantiu que voltaria. Tam-

177

bém se certificaria disso. Ele apertava a mão dela e lhe agradecia por escutá-lo e beijava a sua testa e dizia: — Você é uma boa menina.

As coisas melhoraram por um tempo. Depois, pioraram. Pois justamente quando Helen voltou a dormir mais que duas horas seguidas, quando voltou a se pegar sorrindo para o marido como antigamente, quando sentiu a família retornar ao seu velho e confortável equilíbrio, Katie Whittaker morreu.

Katie Whittaker, a estrela da escola, uma aluna dedicada e educada, uma adolescente sem problemas — aquilo foi chocante, inexplicável. E a culpa era dela. Ela fracassara com Katie Whittaker. Todos tinham fracassado: seus pais, seus professores, a comunidade toda. Não haviam notado que a feliz Katie precisava de ajuda, que na verdade não estava feliz. Enquanto Helen andava sobrecarregada com problemas domésticos, atordoada pela insônia e atormentada por dúvidas, uma das adolescentes sob sua responsabilidade havia sucumbido.

Até Helen chegar ao supermercado, a chuva já havia parado. O sol tinha saído e o vapor emanava do asfalto, trazendo com ele o cheiro de terra. Helen vasculhou a bolsa atrás da lista: tinha de comprar carne para o jantar, legumes, feijão. Precisavam de azeite, de café e de cápsulas para a máquina de lavar.

De pé no corredor de enlatados, procurando pela marca de tomates picados que considerava mais saborosa, notou uma mulher se aproximar e percebeu, horrorizada, que era Louise.

Andando lentamente em sua direção, com a expressão vazia, Louise empurrava um carrinho gigantesco e praticamente vazio. Helen entrou em pânico e fugiu, abandonando o próprio carrinho e correndo para o estacionamento, onde se escondeu dentro do carro até ver o veículo de Louise passar pelo dela e pegar a rua.

Sentiu-se uma idiota e envergonhada — sabia que aquilo não era do seu feitio. Há um ano, não teria se comportado de maneira tão vergonhosa. Teria falado com Louise, apertado sua mão e perguntado pelo marido e pelo filho. Teria se comportado de maneira honrosa.

Helen não era mais a mesma. De que outra maneira podia explicar as coisas nas quais vinha pensando ultimamente, a forma como havia agido?

HELEN

Essa culpa toda, essa dúvida, era corrosiva. Ela a estava transformando, deturpando sua pessoa. Deixara de ser a mulher de antes. Sentia-se esvair, deslizar como se estivesse trocando de pele, e não gostava da carne por baixo, não gostava do cheiro que exalava. Fazia Helen se sentir vulnerável, deixava-a com medo.

Sean

DURANTE VÁRIOS DIAS depois que minha mãe morreu, eu não falei. Nem uma única palavra. Ou é o que meu pai me diz, pelo menos. Não lembro muito daquele tempo, embora eu me lembre de como papai me tirou do meu silêncio à força, segurando minha mão esquerda sobre uma chama até eu gritar. Foi cruel, mas eficaz. E, depois, ele me deixou ficar com o isqueiro. (Eu o guardei por muitos anos, costumava carregá-lo para cima e para baixo comigo. Perdi-o recentemente, não me lembro onde.)

Dor, choque, isso afeta as pessoas de formas estranhas. Eu já vi gente reagir a más notícias com risos, com aparente indiferença, com raiva, com medo. O beijo de Jules no carro depois do enterro... aquilo não teve nada a ver com luxúria, teve a ver com dor, com querer despertar algum sentimento — qualquer um — além de tristeza. A minha mudez quando eu era pequeno deve ter resultado do choque, do trauma. Perder uma irmã pode não ser o mesmo que perder um pai ou uma mãe, mas eu sei que Josh Whittaker era muito ligado à irmã, então reluto em julgá-lo, em enxergar além do que ele diz ou faz e de como se comporta.

Erin me ligou para dizer que tinha havido um ato de vandalismo numa casa no lado sudeste da periferia da cidade — uma vizinha havia ligado dizendo que, ao chegar do trabalho, viu os vidros das janelas da casa em questão quebradas e um garoto deixando o local numa bicicleta. A casa pertencia a um dos professores da escola, já o menino — cabelos pretos, camisa de malha amarela e guiando uma bicicleta vermelha —, eu tinha quase certeza de se tratar de Josh.

SEAN

Foi fácil encontrá-lo. Estava sentado no muro da ponte, a bicicleta encostada ali, as roupas encharcadas e as pernas riscadas de lama. Não correu quando me viu. Na verdade, pareceu aliviado quando me cumprimentou, educado como sempre.

— Boa tarde, Sr. Townsend.

Perguntei a ele se estava bem.

— Vai pegar um resfriado — comentei, apontando para as roupas molhadas, e ele abriu um meio sorriso.

— Estou bem — falou.

— Josh, você estava andando de bicicleta na Seward Road hoje à tarde? — perguntei. Ele fez que sim. — Por acaso passou pela casa do Sr. Henderson?

Ele mordeu o lábio inferior, os gentis olhos castanhos se arregalando, enormes.

— Não conta para a minha mãe, Sr. Townsend. Por favor, não conta para a minha mãe. Ela já tem muita coisa para se preocupar.

Senti um nó na garganta e me forcei a reprimir as lágrimas. Ele é um menino tão pequeno e de aparência tão vulnerável. Eu me ajoelhei ao seu lado.

— Josh! O que diabos você estava fazendo? Tinha mais alguém com você? Alguns dos meninos mais velhos, talvez? — perguntei, esperançoso.

Ele sacudiu a cabeça, mas não olhou para mim.

— Fui só eu.

— Sério? Tem certeza? — Ele desviou o olhar. — Porque eu vi você conversando com Lena fora da delegacia hoje mais cedo. Isso não teria nada a ver com ela, teria?

— Não! — gritou ele, a voz um ganido dolorido e humilhante. — Não. Fui eu. Só eu. Eu atirei pedras na janela dele. Na janela daquele... *filho da puta.* — "Filho da puta" foi pronunciado cuidadosamente, como se ele estivesse dizendo isso pela primeira vez.

— Por que diabos você faria uma coisa dessas?

Ele me olhou nos olhos nesse momento, o lábio inferior tremendo.

— Porque ele mereceu — respondeu. — Porque eu odeio ele.

EM ÁGUAS SOMBRIAS

E começou a chorar.

— Venha — falei, pegando a bicicleta dele do chão. — Vou levar você para casa. — Mas ele agarrou o guidom.

— Não! — disse, chorando. — Você não pode fazer isso. Não quero que a mamãe saiba. Nem o papai. Eles não podem saber disso, não podem...

— Josh — eu me abaixei outra vez, pousando a mão no banco da bicicleta. — Está tudo bem. Não é tão ruim assim. A gente resolve essa história. Sério. Não é o fim do mundo.

Ao ouvir isso, ele começou a uivar.

— Você não entende. Mamãe nunca vai me perdoar...

— É claro que vai! — Eu me controlei para não rir. — Ela vai ficar um pouco zangada, claro, mas você não fez nada assim tão *terrível,* não machucou ninguém...

Seus ombros sacudiam.

— Sr. Townsend, o senhor não entende. Não entende o que eu fiz.

No fim, eu o levei para a delegacia. Não sabia o que mais podia fazer, ele não queria me deixar levá-lo para casa e eu não podia deixá-lo na rua naquele estado. Acomodei-o na sala dos fundos e preparei uma xícara de chá para ele, então pedi a Callie que saísse e comprasse uns biscoitos.

— Não pode interrogá-lo, senhor — disse Callie, alarmada. — Não sem um adulto responsável.

— Eu não vou *interrogá-lo* — retruquei, irritado. — Ele está assustado e não quer ir para casa ainda.

Essas palavras desencadearam em mim uma memória: *Ele está assustado e não quer ir para casa.* Eu era menor que Josh, tinha só 6 anos, e uma policial segurava a minha mão. Nunca sei quais das minhas lembranças são reais — já ouvi tantas histórias sobre aquela época, de tantas fontes diferentes, que é difícil diferenciar memória de mito. Só que nessa eu estava tremendo e com medo, e tinha uma policial ao meu lado, uma mulher grande, me consolando e me segurando de modo protetor junto ao quadril enquanto homens falavam acima da minha cabeça.

SEAN

— Ele está assustado e não quer ir para casa — disse ela.

— Você poderia levá-lo para a sua casa, Jeannie? — perguntou meu pai.

— Você poderia levá-lo com você? — Era isso. Jeannie. A policial Sage.

Meu telefone tocando me trouxe de volta a mim mesmo.

— Senhor? — Era Erin. — A vizinha do outro lado viu uma menina sair correndo na direção oposta. Adolescente, cabelos loiros, compridos, short jeans, camisa de malha branca.

— Lena. Claro.

— É, é o que está parecendo. Quer que eu vá buscá-la?

— Hoje, não — falei. — Ela já passou por muita coisa. Conseguiu entrar em contato com o dono, com Henderson?

— Ainda não. Estou ligando, mas cai direto na caixa postal. Quando falei com ele mais cedo, ele disse alguma coisa sobre uma noiva em Edimburgo, mas não tenho o telefone dela. É possível que já estejam no avião.

Levei a xícara de chá para Josh.

— Ouça — comecei —, nós precisamos entrar em contato com seus pais. Eu só preciso avisar a eles que você está aqui e que está bem, pode ser? Não preciso entrar em detalhes, não agora, só vou dizer que você está chateado e que eu o trouxe para cá para a gente conversar um pouco. Está bem assim? — Ele assentiu com a cabeça. — Então você pode me dizer por que está chateado e a gente segue daí. — Ele assentiu de novo. — Mas em algum momento você vai ter de explicar que história é essa da casa.

Josh bebericou o chá, chorando de vez em quando, ainda não recuperado da sua explosão emocional. As mãos envolviam a xícara com força e a boca se movimentava enquanto buscava as palavras que queria me dizer.

Por fim, ergueu os olhos.

— Não importa o que eu fizer — começou ele —, alguém vai ficar chateado comigo. — Então, ele balançou a cabeça. — Não, na verdade, não é bem assim. Se eu fizer o que é certo, todo mundo vai ficar chateado comigo, e se eu fizer a coisa errada, ninguém vai. Não devia ser assim, devia?

— Não — respondi —, não devia. E eu não sei bem se você está certo quanto a isso. Não consigo pensar em uma única situação na qual fazer o que é certo vai deixar todo mundo chateado com você. Uma ou duas pessoas, talvez, mas, se for a coisa certa, alguns de nós a veremos dessa forma, não? E seremos gratos a você?

Ele voltou a morder o lábio.

— O problema — começou ele, a voz voltando a falhar — é que o estrago já está feito. Eu demorei muito. Agora é tarde demais para fazer a coisa certa.

Ele voltou a chorar, mas não como antes. Não estava aos prantos nem em pânico, dessa vez chorava como uma pessoa que já perdeu tudo, toda a esperança. Estava desesperado e eu não pude suportar aquilo.

— Josh, eu tenho que pedir para os seus pais virem até aqui — falei, mas ele segurou o meu braço.

— Por favor, Sr. Townsend. Por favor.

— Eu quero ajudar você, Josh. Quero mesmo. Por favor, me diga o que está te atormentando tanto.

(Eu me lembro de estar sentado numa cozinha quentinha, que não era a minha, comendo torrada com queijo. Jeannie estava lá, sentada ao meu lado. *Não quer me contar o que aconteceu, querido? Por favor, me conte.* Eu parei de falar e não disse mais nada. Nem uma palavra. Nem uma única palavra.)

Josh, no entanto, estava pronto para falar. Enxugou as lágrimas e assoou o nariz. Tossiu e se sentou mais ereto na cadeira.

— É sobre o Sr. Henderson — começou. — Sobre o Sr. Henderson e a Katie.

Quinta-feira, 20 de agosto

Lena

Começou como uma brincadeira. A história com o Sr. Henderson. Um jogo. A gente já tinha brincado disso antes com o Sr. Friar, o professor de biologia, e com o Sr. Mackintosh, técnico de natação. A ideia era fazer com que ficassem sem jeito. A gente se alternava tentando. Uma de nós ia e, se não conseguisse, era a vez da outra. Valia fazer qualquer coisa, quando bem entendesse, a única regra é que a outra tinha de estar presente, senão não dava para saber se era verdade. Nós nunca incluímos mais ninguém, era uma coisa nossa, minha e de Katie — na verdade, não me lembro de quem foi a ideia.

Com Friar, eu fui primeiro e levou mais ou menos trinta segundos. Fui até a mesa dele, sorri e mordi o lábio enquanto ele me explicava alguma coisa sobre homeostase, e inclinei o corpo para a frente de maneira que minha blusa abriu um pouco, e pronto. Mackintosh deu mais trabalho porque estava acostumado a nos ver de maiô, então não ia pirar por causa de um pouquinho de pele. Mas Katie acabou conseguindo, ao se mostrar toda doce e tímida e só um pouquinho envergonhada, conversando com ele sobre os filmes de kung-fu que nós sabíamos que ele curtia.

Mas com o Sr. Henderson foi outra história. Katie foi primeiro porque tinha ganhado a rodada com o Sr. Mac. Ela esperou até depois da aula e, enquanto eu guardava meus livros bem devagarinho, foi até a mesa dele e se empoleirou na beirada. Sorriu para ele, inclinando o corpo um pouco para a frente, e começou a falar, mas ele chegou a cadeira para trás de repente e ficou de pé, recuando um passo. Ela foi em frente, mas sem muita convicção, e quando a gente ia saindo ele nos olhou com cara de quem estava *furioso*. Quando eu tentei, ele bocejou. Fiz o melhor que pude, chegando bem perto dele, sorrindo, mexendo no meu cabelo, passando a mão no pescoço, dando mordidinhas no lábio inferior, mas ele *bocejou*, de um jeito bem descarado. Como se eu o estivesse deixando entediado.

Não consegui tirar isso da cabeça, o jeito como ele tinha me olhado, como se eu não fosse nada, como se eu não fosse nem um pouco interessante. Não quis mais brincar. Não com ele, não tinha a menor graça. Ele agiu como um babaca. Katie perguntou "Você acha?" e eu disse que sim, e ela disse, está bem, então. E ficou por aí.

Eu só descobri que ela havia transgredido as regras muito tempo depois, meses depois. Não fazia a menor ideia. Então, quando Josh me procurou no Dia dos Namorados com a história mais hilariante que eu já tinha ouvido na vida, eu enviei uma mensagem para ela com um coraçãozinho. *Já soube do seu bofe*, escrevi. *KW & MH para sempre*. Recebi um SMS uns cinco segundos depois dizendo: APAGA ISSO. NÃO TÔ BRINCANDO. APAGA. Eu escrevi de volta: COMO ASSIM? E ela voltou a escrever. APAGA AGORA OU EU JURO POR DEUS QUE NUNCA MAIS FALO COM VOCÊ. *Credo*, pensei. *Calma*.

Na manhã seguinte, em sala, ela me ignorou. Não disse nem "oi". Quando íamos saindo, segurei o braço dela.

— Katie? O que está acontecendo? — Ela praticamente me empurrou para dentro do banheiro. — Que porra é essa? — perguntei. — O que foi isso?

— Nada — sussurrou ela. — Eu só achei *babaquice* sua, tá? — Ela olhou para mim de um jeito, uma expressão que eu vinha recebendo dela com mais e mais frequência, como se ela fosse adulta, e eu, uma criança. — O que deu em você para fazer aquilo?

Estávamos no outro extremo do banheiro, sob a janela.

— Josh veio falar comigo — respondi. — Disse que viu você e o Sr. Henderson de mãos dadas no estacionamento... — Eu comecei a rir.

LENA

Katie não riu. Me deu as costas e se colocou na frente da pia olhando para o próprio reflexo.

— *O quê?* — Ela tirou o rímel de dentro da bolsa. — O que foi que Josh disse, *exatamente*? — A voz dela me soou estranha, não zangada, não chateada, era como se estivesse assustada.

— Ele disse que estava esperando você depois da aula e que te viu com o Sr. Henderson e que vocês estavam de mãos dadas... — Eu comecei a rir outra vez. — Credo, não é nenhum drama. Ele só estava inventando histórias porque queria uma desculpa para me ver. Era Dia dos Namorados, então...

Katie estreitou os olhos.

— Meu Deus! Como você é narcisista — disse ela, baixinho. — Você realmente acha que tudo gira em torno de você.

Eu tive a sensação de ter levado um tapa.

— O que...? — Eu nem soube o que dizer, aquilo não era do feitio dela.

Eu ainda estava pensando no que dizer quando ela deixou o rímel cair dentro da pia, segurou a beirada e começou a chorar.

— Katie... — Coloquei a mão no ombro dela, e Katie chorou ainda mais alto. Eu a abracei. — Meu Deus, o que há de errado? O que foi que aconteceu?

— Você não percebeu — ela fungou —, que as coisas têm andado diferentes? Você não percebeu nada, Lenie?

É claro que eu tinha percebido. Ela andava diferente, distante, já há algum tempo. Estava ocupada o tempo todo. Tinha dever de casa e a gente não podia se ver depois da escola, ou então ia fazer compras com a mãe e não podia ir ao cinema, ou então tinha de tomar conta de Josh e não podia ir à minha casa em tal e tal noite. Andava diferente de outras maneiras, também. Mais calada na escola. Não fumava mais. Tinha começado a fazer dieta. Parecia perder o rumo da conversa como se não estivesse interessada no que eu dizia, como se tivesse coisas melhores para pensar.

É claro que eu tinha percebido. E estava magoada. Mas eu não ia *falar* nada. Mostrar para alguém que a gente está magoada é a pior coisa que se pode fazer, não é? Eu não queria parecer frágil, carente, porque ninguém quer ficar perto de uma pessoa assim.

— Eu pensei que... sei lá, K, achei que você só estava *de saco cheio* de mim, ou coisa do tipo. — Ela chorou ainda mais, então eu a abracei.

— Não estou, não — disse ela. — Não estou de saco cheio de você. Mas eu não podia te contar, não podia contar pra ninguém... — Ela parou de falar de repente e se desvencilhou do meu abraço. Andou até o outro extremo do banheiro e se ajoelhou, então veio engatinhando na minha direção verificando por baixo de cada cubículo.

— Katie? O que você *está fazendo*?

Demorou esse tempo todo para a ficha cair. Eu estava totalmente por fora.

— Ai, meu *Deus* — falei, quando ela ficou de pé outra vez. — Você está... está dizendo que, na verdade... — baixei a voz até ela se tornar um sussurro — tem alguma coisa rolando? — Ela não disse nada, mas me olhou fixamente e eu soube que era verdade. — Caralho. Caralho! Você não pode... Isso é loucura. Você não pode. *Não pode*, Katie. Você precisa parar com isso... antes que *role alguma coisa*.

Ela me olhou como se eu fosse meio burrinha, como se estivesse com pena de mim.

— Lena, já rolou. — Ela deu um meio sorriso, secando as lágrimas do rosto. — Está *rolando* desde novembro.

Eu não contei nada disso à polícia. Não era da conta deles.

Eles vieram até a minha casa à noite, quando Julia e eu estávamos na cozinha jantando. Correção: eu estava jantando. Ela só estava empurrando a comida em volta do prato como sempre faz. Mamãe me contou que Julia não gostava de comer na frente dos outros — é um trauma de quando era gorda. Nenhuma de nós estava falando — não dizíamos nada desde que eu tinha chegado em casa e pegado ela com as coisas da mamãe — então, foi um alívio quando a campainha tocou.

Quando vi que eram Sean e a detetive-sargento Morgan — *Erin*, como devo chamá-la, já que estamos passando tanto tempo juntas —, achei que devia ser sobre os vidros das janelas quebrados, embora eu tenha achado que os dois virem por causa disso era um pouco de exagero. Confessei de imediato.

LENA

— Eu pago o estrago — avisei. — Agora tenho dinheiro para isso, não tenho? — Julia comprimiu os lábios como se estivesse decepcionada comigo. Ela se levantou e começou a tirar os pratos da mesa, mesmo não tendo comido nada.

Sean pegou a cadeira dela e a puxou, para poder se sentar ao meu lado.

— Depois falamos disso — disse ele, com uma expressão triste e séria no rosto. — Mas primeiro temos de conversar com você sobre Mark Henderson.

Fiquei gelada, senti aquele frio na barriga de quando a gente sabe que alguma coisa muito ruim está para acontecer. Eles sabiam. Fiquei arrasada e aliviada ao mesmo tempo, mas tentei de tudo para manter o rosto completamente sem expressão e inocente.

— É — comecei. — Eu sei. Eu destruí a casa dele.

— E por que você destruiu a casa dele? — perguntou Erin.

— Porque eu estava de saco cheio. Porque ele é um escroto. Porque...

— Já chega, Lena! — interrompeu Sean. — Deixe de onda. — Ele parecia estar puto da vida. — Você sabe que não é sobre isso que estamos falando, não é? — Eu não disse uma palavra, só olhei pela janela. — Nós estivemos conversando com Josh Whittaker — disse ele, e o frio na barriga voltou. Acho que eu soube o tempo todo que Josh não ia conseguir guardar esse segredo para sempre, mas tive a esperança de que destruir a casa de Mark Henderson talvez lhe desse alguma satisfação, pelo menos temporária. — Lena? Você está me ouvindo? — Sean estava com o corpo inclinado para a frente na cadeira. Notei que suas mãos tremiam um pouco. — Josh fez uma acusação bastante séria a respeito de Mark Henderson. Ele nos contou que Mark Henderson estava tendo um relacionamento, um relacionamento sexual, com Katie Whittaker nos meses que precederam a morte dela.

— Mas que mentira! — exclamei, e tentei rir. — Isso é pura mentira. — Todo mundo estava me encarando e foi impossível impedir que meu rosto ficasse vermelho. — É mentira — falei mais uma vez.

— Por que ele inventaria uma história dessas, Lena? — Sean me perguntou. — Por que o irmãozinho de Katie inventaria uma história dessas?

EM ÁGUAS SOMBRIAS

— Não sei — respondi. — Não sei. Mas não é verdade. — Eu olhava fixamente para a mesa e tentava pensar numa razão, mas meu rosto só ia esquentando mais e mais.

— Lena — apelou Erin —, é óbvio que você não está falando a verdade. O que está menos claro é por que diabos você mentiria sobre uma coisa dessas. Por que tentaria proteger um homem que se aproveitou da sua amiga dessa maneira?

— Ai, *puta que pariu...*

— O quê? — perguntou ela, enfiando a cara na minha. — Puta que pariu o quê? — Alguma coisa nela, no jeito como chegou muito perto de mim e na expressão em seu rosto me deu vontade de lhe dar um tapa.

— Ele não *se aproveitou* dela. Katie não era uma criança!

Ela pareceu muito satisfeita consigo mesma nesse momento e eu senti ainda mais vontade de lhe dar um tapa. Mas ela foi em frente, falando sem parar.

— Se ele não se aproveitou dela, por que você o odeia? Estava com ciúmes?

— Acho que já chega — disse Julia, mas ninguém lhe deu ouvidos.

Erin continuou, sem me dar a menor trégua.

— Você queria o Mark para você, foi isso? Ficou puta porque achava que era a mais bonita das duas e que devia receber todas as atenções?

Aí eu pirei. Eu sabia que se ela não calasse a boca eu ia mesmo lhe enfiar a mão na cara, então falei.

— Eu o odiava, sua vaca imbecil. Eu o odiava porque tirou Katie de mim.

Todo mundo ficou em silêncio por um instante. Então, Sean perguntou:

— Ele tirou Katie de você? Como foi que ele fez isso, Lena?

Eu não consegui evitar. Estava tão cansada e era óbvio que agora eles iam mesmo descobrir, agora que Josh tinha resolvido abrir a boca. Mas, acima de tudo, eu estava cansada demais para continuar mentindo. Então fiquei ali sentada na nossa cozinha e a traí.

Eu havia prometido a Katie. Depois da nossa discussão, depois que ela jurou para mim que eles tinham terminado e que ela não estava mais saindo com o Sr. Henderson, Katie me fez jurar: que não importava o que acontecesse, independentemente *de qualquer coisa*, eu nunca contaria a ninguém sobre os dois. Nós fomos juntas ao poço pela primeira vez em séculos. Ficamos sentadas sob as árvores onde ninguém podia nos ver e ela chorou e segurou minha mão.

— Sei que você acha errado — disse ela —, que eu não devia ter saído com ele. Eu entendo. Mas eu o amava, Lenie. Ainda amo. Ele era *tudo* para mim. Não posso nem pensar em ele ser prejudicado, simplesmente não posso. Eu não ia suportar. Por favor, não faça nada que possa prejudicá-lo. Por favor, Lenie, guarde esse segredo por mim. Não por ele, eu sei que você o odeia. Faça isso por mim.

E eu tentei. Tentei de verdade. Até quando a mamãe entrou no meu quarto e disse que eles a haviam encontrado na água, mesmo quando Louise apareceu na nossa casa quase louca de dor, mesmo quando aquele filho da puta deu um depoimento para o jornal dizendo que ela era uma aluna excepcional, que era amada e admirada tanto pelos alunos quanto pelos professores. Mesmo quando ele se aproximou de mim no enterro da minha mãe para me dar os pêsames, eu mordi a língua.

Mas eu vinha mordendo, mordendo e mordendo a língua há meses, e se não parasse ia atravessá-la com os dentes. Ia acabar engasgando com ela.

Então eu contei a eles. Sim, Katie e Mark tiveram um relacionamento. Começou no outono. Terminou em março ou abril. Começou outra vez no fim de maio, eu achava, mas não por muito tempo. Ela terminou com ele. Não, eu não tinha provas.

— Eles eram muito cuidadosos — falei. — Nada de e-mails, nada de mensagens de texto, nada de Messenger, nada eletrônico. Era uma regra deles. Eram rigorosos com isso.

— Eles eram ou ele era? — perguntou Erin.

Olhei para ela de cara feia.

— Bem, eu nunca discuti o assunto com *ele*, não é mesmo? Foi o que Katie me disse. Que era uma regra deles.

— Quando foi que você ficou sabendo disso, Lena? — indagou Erin. — Precisa começar lá do começo.

— Não, na verdade eu não acho que ela precise — disse Julia, de repente. Ela estava de pé perto da porta; eu tinha até esquecido que ela estava na cozinha. — Acho que Lena está muito cansada e que deve ser deixada em paz agora. Nós podemos dar uma passada na delegacia amanhã, ou vocês podem voltar aqui, mas já chega por hoje.

Senti vontade de dar um *abraço* nela; pela primeira vez desde que a conhecera, tive a sensação de que Julia estava do meu lado. Erin ia protestar, mas Sean disse:

— Você tem razão.

Então ele se levantou e todos marcharam para fora da cozinha e foram para o corredor. Eu os segui. Quando chegaram à porta, falei:

— Vocês têm ideia do que isso vai fazer com a mãe e com o pai dela? Quando descobrirem?

Erin se virou para me encarar.

— Bem, pelo menos eles vão saber o motivo — comentou ela.

— Não, não vão, não. Eles não vão saber o *motivo* — falei. — Não havia motivo para ela fazer o que fez. Olhem só, vocês mesmos estão provando isso neste instante. Estando aqui, vocês estão provando que ela fez o que fez à toa.

— O que está querendo dizer, Lena?

Estavam todos ali, olhando fixamente para mim, na expectativa.

— Ela não fez o que fez porque ele partiu o coração dela ou porque ela se sentia culpada nem nada assim. Ela fez isso para proteger o Mark. Achou que alguém tinha descoberto. Achou que ele ia ser denunciado e que acabaria nos jornais. Achou que haveria um julgamento, e que ele seria condenado e que ia acabar preso por abuso sexual. Ela achou que ele seria espancado, ou estuprado, ou seja lá o que for que acontece com esse tipo de homem na cadeia. Então ela decidiu se livrar da prova — falei.

Nesse momento, eu comecei a chorar e Julia se postou na minha frente.

— Shhh, Lena, está tudo bem, shhh — disse ela, enquanto me abraçava.

Mas não estava tudo bem.

— Foi isso o que ela fez — falei. — Vocês não entendem? Ela só estava se livrando da prova.

SEXTA-FEIRA, 21 DE AGOSTO

Erin

A CASA QUE fica ao lado do rio, aquela que vi quando saí para correr, vai ser o meu novo lar. Por um tempo, pelo menos. Só até decifrarmos essa história do Henderson. Foi Sean quem sugeriu. Ele me ouviu contar a Callie que eu quase havia jogado o carro para fora da estrada pela manhã de tão cansada que estava, então falou:

— Bem, não podemos deixar que isso aconteça. Você devia se instalar na cidade. Podia ficar na casa dos Wards. Fica mais acima no rio e está vazia. Não é luxuosa, mas não vai lhe custar nada. Pego as chaves para você à tarde.

Quando ele estava saindo, Callie sorriu para mim.

— A casa dos Wards, é? Cuidado com Annie, a louca.

— Hein?

— Aquele lugar, ao lado do rio, que Patrick Townsend usa como cabana de pescaria é conhecido como "a casa dos Wards". De Anne Ward? Ela é uma das *mulheres*. Dizem — falou, baixando a voz num sussurro — que se você olhar com atenção, ainda dá para ver *o sangue nas paredes*. — Eu devo ter ficado com uma expressão de perplexidade, não tinha a menor ideia do que Callie estava falando, pois ela sorriu e disse: — É só uma história, das antigas. Uma dessas velhas histórias de Beckford. — Eu não vinha prestando muita atenção nas lendas seculares de Beckford, tinha histórias mais recentes com que me preocupar.

EM ÁGUAS SOMBRIAS

Henderson não vinha atendendo o telefone e havíamos decidido deixá-lo em paz até ele voltar. Se a história sobre Katie Whittaker fosse verdade, e ele ficasse sabendo que nós já estávamos cientes, talvez nunca mais voltasse.

Enquanto isso, Sean me pedira para interrogar a mulher dele que, como diretora da escola, é chefe de Henderson.

— Tenho certeza de que Helen nunca suspeitou de Mark Henderson — falou. — Acho que ela o tem em alta estima, mas alguém precisa conversar com ela e obviamente não posso ser eu.

Sean me disse que ela estaria na escola à minha espera.

Se estava à minha espera, certamente não agiu como se estivesse. Eu a encontrei em sua sala, de quatro, a bochecha encostada no carpete cinza, esticando o pescoço à procura de alguma coisa debaixo de uma estante de livros. Tossi educadamente e ela ergueu a cabeça de repente, sobressaltada.

— Sra. Townsend? — indaguei. — Sou a detetive-sargento Morgan. Erin.

— Ah — exclamou ela. — Sim. — Ruborizou e levou uma das mãos ao pescoço. — Eu perdi um brinco.

— Os dois, pelo visto — observei.

Ela deu uma espécie de bufada e indicou que eu deveria me sentar. Puxou a barra da blusa e alisou a calça cinza antes de ela mesma se sentar. Se me tivessem pedido para imaginar a mulher do inspetor, eu teria visualizado alguém bem diferente. Atraente, bem-vestida, provavelmente esportiva: uma corredora de maratonas, uma triatleta. Helen usava roupas mais apropriadas para uma mulher vinte anos mais velha. Era bem branca e seus membros eram flácidos, como os de alguém que raramente saía ou pegava sol.

— Você queria conversar comigo a respeito de Mark Henderson — disse ela, franzindo a testa ligeiramente diante da pilha de papéis à sua frente.

Nada de conversinha mole, então, nada de preâmbulos, direto ao assunto. Vai ver que é disso que o inspetor gosta nela.

— Isso — comecei. — Já soube das acusações feitas por Josh Whittaker e Lena Abbott, imagino?

Ela fez que sim, os lábios finos desaparecendo quando os comprimiu.

ERIN

— Meu marido me contou ontem. Posso lhe garantir que foi a primeira vez que ouvi algo a esse respeito. — Abri a boca para dizer alguma coisa, mas ela continuou. — Contratei Mark Henderson há dois anos. Ele veio com referências excelentes e seus resultados, até agora, têm sido encorajadores. — Ela mexeu na papelada à sua frente. — Tenho a ficha com os dados dele, se precisar. — Eu fiz que não com a cabeça e, mais uma vez, ela começou a falar antes que eu pudesse fazer a pergunta seguinte. — Katie Whittaker era séria e aplicada. Estou com as notas dela aqui. Devo admitir que houve uma ligeira piora na primavera passada, mas durou pouco, e ela já havia melhorado quando... quando ela... — passou uma das mãos por cima dos olhos — ...no verão. — Afundou um pouco na cadeira.

— Então você não tinha a menor suspeita? Não houve nenhum boato...? Ela inclinou a cabeça para o lado.

— Ah, eu não disse nada sobre boatos. Detetive... é... Morgan. Os boatos que circulam numa escola secundária deixariam seus cabelos em pé. Estou certa de que — continuou ela, com uma ligeira contração da boca —, se usar a imaginação, talvez consiga pensar no tipo de coisa que dizem, escrevem e tuítam sobre mim e a Srta. Mitchell, professora de educação física. — Ela fez uma pausa. — Você conheceu Mark Henderson?

— Conheci.

— Então compreende. Ele é jovem. Bonito. As meninas fazem vários comentários sobre ele. De todo tipo. Mas a gente precisa aprender a separar as coisas. E eu acreditei ter feito isso. Ainda acredito. — Mais uma vez eu quis falar e mais uma vez ela foi em frente. — Tenho de lhe dizer — disse ela, erguendo a voz — que tenho sérias suspeitas quanto a essas acusações. *Sérias* suspeitas, por causa da fonte e por causa do momento em que elas surgiram.

— Eu...

— Entendo que a alegação partiu de Josh Whittaker, mas eu ficaria surpresa se Lena Abbott não estivesse por trás disso tudo, Josh a adora. Se Lena decidiu que queria desviar a atenção da própria transgressão, comprar remédios ilegais para a amiga, por exemplo, eu tenho certeza de que ela poderia ter persuadido Josh a inventar essa história.

— Sra. Townsend...

— Outra coisa que eu deveria mencionar — continuou, sem permitir a menor interrupção — é que Lena Abbott e Mark Henderson têm um passado.

— Um passado?

— Duas coisas. Em primeiro lugar, o comportamento dela podia, às vezes, ser inadequado.

— De que maneira?

— Ela flerta. E não é só com Mark. Ao que parece, ensinaram a ela que essa é a melhor forma de conseguir o que quer. Muitas das meninas fazem isso, mas, nesse caso, Mark parecia achar que Lena ia longe demais. Ela fazia comentários, o tocava...

— Ela o tocava?

— No braço, nada de muito escandaloso. Chegava perto demais dele. Precisei ter uma conversa com Lena. — Ela pareceu se contrair de leve diante da recordação. — Foi repreendida, embora, obviamente, não tenha levado a sério. Acho que ela disse algo mais ou menos do tipo: *Ele tá sonhando.* — Eu ri ao ouvir isso e ela me olhou de cara feia. — Não tem graça nenhuma, detetive. Essas coisas podem causar muito estrago.

— Sim, claro. Eu sei. Perdão.

— Sim. Bem. — Ela voltou a comprimir os lábios, o retrato fiel da professorinha de cidade do interior. — A mãe dela também não levou a sério. O que não é nada surpreendente. — Ela corou, um vigoroso rubor subindo por seu pescoço, a voz ficando mais aguda. — Nem um pouco, aliás. Aquela coisa toda de viver flertando, pestanejando e jogando os cabelos para lá e para cá, sem parar, a insistente e cansativa expressão de disponibilidade sexual... onde você acha que Lena aprendeu isso? — Ela respirou fundo e soltou o ar, afastando os cabelos dos olhos. — E a segunda coisa — continuou, agora mais calma, mais comedida — foi um incidente ocorrido na primavera. Dessa vez não foi flerte, foi agressão. Mark teve de tirar Lena de sala porque ela estava sendo agressiva e bastante hostil, usando palavrões durante uma discussão sobre um texto que estavam estudando. — Ela olhou para suas anotações. — *Lolita*, se não me engano. — E arqueou uma das sobrancelhas.

ERIN

— Ora, mas que... *interessante* — comentei.

— Sem dúvida. Isso talvez seja até um indício de onde ela tirou a ideia para essas acusações — concluiu Helen, o que não era de forma alguma o que eu havia pensado.

À noite, fui de carro até a minha casa temporária. Pareceu-me bem mais solitária com o entardecer, as bétulas esbranquiçadas ao fundo agora fantasmagóricas, o gorgolejar do rio menos alegre e mais ameaçador. As margens do rio e as encostas estavam desertas. Ninguém para me ouvir gritar. Quando passei por aqui durante a corrida, havia enxergado o local como um lugar paradisíaco. Agora a imagem estava mais para aquelas cabanas isoladas de centenas de filmes de terror.

Destranquei a porta e dei uma olhada à minha volta, tentando não procurar *o sangue nas paredes*. Mas a casa estava arrumada, com o cheiro adstringente de algum tipo de produto de limpeza cítrico, a lareira tinha sido varrida e uma pilha de lenha cortada estava cuidadosamente empilhada ao lado. Não havia muita coisa ali, e estava mesmo mais para cabana do que para uma casa: só dois cômodos — uma salinha com uma quitinete logo em frente e um quarto com uma cama de casal pequena, uma pilha de lençóis limpos e um cobertor em cima do colchão.

Abri as janelas e a porta para me livrar do cheiro artificial de limão, abri uma das cervejas que tinha comprado no supermercado na vinda e me sentei no degrau da varanda da casa, observando as samambaias das encostas em frente irem do cobre ao dourado com o pôr do sol. Com as sombras se alongando, comecei a sentir o isolamento se transformar em solidão e peguei meu celular, sem saber direito para quem ligar. Então me dei conta — *é claro* — de que não havia sinal. Levantei e caminhei a esmo, sacudindo o telefone no ar — nada, nada, nada... até eu descer bem na beira do rio, onde duas barrinhas surgiram. Fiquei ali um tempo, a água praticamente cobrindo meus dedos dos pés, vendo o rio negro passar correndo por mim, rápido e raso. Tive a impressão de ouvir alguém rindo, mas era só a água deslizando ligeira sobre as pedras.

EM ÁGUAS SOMBRIAS

Levei séculos para conseguir dormir e, quando acordei de repente, febril de tanto calor, foi em meio à mais negra escuridão, o tipo de breu absoluto que faz com que seja impossível enxergar a própria mão na frente do rosto. Alguma coisa havia me acordado, disso eu tinha certeza: um barulho? Sim, uma tosse.

Estiquei a mão para o celular, derrubando-o de cima da mesinha de cabeceira, o ruído da batida dele no chão assustadoramente alto naquele silêncio todo. Tateei à procura dele, tomada por um pânico súbito, certa de que, ao acender a luz, ela revelaria alguém ali de pé no quarto. Das árvores nos fundos da casa ouvi uma coruja piando e, mais uma vez: alguém tossindo. Meu coração batia rápido demais e me deu um medo estúpido de abrir a cortina acima da minha cama, caso tivesse um rosto do outro lado do vidro, me encarando.

De quem era o rosto que eu estava esperando ver? O de Anne Ward? O do seu marido? *Ridículo*. Murmurando palavras tranquilizadoras para mim mesma, acendi a luz e escancarei as cortinas. Nada nem ninguém. Obviamente. Saí da cama, vesti uma calça e um casaco de moletom e segui até a cozinha. Me ocorreu fazer uma xícara de chá, mas pensei melhor quando descobri uma garrafa de Talisker pela metade no armário. Servi uns dois dedos e bebi rápido. Calcei os tênis, enfiei o celular no bolso, peguei uma lanterna de cima da bancada e destranquei a porta da frente.

As pilhas da lanterna deviam estar gastas. O feixe estava fraco, mal iluminando dois metros à minha frente. Para além disso, a mais perfeita escuridão. Virei a lanterna para baixo para iluminar o chão à frente dos meus pés e saí noite adentro.

A grama estava pesada de orvalho. Com poucos passos, meu tênis e a calça do agasalho ficaram encharcados. Andei lentamente dando a volta por toda a casa, observando a lanterna refletir nos troncos prateados das faias, uma tropa de fantasmas. O ar estava calmo e fresco e havia um leve toque de chuva na brisa. Ouvi a coruja outra vez, o gorgolejo suave do rio e o coaxar rítmico de um sapo. Terminei de dar a volta na casa e comecei a caminhar em direção à margem do rio. Então o coaxar parou e, mais uma vez, ouvi aquela

ERIN

tosse. Não estava nem um pouco próxima, na verdade, vinha da encosta, de algum lugar do outro lado do rio, e dessa vez nem pareceu muito uma tosse. Estava mais para um balido. Uma ovelha.

Sentindo-me ligeiramente envergonhada, voltei para dentro da casa, servi outra dose de uísque e peguei o livro de Nel Abbott de dentro da bolsa. Acomodei-me na poltrona da sala de estar e comecei a ler.

O Poço dos Afogamentos

Anne Ward, 1920

Já estava dentro de casa. Estava, sim. Não havia nada o que temer do lado de fora, o perigo estava lá dentro, à espreita, vinha esperando ali desde o dia que ele voltou para casa.

No fim das contas, no entanto, para Anne não era o medo, era a culpa. Era a consciência, fria e dura como um seixo recolhido do riacho, daquilo que ela desejava, do sonho que se permitia ter à noite quando o pesadelo real da sua vida se tornava demais. O pesadelo era ele, deitado ao seu lado na cama, ou sentado em frente à lareira com as botas nos pés, o copo na mão. O pesadelo era quando ela o pegava a observá-la, e via o asco em seu rosto, como se ela fosse fisicamente repugnante. Não era só ela, sabia disso. Eram todas as mulheres, todas as crianças, os velhos, todos os homens que não haviam se juntado à luta. Ainda assim, doía ver, sentir — com mais força e mais clareza do que qualquer coisa que ela havia sentido em toda a sua vida — o quanto ele a odiava.

Mas ela não podia dizer que não merecia aquilo, podia?

O pesadelo era real, morava na sua casa, mas era o sonho que a assombrava, o que ela se permitia almejar. No sonho, estava sozinha em casa; era o verão de 1915 e ele acabara de partir. No sonho, era fim de tarde, a luz apenas começava a mergulhar por trás da encosta do outro lado do rio, a escuridão

O POÇO DOS AFOGAMENTOS

assomando pelos cantos da casa, então alguém batia à porta. Um homem a aguardava, de farda, e lhe entregava um telegrama, e ela sabia então que o marido nunca mais voltaria. Quando sonhava acordada com aquilo, não se importava muito em saber como tinha acontecido. Não se importava se ele tinha morrido como herói, salvando um amigo, ou como um covarde, fugindo do inimigo. Não se importava, contanto que ele estivesse morto.

Teria sido mais fácil para ela. Essa era a verdade, não era? Então por que ele não haveria de odiá-la? Se ele tivesse morrido por lá, ela teria chorado a sua perda, as pessoas teriam sentido pena dela, a mãe, suas amigas, os irmãos dele (se sobrasse algum). Todos teriam ajudado, teriam se unido e ela teria superado. Teria permanecido um bom tempo de luto, mas aquilo teria tido um fim. Ela faria 19, 20, 21 anos e teria uma vida inteira pela frente.

Ele tinha razão em odiá-la. Três anos, ele passara quase três anos por lá, se afogando na merda e no sangue de homens cujos cigarros ele havia acendido, e agora ela desejava que ele nunca tivesse voltado; amaldiçoava o dia em que aquele telegrama não chegara.

Ela o amara desde os 15 anos, não conseguia lembrar como era a vida antes dele. Ele tinha 18 anos quando a guerra começou e 19 quando partiu, e voltava mais velho a cada vez, não meses mais velho, mas anos, décadas, séculos.

Da primeira vez, no entanto, ainda era o mesmo. Chorara noite adentro, tremera como um homem febril. Dissera a ela que não podia voltar, que tinha muito medo. Na véspera de quando deveria voltar, ela o encontrou na beira do rio e o arrastou para casa. (Não deveria ter feito isso. Devia tê-lo deixado ir.) Fora egoísmo de sua parte tentar detê-lo. Agora, veja o que ela havia causado.

Da segunda vez que voltou para casa, ele não chorou. Estava calado, fechado, mal olhou para ela, a não ser de soslaio, por baixo de pálpebras pesadas, e nunca quando estavam na cama. Ele a virava de costas e não parava nem quando ela implorava, nem quando sangrava. Ele a odiava naquela época, já a odiava; ela não percebeu de início, mas, quando ela lhe contou o quanto ficava triste pela forma como estavam tratando aquelas meninas na cadeia, sobre os objetores de consciência e tudo mais, ele lhe deu um tapa no rosto, cuspiu nela e a chamou de maldita vagabunda traidora.

EM ÁGUAS SOMBRIAS

Da terceira vez que voltou para casa, só seu corpo retornou.

E ela sabia que ele não voltaria mais. Não havia mais nada do homem que havia sido um dia. E ela não podia partir, não podia ir embora e se apaixonar por outro alguém porque ele era tudo o que havia existido para ela e agora ele se fora... Mas continuava sentado em frente à lareira com as botas nos pés, bebendo e bebendo e olhando para ela como se fosse o inimigo, e ela queria estar morta.

Que tipo de vida era aquela?

Anne desejava que pudesse ter tido outro jeito. Desejava ter conhecido os segredos que as outras mulheres conheciam, mas Libby Seeton já estava morta fazia muito e os carregara junto com ela. Anne sabia algumas coisas, claro, a maioria das mulheres do vilarejo sabia. Elas sabiam quais cogumelos colher e quais deixar de lado, haviam sido advertidas sobre a linda mulher, a beladona, instruídas a nunca, nunca tocá-la. Ela sabia onde crescia no bosque, mas também sabia o que ela provocava e não queria que ele morresse dessa maneira.

Ele sentia medo o tempo todo. Ela percebia, via isso nele sempre que arriscava um olhar em sua direção: os olhos grudados na porta, a maneira como olhava para o anoitecer, tentando enxergar para além da linha das árvores. Ele tinha medo e esperava a chegada de algo. E o tempo todo procurava no lugar errado, pois o inimigo não estava lá fora, já havia entrado, estava dentro de sua casa. Sentado à frente da lareira.

Ela não queria que ele sentisse medo. Não queria que ele visse a sombra despencar por cima dele, então esperou que pegasse no sono, sentado em sua poltrona com as botas nos pés, a garrafa vazia ao lado. Foi rápida e silenciosa. Encostou a lâmina na nuca e a enfiou ali com tanta força que ele nem chegou a acordar direito, e partiu para sempre.

Melhor assim.

O que ficou foi uma sujeira dos diabos, é claro que ficou, então, em seguida, ela foi ao rio e lavou as mãos.

DOMINGO, 23 DE AGOSTO

Patrick

O SONHO QUE Patrick tinha com sua mulher era sempre o mesmo. Era noite e ela estava dentro d'água. Ele deixava Sean às margens do rio e mergulhava, nadava, nadava, mas, de alguma forma, assim que chegava perto o bastante para poder estender a mão e alcançá-la, ela se afastava ainda mais e ele precisava nadar outra vez. No sonho, o poço era mais largo do que na vida real. Não era um poço, era um lago, era um oceano. Ele parecia nadar para sempre, e só quando ficava tão exausto que tinha certeza de que ele próprio se afogaria era que acabava por conseguir alcançá-la e puxá-la para si. Ao fazê-lo, o corpo dela girava lentamente dentro da água, seu rosto virava para o dele e, pela boca ensanguentada e com os dentes quebrados, ela ria. Era sempre a mesma visão, só que, ontem à noite, quando o corpo virou na água para encará-lo, o rosto era o de Helen.

Ele despertou com um susto terrível, o coração batendo tão forte que parecia que ia explodir. Ele se sentou na cama com a mão espalmada sobre o peito, sem querer admitir o medo que sentia, nem como esse medo vinha misturado com uma profunda sensação de vergonha. Abriu as cortinas e esperou o céu clarear de negro para cinza antes de ir até o quarto ao lado, o de Helen. Entrou sem fazer barulho, erguendo com cuidado o banquinho em frente à penteadeira e posicionando-o ao lado da cama dela. Sentou-se ali. O rosto dela estava virado para o outro lado, da mesma forma que no sonho, e ele teve de lutar contra o desejo de levar o braço ao seu ombro, de sacudi-la até que acordasse, de se certificar de que sua boca não estivesse cheia de sangue e com os dentes quebrados.

Quando ela finalmente se mexeu, virando-se lentamente, sobressaltou-se ao vê-lo ali, chegando a dar um solavanco tão violento para trás com a cabeça que bateu com ela na parede.

— Patrick! O que foi? É o Sean?

Ele fez que não.

— Não. Não há nada de errado.

— Então...

— Será que... eu deixei umas coisas no seu carro? — perguntou ele. — No outro dia? Eu tirei um monte de lixo lá da cabana, da casa dos Wards, e ia jogar fora, mas aí a gata... eu me distraí e acho que deixei no carro. Deixei?

Ela engoliu em seco e fez que sim, os olhos negros, as pupilas comprimindo as íris em riscos de um castanho-claro.

— Sim, eu... Da cabana? Você tirou aquelas coisas da cabana? — Ela franziu a testa como se tentasse decifrar algo.

— Foi. Da cabana. O que foi que você fez com elas? O que fez com o saco? Ela se sentou na cama.

— Joguei fora — respondeu ela. — Era lixo, não era? Tinha cara de lixo.

— É. Era só lixo.

Os olhos dela desviaram dos dele, depois retornaram.

— Papai, você acha que tinha começado de novo? — Ela deu um suspiro. — Ele e ela. Você acha...?

Patrick inclinou o corpo para a frente e afastou os cabelos da testa de Helen.

— Bem, eu não tenho certeza. Talvez. Acho que talvez tivesse, sim. Mas agora acabou, não é mesmo? — Ele tentou ficar de pé, mas sentiu as pernas fracas e teve de se erguer apoiando uma das mãos na mesa de cabeceira. Sentiu que ela o observava e ficou constrangido. — Você quer um chá?

— Pode deixar que eu faço — disse ela, saindo de baixo das cobertas.

— Não, não. Fique onde está. Eu faço. — À porta, ele se virou para ela de novo. — Você jogou fora? Aquele lixo? — perguntou mais uma vez. Helen

PATRICK

fez que sim. Lentamente, com os membros enrijecidos e o peito apertado, ele desceu a escada e entrou na cozinha. Encheu a chaleira e sentou-se à mesa, o coração pesado no peito. Não se lembrava de Helen ter mentido para ele antes, mas tinha quase certeza de que ela acabara de fazê-lo.

Talvez devesse ter se zangado com ela, mas ficou mesmo com raiva de Sean, porque foi o erro dele que os colocou naquela situação. Helen nem devia estar naquela casa! Devia estar na própria casa, na cama do marido. E ele não devia ter sido colocado naquela posição, na infame posição de ter de limpar a sujeira do filho. Na indelicada posição de ter de dormir no quarto ao lado do da nora. A pele de seu antebraço começou a coçar por baixo do curativo e ele a coçou sem pensar no que estava fazendo.

E, no entanto, para ser sincero, e sempre tentava ser, quem era ele para criticar o filho? Ele se lembrava do que era ser jovem, induzido por necessidades fisiológicas. Ele tinha feito uma má escolha e ainda sentia vergonha disso. Escolhera uma beldade, uma beleza fraca e egoísta, uma mulher carente de autocontrole em quase todos os aspectos. Uma mulher insaciável. Ela se colocara numa rota autodestrutiva, e a única coisa que o surpreendia hoje, ao pensar a esse respeito, foi ter demorado o tanto que demorou. Patrick sabia o que Lauren nunca tinha conseguido entender — quantas vezes ela havia chegado perto demais de perder a vida.

Ele ouviu passos na escada e se virou. Helen apareceu no vão da porta, ainda de pijama, os pés descalços.

— Papai? Você está bem? — Ele se colocou de pé, pronto para preparar o chá, mas ela botou a mão em seu ombro. — Sente-se. Eu preparo.

Ele havia escolhido mal uma vez, mas não da segunda. Porque Helen, filha de um colega de trabalho, uma moça calada, comum e trabalhadeira, fora *sua* escolha. Ele percebera de imediato que ela seria estável, amorosa e fiel. Sean precisou ser persuadido. Ele havia se apaixonado por uma mulher que havia conhecido enquanto estagiava, mas Patrick soube que aquele relacionamento não ia durar, e, quando durou mais do que deveria, ele colocou um ponto final na história. Agora observava Helen e sabia que tinha feito a escolha certa para o filho: Helen era objetiva, modesta, inteligente — completamente desinteressada no tipo de trivialidades e de fofoca sobre celebridades que pareciam consumir a maioria das mulheres. Não perdia tempo com televisão nem lendo romances, trabalhava arduamente e não se queixava. Era boa companhia, dona de um sorriso fácil.

— Tome aqui. — Ela sorriu ao lhe passar o chá. De repente, puxou o ar por entre os dentes e disse: — Ui! Isso não está com uma cara nada boa. — Olhava para o braço dele, para o local onde ele coçara e arrancara o curativo. Por baixo, a pele estava vermelha e inchada, o ferimento escuro. Ela foi buscar água morna, sabão, um antisséptico e curativos novos. Limpou o ferimento, cobriu-o outra vez e, quando terminou, ele chegou o corpo para a frente e a beijou na boca.

— Papai — disse ela, afastando-o delicadamente.

— Perdão — disse ele. — Perdão. — E a vergonha retornou, agora acachapante, e a raiva também.

As mulheres acabavam com ele. Primeiro Lauren, depois Jeannie, e assim por diante. Mas não Helen. Sem dúvida que não Helen? E, no entanto, ela mentira para ele hoje. Ele vira em seu rosto, seu rosto tão cândido, desabituado a mentir, e estremecera. Pensou de novo no sonho, em Lauren se virando na água, na história se repetindo, mas com mulheres piores a cada vez.

Nickie

JEANNIE DISSE QUE já estava na hora de alguém fazer alguma coisa a respeito disso tudo.

— Fácil para você falar — retorquiu Nickie. — E ainda mudou seu discurso, né? Antes queria que eu ficasse de boca fechada, para a minha própria segurança. Agora está me pedindo para mandar a cautela às favas? — Jeannie não fez nenhum comentário. — Bem, de qualquer forma, eu tentei. Você sabe que tentei. Tenho apontado na direção certa. Deixei um recado para a irmã, não deixei? A culpa não é minha se ninguém me escuta. Ah, eu sou muito sutil, é? Muito sutil! Você quer que eu abra o bico? Veja só onde você foi parar por falar demais! — Elas vinham discutindo sobre o assunto a noite toda. — A culpa não é minha! Você não pode dizer que é. Nunca foi minha intenção meter Nel Abbott em encrenca nenhuma. Eu contei a ela o que eu sabia, só isso. Como você vinha me pedindo para fazer. Não tenho como agradar você, simplesmente não tenho. Nem sei por que ainda me dou ao trabalho.

Jeannie a estava irritando. Ela *não calava a boca*. E o pior de tudo, bem, não era o pior de tudo, o pior de tudo era não conseguir dormir nem um pouquinho, mas a segunda coisa pior era que, provavelmente, ela estava com a razão. Nickie soubera disso o tempo todo, desde aquela primeira manhã, sentada à sua janela, quando sentiu. Mais uma. Mais uma nadadora. Pensara naquilo então; pensara até em falar com Sean Townsend. Mas havia feito bem em segurar a língua: viu como ele reagiu quando ela mencionou a mãe dele, aquela expressão de raiva, a máscara de gentileza caindo. Era mesmo filho do pai dele.

EM ÁGUAS SOMBRIAS

— Então quem? Quem, minha velha? Com quem eu devo conversar? Com a policial, não. Nem sugira isso. São todos iguais! Ela vai direto falar com o chefe, não vai? — A policial não, então quem? A irmã de Nel? Nada na irmã de Nel inspirava confiança em Nickie. A menina, no entanto, era diferente. *Ela é só uma criança*, disse Jeannie, mas Nickie devolveu: — E daí? Ela tem mais energia no dedo mindinho do que metade do povo desta cidade.

Sim, conversaria com a menina. Só não sabia direito ainda o que ia dizer.

Nickie ainda guardava as páginas de Nel. Aquelas nas quais as duas haviam trabalhado juntas. Podia mostrar isso à menina. Estavam datilografadas, não manuscritas, mas Lena certamente reconheceria as palavras da mãe, seu tom? É claro que não tinham detalhado as coisas da maneira como Nickie achava que deviam. Foi parte do motivo pelo qual haviam se desentendido. Incompatibilidade artística. Nel saíra bufando de raiva e dissera que se Nickie não conseguia contar a verdade então estavam perdendo tempo, mas, sério, o que ela lá sabia sobre a verdade? Estavam só contando histórias.

Você ainda está aí?, perguntou Jeannie. *Achei que ia falar com a menina.* Nickie respondeu:

— Está bem. Fique fria. Eu vou. Mais tarde. Vou quando estiver pronta.

De vez em quando desejava que Jeannie calasse a boca, e de vez em quando desejava, mais que tudo, que ela estivesse ali, na sala, sentada sob a janela em sua companhia, observando. Deviam ter envelhecido juntas, irritando-se mutuamente como é de esperar, em vez de baterem boca por radiofrequência como precisavam fazer agora.

Nickie queria que, ao imaginar Jeannie, não a visse como estava da última vez que viera ao apartamento. Fora alguns dias antes de Jeannie deixar Beckford para sempre, e ela estava branca de choque e trêmula de pavor. Viera contar a Nickie que Patrick Townsend fora vê-la. Que ele lhe dissera que se ela continuasse tagarelando daquele jeito, se continuasse fazendo perguntas, se continuasse tentando *manchar sua reputação*, ele providenciaria para que ela fosse machucada. "Não por mim", dissera ele. "Eu não tocaria um dedo em você. Vou arranjar alguém para fazer o serviço sujo. E não vai ser só um sujeito, não. Vou me certificar de que sejam vários e que cada um tenha a sua

NICKIE

vez. Você sabe que eu conheço um pessoal, não sabe, Jean? Não duvida que eu conheça gente que faria esse tipo de serviço, duvida, garota?"

Jeannie ficara bem ali naquela sala e fizera Nickie prometer, ela a fizera prometer que deixaria o assunto de lado.

— Não há nada que a gente possa fazer agora. Eu nunca devia ter contado nada a você.

— Mas... o menino — dissera Nickie. — E quanto ao menino?

Jeannie enxugara as lágrimas dos olhos.

— Eu sei. Eu sei. Fico doente só de pensar, mas simplesmente vamos ter que deixá-lo lá. Você precisa ficar calada, não pode dizer nada. Senão Patrick acaba comigo, Nicks, e acaba com você também. Ele não está de brincadeira.

Jeannie foi embora dois dias depois; e nunca mais voltou.

Jules

SEJA SINCERA. VOCÊ *não gostou nem um pouquinho?*

Acordei com sua voz dentro da minha cabeça. No meio da tarde. Não consigo dormir à noite, esta casa balança como um barco e o barulho da água é ensurdecedor. Durante o dia, por algum motivo, não é tão ruim assim. De qualquer forma, eu devo ter pegado no sono porque acordei com sua voz na minha cabeça perguntando:

Você não gostou nem um pouquinho? Gostou ou curtiu? Ou terá sido *quis?* Não consigo lembrar agora. Só consigo me lembrar de ter tirado a mão da sua e de erguê-la para te dar um tapa, e da expressão em seu rosto, de quem não estava entendendo nada.

Atravessei o corredor, me arrastando até o banheiro, e abri o chuveiro. Estava cansada demais para tirar a roupa, então fiquei ali sentada enquanto o lugar ia enchendo de vapor. Depois fechei a torneira, fui até a pia e joguei água no rosto. Quando ergui os olhos, eu vi, surgindo na condensação, duas letras desenhadas na superfície do espelho, um "L" e um "S". Tomei um susto tão grande que dei um grito.

Ouvi a porta da Lena abrir e logo ela esmurrava a do banheiro.

— O que foi? O que está acontecendo? Julia?

Abri a porta para ela, furiosa.

— O que você está fazendo? — perguntei. — O que está tentando fazer comigo? — Apontei para o espelho.

— O quê? — Ela pareceu irritada. — *O quê?*

JULES

— Você sabe muito bem, Lena. Não sei o que está tentando fazer, mas...

Ela deu as costas para mim e foi se afastando.

— Credo, você é tão *esquisita*.

Fiquei ali um tempo olhando fixamente para aquelas letras. Eu não estava imaginando coisas, elas estavam lá, definitivamente: LS. Era o tipo de coisa que você fazia o tempo todo: deixava mensagens fantasmagóricas no espelho ou desenhava pentagramas minúsculos com esmalte vermelho atrás da minha porta. Deixava coisas para me assustar. Adorava me assustar e deve ter contado isso a ela. Só pode ser, e agora ela estava fazendo o mesmo.

Por que LS? Por que Libby Seeton? Por que a fixação nela? Libby era uma inocente, uma jovem arrastada para dentro d'água por homens que odiavam as mulheres, que as culpavam por aquilo que eles mesmos haviam feito. Mas Lena achava que você tinha ido parar lá dentro por vontade própria, então por que Libby? Por que LS?

Enrolada na toalha, atravessei o corredor até o seu quarto. Pareceu-me intocado, mas havia um cheiro no ar, algo doce — não o seu perfume, outro. Uma coisa enjoativa, pesada, como um aroma exagerado de rosas. A gaveta ao lado da sua cama estava fechada e, quando a abri, tudo continuava como antes, com uma exceção. O isqueiro, aquele no qual você mandara gravar as iniciais de Libby, tinha sumido. Alguém tinha estado no quarto. Alguém o levara.

Voltei para o banheiro e joguei água no rosto outra vez, apaguei as letras do espelho e então vi você em pé atrás de mim, aquela mesma expressão no rosto, de quem não estava entendendo nada. Eu me virei rápido e Lena ergueu as mãos como se para se defender.

— Cruzes, Julia, calma. O que está rolando com você?

Eu balancei a cabeça.

— Eu só... eu só...

— Você só o quê? — Ela revirou os olhos.

— Eu preciso de um pouco de ar.

Mas, quando cheguei à frente da casa, quase dei outro berro porque havia umas mulheres — duas — no portão, ambas vestidas de preto e curvadas, de

EM ÁGUAS SOMBRIAS

alguma forma emboladas. Uma delas ergueu os olhos e me fitou. Era Louise Whittaker, mãe da menina que morreu. Ela se desvencilhou da outra mulher com certo esforço, dizendo com raiva:

— Me deixe! Me deixe em paz! Não chegue perto de mim!

A outra fez um gesto de desdém com a mão para Louise — ou para mim, não sei ao certo. Então se virou e foi se afastando lentamente pela rua, mancando.

— Louca de pedra — cuspiu Louise enquanto se aproximava da casa. — Ela é uma ameaça, essa velha Sage. Não se meta com ela, estou lhe avisando. Não a deixe passar pela sua porta. É uma mentirosa e uma vigarista, tudo o que quer é dinheiro. — Fez uma pausa para recobrar o fôlego, franzindo a testa para mim. — Bem. Você está tão mal por fora quanto eu estou por dentro. — Eu abri a boca e fechei outra vez. — Sua sobrinha está aí?

Eu a levei para dentro de casa.

— Vou chamá-la para você — falei, mas Louise já estava ao pé da escada, chamando por Lena. Então se dirigiu à cozinha e sentou-se à mesa para esperar.

Depois de alguns segundos, Lena apareceu. Sua expressão típica, aquela combinação de prepotência e saco cheio que tanto lembra você, havia sumido. Ela cumprimentou Louise docilmente, embora eu ache que Louise nem notou, pois seus olhos estavam fixos em outro ponto, no rio lá fora ou em algum lugar mais além.

Lena sentou-se à mesa, levantando as mãos para prender o cabelo num coque na base da nuca. Ergueu o queixo ligeiramente, como se estivesse se preparando para alguma coisa, para uma entrevista. Um interrogatório. Teria dado no mesmo se eu fosse invisível considerando toda a atenção que as duas me dispensaram, mas permaneci ali. Fiquei de pé ao lado da bancada, não de um jeito relaxado, mas com o peso do corpo na ponta dos pés, caso precisasse interferir.

Louise piscou, lentamente, e seus olhos enfim pareceram pousar nos de Lena, que os encarou por um segundo antes de baixá-los para a mesa.

— Eu sinto muito, Sra. Whittaker. Eu realmente sinto muito.

Louise não disse nada. As lágrimas corriam por seu rosto, descendo pelos sulcos criados por meses de uma dor implacável.

— Eu sinto muito — repetiu Lena, que também começou a chorar, soltando o cabelo e torcendo-o entre os dedos como uma criança.

— Será que algum dia você vai saber — disse Louise, enfim — o que é se dar conta de que não conhecia a própria filha? — Ela respirou fundo, uma inspiração entrecortada. — Eu tenho todos os pertences dela. As roupas, os livros, as músicas. As fotos que ela adorava. Conheço os seus amigos e as pessoas que ela admirava, eu sei do que ela gostava. Mas isso não era ela. Porque eu não sabia *quem* ela amava. Katie tinha uma vida, *uma vida inteira*, que eu desconhecia. A parte mais importante dela, eu não conhecia. — Lena tentou falar, mas Louise prosseguiu. — Mas o negócio, Lena, é que você podia ter me ajudado. Podia ter me contado. Podia ter me contado assim que descobriu. Podia ter me procurado e me dito que minha filha tinha se metido numa situação, numa coisa que não tinha como controlar, em algo que você sabia, *que devia ter imaginado*, que acabaria sendo prejudicial para ela.

— Mas eu não podia... eu não podia... — Mais uma vez Lena tentou falar e mais uma vez Louise não deixou.

— Mesmo que você fosse cega o bastante, ou burra o bastante, ou irresponsável o bastante para não enxergar o tamanho da enrascada em que ela havia se metido, ainda assim você podia ter *me* ajudado. Podia ter me procurado, depois que ela morreu, e ter dito: não foi uma coisa que você fez ou deixou de fazer. Não é culpa sua, não é culpa do seu marido. Você podia ter impedido que nós enlouquecêssemos. Mas não impediu. Escolheu não fazer isso. Esse tempo todo você não disse nada. Esse tempo todo, você... E, pior, ainda pior que tudo isso, você deixou que ele... — A voz dela foi ficando mais aguda, então sumiu no ar, como fumaça.

— Se safasse? — Lena completou a frase. Ela já não estava chorando e muito embora sua voz tivesse ficado mais aguda, saiu forte, não fraca. — Sim. Deixei mesmo, e isso me deu nojo. Me deu um puta *nojo*, mas eu fiz isso por ela. Tudo o que eu fiz foi por Katie.

— Não pronuncie o nome dela para mim — sibilou Louise. — Não ouse.

EM ÁGUAS SOMBRIAS

— Katie, Katie, Katie! — Lena tinha erguido ligeiramente o corpo, inclinado-o para a frente, o rosto a centímetros do nariz de Louise. — Sra. Whittaker — ela despencou outra vez na cadeira. — Eu a *amava*. Sabe o quanto eu a amava. Eu fiz o que ela queria que eu fizesse. O que ela me pediu.

— Não era você quem tinha de decidir, Lena, esconder uma coisa importante dessas de mim, da mãe dela...

— Não, a decisão não foi minha, foi dela! Eu sei que você acha que tem o direito de saber de tudo, mas não tem. Ela não era uma criança, não era uma menininha.

— Ela era *minha* menininha! — A voz de Louise soou como um lamento, um ganido. Eu me dei conta de que estava me agarrando à bancada, de que eu, também, estava à beira das lágrimas.

Lena falou outra vez, a voz mais baixa, suplicante.

— Katie fez uma escolha. Ela tomou uma decisão e eu a honrei. — E, com mais delicadeza ainda, como se soubesse que estava pisando num terreno perigoso, disse: — E eu não fui a única, não. Josh fez a mesma coisa.

Louise chegou a mão para trás e deu com ela em Lena, com muita força, no rosto. O tapa ressoou, ecoando pelas paredes. Eu dei um pulo para a frente e segurei o braço de Louise.

— Não! — gritei. — Já chega! Já chega! — Tentei fazê-la se levantar. — Você precisa ir embora.

— Pode deixar! — vociferou Lena. O lado esquerdo do rosto estava vermelho-vivo, mas a expressão era de calma. — Fique fora disso, Julia. Ela pode me bater se quiser. Pode arrancar meus olhos com as unhas, puxar meu cabelo. Pode fazer o que quiser comigo. De que adianta agora?

Louise estava com a boca aberta, senti seu hálito azedo. Eu a soltei.

— Josh não disse nada por *sua* causa — disse ela, limpando o cuspe dos lábios. — Porque *você* exigiu que ele não dissesse nada.

— Não, Sra. Whittaker. — O tom de Lena saiu perfeitamente equilibrado enquanto ela colocava o dorso da mão direita na bochecha para aliviar o ardor. — Isso não é verdade. Josh ficou de boca fechada por causa de Katie. Porque *ela* pediu. E então, depois, porque quis proteger você e o pai dele. Josh achou que aquilo ia machucar vocês dois demais. Saber que ela... — Lena balançou a cabeça. — Ele é pequeno, e achou que...

— Não me diga o que o meu filho achou — disse Louise. — O que ele estava tentando fazer. Nem ouse. — Ela levou a mão à garganta; um reflexo. Não, não era um reflexo: ela estava segurando com força, com o polegar e o indicador, o pássaro azul que pendia da corrente. — Isto — começou ela, o som foi um sibilo, não uma palavra. — Não foi dado por você, foi? — Lena hesitou um instante antes de fazer que não com a cabeça. — Foi ele. Não foi? Ele o deu para ela. — Louise arrastou a cadeira para trás, arranhando as pernas no piso. Ficou de pé e, com um puxão violento, arrancou a corrente do pescoço e a esmurrou na mesa bem na frente de Lena. — Ele deu este troço para ela e você deixou que eu o pendurasse no meu pescoço.

Lena fechou os olhos por um segundo, balançando a cabeça outra vez. A menina dócil e cheia de culpa que entrara tão quieta na cozinha há alguns minutos havia desaparecido e em seu lugar estava alguém diferente, alguém mais velha, a adulta para a criança desesperada e destemperada de Louise. Nessa hora eu tive uma lembrança perfeitamente nítida de você, um pouco mais nova do que Lena é agora, uma das poucas recordações que tenho de você me defendendo. Uma professora da minha escola tinha me acusado de ter pegado uma coisa que não me pertencia, e eu me lembrava de você ter chamado a atenção dela. Você foi lúcida e calma, e não ergueu a voz enquanto dizia o quanto estava errada em fazer acusações sem provas, e ela ficou acuada. Eu me lembro do orgulho que senti de você naquele momento, e tive a mesma sensação agora, o mesmo calor dentro do peito.

Louise recomeçou a falar, a voz bem baixa.

— Me explique uma coisa então — disse, voltando a se sentar —, já que você sabe de tanta coisa. Já que *compreende* tanta coisa. Se Katie amava aquele homem, e se ele também a amava, por que, então? Por que ela fez o que fez? O que ele fez com ela? Para levá-la a tomar uma atitude dessas?

Lena dirigiu o olhar para mim.

Parecia estar com medo, acho, ou talvez só resignada — não consegui decifrar direito a sua expressão. Ela me observou por um segundo antes de

EM ÁGUAS SOMBRIAS

fechar os olhos, fazendo com que lágrimas caíssem deles. Quando voltou a falar, a voz saiu mais aguda, mais tensa do que antes.

— Ele não levou a Katie a tomar aquela atitude. Não foi ele. — Ela deu um suspiro. — Katie e eu tivemos uma discussão — disse ela. — Eu queria que ela parasse com aquilo, que parasse de sair com ele. Não achava certo. Eu achava que ela ia se encrencar. Achei... — Ela balançou a cabeça. — Eu só não queria que ela saísse mais com ele.

Um lampejo de clareza tomou conta do rosto de Louise; ela compreendeu naquele instante, assim como eu.

— Você a ameaçou — falei. — Ameaçou expor os dois.

— Sim — respondeu Lena, quase inaudível. — Ameacei.

Louise saiu sem dizer uma palavra. Lena ficou sentada sem se mexer, olhando para o rio lá fora, sem chorar e sem falar nada. Eu não tinha o que dizer a ela, nenhuma forma de chegar até ela. Reconheci nela uma coisa que sei que também possuí um dia, uma coisa que todo mundo nessa idade talvez possua, uma certa impenetrabilidade essencial. Pensei no quanto é estranho que os pais achem que conhecem os filhos, que *compreendem* os filhos. Será que não se lembram de como foi ter 18, 15 ou 12 anos? Vai ver que ter filhos faz a gente se esquecer de como foi ser criança. Eu me lembro de você aos 17 anos e de mim aos 13 e tenho certeza de que os nossos pais não tinham a menor ideia de quem nós éramos.

— Eu menti para ela. — A voz de Lena interrompeu o meu raciocínio. Ela não havia se mexido, continuava olhando para a água.

— Mentiu para quem? Para Katie? — Ela fez que não com a cabeça. — Para Louise? Sobre o que você mentiu?

— Não tem por que contar a verdade para ela — disse Lena. — Não agora. Então por que não deixar ela me culpar? Pelo menos eu estou aqui. Ela precisa de algum lugar para colocar esse ódio todo.

— Como assim, Lena? Do que você está falando?

Ela cravou seus olhos verdes gélidos nos meus e pareceu mais velha do que antes. Parecida com você na manhã depois que me tirou de dentro d'água.

216

JULES

Mudada, cansada.

— Eu não ameacei contar nada para ninguém. Nunca teria feito isso com ela. Eu a amava. Nenhum de vocês parece entender o que isso significa, é como se vocês não tivessem a menor ideia do que é amor. Eu teria feito qualquer coisa por ela.

— Mas, se você não a ameaçou...

Acho que eu soube antes mesmo de ela falar.

— Foi a mamãe.

Jules

O CÔMODO ME pareceu mais frio; se eu acreditasse em espíritos, teria dito que você se juntara a nós.

— Nós discutimos, como falei. Eu não queria que ela saísse mais com ele. Ela disse que não ligava para o que eu pensava, que não importava. Disse que eu era imatura, que eu não entendia o que era ter um relacionamento de verdade. Chamei ela de vadia, ela me chamou de virgem. Foi esse tipo de briga. Idiota, horrorosa. Quando Katie foi embora, eu me dei conta de que a mamãe estava no quarto dela, bem ao lado; eu pensava que ela tinha saído. Tinha escutado aquilo tudo. Ela me disse que precisava falar com Louise. Implorei para que não falasse, disse a ela que isso arruinaria a vida de Katie. Então ela disse que talvez o melhor a fazer fosse conversar com Helen Townsend porque, afinal de contas, Mark era quem estava fazendo algo de errado e Helen era chefe dele. Ela falou que talvez conseguissem que ele fosse demitido, mas sem envolver o nome de Katie na história. Falei para ela que isso era burrice e que ela sabia disso. Não iam poder, simplesmente, mandar ele embora, ia ter que ser feito oficialmente. A polícia seria envolvida. Aquilo iria parar na Justiça. Iria a público. E mesmo que o nome de Katie não fosse citado nos jornais, os pais dela descobririam, todo mundo da escola saberia... Esse tipo de coisa não fica em segredo. — Ela respirou fundo e soltou o ar lentamente. — Falei para mamãe na época, disse que Katie preferiria morrer a ter de passar por isso.

Lena inclinou o corpo para a frente, abriu a janela, vasculhou o bolso do casaco e sacou dele um maço de cigarros. Acendeu um e soprou a fumaça.

JULES

— Eu implorei a ela. Estou falando sério, eu cheguei a implorar, e mamãe me disse que ia precisar pensar no assunto. Disse que eu ia ter de convencer Katie a parar de sair com ele, que isso era abuso de poder e que era totalmente errado. Me prometeu que não ia fazer nada sem me dar tempo de convencer a Katie.

Esmagou o cigarro que mal havia começado a fumar no parapeito da janela e o atirou na água.

— Eu acreditei nela, confiei nela. — Ela se virou para me encarar outra vez. — Mas aí, dois dias depois, vi mamãe no estacionamento da escola falando com o Sr. Henderson. Não sei sobre o que estavam conversando, mas não me pareceu ser um papo amigável, e eu sabia que tinha que falar alguma coisa para Katie, por via das dúvidas, porque ela precisava saber, precisava estar preparada...

A voz dela falhou, e ela engoliu em seco.

— Ela morreu três dias depois.

Lena fungou, enxugando o nariz com o dorso da mão.

— O negócio é que, quando a gente conversou sobre isso mais tarde, mamãe jurou que não falou da Katie para Mark Henderson. Disse que estavam conversando a meu respeito, sobre os problemas que eu andava tendo em sala de aula.

— Então... Lena, espere aí, não estou entendendo. Você está dizendo que a sua mãe *não* ameaçou expor os dois?

— Eu também não entendi. Ela jurou que não tinha dito nada, mas se sentia tão *culpada*, dava para perceber. Eu sabia que a culpa era minha, mas ela ficava agindo como se fosse dela. Parou de nadar no rio e ficou obcecada em *dizer a verdade*, falava nisso sem parar, em como era errado ter medo de enfrentar a verdade, de permitir que as pessoas soubessem a verdade, só falava nisso...

(Eu não sabia se isso era estranho ou perfeitamente coerente: você não dizia a verdade, nunca disse — as histórias que vinha contando não eram *a* verdade, eram a *sua* verdade, de acordo com seus objetivos pessoais. Eu é que sei. Passei a maior parte da vida do lado sujo da sua verdade.)

EM ÁGUAS SOMBRIAS

— Mas ela não contou, né? Nunca contou a ninguém nem escreveu a respeito de Mark Henderson na... na *história* dela sobre Katie, não há nada sobre ele.

Lena balançou a cabeça.

— Não, porque eu não deixei. Nós brigamos sem parar e eu ficava dizendo a ela que teria adorado ver aquele merda ir preso, mas que isso teria partido o coração da Katie. E teria significado que ela fez o que fez à toa. — Lena voltou a engolir em seco. — Quer dizer, eu *sei*. Eu sei que o que Katie fez foi burrice, completamente *sem sentido*, mas ela morreu para proteger o Mark. E se a gente fosse à polícia, isso ia significar que a morte dela não tinha valido de nada. Mas mamãe ficou falando e falando sobre a verdade, como era irresponsável simplesmente deixar as coisas para lá. Ela estava... Sei lá. — Ela ergueu os olhos para mim, seu olhar tão calmo quanto aquele com o qual fitara Louise, e disse: — Você saberia de tudo isso, Julia, se pelo menos tivesse falado com ela.

— Lena, eu sinto muito, sinto muito por isso, mas ainda não consigo entender por que...

— Sabe como eu sei que minha mãe se matou? Sabe como eu tenho certeza disso? — Eu fiz que não. — Porque no dia em que ela morreu, nós tivemos uma briga. Começou a troco de nada, mas acabou em Katie, como tudo acabava. Eu estava berrando com ela e dizendo que ela era uma péssima mãe, dizendo que se ela fosse uma adulta responsável poderia ter ajudado a gente, ajudado a Katie, e nada disso teria acontecido. E ela me disse que tinha, *sim*, tentado ajudar Katie, que tinha visto Katie andando para casa tarde da noite uma vez e parado para oferecer carona. Contou que Katie estava triste e que não queria contar por que, aí a mamãe disse: *Você não precisa passar por isso sozinha.* Falou: *Eu posso te ajudar. Sua mãe e seu pai também podem te ajudar.* Quando eu perguntei a ela por que nunca tinha me contado isso antes, ela não quis me dizer. Perguntei quando isso tinha acontecido e ela disse que foi na noite de 21 de junho, no solstício de verão. Katie se afogou no poço nesse dia. Sem querer, foi a mamãe que fez a Katie chegar ao limite. E, da mesma forma, Katie também fez minha mãe chegar ao limite dela.

Uma onda de tristeza me atingiu, um movimento tão forte que achei que fosse me derrubar da cadeira. Foi isso, Nel? No fim das contas, você *de fato* se jogou e o fez porque se sentiu culpada e entrou em desespero. Você ficou desesperada porque não tinha a quem recorrer — não à sua filha zangada e de luto, e certamente não a mim, pois você sabia que se ligasse eu não atenderia Você estava desesperada, Nel? Você se jogou?

Senti que Lena me observava e sabia que ela enxergava a minha vergonha, percebia que eu finalmente havia entendido, compreendido que eu, também, tinha culpa. Mas ela não pareceu triunfante, nem satisfeita, só cansada.

— Eu não contei nada disso à polícia porque não queria que ninguém soubesse. Não queria que ninguém a culpasse, mais do que já culpam, quer dizer. Ela não fez nada por ódio. E sofreu o suficiente, não foi? Sofreu coisas que não devia ter sofrido porque não foi culpa dela. Nem dela, nem minha. — Ela abriu um sorriso breve e triste. — Não foi sua. Não foi de Louise nem de Josh. A culpa não foi nossa.

Eu tentei abraçá-la, mas ela me afastou.

— Não — pediu. — Por favor, eu só... — Ela parou de falar. O queixo subiu. — Eu preciso ficar sozinha. Só um pouco. Vou sair para dar uma volta.

Eu a deixei partir.

Nickie

Nickie fez o que Jeannie lhe pediu, foi falar com Lena Abbott. O tempo tinha esfriado, um indício de que o outono chegaria mais cedo, então ela se enrolou no casaco preto, enfiou as folhas de papel no bolso interno e andou até a Casa do Moinho. Mas, ao chegar, descobriu que tinha mais gente por lá, e não estava com paciência para multidões. Principalmente não depois do que aquela Whittaker tinha dito, sobre ela só se importar com dinheiro e em explorar a dor alheia, o que não era nada justo. Essa nunca foi a sua intenção — se pelo menos as pessoas lhe dessem ouvidos. Ficou um tempo do lado de fora da casa, observando, mas as pernas doíam e a cabeça estava tumultuada, então deu meia-volta e foi para casa. Em certos dias, sentia o peso da própria idade; em outros, sentia o peso da idade da mãe.

Estava sem estômago para enfrentar o dia, para a luta que tinha pela frente. De volta ao lar, cochilou sentada na poltrona, então acordou e achou que talvez tivesse visto Lena indo em direção ao poço, embora pudesse ter sido um sonho, ou uma premonição. Mais tarde, no entanto, bem mais tarde, no escuro, teve certeza de ter visto a menina atravessando a praça como um fantasma, um fantasma com um objetivo, andando a passos rápidos. Nickie sentiu uma fenda se abrir no ar enquanto ela passava, a energia zumbindo de seu corpo, deu para sentir até mesmo lá de cima, de sua salinha escura, e aquilo a enlevou, a fez remoçar alguns anos. Aquela era uma menina com uma missão. A garota tinha fogo no ventre, era uma menina perigosa. Do tipo com o qual não se brinca.

NICKIE

Ver Lena naquele estado lembrou Nickie dela mesma em outros tempos; sentiu vontade de se levantar e dançar, de uivar para a lua. Bem, seus dias de dançarina podiam ter chegado ao fim, mas, com dor ou sem dor, decidiu que iria até o rio naquela noite. Queria senti-las de perto, todas aquelas mulheres encrenqueiras, aquelas meninas encrenqueiras, perigosas e vitais. Queria sentir o espírito delas, banhar-se nele.

Tomou quatro aspirinas e pegou a bengala, então desceu os degraus lenta e cuidadosamente, saindo pela porta dos fundos para o beco atrás do mercado. Atravessou a praça mancando e seguiu para a ponte.

Aquilo pareceu levar bastante tempo; tudo levava muito tempo hoje em dia. Ninguém nos avisa disso quando somos jovens, ninguém fala do quanto vamos ficar lentos, e do quanto vamos nos entediar com a nossa lentidão. Ela devia ter previsto isso, supunha, e riu sozinha na escuridão.

Nickie se lembrava de quando fora rápida e rasteira, um verdadeiro galgo. Naquela época, quando era nova, ela e a irmã apostavam corrida ao longo da margem, bem mais adiante, rio acima. As duas corriam como loucas, as saias presas nas calcinhas, sentindo cada pedra, cada rachadura do solo duro pelas solas dos tênis frágeis de lona. Irrefreáveis, elas eram. Mais tarde, bem mais tarde, mais velhas e já um pouco mais lentas, costumavam se encontrar no mesmo ponto, rio acima, para caminharem juntas, às vezes por quilômetros, frequentemente em silêncio.

Foi numa dessas caminhadas que viram Lauren sentada nos degraus da casa de Anne Ward, um cigarro na mão e a cabeça jogada para trás, encostada na porta. Jeannie chamou por ela e, quando Lauren ergueu os olhos, viram que a lateral de seu rosto estava com as cores do pôr do sol.

— Ele é um demônio, aquele marido dela — comentou Jeannie.

Dizem que quando se fala do diabo, sente-se o seu calor. Em pé ali, lembrando da irmã, os ombros apoiados na pedra fria da ponte, o queixo pousado nas mãos, os olhos voltados para a água, Nickie o sentiu. Sentiu sua presença antes de vê-lo. Ela não havia pronunciado o seu nome, mas talvez os sussurros de Jeannie o tivessem invocado, o Satã da cidadezinha de interior. Nickie virou a cabeça e lá estava ele, andando em sua direção vindo do lado leste da ponte, a bengala em uma das mãos, o cigarro na outra. Nickie cuspiu no chão como sempre fazia e proferiu sua invocação.

Normalmente, ela deixaria a coisa por aí, mas, naquela noite — e quem sabe por que, talvez estivesse sentindo o espírito de Lena, ou o de Libby, ou o de Anne, ou o de Jeannie — ela gritou:

— Agora não vai demorar muito.

Patrick parou. Ergueu os olhos como se estivesse surpreso em vê-la.

— Como é que é? — rosnou. — O que foi que você disse?

— Eu disse que agora não vai demorar muito.

Patrick deu um passo em direção a ela e Nickie voltou a sentir o espírito, enfurecidamente quente, subindo de seu estômago para o peito e para dentro da boca.

— Elas têm conversado comigo ultimamente.

Patrick fez um gesto de desdém com a mão, disse alguma coisa que ela não conseguiu ouvir. Ele seguiu seu caminho, e mesmo assim o espírito não aceitou ser silenciado. Ela gritou:

— Minha irmã! Sua mulher! Nel Abbott, também. Todas elas, todas elas têm falado comigo. Ela te decifrou direitinho, não foi? Nel Abbott?

— Cale a boca, sua velha tola — cuspiu Patrick. Ele fez como se fosse partir na direção dela, mas só fingiu, e Nickie se sobressaltou. Ele começou a rir, dando-lhe as costas de novo. — Da próxima vez que falar com a sua irmã — disse por cima do ombro —, diga que mandei lembranças.

Jules

ESPEREI NA COZINHA até que Lena voltasse para casa — liguei para o celular dela, deixei mensagens de voz. Fiquei numa inquietação desesperada, e na minha cabeça você me repreendia por não ter ido atrás dela, como você tinha ido atrás de mim. Você e eu contamos as nossas histórias de maneira diferente. Eu sei disso porque li as suas palavras: *Quando eu tinha 17 anos, salvei minha irmã de um afogamento.* Você parece heroica, fora de contexto. Não escreveu sobre como fui parar lá, sobre o jogo de futebol, ou sobre o sangue, ou Robbie.

Ou sobre o poço. *Quando eu tinha 17 anos, salvei minha irmã de um afogamento*, diz você, mas que memória seletiva a sua, Nel! Ainda sinto a sua mão na minha nuca, ainda me lembro de me debater contra você, da agonia dos meus pulmões sem ar, do pânico quando, mesmo no meu estupor estúpido, desesperançado e inebriado, eu soube que ia me afogar. Você me prendeu ali, Nel.

Não por muito tempo. Você mudou de ideia. Com o braço ao redor do meu pescoço, me arrastou até a margem, mas eu sempre soube que havia uma parte sua que queria me deixar ali.

Você me disse para nunca falar disso, me fez prometer, *pelo bem da mamãe*, então eu deixei para lá. Acho que sempre pensei que um dia, muito distante no futuro, quando ficássemos velhas e você mudasse, quando você se desculpasse pelo que tinha acontecido, nós retornaríamos ao assunto. Conversaríamos sobre o que aconteceu, sobre o que eu fiz e sobre o que você fez,

EM ÁGUAS SOMBRIAS

sobre o que você disse e sobre como acabamos nos odiando. Mas você nunca pediu desculpas. Nunca explicou como pôde me tratar, a sua irmã caçula, do jeito que tratou. Você nunca mudou, só foi lá e morreu, e eu me sinto como se meu coração tivesse sido arrancado de dentro do peito.

Eu quero, tão desesperadamente, te ver outra vez.

Esperei por Lena até que, derrotada pela exaustão, finalmente fui para a cama. Eu vinha tendo tanta dificuldade de dormir desde que voltei para esse lugar que o cansaço estava se acumulando. Apaguei, entrando e saindo de sonhos até ouvir a porta abrir lá embaixo, os passos de Lena na escada. Eu a ouvi entrar no quarto e botar música, alto o bastante para ouvir uma mulher cantar.

> *That blue-eyed girl*
> *said "No more",*
> *and that blue-eyed girl*
> *became blue-eyed whore.*

Lentamente, comecei a pegar no sono outra vez. Quando acordei de novo, a música ainda tocava, a mesma música, agora mais alto. Eu queria que ela parasse, estava desesperada para que parasse, mas percebi que não conseguia me levantar da cama. Me perguntei se estaria acordada de fato, porque, se estava, que peso era aquele no meu peito, me esmagando? Eu não conseguia respirar, não conseguia me mexer, mas ainda ouvia a mulher cantar.

> *Little fish big fish, swimming in the water —*
> *Come back here man, gimme my daughter.*

De repente, o peso sumiu e eu me levantei da cama, furiosa. Fui cambaleando até o corredor e berrei para Lena baixar a música. Coloquei a mão na maçaneta e escancarei a porta. O quarto estava vazio. Luzes acesas, janelas abertas, guimbas de cigarro no cinzeiro, um copo ao lado da cama vazia. A música

JULES

parecia ficar cada vez mais alta, minha cabeça latejava, a mandíbula doía, e eu continuei a berrar apesar de não ter ninguém ali. Localizei o *dock* do iPod, arranquei-o da tomada e enfim, enfim, tudo o que eu ouvia era o som da minha própria respiração e do meu próprio sangue pulsando nos ouvidos.

Voltei para o quarto e liguei outra vez para Lena; como ninguém atendeu, liguei para Sean Townsend, mas a ligação caiu direto na caixa postal. Lá embaixo, a porta da frente estava trancada, com todas as luzes acesas. Fui de cômodo em cômodo apagando uma a uma, tropeçando como se estivesse bêbada, como se tivesse sido drogada. Eu me deitei no banco da janela, onde costumava me sentar e ler livros com minha mãe, onde há vinte e dois anos seu namorado me estuprou, e mais uma vez adormeci.

Sonhei que a água estava subindo. Eu estava lá em cima, no quarto dos meus pais. Estava deitada na cama com Robbie ao meu lado. Lá fora, a chuva rugia, o rio continuava a subir e, de alguma forma, eu sabia que, lá embaixo, a casa estava alagando. Devagarinho, de início, só um fio de água se infiltrando por baixo da porta, e depois com mais rapidez, as portas e as janelas se escancarando sozinhas, uma água imunda sendo despejada dentro da casa, batendo em ondas nos degraus da escada. Não sei como, mas eu conseguia ver a sala de estar, submersa num verde pardacento, o rio reivindicando a casa para si, a água alcançando o pescoço do *Cão semissubmerso*, porém ele já não era um animal pintado, era real. Seus olhos estavam brancos e arregalados de pânico e ele lutava para sobreviver. Tentei me levantar, ir lá embaixo para salvá-lo, mas Robbie não deixava, ele puxava meu cabelo.

Acordei assustada, despertando em pânico do meu pesadelo. Olhei para o celular, passavam das três da manhã. Ouvi um barulho, alguém se movendo pela casa. Lena tinha chegado. Graças a Deus. Eu a escutei descer as escadas, os chinelos de dedo estapeando a pedra. Ela parou, emoldurada pelo vão da porta, a luz que vinha por trás iluminando a sua silhueta.

Caminhou na minha direção. Dizia alguma coisa, mas eu não conseguia escutá-la, e vi que não usava chinelos de dedo, estava com os sapatos de salto alto usados no enterro e o mesmo vestido preto, que pingava. Os cabelos estavam grudados no rosto, a pele estava cinza, os lábios azuis. Estava morta.

EM ÁGUAS SOMBRIAS

Acordei ofegante. Meu coração martelava no peito, o assento sob o meu corpo estava encharcado de suor. Sentei-me, confusa, olhei para as pinturas à minha frente e elas pareciam trocar de lugar e eu pensei: *Ainda estou dormindo, não consigo acordar, não consigo acordar.* Belisquei a pele com o máximo de força que pude, enterrei as unhas na carne do antebraço e senti dor de verdade. A casa estava escura e silenciosa, a não ser pelo sussurro do rio. Chamei o nome de Lena.

Subi as escadas correndo até o segundo andar e atravessei o corredor; a porta de Lena estava entreaberta, e a luz, acesa. O quarto estava exatamente como eu o deixara horas antes, o copo, a cama por fazer e o cinzeiro, intocados. Lena não estava em casa. Não tinha voltado para casa. Estava sumida.

Parte Três

Segunda-feira, 24 de agosto

Mark

JÁ ERA TARDE quando ele chegou em casa, um pouco depois das duas da manhã. O voo vindo de Málaga tinha atrasado, e ele havia perdido o tíquete do estacionamento e levado irritantes quarenta e cinco minutos para encontrar o carro.

Agora ele queria que tivesse demorado ainda mais, queria nunca ter encontrado o carro, queria ter precisado ficar num hotel. Aí poderia ter sido poupado, pelo menos por mais uma noite. Porque quando se deu conta, na escuridão, de que todos os vidros das janelas de sua casa haviam sido estilhaçados, soube que não conseguiria mais dormir, nem naquela nem em nenhuma outra noite. Seu descanso chegara ao fim, sua paz de espírito fora destruída. Ele tinha sido traído.

Desejou igualmente ter sido mais frio, mais duro, desejou ter enrolado a noiva. Assim, quando viessem atrás dele, ele poderia dizer: "Eu? Eu estou chegando da Espanha. Quatro dias na Andaluzia com minha noiva. Minha namorada atraente, excelente profissional, de *29 anos*."

Mas não teria feito a menor diferença, teria? Não ia importar o que ele dissesse, fizesse, como levasse sua vida: iam crucificá-lo do mesmo jeito. Não ia importar para os jornais, para a polícia, para a escola, para a comunidade, que ele não era um tarado qualquer acostumado a correr atrás de garotinhas com metade da sua idade. Não ia importar que ele tivesse se apaixonado e que

EM ÁGUAS SOMBRIAS

ela tivesse se apaixonado por ele. A reciprocidade de seus sentimentos seria ignorada — a maturidade de Katie, sua seriedade, sua inteligência, sua *escolha* —, nenhuma dessas coisas importaria. A única coisa que enxergariam seria a idade dele, 29 anos, e a dela, 15, e acabariam com a vida dele.

Ficou de pé no gramado, fitando as janelas cobertas por tábuas, e chorou. Se tivesse sobrado alguma coisa para destruir, ele mesmo o teria feito. Permaneceu ali em pé no gramado e a amaldiçoou, amaldiçoou o dia em que pusera os olhos nela pela primeira vez, tão mais bonita do que suas amigas tolas e cheias de si. Amaldiçoou o dia em que ela fora devagar até a sua mesa, o suave remelexo dos generosos quadris, um sorriso nos lábios, e perguntara: "Sr. Henderson? Posso pedir a sua ajuda com uma coisa?" O jeito como inclinara o corpo para a frente, perto dele o bastante para que sentisse o cheiro da pele limpa e sem perfume. Ficou alarmado de início, e zangado, achou que ela estava brincando com ele. Que o estava provocando. Não tinha sido ela quem havia começado aquilo tudo? Por que, então, ele tinha de ficar sozinho para arcar com as consequências? Continuou no gramado, as lágrimas nos olhos, o pânico subindo pela garganta, e odiou Katie, odiou a si mesmo, e odiou a enrascada na qual havia se metido, da qual não via escapatória.

O que fazer? Entrar em casa, empacotar o restante das suas coisas e ir embora? Fugir? Sua mente embaçou: para onde e como? Será que já o estavam vigiando? Deviam estar. Se tirasse dinheiro da conta, será que saberiam? Se tentasse deixar o país outra vez, estariam a postos? Imaginou a cena: o funcionário do controle de passaportes olhando a sua foto e tirando um fone do gancho, guardas o arrastando de uma fila de turistas em férias, a expressão de curiosidade em seus rostos. Será que saberiam, ao vê-lo, o que ele era? Traficante não era, terrorista, também não: tinha de ser alguma outra coisa. Algo pior. Olhou para as janelas, vazias e tapadas, e imaginou que estivessem lá dentro, que estivessem à sua espera, que já tivessem revistado as suas coisas, seus livros e papéis, que já tivessem virado a casa de cabeça para baixo atrás de provas do que ele tinha feito.

E não teriam encontrado nada. Sentiu um último resquício de esperança. Não havia o que encontrar. Nenhuma carta de amor, nenhuma foto em seu

MARK

laptop, nenhum indício de que ela colocara os pés em sua casa (a roupa de cama retirada há muito, a casa toda limpa, desinfetada, esfregada até estar livre de qualquer vestígio dela). Que prova podiam ter além das fantasias de uma adolescente vingativa? Uma adolescente que, ela mesma, tentara se engraçar para cima dele e fora categoricamente rejeitada. Ninguém sabia, ninguém sabia de verdade, o que se passara entre ele e Katie, e ninguém precisava saber. Nel Abbott se transformara em cinzas, e a palavra da filha valia quase o mesmo que isso.

Ele cerrou os dentes e pegou as chaves de dentro do bolso, então deu a volta na casa e abriu a porta dos fundos.

Ela se atirou em cima dele antes que tivesse tempo de acender as luzes, não viu nada além de boca, dentes e garras na escuridão. Ele a empurrou, mas ela o atacou outra vez. Que escolha ele tinha? Que escolha ela lhe deixava?

E agora havia sangue pelo chão e ele não tinha tempo de limpá-lo. O dia estava clareando. Precisava ir.

Jules

AQUILO ME OCORREU de repente. Uma epifania. Um instante eu estava apavorada, em pânico, e no seguinte já não estava mais, porque eu soube. Não onde Lena estava, mas *quem* ela era. E, com isso, podia começar a procurá-la.

Eu estava sentada na cozinha, atordoada, entorpecida. A polícia tinha ido embora, voltado para o rio para continuar a busca. Me mandaram ficar onde eu estava, por via das dúvidas. Caso ela voltasse para casa. Continue ligando, disseram, deixe seu celular ligado. *Está bem, Julia? Deixe seu celular ligado.* Falaram comigo como se eu fosse uma criança.

Eu não podia culpá-los, acho, porque eles ficaram ali sentados me fazendo perguntas que eu não conseguia responder. Eu sabia quando tinha visto Lena pela última vez, mas não sabia dizer quando tinha sido a última vez que ela esteve em casa. Eu não sabia com que roupa ela estava quando saiu; não me lembrava da roupa dela na última vez em que a vi. Não conseguia distinguir sonho de realidade: a música tinha sido real ou eu tinha imaginado? Quem trancou a porta, quem acendeu as luzes? Os detetives me olhavam com um ar de suspeita e frustração: por que a deixei sair se estava tão aflita depois da discussão com Louise Whittaker? Como pude não ir correndo atrás dela para consolá-la? Percebi os olhares trocados entre eles, o julgamento tácito. Que tipo de responsável legal essa mulher vai ser?

Você estava dentro da minha cabeça, também, me repreendendo. *Por que não foi atrás dela como eu fui atrás de você? Por que não a salvou como eu*

JULES

salvei você? Quando eu tinha 17 anos, salvei minha irmã de um afogamento. Quando você tinha 17 anos, Nel, você me levou a entrar naquela água e me segurou debaixo dela. (Essa velha discussão, indo e vindo — você diz isso, eu digo aquilo, você diz, eu digo. Eu estava perdendo a paciência, não queria mais discutir.)

E era nesse ponto que a coisa se encontrava. Zumbindo de exaustão, enjoada de pavor, eu vi alguma coisa, vislumbrei alguma coisa. Foi como se algo tivesse se movido, uma sombra bem no canto do meu campo de visão. *Fui mesmo eu, perguntou você, que te levei a entrar naquela água?* Foi você ou foi Robbie? Ou uma mistura dos dois?

O chão pareceu se inclinar e eu me agarrei à bancada da cozinha para me equilibrar. *Uma mistura dos dois.* Perdi o fôlego, meu peito ficou apertado como se eu fosse ter um ataque de pânico. Fiquei aguardando o momento em que o mundo ia embranquecer, mas não aconteceu. Continuei em pé, respirando. *Uma mistura.* Corri para a escada, subi como um raio, entrei no seu quarto e lá estava! Aquela sua foto com Lena, em que ela está com aquele sorriso de predadora — aquilo não é você. Aquele sorriso não é seu. É *dele.* De Robbie Cannon. Eu o vejo agora, reluzindo para mim enquanto ele deita em cima de você e empurra seus ombros na areia. Isso é quem ela é, quem Lena é. Uma mistura de vocês dois. Lena é sua, e é dele. Lena é filha de Robbie Cannon.

Jules

Eu me sentei na cama, o porta-retratos na mão. Você e ela sorriam para mim, fazendo brotar lágrimas quentes dos meus olhos, e finalmente chorei por você como deveria ter feito no seu enterro. Lembrei dele naquele dia, do jeito como havia olhado para Lena — eu tinha interpretado aquele olhar de forma completamente errada. Não foi um olhar de predador, foi de *proprietário*. Ele não estava olhando para ela como uma adolescente a ser seduzida, a ser possuída. Ela já pertencia a ele. Será, então, que ele tinha vindo buscá-la, para levar embora o que era seu de direito?

Não foi difícil achá-lo. O pai tinha sido dono de uma rede de concessionárias de automóveis bastante conhecida e espalhada por toda a região nordeste. Cannon Cars era o nome da empresa. Já não existia, tinha falido havia anos, mas existia uma versão menor, mais simples e de baixo custo em Gateshead. Uma oficina, na verdade. Encontrei um site malfeito com uma foto dele na homepage, o retrato tirado há algum tempo, ao que parecia. Estava menos barrigudo nela, ainda com traços do menino bonito e cruel no rosto.

Não liguei para a polícia porque estava certa de que não me dariam a menor atenção. Simplesmente peguei as chaves do carro e fui. Estava me sentindo quase satisfeita comigo mesma enquanto deixava Beckford — eu havia desvendado o mistério, estava assumindo o controle da situação. E, quanto mais eu me afastava do vilarejo, mais forte me sentia, a neblina de cansaço clareando, meus membros relaxando. Estava faminta, ferozmente faminta e saboreei a sensação; mastiguei a parte interna da bochecha e senti o gosto de

JULES

ferro. Alguma velha parte de mim, como uma relíquia furiosa e destemida, viera à tona; eu me imaginei partindo para cima dele com as unhas afiadas Me imaginei como uma amazona, destroçando-o membro por membro.

A oficina ficava numa parte degradada da cidade, sob os arcos da ferrovia. Um local perigoso. Até eu chegar lá, não me sentia mais corajosa. Minhas mãos tremiam quando eu trocava a marcha ou ligava o pisca-alerta, o gosto na minha boca era de bílis, não sangue. Tentava me concentrar no que tinha de fazer — encontrar Lena, proteger Lena —, mas minha energia ia sendo minada pelo esforço de lutar contra recordações que eu não tinha permitido virem à tona por mais de metade da minha vida, lembranças que agora despontavam de dentro d'água como toras de madeira à deriva.

Estacionei em frente à oficina, do outro lado da rua. Havia um homem em pé do lado de fora fumando um cigarro — mais jovem, não era Cannon. Saltei do carro e, com pernas trêmulas, atravessei a rua para falar com ele.

— Eu gostaria de dar uma palavrinha com Robert Cannon — pedi.

— Esse carro é seu, é? — perguntou ele, apontando para o veículo atrás de mim. — Você pode trazer ele...

— Não, não é sobre isso. Eu preciso falar com... Ele está aí?

— Não é sobre o carro? Ele está no escritório — disse ele, fazendo um gesto com a cabeça para trás. — Pode entrar se quiser.

Espiei para dentro do espaço cavernoso e escuro e meu estômago encolheu.

— Não — falei, com o máximo de firmeza que consegui —, eu preferia conversar com ele aqui fora.

Ele puxou o ar por entre os dentes e atirou o cigarro fumado pela metade na rua.

— Você é quem sabe — disse ele, e entrou.

Enfiei a mão no bolso e me dei conta de que meu celular estava dentro da bolsa, que tinha ficado no banco do carona. Virei-me para ir até o carro, sabendo que, se o fizesse, não voltaria, que se chegasse à segurança do banco do motorista eu perderia a coragem por completo, daria partida no motor e iria embora.

EM ÁGUAS SOMBRIAS

— Posso te ajudar? — Eu gelei. — Você queria alguma coisa, querida?

Eu me virei e lá estava ele, ainda mais feio do que parecera no dia do enterro. Seu rosto se tornara pesado, abatido, o nariz arroxeado e marcado por veias azuis que se espalhavam até as bochechas como um estuário. O caminhar continuava o mesmo, o corpo pendendo de um lado para o outro como um navio enquanto se aproximava. Ele me olhou:

— Eu te conheço?

— Você é Robert Cannon? — perguntei.

— Sou, sim — respondeu ele. — Sou o Robbie.

Por uma fração de segundo, senti pena dele. Foi o jeito de ele dizer o nome, ainda usando o diminutivo. Robbie é nome de criança, nome de um garotinho que corre pelo quintal e sobe em árvores. Não o nome de um gordo fracassado, um sujeito falido que administra uma oficina de reputação duvidosa num bairro de merda da cidade. Ele deu um passo em minha direção e eu fui atingida em cheio por uma baforada do cheiro dele, suor e álcool, e qualquer traço de pena se evaporou quando meu corpo recordou a sensação do corpo dele tirando o fôlego de mim.

— Olhe, amorzinho, eu estou muito ocupado — disse ele.

Cerrei os punhos.

— Ela está aqui? — perguntei.

— Ela *quem* está aqui? — Ele franziu a testa, então revirou os olhos, enfiando a mão no bolso do jeans à procura dos cigarros. — Ah, puta merda, você não é amiga da Shelley, é? Porque, como eu já falei para o marido dela, não vejo aquela vagabunda há semanas, então, se for sobre isso, vá se ferrar, está bem?

— Lena Abbott — falei, minha voz um pouco mais alta que um sibilo. — Ela está aqui?

Ele acendeu um cigarro. Por trás dos olhos castanhos sem vida, alguma coisa se iluminou.

— Você está procurando... quem mesmo? A filha de Nel Abbott? Quem é você? — Ele olhou à sua volta. — Por que achou que a filha de Nel estaria aqui?

Ele não estava fingindo. Era burro demais para fingir, dava para perceber. Ele não sabia onde Lena estava. Não sabia quem ela era. Eu me virei para sair

238

dali. Quanto mais tempo eu ficasse, mais ele ia querer respostas. E mais eu ia acabar entregando.

— Peraí — começou ele, colocando uma das mãos no meu ombro, e eu me virei rápido, afastando-o com um empurrão. — Calma! — disse ele, erguendo as mãos e olhando à sua volta como se buscasse reforços. — O que está acontecendo aqui? Você é... — Ele estreitou os olhos. — Eu vi você... Você estava no enterro. — Por fim, a ficha caiu. — *Julia?* — O rosto se abriu num sorriso. — Julia! Puta merda. Eu não te reconheci antes... — Ele me olhou por inteiro, da cabeça aos pés. — Julia. Por que não me disse que era você?

Ele me ofereceu uma xícara de chá. Eu comecei a rir e não conseguia parar, ri até as lágrimas escorrerem pelo rosto enquanto ele ficou ali, meio que rindo de início, até aquele divertimento hesitante começar a sumir e ele ficar só parado ali, indiferente e sem entender, olhando para mim.

— O que está acontecendo? — perguntou ele, irritado.

Eu enxuguei os olhos com o dorso da mão.

— Lena sumiu — respondi. — Já procurei por ela em todos os cantos, achei que talvez...

— Bem, *aqui* ela não está. Por que você achou que ela estaria aqui? Eu nem conheço a garota, a primeira vez que pus os olhos nela foi no enterro. Me deu até um susto, para ser sincero. Ela é tão igual à Nel. — Ele fingiu uma expressão de preocupação. — Fiquei muito mal quando soube o que tinha acontecido. Fiquei mesmo, Julia. — Ele tentou encostar em mim outra vez, mas eu me afastei. Ele chegou mais perto. — Eu só... Eu não consigo acreditar que você é a Julia! Está tão diferente. — Um sorriso feio se abriu em seu rosto. — Não sei como eu pude esquecer — disse ele baixinho, a voz um sussurro. — Eu estourei o seu cabaço, não foi, garota? — Ele riu. — Isso já faz muito tempo.

Eu estourei o seu cabaço. Pop! Um som alegre que remete a balões de gás e festas de aniversário. A perda da virgindade, uma ocasião que deveria ser doce e memorável como o sabor de fruta madura nos lábios; essas coisas não podiam estar mais longe do que foi a língua pegajosa dele dentro da minha boca e aqueles dedos imundos me abrindo à força. Achei que fosse vomitar.

— Não, Robbie — comecei, e fiquei surpresa com a firmeza da minha voz, com o quanto ela saiu alta e clara. — Você não tirou o meu cabaço. Você me estuprou.

O sorriso sumiu do rosto decadente. Ele olhou por cima do ombro antes de dar outro passo na minha direção. Cheia de adrenalina e com a respiração acelerando, eu cerrei mais os punhos e finquei os pés onde estava.

— Eu fiz o quê? — sibilou ele. — Que porra é essa? Eu fiz *o quê*? Eu nunca... Eu não *estuprei* você.

Ele sussurrou esta parte, *estuprei*, como se tivesse medo que alguém nos ouvisse.

— Eu tinha 13 anos — comecei —, mandei você parar, eu estava aos prantos, eu... — Não continuei porque senti um nó na garganta abafando a minha voz e eu não queria chorar na frente daquele filho da puta agora.

— Você chorou porque foi a sua primeira vez — disse ele, a voz baixa, sedutora —, porque doeu um pouco. Você nunca disse que não queria. Nunca disse não. — Em seguida, mais alto, categórico: — Sua vagabunda mentirosa, você nunca disse não. — Agora ele estava rindo. — Eu podia ter quem eu quisesse, você não se lembra? Metade das garotas de Beckford rastejava atrás de mim com as calcinhas molhadas. Eu tinha a sua irmã, que era a garota mais gostosa das redondezas. Acha mesmo que eu ia precisar estuprar uma vaca gorda que nem você?

Ele acreditava naquilo. Percebi que acreditava em cada palavra que dizia e, naquele momento, eu fui derrotada. Esse tempo todo, ele nunca tinha se sentido culpado. Nunca tinha sentido um segundo de remorso porque, na cabeça dele, o que havia feito não era estupro. Esse tempo todo ele ainda acreditava que tinha feito um favor para a menina gorda.

Comecei a me afastar. Por trás, eu o ouvi vindo para cima de mim, me xingando baixinho:

— Você sempre foi uma filha da puta maluca, né? Sempre foi. Não dá para acreditar que veio aqui para me dizer uma merda dessas, para dizer...

Parei de repente, a alguns metros do carro.

Você não gostou nem um pouquinho?

Alguma coisa estava fora do lugar. Se Robbie não achava que tinha me estuprado, como você poderia ter achado? Do que você estava falando, Nel? O que estava me perguntando? Eu tinha gostado um pouquinho *de quê?*

Eu me virei. Robbie estava logo atrás de mim, as mãos pendendo paralelas ao corpo como peças de carne, a boca aberta.

— Ela sabia? — perguntei.

— O quê?

— Nel sabia? — berrei para ele.

Ele franziu o lábio.

— Se Nel sabia o quê? Que eu te comi? Você só pode estar de brincadeira. Imagine só o que ela teria dito se eu contasse que tinha comido a irmãzinha dela logo depois de comer ela? — Ele riu. — Contei a ela a primeira parte, sobre você ter dado em cima de mim. De como estava bêbada e toda atrapalhada e se atirando em cima de mim e me olhando com aquela cara gorda e triste e pedindo "por favor?". Igual a um cãozinho sem dono, assim que você era, sempre por perto, sempre olhando para a gente quando eu estava com ela, espionando a gente, até quando a gente estava na cama você gostava de ficar olhando, não gostava? Achou que a gente não notava, é? — Ele riu outra vez. — Mas a gente notava. A gente comentava que você era a maior taradinha, a gorducha tristonha que nunca tinha tido um namorado gostava de ficar olhando a irmã gostosa ser comida. — Ele sacudiu a cabeça. — *Estupro?* Não me faça rir. Você queria um pouco do que a Nel tinha, deixou isso claro pra caralho.

Eu me imaginei sentada debaixo das árvores, de pé do lado de fora do quarto, olhando. Ele tinha razão, eu *realmente* observava os dois, mas não com tesão, não com inveja e, sim, com uma espécie de fascinação estranha. Eu observava da maneira que uma criança observa, porque era isso o que eu era. Eu era uma garotinha que não queria ver o que estava sendo feito com a irmã (porque era assim que parecia, sempre parecia que alguma coisa estava sendo feita com você), mas que não conseguia desviar os olhos.

— Eu disse a ela que você tentou dar em cima de mim e que depois saiu correndo chorando quando eu te dei um fora e ela foi correndo atrás de você.

De repente, várias imagens começaram a surgir na minha mente: a sua entonação, o calor da sua raiva, a pressão das suas mãos me segurando debaixo d'água e depois agarrando o meu cabelo e me arrastando até a margem.

Sua vaca, sua vaca gorda e idiota, o que você fez? O que está tentando fazer?

Ou será que foi: *Sua vaca idiota, o que você estava fazendo?*

E em seguida foi: *Eu sei que ele te machucou, mas o que você esperava?*

Eu cheguei até o carro e me atrapalhei toda com as chaves, as mãos tremiam. Robbie ainda estava atrás de mim, ainda falava.

— Está bem, pode ir, sua vagabunda mentirosa. Nunca achou mesmo que a garota estivesse aqui, achou? Isso foi só desculpa, não foi? Você veio foi para me ver. Estava querendo outro gostinho? — Pude ouvi-lo rir enquanto se afastava, preparando-se para dizer a sua fala final do outro lado da rua: — Zero chance, querida, não dessa vez. Você pode ter emagrecido um pouco, mas continua sendo uma escrota.

Dei partida no motor e saí da vaga, mas o carro morreu. Xinguei, dei partida outra vez e segui pela rua aos solavancos, pisando fundo no acelerador, me distanciando ao máximo dele e do que acabara de acontecer, e sabendo que eu devia estar preocupada com Lena, mas incapaz de pensar nisso porque a única coisa na qual eu conseguia pensar era: *Você não sabia.*

Você não sabia que ele tinha me estuprado.

Quando você disse: *Eu sinto muito se ele machucou você,* quis dizer que sentia muito por ele ter me magoado, por eu ter me sentido rejeitada. Quando perguntou: *O que você esperava?,* quis dizer que era óbvio que ele iria me rejeitar, eu não passava de uma criança. E quando me perguntou *Você não gostou nem um pouquinho?* não estava falando de sexo, estava se referindo à água.

A venda caiu dos meus olhos. Eu estivera cega, de olhos vendados. Você não sabia.

Parei o carro no acostamento e comecei a chorar copiosamente, meu corpo inteiro chacoalhava com a terrível, a pavorosa constatação: você não sabia. Esses anos todos, Nel. Esses anos todos eu atribuí a você a mais brutal crueldade e o que você havia feito para merecer isso? O que você fez para

JULES

merecer isso? Esses anos todos e eu não lhe dei ouvidos, nunca escutei o que você tinha a dizer. E agora parece impossível que eu não tenha visto, que eu não tenha entendido que quando você me perguntou *Você não gostou nem um pouquinho?* estava falando do rio, daquela noite no rio. Você queria saber qual tinha sido a sensação de eu me entregar à água.

Parei de chorar. Na minha cabeça, você murmurou: *Você não tem tempo para isso, Julia.* E eu sorri.

— Eu sei — concordei em voz alta. — Eu sei.

Eu já não me importava com o que Robbie pensava, não ligava para o fato de ele ter passado a vida toda dizendo para si mesmo que não tinha feito nada de errado; é isso que homens como ele fazem. E o que importa o que ele achava? Ele não significava nada para mim. O que importava era você, o que você sabia e deixava de saber, e que eu tinha te castigado a sua vida toda por uma coisa que você não fez. E agora eu não tinha como te pedir desculpas.

De volta a Beckford, parei o carro na ponte, desci os degraus cobertos de musgo e caminhei pela trilha que margeia o rio. Era início de tarde, o ar começava a esfriar e a brisa ia ficando mais forte. Não era um dia perfeito para um mergulho, mas eu vinha esperando havia tempo demais e queria estar ali, com você. Era a única maneira que eu tinha de me aproximar de você agora, a única coisa que me restava.

Tirei os sapatos e fiquei de jeans e camisa na margem do rio. Comecei a andar para a frente, um pé depois do outro. Fechei os olhos, ofegando enquanto os pés afundavam na lama fria, mas não parei. Fui em frente e quando a água cobriu a minha cabeça, eu me dei conta, mesmo apavorada, de que a sensação era boa. Era boa, sim.

Mark

O SANGUE EMPAPOU a atadura que envolvia a mão de Mark. Ele não tinha feito um curativo muito caprichado e, por mais que tentasse, não conseguia deixar de segurar o volante com muita força. A mandíbula estava dolorida e uma dor intensa e excruciante pulsava por trás dos olhos. O torno estava de volta, preso nas têmporas; sentia o sangue passar espremido pelas veias da cabeça, quase conseguia ouvir o crânio começando a rachar. Teve de parar o carro duas vezes no acostamento para vomitar.

Não tinha ideia de para onde fugir. No início, tinha ido para o norte, em direção a Edimburgo, mas na metade do caminho mudou de ideia. Será que esperariam que ele fosse naquela direção? Será que haveria blitz na entrada da cidade, lanternas iluminando o rosto dele, mãos brutas tirando-o à força de dentro do carro, vozes sussurradas lhe dizendo que há coisa pior à sua espera? Coisa bem pior. Deu meia-volta e pegou um trajeto diferente. Não conseguia pensar com a cabeça do jeito que estava, parecendo que ia rachar. Tinha de parar, respirar, planejar. Deixou a estrada principal e seguiu rumo à costa.

Tudo o que havia temido estava acontecendo. Viu o futuro se desenrolar diante de seus olhos e foi repassando o filme em sua mente repetidas vezes: a polícia à sua porta, os jornalistas gritando perguntas para ele enquanto era arrastado, a cabeça tampada por um cobertor, até um carro. Janelas consertadas apenas para serem outra vez estilhaçadas. Xingamentos chulos nas paredes, fezes enfiadas pela caixa de correio. O julgamento. Ah, meu Deus, o

MARK

julgamento. A expressão no rosto de seus pais quando Lena lhe dirigisse suas acusações, as perguntas que o tribunal lhe faria: quando e onde e quantas vezes? A vergonha. A condenação. A cadeia. Tudo aquilo sobre o qual ele alertara Katie, tudo o que tinha dito a ela que enfrentaria. Não conseguiria sobreviver àquilo. Ele tinha dito a ela que não conseguiria sobreviver àquilo.

Naquela noite de sexta-feira, em junho, ele não estava à espera dela. Era para ela ter ido a uma festa de aniversário, um compromisso ao qual não podia faltar. Ele se lembrava de ter aberto a porta sentindo a descarga de prazer que sempre sentia ao olhar para ela, antes de ter tempo de analisar a expressão em seu rosto. Ansiosa, desconfiada. Ele fora visto aquela tarde conversando com Nel Abbott no estacionamento da escola. Sobre o que tinham falado? Por que tinha falado com Nel, para começo de conversa?

— Eu fui *visto?* Por quem? — Ele achou graça daquilo, pensou que ela estivesse com ciúmes.

Katie virou o rosto, esfregando a mão na nuca, do jeito que fazia quando ficava nervosa ou sem graça.

— K? O que foi?

— Ela *sabe* — disse Katie, baixinho, sem olhar para ele, e o chão se abriu, atirando-o no vazio. Ele agarrou o braço dela, girando-a para que ficasse de frente para ele. — Eu acho que Nel Abbott sabe.

Então aquilo tudo começou a desmoronar, todas as coisas sobre as quais ela havia mentido, que vinha escondendo dele. Lena sabia há meses, o irmão de Katie também.

— Meu Deus! Meus Deus, Katie, como você pôde não me contar? Como pôde... *Meu Deus!* — Ele nunca tinha gritado com ela, e então percebeu como ficou assustada, como ficou apavorada e abalada, mas não conseguiu se controlar: — Você entende o que eles vão fazer comigo? Você entende o que é ser preso como criminoso sexual, merda?

— Você não é isso! — gritou ela.

Ele a segurou mais uma vez com força (até mesmo agora ainda era tomado pelo calor da vergonha que aquilo lhe causava).

— Sou, sim! É exatamente o que eu sou. Foi nisso que você me transformou. Ele a mandou ir embora, mas ela se recusou. Ela implorou, suplicou. Jurou para ele que Lena não diria nada. Lena nunca contaria nada para ninguém. *Lena me ama, ela nunca me faria mal.* Ela havia convencido Josh de que os dois tinham terminado, de que nada acontecera de verdade, de que ele não tinha nada com que se preocupar, que, se ele contasse qualquer coisa, isso só serviria para partir o coração dos pais deles. Mas e Nel?

— Eu nem tenho certeza se ela sabe — disse-lhe Katie. — Lena falou que ela *talvez* tivesse ouvido alguma coisa da nossa conversa... — Sua voz foi sumindo e ele percebeu pela forma como desviou o olhar que estava mentindo. Não podia acreditar nela, não podia acreditar em nada do que ela dizia. Aquela menina linda que o arrebatara, que o enfeitiçara, não era confiável.

Estava tudo terminado, disse para ela, vendo seu rosto desmoronar, desvencilhando-se dela enquanto tentava abraçá-lo, afastando-a, delicadamente de início, depois com firmeza.

— Não, escuta, me escuta! Eu *não posso* mais ficar com você, não deste jeito. Nunca mais, você está entendendo? Acabou. Nunca aconteceu. Não existe nada entre nós; nunca existiu nada entre nós.

— Por favor, não diga isso, Mark, por favor. — Ela chorava tanto que nem conseguia respirar e o coração dele amoleceu. — Por favor, não diga isso. Eu te amo...

Ele se sentiu fraquejar, deixou que ela o abraçasse, deixou que ela o beijasse, sentiu sua determinação diminuir. Ela pressionou o corpo contra o seu e ele teve uma visão súbita e nítida de outro corpo encostando nele, e não só um, mas vários: corpos masculinos estuprando seu corpo espancado, quebrado, violentado; ele teve essa visão e a empurrou para longe com força.

— Não! Não! Você tem alguma ideia do que fez? Você *arruinou* a minha vida, entende isso? Quando eles descobrirem, quando aquela vagabunda contar à polícia, e ela *vai* contar à polícia, minha vida vai acabar. Você sabe o que eles fazem com homens como eu na cadeia? Sabe, não sabe? Acha que vou sobreviver a isso? Não vou. Isso vai ser *o meu fim*. — Ele viu o medo e a dor no rosto dela, e, ainda assim, disse: — E a culpa vai ser sua.

MARK

Quando tiraram o corpo dela do poço, Mark se culpou. Durante dias ele mal conseguiu se levantar da cama e, no entanto, tinha de enfrentar o mundo, precisava ir à escola, tinha de olhar para a cadeira dela vazia, enfrentar a dor dos amigos e dos pais dela e não demonstrar a sua. Ele, a pessoa que mais a amava, não tinha permissão para chorar a sua perda do jeito que ela merecia. Não lhe era permitido viver o seu luto do jeito que *ele* merecia porque, muito embora ele se culpasse pelo que tinha dito a ela num momento de raiva, sabia que aquilo não era, verdadeiramente, culpa dele. Nada daquilo era culpa dele — como poderia ser? Quem conseguia controlar por quem se apaixonava?

Mark ouviu um baque surdo e deu um pulo, jogando o carro no meio da estrada, puxando demais o volante ao corrigir a direção e derrapando no acostamento de cascalho. Olhou pelo retrovisor. Achou que tinha batido em alguma coisa, mas não havia nada lá, nada além da pista vazia. Respirou fundo e voltou a segurar o volante com força, encolhendo-se de dor quando pressionou o ferimento. Ligou o rádio e aumentou o volume ao máximo.

Ainda não tinha ideia do que ia fazer com Lena. Sua primeira ideia fora seguir para o norte até Edimburgo, largar o carro num estacionamento, e pegar uma barca até o continente. Eles a encontrariam logo. Bem, eles a encontrariam em algum momento. Podia estar se sentindo péssimo, mas precisava se lembrar de que aquilo não era culpa sua. *Ela* havia atacado *ele*, não o contrário. E, quando tentou se desvencilhar dela, *se defender*, ela simplesmente continuou a atacá-lo, repetidamente, gritando e o arranhando com suas garras. Ele caíra estatelado no chão da cozinha, a bolsa de viagem deslizando pelo piso. De dentro dela, caíra, como se guiada por uma divindade dona de um senso de humor doentio, a pulseira. A pulseira que ele vinha carregando para cima e para baixo desde que a tirara da mesa de Helen Townsend, aquele objeto dono de um poder que ele ainda não havia aprendido a dominar, pulou da bolsa e saiu deslizando pelo piso no espaço que os separava.

Lena olhou para ela como se fosse um objeto alienígena. Pela expressão em seu rosto, parecia estar reagindo à visão de uma criptonita verde-fluorescente. Então seu estado de perplexidade passou e ela o atacou mais uma vez, só que dessa vez empunhando a tesoura de cozinha. Ela o golpeava, tentando atingir seu rosto, seu pescoço, desferindo os golpes com violência. Ele ergueu as mãos para se defender e foi atingido em uma delas. Agora latejava, enlouquecidamente, no mesmo ritmo do coração acelerado.

Tum, tum, tum. Verificou o retrovisor mais uma vez — ninguém atrás dele — e pisou fundo no freio. Ouviu um baque desagradável e ao mesmo tempo satisfatório quando o corpo dela se chocou contra o metal, e tudo voltou a ficar em silêncio.

Ele parou o carro no acostamento de novo, dessa vez não para vomitar, mas, sim, para chorar. Por ele mesmo, por sua vida arruinada. Chorou torturantes lágrimas de frustração e de desespero, bateu a mão direita no volante repetidamente até doer tanto quanto a mão ferida.

Katie tinha 15 anos e 2 meses da primeira vez que dormiram juntos. Mais 10 meses e ela teria tido a idade legal. Ninguém teria podido tocar neles — quer dizer, legalmente falando. Ele teria precisado deixar o emprego e algumas pessoas talvez ainda tivessem lhe atirado pedras, ainda o teriam xingado de um monte de coisas, mas ele poderia ter lidado com isso. Eles poderiam ter lidado com isso. Dez meses, cacete! Deviam ter esperado. Ele devia ter insistido para que esperassem. Foi Katie quem teve pressa, Katie é que não podia ficar longe, Katie é quem tinha forçado a barra, que quis tê-lo só para si. E agora ela se fora e ele é quem ia pagar por tudo.

A injustiça daquilo o irritava profundamente, queimava a sua carne como ácido, e o torno só fazia apertar, com mais e mais força, e ele pediu a Deus que simplesmente o esmagasse, partisse sua cabeça ao meio, e, como Katie, ele logo se visse livre de tudo.

Lena

SENTI MEDO QUANDO voltei a mim, eu não sabia onde estava. Não conseguia enxergar nada. Estava tudo escuro. Mas eu me dei conta, pelo barulho, pelo movimento e pelo cheiro de gasolina, de que estava num carro. Minha cabeça doía muito, minha boca também, estava quente e abafado e tinha alguma coisa me incomodando nas costas, uma coisa dura, como uma fechadura de metal. Tateei por trás do corpo tentando alcançá-la, mas estava presa a alguma outra coisa.

Era uma pena, porque eu precisava de uma arma agora.

Eu estava assustada, mas sabia que não podia permitir que o medo me dominasse. Precisava pensar com clareza. Com clareza e rapidez, porque, mais cedo ou mais tarde, o carro ia parar, e então ia ser ele ou eu, e não havia *a menor chance* de ele conseguir dar fim em Katie *e* na mamãe *e* em mim. Nem fodendo. Eu tinha de acreditar, tinha de ficar dizendo para mim mesma sem parar: isso vai terminar comigo viva e com ele morto.

Desde que Katie morreu, eu tenho pensado em várias formas de fazer Mark Henderson pagar pelo que fez, mas nunca pensei em assassinato. Pensei em outras coisas: em pintar palavras nas paredes da casa dele, em quebrar os vidros de suas janelas (missão cumprida), em ligar para a namorada dele e contar tudo o que Katie tinha me contado: quantas vezes, onde, quando. De como ele gostava de chamá-la de "queridinha do fessor". Pensei em juntar alguns alunos do último ano para encherem ele de porrada. Pensei em cortar o pinto dele fora e fazer com que o engolisse. Mas não pensei em matá-lo. Até hoje.

EM ÁGUAS SOMBRIAS

Como foi que acabei aqui? Não acredito que pude ser tão burra a ponto de deixá-lo levar vantagem. Eu nunca deveria ter ido à casa dele, não sem um plano bem elaborado, não sem saber exatamente o que eu ia fazer.

Eu nem pensei, fui fazendo as coisas enquanto iam acontecendo. Sabia que ele estava para voltar das férias — tinha ouvido Sean e Erin comentando. Aí, depois de tudo o que Louise disse, e depois da conversa que eu tive com Julia sobre como não era culpa minha nem da mamãe, eu pensei, quer saber? Chegou a hora. Eu só queria ficar na frente dele e fazê-lo assumir um pouco da culpa. Queria que ele admitisse, que admitisse o que tinha feito e que era errado. Então fui até lá, e, como já tinha mesmo quebrado o vidro da janela da porta dos fundos, foi fácil entrar.

A casa estava com cheiro de sujeira, como se ele tivesse ido viajar sem jogar o lixo fora ou coisa assim. Por um tempo, fiquei só na cozinha e usei a lanterna do celular para dar uma olhada em volta, mas aí decidi acender a luz do teto porque não dava mesmo para ver da rua, e, mesmo que os vizinhos vissem, iam achar que ele tinha voltado.

Estava com cheiro de sujeira porque estava suja. Nojenta, na verdade — louça por lavar dentro da pia, embalagens de refeições semiprontas com restos de comida grudada, todas as superfícies cobertas de gordura. E uma porrada de garrafas de vinho tinto vazias na pilha de reciclagem. Não era como eu tinha imaginado. Pelo jeito dele na escola — sempre bem-vestido, com as unhas limpas e bem aparadas —, imaginei que teria mania de limpeza.

Passei para a sala de estar e dei uma olhada geral, voltando a usar o celular — não acendi a luz de lá porque podia dar para ver da rua. Era tudo tão comum. Móveis vagabundos, um monte de livros e de CDs, nenhum quadro nas paredes. A sala era feia, suja e sem graça.

O segundo andar era pior. O quarto, asqueroso. A cama estava desarrumada, os guarda-roupas, abertos, e fedia — diferente de lá debaixo, ali o cheiro era azedo, suarento, como o odor de um animal doente. Fechei as cortinas e acendi o abajur da mesa de cabeceira. Era mesmo pior do que o andar de baixo, parecia o lugar onde uma pessoa bem idosa moraria — paredes amareladas e feias, cortinas marrons, roupas e papéis espalhados pelo chão. Abri

LENA

a gaveta e encontrei tampões de ouvido e cortadores de unha. Na gaveta de baixo tinha camisinhas, lubrificante e algemas de pelúcia.

Fiquei enjoada. E me sentei na cama. Nessa hora, notei que o lençol tinha soltado do colchão no canto oposto e pude ver uma mancha marrom por baixo. Cheguei a achar mesmo que ia vomitar. Foi doloroso, fisicamente doloroso, pensar em Katie aqui, com ele, neste quarto horrendo, nesta casa repugnante. Eu estava pronta para ir embora. Tinha sido uma péssima ideia de qualquer maneira, ir lá sem um plano. Apaguei a luz e desci, e já estava quase na porta dos fundos quando ouvi um barulho lá fora, passos no caminho que conduzia à porta. Então ela se abriu e lá estava ele. Estava feio, o rosto e os olhos vermelhos, a boca aberta. Eu simplesmente voei em cima dele. Me deu vontade de arrancar os olhos daquela cara feia, me deu vontade de ouvi-lo gritar.

Não sei o que aconteceu depois. Ele caiu, acho, e eu fiquei de joelhos, e alguma coisa escorregou pelo chão na minha direção. Um objeto de metal, como uma chave. Estendi a mão para pegar o objeto e descobri que não era dentado, mas, sim, liso. Um círculo. Um círculo de prata com um fecho de ônix preto. Eu o virei na mão. Dava para ouvir o relógio da cozinha fazer tique-taque bem alto e o ruído da respiração de Mark.

— Lena — disse ele. Eu ergui a vista e meus olhos cruzaram com os dele. Vi que estava com medo. Fiquei de pé. — Lena — repetiu ele, dando um passo na minha direção.

Eu sorria por dentro porque, pelo canto do olho, tinha visto outra coisa prateada, uma coisa pontuda, e sabia exatamente o que ia fazer. Eu ia respirar fundo e me controlar e esperar até ele dizer o meu nome mais uma vez, então ia pegar a tesoura que estava em cima da mesa da cozinha e enfiá-la na merda do pescoço dele.

— Lena — disse ele, tentando me segurar, e tudo aconteceu muito rápido depois disso.

Eu peguei a tesoura e o ataquei, mas ele é mais alto que eu e seus braços estavam erguidos e eu devo ter errado, não devo? Porque ele não está morto, está dirigindo, e eu estou presa aqui dentro com um galo na cabeça.

EM ÁGUAS SOMBRIAS

Comecei a gritar, inutilmente, porque, sério, quem ia me ouvir? Eu sentia que o carro estava indo rápido, mas berrei mesmo assim: *Me deixa sair, me deixa sair, seu filho da puta imbecil!* Eu esmurrava a tampa da mala do carro acima da minha cabeça, berrando o mais alto que conseguia, e, então, de repente, bum! O carro parou e eu dei uma porrada no canto da mala, então me permiti chorar.

Não foi só de dor. Por algum motivo fiquei pensando em todas aquelas janelas que a gente tinha quebrado, Josh e eu, e no quanto aquilo teria entristecido Katie. Ela detestaria isso tudo: odiaria que o irmão tivesse que contar a verdade depois de passar meses mentindo, odiaria me ver machucada desse jeito, mas, acima de tudo, ela detestaria aquelas janelas quebradas, porque era o que metia pavor nela. Janelas quebradas, *pedófilo* rabiscado nas paredes, merda enfiada pela caixa de correio, jornalistas na calçada e gente cuspindo e atirando pedras.

Eu chorei de dor e chorei porque me senti mal por Katie, pelo quanto isso teria partido o coração dela. *Mas você quer saber de uma coisa, K?* Eu me vi cochichando para Katie como uma maluca, igual a Julia sussurrando sozinha na escuridão. *Eu sinto muito. Sinto, mesmo, porque não é isso que ele merece. Eu posso dizer isso agora, porque você se foi e eu estou deitada na mala do carro dele com a boca sangrando e um talho na cabeça, então posso dizer isso categoricamente: Mark Henderson não merece ser perseguido ou espancado. Ele merece coisa pior. Eu sei que você o amava, mas ele não estragou só a sua vida, não, estragou a minha, também. Ele matou a minha mãe.*

Erin

EU ESTAVA NA sala dos fundos com Sean quando entrou a ligação. Uma jovem branquela com uma expressão atormentada enfiou a cabeça pela fresta da porta.

— Tem outra, senhor. Alguém a viu do alto. Tem alguém dentro d'água, uma mulher. — Pela expressão no rosto de Sean, achei que ele ia vomitar.

— Não pode ser — comentei. — Temos guardas espalhados por todos os lados, como pode ter mais uma?

Até chegarmos lá, uma multidão já havia se juntado em cima da ponte, e policiais faziam de tudo para mantê-los lá em cima. Sean saiu correndo e eu o segui, os dois transpondo a trilha sob as árvores. Eu queria ir mais devagar, queria parar. A última coisa no mundo que eu queria ver era aquela garota sendo tirada de dentro d'água.

Mas não era ela, era Jules. Já estava na margem quando chegamos. Havia um ruído esquisito no ar, como o som que a ave pega-rabuda faz. Levei um tempo para me dar conta de que vinha dela, de Jules. Eram os dentes dela batendo. Seu corpo todo tremia, as roupas encharcadas grudadas no físico deploravelmente magro curvado sobre si mesmo como uma espreguiçadeira dobrável. Chamei o seu nome e ela ergueu a cabeça para me fitar, os olhos injetados me atravessando como se não conseguisse focá-los, como se não conseguisse registrar quem eu era. Sean tirou a jaqueta dele e a colocou nos ombros dela.

EM ÁGUAS SOMBRIAS

Jules murmurava como se estivesse em transe. Não dizia uma palavra para nós, mal parecia notar nossa presença. Ficou sentada, tremendo, olhando com fúria para a água negra, os lábios se movendo como quando ela vira a irmã na mesa do necrotério, silenciosos, mas entreabertos, como se estivesse batendo boca com um adversário invisível.

O alívio, mesmo que pequeno, durou pouco até a crise seguinte acontecer. Os policiais que tinham ido esperar Mark Henderson voltar das férias encontraram a casa vazia. E não só vazia, mas cheia de sangue: havia sinais de luta na cozinha, sangue espalhado pelo chão e nas maçanetas das portas, e o carro de Henderson não estava em lugar nenhum.

— Ai, meu Deus — disse Sean. — Lena.

— Não — falei, tentando convencer a mim mesma e a Sean. Eu estava pensando na conversa que tinha tido com Henderson na manhã antes de ele sair de férias. Tinha alguma coisa nele, uma vulnerabilidade. Uma mágoa. Não há nada mais perigoso que um homem assim. — Não. Tinha guardas na casa, estavam à espera dele, ele não poderia...

Mas Sean estava balançando a cabeça.

— Não, não tinha. Eles não estavam lá. Teve um acidente feio na A68 ontem à noite e todo mundo foi para lá. Ficou decidido que todos os recursos seriam redistribuídos. Não tinha ninguém na casa de Henderson, não até hoje de manhã.

— Merda. *Merda.*

— Pois é. Ele deve ter voltado, visto os vidros das janelas quebrados, e chegado à conclusão de que Lena Abbott nos contou alguma coisa.

— E aí? Ele foi até a casa dela, pegou a menina e a levou para a casa dele?

— Como diabos eu vou saber? — vociferou Sean. — A culpa é nossa. Devíamos ter vigiado a casa, devíamos ter ficado de olho nela... A culpa pelo desaparecimento dela é nossa.

Jules

O POLICIAL — um que eu ainda não tinha conhecido — quis entrar em casa comigo. Era jovem, devia ter uns 25 anos, embora a carinha imberbe de querubim o fizesse parecer ainda mais novo. Por mais gentil que se mostrasse, insisti para que fosse embora. Eu não queria ficar sozinha com um homem na casa, por mais inofensivo que pudesse parecer.

Subi e preparei um banho. Água, água por todos os lados. Eu não estava muito a fim de ficar mergulhada outra vez, mas não conseguia pensar numa melhor maneira de acabar com a friagem que me doía os ossos. Sentei na beirada da banheira, mordendo o lábio para impedir que os dentes batessem, o celular na mão. Ligava para o telefone de Lena, sem parar, e ouvia a sua mensagem alegre, a voz cheia de uma energia que eu nunca ouvi quando ela fala comigo.

Quando a banheira estava pela metade, eu entrei, os dentes cerrados contra o pânico, os batimentos cardíacos acelerando na medida em que o corpo afundava. Está tudo bem, está tudo bem, está tudo bem. Você disse isso. Naquela noite, quando estávamos aqui juntas, enquanto você despejava água quente sobre a minha pele, enquanto me tranquilizava. *Está tudo bem,* você disse. *Está tudo bem, Julia. Está tudo bem.* Não estava, óbvio, mas você não sabia disso. A única coisa que você pensou que aconteceu foi que eu tinha tido um dia péssimo, que tinham me zoado, me humilhado e que eu tinha sido rejeitada por um garoto de quem eu estava a fim. E, para completar, num ato melodramático, eu tinha ido até o Poço dos Afogamentos e mergulhado.

Você ficou zangada porque achou que eu tinha feito aquilo para te prejudicar, para te meter em encrenca. Para fazer a mamãe me amar mais, até mais do que já amava. Para fazê-la rejeitar você. Porque teria sido culpa sua, não teria? Você tinha feito *bullying* comigo, era para você ter ficado de olho em mim, e aquilo tinha acontecido sob a sua responsabilidade.

Fechei a torneira com o dedo do pé e deixei o corpo deslizar para dentro da banheira; meus ombros afundaram, meu pescoço, minha cabeça. Prestei atenção nos sons da casa, distorcidos, abafados, tornados estranhos pela água. Um baque súbito me fez pular, voltando para o ar frio. Prestei atenção. Nada. Estava imaginando coisas.

Mas, quando deslizei para baixo outra vez, tive a certeza de ter ouvido um rangido na escada, passos, lentos e constantes, pelo corredor. Eu me sentei perfeitamente ereta e agarrei a beirada da banheira. Outro rangido. Uma maçaneta girando.

— Lena? — gritei, minha voz soando infantil, aguda e fraca. — Lena, é você?

O silêncio que se seguiu encheu os meus ouvidos e, dentro dele, imaginei ouvir vozes.

A sua voz. Mais um dos seus telefonemas, o primeiro. O primeiro depois da nossa briga no enterro, depois da noite em que você me fez aquela pergunta horrível. Não demorou muito — uma semana, talvez duas — até você me ligar tarde da noite e me deixar uma mensagem. Estava chorosa, suas palavras saíam arrastadas, a voz quase inaudível. Você me disse que ia voltar a Beckford, que ia rever um velho amigo. Precisava conversar com alguém e eu não adiantava de nada. Não pensei nisso na época, não dei importância.

Só agora eu entendia, e tive um calafrio apesar da quentura da água. Esse tempo todo eu te culpei, mas devia ter sido o contrário. Você voltou para ver um velho amigo. Estava atrás de consolo porque eu a rejeitei, porque eu não queria falar com você. E você procurou por *ele*. Eu falhei com você, e continuei a falhar com você. Abracei meus joelhos dobrados com toda a força, e as ondas de angústia me varriam sem cessar: eu falhei com você, eu te magoei e o que me mata é que você nunca soube por quê. Passou a vida toda tentando

JULES

entender por que eu te odiava tanto, e eu só precisava ter te contado. Era só eu ter atendido o telefone quando você ligava. E agora era tarde demais.

Houve outro barulho, mais alto — um rangido, um arranhado, eu não estava imaginando coisas. Tinha alguém na casa. Eu saí da banheira e me vesti o mais silenciosamente que pude. *É Lena*, falei para mim mesma. *É, sim. É Lena.* Verifiquei quarto por quarto do segundo andar devagarinho, mas não tinha ninguém lá, e, de cada espelho, meu rosto apavorado zombava de mim. *Não é Lena. Não é Lena.*

Tinha de ser, mas onde ela estaria? Devia estar na cozinha, devia estar com fome — eu chegaria lá embaixo e ela estaria com a cabeça enfiada na geladeira. Desci a escada pé ante pé, atravessei o vestíbulo, passei pela porta da sala de estar. E lá, pelo canto do olho, eu vi. Uma sombra. Um vulto. Alguém sentado no banco da janela.

Erin

QUALQUER COISA ERA possível. Quando ouvimos o barulho de cascos, procuramos cavalos, mas não dá para ignorar a *possibilidade* de serem zebras. Não de cara. Motivo pelo qual, enquanto Sean ia com Callie dar uma olhada na casa de Henderson, fiquei incumbida de falar com Louise Whittaker sobre o tal "confronto" que ela teve com Lena pouco antes de a menina desaparecer.

Quando cheguei à casa dos Whittakers, Josh abriu a porta, como sempre fazia. E, como sempre era o caso, pareceu assustado ao me ver.

— O que está acontecendo? — perguntou ele. — Vocês acharam a Lena?

Fiz que não com a cabeça.

— Ainda não. Mas não se preocupe...

Ele me deu as costas, os ombros caídos. Eu o segui casa adentro. Ao pé da escada, ele se virou para me encarar.

— Foi por causa da mamãe que ela fugiu? — perguntou ele, as bochechas corando um pouco.

— Por que você perguntaria uma coisa dessas, Josh?

— A mamãe fez ela se sentir mal — respondeu ele, um tanto rabugento. — Agora que a mãe da Lena não está mais viva, ela culpa a Lena de tudo. Isso é burrice. A culpa é tão minha quanto dela, mas a mamãe culpa ela de tudo. E agora Lena sumiu — disse ele, a voz ficando aguda. — Ela sumiu.

— Com quem você está falando, Josh? — perguntou Louise, lá de cima.

O filho a ignorou, então respondi:

ERIN

— Sou eu, Sra. Whittaker. A detetive-sargento Morgan. Posso subir?

Louise estava com um agasalho esportivo que já havia visto dias melhores. Os cabelos estavam presos, o rosto, pálido.

— Ele está zangado comigo — disse ela, sem me cumprimentar. — Me culpa por Lena ter fugido. Acha que a culpa é minha. — Eu a segui pelo patamar da escada. — Ele me culpa, eu culpo Nel, eu culpo Lena e a gente segue rodando em círculos. — Parei na porta do quarto. Estava praticamente vazio, a cama sem lençóis, o guarda-roupa vazio. As paredes lilás-claro exibiam vestígios de fitas adesivas arrancadas bruscamente. Louise abriu um sorriso cansado. — Pode entrar. Já estou quase acabando. — Ela se ajoelhou, retomando a tarefa que eu devia ter interrompido, e que consistia em guardar livros em caixas de papelão. Me agachei ao seu lado para ajudá-la, mas, antes que eu pudesse pegar o primeiro livro, ela segurou meu braço com firmeza. — Não, obrigada. Prefiro fazer isso sozinha. — Eu me levantei. — Não quero ser grosseira — disse ela —, só não quero outras pessoas encostando nas coisas dela. Parece bobagem, né? — perguntou ela, erguendo a vista para mim, os olhos brilhando. — Mas eu quero que só *ela* tenha encostado nelas. Quero que fique alguma coisa dela nas sobrecapas dos livros, nas roupas de cama, na escova de cabelo... — Ela parou e respirou fundo. — Não pareço estar fazendo grandes progressos. Em seguir com a vida, em deixar para trás o que aconteceu, em continuar em frente de qualquer forma que seja...

— Não creio que ninguém esteja esperando isso de você — falei, baixinho. — Ainda...

— Ainda não? O que sugere que em algum momento eu não vou mais me sentir assim. Mas o que as pessoas parecem não perceber é que eu não quero *não* me sentir assim. Como posso não me sentir assim? Minha tristeza me parece adequada. Ela... tem o peso certo, me esmaga só o suficiente. Minha raiva é pura, ela me fortalece. Bem... — Ela deu um suspiro. — Só que agora meu filho pensa que sou responsável pelo sumiço de Lena. Às vezes me pergunto se ele acha que eu empurrei Nel de cima daquele penhasco. — Ela fungou. — De qualquer forma, ele me considera responsável por Lena ter ficado nessa situação. Sem mãe. Sozinha.

259

EM ÁGUAS SOMBRIAS

Permaneci no meio do quarto, os braços cruzados, tentando não tocar em nada. Como se estivesse numa cena de crime e não quisesse contaminar nada.

— Ela não tem mãe — concordei —, mas e quanto a um pai? Você realmente acredita que Lena não tenha *a menor ideia* de quem seja o pai dela? Sabe se ela e Katie alguma vez falaram sobre isso?

Louise balançou a cabeça.

— Tenho quase certeza de que ela não sabe. Era o que Nel sempre dizia. Eu achava esquisito. Como várias das escolhas de Nel como mãe, não só esquisitas, mas irresponsáveis. Quer dizer, e se houvesse uma questão genética, uma doença, ou coisa assim? Me parecia injusto com Lena, de qualquer maneira, não dar à menina nem a opção de conhecer o pai. Quando pressionada, e eu a pressionei, no tempo em que nós duas tínhamos um relacionamento melhor, ela disse que foi um caso de uma noite só, alguém que conheceu logo que se mudou para Nova York. Disse que não sabia o sobrenome dele. Quando pensei nisso mais tarde, concluí que devia ser mentira, porque eu tinha visto uma foto de Nel se mudando para o seu primeiro apartamento no Brooklyn com a camisa de malha bem esticada por cima da barriga já grávida.

Louise parou de empilhar livros. Balançou a cabeça outra vez.

— Então, nesse sentido, Josh tem razão. Ela está, *sim*, sozinha. Não tem nenhum parente além da tia. Ou pelo menos ninguém mais de quem eu tenha ouvido falar. E quanto a namorados... — Ela abriu um sorriso pesaroso. — Nel me disse uma vez que só dormia com homens casados, porque eram discretos, faziam poucas exigências e a deixavam seguir com sua vida. Os casos dela eram secretos. Eu não tenho dúvida de que havia homens, mas ela não tornava público esse tipo de relacionamento. Sempre que a víamos, estava sozinha. Sozinha ou com a filha. — Ela suspirou. — O único homem com quem vi Lena demonstrando o mínimo de carinho é Sean. — Ela ruborizou ao dizer o nome dele, virando a cabeça para o outro lado, como se tivesse dito alguma coisa que não devia.

— Sean Townsend? Sério? — Ela não respondeu. — Louise? — Ela se levantou para pegar outra pilha de livros da estante. — Louise, o que você está dizendo? Que tem algo de... *impróprio* entre Sean e Lena?

260

ERIN

— Meu Deus, não! — Ela deu uma risada forçada. — Lena, não.

— Se não Lena? Então... Nel? Está dizendo que havia algo entre ele e Nel Abbott?

Louise comprimiu os lábios e virou o rosto para que eu não pudesse ver sua expressão.

— Porque, você sabe, isso seria extremamente inapropriado. Investigar a morte suspeita de uma pessoa com quem ele teve um relacionamento, isso seria...

Isso seria o quê? Antiprofissional, antiético, motivo para demissão? Ele não faria isso. Não há a menor chance de ele ter feito isso, impossível ele ter escondido uma coisa dessas de mim. Eu teria visto algo, percebido algo, não teria? Então me lembrei do jeito que ele estava da primeira vez que o vi, de pé na margem do poço com Nel Abbott aos seus pés, a cabeça baixa como se estivesse rezando por ela. Os olhos marejados, as mãos trêmulas, o jeito ausente, a tristeza. Mas aquilo tinha a ver com a mãe dele, não tinha?

Louise continuou a guardar os livros nas caixas, em silêncio.

— Escute aqui — comecei, erguendo a voz para obter sua total atenção. — Se você sabe que houve algum tipo de relacionamento entre Sean e Nel, então...

— Eu não disse isso — afirmou ela, me olhando bem dentro dos olhos. — Eu não disse nada do gênero. Sean Townsend é um bom homem. — Ela ficou de pé. — Agora, eu tenho muito o que fazer, detetive. Acho que talvez esteja na hora de você ir.

Sean

A PORTA DOS fundos tinha sido deixada aberta, disseram os investigadores da cena do crime. Não só destrancada, mas aberta. O cheiro forte de ferro aderiu às minhas narinas quando entrei. Callie Buchan já estava lá, conversando com os peritos; ela me falou alguma coisa, mas eu não ouvi porque estava me esforçando para escutar outra — um animal ganindo.

— Shh — falei. — Ouça.

— Já revistaram a casa, senhor — disse Callie. — Não tem ninguém aqui.

— Ele tem cachorro? — perguntei. Ela ficou me olhando, o rosto sem expressão. — Tem um cachorro, um animal de estimação na casa? Algum sinal de um?

— Não, nenhum sinal, senhor. Por que pergunta?

Prestei atenção outra vez, mas o som havia sumido e fiquei com uma sensação de *déjà vu*: eu já vi isso antes, eu já fiz isso tudo antes — ouvi um cachorro ganir, atravessei uma cozinha ensanguentada e saí para a chuva.

Só que não está chovendo, e não tem cachorro nenhum aqui.

Callie ficou olhando fixamente para mim.

— Senhor? Tem algo ali no chão. — Ela apontou para uma tesoura caída em meio a uma mancha de sangue. — Isso não foi só um cortezinho, foi? Quer dizer, pode não ter atingido nenhuma artéria, mas não está com uma cara boa.

— Hospitais?

— Nada ainda, nem sinal de nenhum dos dois. — O celular dela tocou e ela saiu para atender.

SEAN

Permaneci imóvel na cozinha enquanto dois peritos trabalhavam silenciosamente à minha volta. Observei um deles usar uma pinça para pegar um longo fio de cabelo loiro que ficara preso no canto da mesa. Senti uma súbita onda de náusea, a saliva inundou minha boca. Não consegui entender por que: eu já havia visto cenas de crime piores que esta — bem piores — e tinha permanecido impassível. Não tinha? Já não atravessei cozinhas mais sangrentas que esta?

Levei a palma da mão ao pulso e me dei conta de que Callie estava falando comigo outra vez, a cabeça enfiada pelo vão da porta.

— Posso dar uma palavrinha com o senhor? — Eu a segui até o lado de fora e, enquanto tirava as sapatilhas plásticas que protegiam meus sapatos, ela me colocou a par dos últimos acontecimentos. — A polícia rodoviária encontrou o carro de Henderson — disse ela. — Quer dizer, não *encontrou* de verdade, mas filmou o Vauxhall vermelho dele duas vezes. — Ela olhou para suas anotações. — A situação está um pouco confusa porque, da primeira vez que o filmaram, pouco depois das três da manhã, ele aparece na A68 rumando para o norte, em direção a Edimburgo, mas, aí, duas horas depois, às cinco e quinze, ele aparece seguindo para o sul na A1, bem na saída de Eyemouth. Então é possível que ele... tenha ido deixar alguma coisa? — Tenha ido se livrar de alguma coisa, ela quer dizer. Alguma coisa ou alguém. — Ou está tentando confundir a gente?

— Ou mudou de ideia quanto ao melhor lugar para onde fugir — sugeri. — Ou está em pânico.

Ela concordou.

— Correndo de um lado para o outro como cego em tiroteio.

Eu não gostava dessa ideia, não queria ele — nem ninguém — como cego em tiroteio. Eu o queria calmo.

— Deu para ver se tinha mais alguém no carro com ele, alguém no banco do carona? — perguntei.

Ela balançou a cabeça, os lábios comprimidos.

— Não. Mas... — e parou de falar. Mas isso não quer dizer que não tenha outra pessoa no carro. Só significa que a outra pessoa não está sentada.

EM ÁGUAS SOMBRIAS

Mais uma vez a estranha sensação de já ter vivido isso antes, um fragmento de lembrança que não parecia ser minha. Como podia ser de outra pessoa? Devia fazer parte de alguma história, contada por alguém de quem não me lembro. Uma mulher, mais caída do que deitada, no banco de um carro, passando mal, tendo convulsões, babando. Não uma história completa — eu não conseguia me lembrar do restante, só sabia que pensar nisso revirava meu estômago. Deixei o pensamento de lado.

— Newcastle pareceria o destino óbvio — falou Callie. — Quer dizer, se ele estiver fugindo. Aviões, trens, barcas: ele teria o mundo nas mãos. Mas o mais esquisito é que, depois das cinco da manhã, eles não o viram mais. Sendo assim, ou ele parou, ou deixou a estrada principal. Talvez tenha pegado as estradas secundárias, até mesmo a litorânea...

— Ele não tem uma namorada? — perguntei, interrompendo o seu raciocínio. — Uma mulher em Edimburgo?

— A famosa noiva — comentou Callie, arqueando as sobrancelhas. — Estou anos-luz à sua frente. O nome dela é Tracey McBride. Os policiais a buscaram hoje de manhã. Está vindo para Beckford para uma conversinha. Mas, só para você saber, nossa Tracey afirma que não vê Mark Henderson há um bom tempo. Quase um ano, na verdade.

— Como assim? Achei que tinham acabado de sair de férias juntos.

— Foi o que Mark Henderson disse quando falou com a detetive-sargento Morgan, mas, segundo Tracey, ela não vê nem sombra dele desde que rompeu com ela no outono passado. Ela conta que ele deu o fora nela sem mais nem menos, dizendo que tinha se apaixonado perdidamente por outra mulher.

Tracey não sabia quem era a mulher nem o que ela fazia.

— E nem quis saber — falou para mim, abruptamente. Estava sentada na sala dos fundos da delegacia, uma hora depois, bebericando seu chá. — Eu fiquei... eu fiquei arrasada, na verdade. Uma hora estou procurando um vestido de noiva para comprar e na seguinte ele me diz que não pode seguir adiante com os planos porque encontrou o amor da vida dele. — Ela sorriu

264

para mim com pesar, passando os dedos pelos cabelos pretos e muito curtos.

— Depois disso, eu simplesmente o eliminei da minha vida. Deletei o número do celular dele, desfiz a amizade com ele nas redes sociais, tudo o que tinha direito. Você poderia me dizer, por favor, se aconteceu alguma coisa com ele? Ninguém me diz o que está havendo.

Fiz que não com a cabeça.

— Sinto muito, não tem muita coisa que eu possa lhe contar no momento. Mas não cremos que algo de ruim tenha acontecido com ele. Só precisamos encontrá-lo, conversar com ele a respeito de um assunto. Você não sabe para onde ele talvez tenha ido, sabe? Se precisasse fugir? Pais, amigos na região...?

Ela franziu a testa.

— Isso não tem a ver com a mulher que morreu, tem? Eu li no jornal que teve mais uma há uma ou duas semanas. Quer dizer... ele não estava... *aquela* não era a mulher com quem ele estava saindo, era?

— Não, não. Não tem nada a ver com isso.

— Ah, está bem. — Ela pareceu aliviada. — Quer dizer, ela teria sido um pouquinho velha para ele, não teria?

— Por que diz isso? Ele gostava de mulheres mais novas?

Tracey se mostrou confusa.

— Não, quer dizer... como assim *mais novas?* Aquela mulher tinha, tipo, uns 40 anos, não? Mark não tem nem 30 ainda, então...

— Certo.

— Não pode mesmo me contar o que está acontecendo? — perguntou ela.

— Alguma vez Mark foi violento com você, alguma vez perdeu a cabeça ou coisa do tipo?

— Como? Meu Deus, não. Nunca. — Ela se recostou na cadeira, o cenho franzido. — Alguém o acusou de alguma coisa? Porque ele não é assim. É egoísta, sem dúvida, mas não é má pessoa, não dessa forma.

Eu a acompanhei até o carro, onde um policial aguardava para levá-la em casa, pensando nas formas como Mark Henderson era mau, e se ele havia conseguido se convencer de que estar apaixonado o absolvia.

EM ÁGUAS SOMBRIAS

— Você me perguntou para onde ele poderia ir — disse Tracey quando chegamos ao carro. — É difícil dizer, sem conhecer o contexto, mas pensei em um lugar, sim. Nós temos uma casa no litoral. Bem, na verdade, a casa é do meu pai. Mark e eu íamos muito lá nos fins de semana. Fica bem isolada, não tem ninguém por perto. Mark sempre dizia que era o refúgio perfeito.

— Está desocupada, a casa?

— Não é muito frequentada. Costumávamos deixar uma chave nos fundos, debaixo de um vaso, mas no início deste ano descobrimos que alguém vinha usando a casa sem a nossa permissão, encontrávamos canecas sem lavar, lixo nas lixeiras e coisas assim, então paramos de fazer isso.

— Quando foi a última vez que isso aconteceu? A última vez que alguém a usou sem permissão?

Ela fez uma careta.

— Ah, nossa. Já faz tempo. Abril, acho. Isso, abril. No feriado da Páscoa.

— E onde exatamente fica esse lugar?

— Em Howick — respondeu ela. — É um vilarejo minúsculo, não tem muita coisa por perto. É só subir o litoral, saindo de Craster.

Lena

ELE SE DESCULPOU quando me deixou sair da mala do carro.

— Foi mal, Lena, mas o que você queria que eu fizesse? — Comecei a rir, mas ele me mandou calar a boca, o punho cerrado, e eu achei que ele ia me dar outra porrada, então calei a boca.

Estávamos numa casa à beira-mar — só uma casa, completamente isolada, em cima de um penhasco, com um jardim, um muro e uma dessas mesas externas de pub. A casa parecia estar trancada, não tinha ninguém por lá. De onde eu estava, não dava para ver nenhuma outra construção por perto, só uma trilha passando ao lado, nem mesmo uma estrada de verdade. Também não dava para escutar nada, nenhum barulho de trânsito, nada assim, só as gaivotas e as ondas batendo nas pedras.

— Não adianta gritar — avisou Mark como se tivesse lido meus pensamentos.

Então me pegou pelo braço e me conduziu até a mesa, e me deu um lenço de papel para limpar a boca.

— Você vai ficar bem — disse ele.

— Vou mesmo? — perguntei, mas ele desviou o olhar.

Por um bom tempo, só ficamos ali sentados, lado a lado, a mão dele ainda no meu antebraço, a pressão que exercia diminuindo gradualmente enquanto a respiração dele ia se acalmando.

Não ia adiantar muito eu brigar agora. Ainda não. Eu estava com medo, minhas pernas tremiam como loucas debaixo da mesa e eu não conseguia

EM ÁGUAS SOMBRIAS

fazê-las parar. Mas, na verdade, eu tinha a sensação de que aquilo era bom, de que era útil. Eu me sentia forte, da mesma forma que tinha me sentido quando ele me encontrou na casa dele e nós lutamos. Tá, tudo bem, ele ganhou, mas só porque eu não fui direto na jugular, só porque eu ainda não sabia com o que estava lidando. Aquilo foi só o primeiro round. Se ele achou que tinha me derrotado, estava redondamente enganado.

Se soubesse o que eu vinha sentindo, o que eu vinha passando, não acho que estaria segurando meu braço. Acho que estaria correndo para bem longe, para se salvar.

Mordi o lábio com força. Senti o gosto de sangue fresco na língua e gostei, foi bom. Gostei do sabor metálico, gostei da sensação do sangue na boca, alguma coisa para poder cuspir nele. Quando chegasse a hora certa. Eu tinha tantas perguntas a fazer, mas não sabia por onde começar, então só disse:

— Por que você ficou com ela? — Tive de fazer um esforço enorme para manter a voz firme, para não deixar que ela falhasse, tremesse ou vacilasse, para não demonstrar meu medo. Ele não disse nada, então voltei a perguntar:

— Por que você guardou a pulseira dela? Por que simplesmente não a jogou fora? Por que não deixou com ela? Por que a pegou?

Ele soltou meu braço, sem me encarar, apenas ficou olhando fixamente para o mar.

— Eu não sei — respondeu ele, a voz cansada. — Sinceramente, não tenho a menor ideia de por que a peguei. Como garantia, acho. Uma última tentativa desesperada. Para ter algum tipo de trunfo sobre outra pessoa... — Ele parou de falar de repente e fechou os olhos.

Eu não entendi direito o que ele estava dizendo, mas tive uma sensação, como se eu tivesse criado uma oportunidade. Eu me afastei ligeiramente dele. Depois, um pouquinho mais. Ele abriu os olhos outra vez, mas não fez nada, só ficou olhando para a água, o rosto sem expressão. Parecia exausto. Derrotado. Como se não tivesse lhe restado mais nada. Cheguei para trás no banco. Eu poderia sair correndo. Sou muito rápida quando preciso ser. Olhei para trás, para a trilha que passava pelos fundos da casa. Eu teria uma boa chance de escapar dele se atravessasse a trilha direto, pulasse o muro de pedra e cruzasse os campos. Se fizesse isso, ele não ia poder me seguir de carro, e eu teria uma chance.

Não foi o que eu fiz. Apesar de saber que aquela seria talvez a última chance que eu teria, fiquei onde estava. Se o fim estivesse próximo, pensei, seria melhor morrer sabendo o que aconteceu com minha mãe do que viver eternamente na dúvida, sem nunca saber. Não achava que aguentaria isso.

Eu me levantei. Ele não se mexeu, só me observou enquanto eu dava a volta na mesa e me sentava na frente dele, forçando-o a olhar para mim.

— Sabe que eu cheguei a pensar que ela tinha me abandonado? A mamãe. Quando eles a encontraram, vieram e me contaram, eu achei que tinha sido uma escolha. Achei que ela tinha escolhido morrer porque se sentia culpada pelo que tinha acontecido com a Katie ou porque sentia vergonha disso, ou... sei lá. Só porque a água exercia uma atração maior sobre ela do que eu.

Ele não disse nada.

— Eu acreditei nisso! — berrei o mais alto que pude e ele deu um pulo. — Eu acreditei que ela tinha me abandonado! Você tem ideia de como me senti? E agora, pelo visto, não foi o que ela fez. Ela não escolheu nada. Você a tirou de mim, da mesma forma que tirou a Katie de mim.

Ele sorriu. Lembrei de como o achávamos bonitão e aquilo revirou meu estômago.

— Eu não tirei a Katie de você — disse ele. — Katie não era sua, Lena. Ela era minha.

Eu quis gritar com ele, arranhar seu rosto. *Ela não era sua! Não era! Não era!* Afundei as unhas nas palmas das mãos com o máximo de força que consegui, mordi o lábio, senti outra vez o gosto de sangue e fiquei ouvindo enquanto ele se justificava.

— Eu nunca pensei em mim mesmo como o tipo de cara que se apaixonaria por uma menina mais nova. Nunca. Achava homens desse tipo ridículos. Uns velhos fracassados que não conseguiam arranjar mulher da própria idade.

Eu ri.

— Isso mesmo — concordei. — Achou certo.

— Não, não. — Ele balançou a cabeça. — Isso não é verdade. Não é. Olhe para mim. Eu nunca tive dificuldade nenhuma para arranjar mulheres. Elas dão em cima de mim o tempo todo. Você fica aí fazendo que não com a cabeça, mas já viu. Nossa, até você já deu em cima de mim.

— Eu não dei em cima de você porra nenhuma.

— Lena...

— Acha mesmo que eu queria alguma coisa com você? Você está *viajando*. Era um jogo, era... — Parei de falar.

Como explicar uma coisa dessas para um homem como ele? Como explicar que não tinha nada a ver com ele? Que, pelo menos para mim, tinha a ver comigo e com a Katie e com as coisas que nós duas podíamos fazer juntas. As pessoas com as quais a gente fazia esses lances eram descartáveis. Não tinham a menor importância.

— Você tem ideia de como são as coisas quando se tem a minha aparência? — perguntei a ele. — Quer dizer, eu sei que você se acha lindo, ou sei lá o que, mas não tem a menor ideia do que é ser *eu*. Você sabe como é fácil, para mim, levar as pessoas a fazerem o que eu quero, a ficarem sem jeito? A única coisa que eu preciso fazer é olhar para elas de uma determinada maneira, ou chegar bem pertinho, ou enfiar o dedo na boca e chupar, e eu as vejo ficarem vermelhas, ou com tesão ou coisa assim. Era isso que eu estava fazendo com você, seu retardado. Estava te sacaneando. Eu não estava *a fim de você*.

Ele fez uma cara de deboche e deu uma risadinha de quem não está nada convencido.

— Claro, claro — disse ele. — Como você preferir, Lena. Você estava *a fim de que*, então? Quando ameaçou nos trair, quando saiu berrando tudo para sua mãe ouvir, você estava a fim de que, exatamente?

— Eu queria... eu queria...

Eu não podia dizer para ele o que eu queria, porque o que eu queria era que as coisas voltassem a ser como antes. Eu queria voltar à época em que Katie e eu estávamos sempre juntas, quando passávamos todas as horas de todos os dias juntas, quando nadávamos no rio e ninguém olhava para a gente e nossos corpos eram só nossos. Queria voltar à época antes de bolarmos aquele jogo, antes de nos darmos conta do que éramos capazes. Mas isso era só o que *eu* queria. Katie não queria isso. Katie *gostava* de ser olhada. Para ela, o jogo não era só um jogo, era mais. Já bem no comecinho, assim que eu descobri e nós estávamos discutindo, ela disse para mim: "Você não sabe como é, Lena. Dá para imaginar? Ter alguém te querendo tanto que arriscaria tudo por você, tipo *tudo*. O trabalho dele, o relacionamento dele, a *liberdade* dele. Você não tem ideia de como é sentir algo assim."

Senti Henderson me observando, esperando eu falar. Eu queria encontrar uma maneira de dizer aquilo, de fazê-lo enxergar que o barato dela não era só ele e, sim, o poder que tinha sobre ele. Eu gostaria de ter dito isso a ele, de tirar aquela expressão da cara dele, aquela que dizia que ele a conhecia, e eu não, não a fundo. Mas não consegui encontrar as palavras certas naquele momento e, de qualquer maneira, aquela não era a história toda porque ninguém podia negar que ela realmente o amava.

Senti uma agonia nos olhos, uma ardência indicando que eu estava prestes a chorar outra vez, e olhei para o chão porque não queria que ele visse as lágrimas nos meus olhos. Nesse momento vi que, jogado no chão, entre meus pés, havia um prego. Era um desses bem compridos, de pelo menos dez centímetros. Desloquei o pé de leve, para cobrir a ponta, então pisei em cima para erguer a outra extremidade.

— Você só estava com ciúmes, Lena — disse Henderson. — Essa é que é a verdade, não é mesmo? Sempre esteve. Eu acho que você tinha ciúmes de nós dois, não tinha? De mim, porque ela me escolheu, e dela, porque eu a escolhi. Nenhum de nós quis você. Então você nos fez pagar. Você e a sua mãe, vocês...

Deixei ele falar, deixei ele vomitar aquelas viagens absurdas e nem me importei de ele estar completamente errado a respeito de tudo porque a única coisa na qual eu conseguia prestar atenção era a ponta daquele prego, que eu tinha conseguido tirar do chão com o pé. Deslizei a mão para baixo da mesa. Mark parou de falar.

— Você nunca devia ter tido nada com ela — falei. Eu estava olhando por trás dele, por cima do ombro, tentando distraí-lo. — Você sabe disso. Tem que saber.

EM ÁGUAS SOMBRIAS

— Ela me amava e eu a amava, loucamente.

— Você é adulto! — exclamei, mantendo os olhos no espaço atrás dele, e funcionou: por um segundo ele olhou por cima do ombro e eu deixei o braço descer um pouco mais entre as pernas, esticando bem os dedos. Com o metal frio nas mãos, endireitei as costas e me preparei. — Você acha mesmo que importa como você se sentia em relação a ela? Você era professor dela. Tem o dobro da idade dela, porra. Você é que tinha que ter feito o que era certo.

— Ela me amava — ele voltou a dizer, derrotado. Patético.

— Ela era nova demais para você — falei, segurando a haste do prego com força dentro da mão fechada. — Ela era *boa* demais para você.

Eu o ataquei, mas não fui rápida o suficiente. Na pressa de ficar em pé, prendi a mão debaixo da mesa só por um segundo. Mark saltou em cima de mim agarrando meu braço esquerdo, puxando-o com toda a força, me arrastando até o meio da mesa.

— O que você está fazendo? — Ele ficou de pé com um salto, ainda me segurando, e me puxou de lado, torcendo meu braço por trás do corpo. Dei um ganido de dor. — O que você está fazendo? — berrou ele, puxando meu braço mais para cima e abrindo meu punho. Ele tirou o prego da minha mão e me empurrou com força em cima da mesa, a mão nos meus cabelos, o corpo por cima do meu. Senti a ponta de metal arranhar minha garganta, o peso dele em cima de mim, exatamente como ela deve ter se sentido quando eles estavam juntos. O vômito subiu na minha garganta, eu o cuspi, e disse:

— Ela era boa demais para você! Ela era boa demais para você!

Fiquei repetindo isso sem parar até ele tirar todo o ar que havia dentro de mim.

Jules

UM SOM QUE parecia um clique. Um clique e um silvo, um clique e um silvo, então:

— Ah. Aí está você, finalmente. Entrei por conta própria, espero que não se incomode.

A velha — a de cabelo roxo e delineador preto, a que diz ser médium, a que anda pela cidade arrastando os pés, cuspindo e xingando as pessoas, a que eu tinha visto no dia anterior batendo boca com Louise na frente da casa — estava sentada no banco da janela, balançando as pernas inchadas para lá e para cá.

— Eu me incomodo, sim! — exclamei, bem alto, tentando não deixá-la perceber que eu estivera com medo e que continuava, estúpida e ridiculamente, com medo dela. — Eu me incomodo *muito*, até. O que você está fazendo aqui? — Clique e silvo, clique e silvo. O isqueiro, o isqueiro de prata com as iniciais de Libby gravadas, ela o segurava. — Isso... Onde foi que você achou isso? É o isqueiro de Nel! — Ela balançou a cabeça negativamente. — É, sim! Como foi parar com você? Você esteve nesta casa, pegando coisas? Você...

Ela fez um aceno para mim com a mão gorda e coberta de bijuterias chamativas.

— Ora, acalme-se, está bem? — Ela abriu um sorriso encardido. — Sente-se. Sente-se, Julia. — Ela apontou para a poltrona à sua frente. — Venha se juntar a mim.

EM ÁGUAS SOMBRIAS

Fiquei tão perplexa que fiz o que ela pediu. Atravessei a sala e me sentei na sua frente enquanto ela se remexia em seu assento.

— Isto daqui não é muito confortável, é? Podia ser mais acolchoado. Embora algumas pessoas pudessem dizer, talvez, que eu tenho acolchoamento próprio suficiente! — Ela riu da própria piada.

— O que você quer? — perguntei. — Por que está com o isqueiro da Nel?

— Não da Nel, não é *da Nel*, é? Olhe bem aqui — ela apontou para a gravação. — Aqui, está vendo? *LS.*

— É, eu sei. LS. Libby Seeton. Só que não pertenceu a Libby, não é mesmo? Não creio que fabricassem esse tipo de isqueiro em especial no século dezessete.

Nickie deu uma gargalhada.

— Não é da Libby! Você achou que LS era de Libby? Não, não, não! O isqueiro pertencia a Lauren. Lauren Townsend. Lauren, que foi Slater um dia.

— Lauren Slater?

— Isso mesmo! Lauren Slater, também Lauren Townsend. A mãe do seu detetive-inspetor.

— A mãe de Sean? — Eu pensei no garotinho subindo a escada, no garoto da ponte. — A Lauren da história é a mãe de Sean Townsend?

— Isso mesmo. Jesus! Você não é das mais espertas, é? E não é só uma *história*, é? Não é só uma história. Lauren Slater se casou com Patrick Townsend. Teve um filho que ela amava de paixão. Tudo lindo. Só que, ou pelo menos foi o que a polícia quis que acreditássemos, ela se matou! — Chegou o corpo para a frente e sorriu para mim. — Não é muito provável, é? Eu disse isso na época, claro, mas ninguém me dá ouvidos.

Será que Sean era mesmo aquele menininho? O que estava na escada, o que viu a mãe cair, ou que não viu a mãe cair, dependendo de em quem você acreditava? Isso era mesmo verdade, não só uma história inventada por você, Nel? Lauren foi a tal que teve o caso, a que bebia demais, a irresponsável, a péssima mãe. Não era essa a história dela? Lauren foi a tal em cujas páginas você escreveu: *Beckford não é um local de suicídios. Beckford é um local para se livrar de mulheres encrenqueiras.* O que você estava tentando me contar?

274

JULES

Nickie continuou falando.

— Está vendo só? — disse ela, apontando um dos dedos para mim. — Está vendo? É isso o que eu quero dizer. Ninguém me ouve. Você está sentada aí e eu estou bem aqui na sua frente e você não está nem ouvindo!

— Eu estou ouvindo, estou, sim. Eu só... eu só não entendo.

Ela resmungou.

— Bem, se você escutasse entenderia. Este isqueiro — clique, silvo — pertenceu a Lauren, certo? Você precisa se perguntar por que sua irmã o tinha lá em cima no meio das coisas dela?

— Lá em cima? Então você *esteve* dentro desta casa! Você o pegou, sim, você... foi *você*? Você entrou no banheiro? Escreveu alguma coisa no espelho?

— Me ouça! — Ela pôs-se de pé. — Não se preocupe com isso, não é importante. — E deu um passo na minha direção, inclinando o corpo para a frente, e fez um clique no isqueiro outra vez, a chama bruxuleando entre nós duas. Ela cheirava a café queimado e rosas. Cheguei para trás, me afastando daquele cheiro de velha.

— Você sabe para que ele usou isto daqui? — perguntou ela.

— Quem usou isto para quê? Sean?

— Não, sua tonta. — Ela revirou os olhos e se atirou outra vez no banco da janela, que rangeu dolorosamente por baixo do peso do seu corpo. — Patrick! O pai. Ele não usou isto para acender cigarros. Depois que a mulher morreu, ele pegou todas as coisas dela, roupas, quadros e tudo o que pertenceu a ela, colocou no quintal dos fundos da casa e botou fogo. Queimou tudinho. E isto — ela fez um clique com o isqueiro uma última vez — foi o que ele usou para acender a fogueira.

— Muito bem — comecei, a paciência chegando ao fim. — Mas eu continuo sem entender. Por que ele estava com Nel? E por que você o pegou?

— Perguntas, perguntas — disse Nickie com um sorriso. — Bem. Em resposta a por que está *comigo*, eu precisava de alguma coisa dela, não precisava? Para poder conversar com ela direito. Eu costumava escutar a voz dela tão direitinho, com tanta clareza, mas... você sabe. Às vezes as vozes são caladas, não é mesmo?

— Eu realmente não tenho a menor ideia sobre essas coisas — respondi, secamente.

— Ora, escute só isso! Você não acredita em mim? Não é como se você jamais fosse falar com os mortos, não é mesmo? — Ela deu uma risada cúmplice e meu couro cabeludo se retraiu. — Eu precisava de alguma coisa para invocá-la. Tome! — Ela me ofereceu o isqueiro. — Tome de volta. Eu poderia tê-lo vendido, não poderia? Podia ter pegado todo tipo de objeto e passado adiante; sua irmã tinha uns negócios caros, não tinha? Joias e coisas assim? Mas não fiz isso.

— Quanta bondade sua.

Ela abriu um imenso sorriso.

— Passemos à sua segunda pergunta: por que sua irmã estava com esse isqueiro? Bem, disso eu não tenho certeza.

A frustração acabou por me vencer.

— Jura? — zombei. — Achei que você falava com os espíritos? Pensei que esse fosse o seu lance. — Olhei em volta da sala. — Ela está aqui agora? Por que não pergunta a ela diretamente?

— Não é tão fácil assim, é? — retrucou, magoada. — Eu tenho tentado contato, mas ela calou a boca. — Até parece. — Não precisa ficar toda ouriçadinha. Eu só estou tentando ajudar. Só estou tentando lhe dizer que...

— Bem, então *fale logo*! — esbravejei. — Desembuche!

— Calminha — reclamou ela, fazendo biquinho, a papada balançando. — Era o que eu *estava lhe dizendo*, se pelo menos você escutasse. O isqueiro é de Lauren, e Patrick estava com ele por último. E isso é que é importante. Não sei por que Nel estava com ele, mas o fato de estar com ela é que é o xis da questão, percebe? Ela o tirou dele, talvez, ou ele o deu a ela. De qualquer maneira, essa é a questão importante. Lauren é a peça importante. Isso tudo, a sua Nel, não tem nada a ver com a coitadinha da Katie Whittaker nem com aquele professor idiota nem com a mãe de Katie nem com nada disso. Tem a ver com Lauren e com Patrick.

Mordi o lábio.

— Como é que isso tem a ver com eles?

JULES

— Bem — ela se remexeu no assento. — Nel estava escrevendo histórias sobre eles, não estava? E ela ouviu a história de Sean Townsend porque, afinal de contas, ele supostamente foi testemunha, não é mesmo? Então ela achou que ele tinha lhe contado a verdade, e por que haveria de não achar?

— E por que *ele* haveria de não contar a verdade? Quer dizer, você está dizendo que Sean mentiu sobre o que aconteceu com a mãe dele?

Ela comprimiu os lábios.

— Você já conheceu o velho? Ele é um demônio, é, sim, e eu não digo isso no bom sentido.

— Então Sean mentiu sobre como a mãe morreu porque tem medo do pai?

Nickie deu de ombros.

— Não posso afirmar com certeza. Mas eis o que eu sei: a história que Nel ouviu, a primeira versão, aquela na qual Lauren sai correndo no meio da noite e o marido e o filho vão atrás dela, essa não é verdade. E eu disse isso a ela. Porque, sabe, minha Jeannie, minha irmã, ela estava aqui nessa época. Estava lá. Naquela noite... — De repente, ela mergulhou a mão dentro do casaco e começou a vasculhar à procura de alguma coisa. — O negócio é que — recomeçou ela — eu contei à sua Nel a história da nossa Jeannie e Nel a escreveu.

Ela sacou um bolo de folhas. Estendi a mão para pegá-lo, mas Nickie o recolheu outra vez.

— Só um instante — falou. — Você precisa entender que isto — ela sacudiu as folhas à minha frente — não é a história toda. Porque mesmo eu tendo contado a história toda, ela não quis escrever tudo. Que mulher cabeça-dura, a sua irmã. Parte do motivo de eu gostar tanto dela. E foi aí que tivemos o nosso pequeno desentendimento. — Ela se acomodou outra vez no banco, sacudindo as pernas mais vigorosamente. — Eu contei a ela sobre Jeannie, que era policial na época em que Lauren morreu. — Ela tossiu bem alto. — Jeannie não acreditava que Lauren tinha entrado naquela água sem um empurrão, porque tinha um monte de outras coisas acontecendo, sabe. Ela sabia que o marido de Lauren era um demônio e que ele batia nela e que contava histórias sobre ela ir se encontrar com algum amante lá na casa de Anne Ward, muito embora ninguém nunca tenha visto nem sombra de tal

EM ÁGUAS SOMBRIAS

homem. Essa foi, supostamente, a razão, entende? O sujeito com o qual ela andava transando deu no pé, ela ficou deprimida e então se jogou. — Nickie acenou com a mão para mim num gesto de desdém. — Bobagem. Com um menino de 6 anos em casa? Bobagem.

— Bem, na verdade — protestei —, é preciso levar em conta que a depressão é um assunto complicado e...

— Pffft! — Ela me silenciou com outro aceno. — Não tinha *amante* nenhum. Nenhum que qualquer pessoa das redondezas jamais tenha visto. Você poderia perguntar isso à minha Jeannie, só que ela está morta. E você sabe quem acabou com ela, não sabe?

Quando ela finalmente parou de falar, ouvi a água sussurrar no silêncio.

— Você está dizendo que Patrick matou a mulher dele e que Nel sabia disso? Está dizendo que ela escreveu isso?

Irritada, Nickie fez um barulhinho de desaprovação.

— Não! É isso o que eu estou te dizendo. Ela escreveu *algumas* coisas, mas não *outras,* e foi aí que nós nos desentendemos, porque ela ficou feliz em escrever as coisas que Jeannie me contou enquanto estava viva, mas não as coisas que Jeannie me contou quando já estava morta. O que não faz o menor sentido.

— Bem...

— O menor sentido. Mas você precisa me ouvir. E se você não me ouvir — começou ela, estendendo as folhas em minha direção —, ouça a sua irmã. Porque ele acabou com elas. De certa forma. Patrick Townsend acabou com Lauren, acabou com a nossa Jeannie e, se eu não me engano, acabou com a sua Nel e tudo.

O Poço dos Afogamentos

Lauren, outra vez, 1983

Lauren foi até a casa de Anne Ward. Ia para lá com mais e mais frequência ultimamente — era pacífica de uma maneira que nenhum outro lugar em Beckford parecia ser. Sentia uma estranha afinidade com a pobre Anne. Ela mesma também se via presa num casamento sem amor com um homem que não a tolerava. Aqui Lauren podia nadar, fumar e ler sem ser incomodada por ninguém. Geralmente.

Certa manhã, duas mulheres estavam caminhando. Lauren reconheceu uma delas: Jeannie, uma policial parruda de rosto corado, e a irmã, Nickie, a tal que conversava com os mortos. Lauren até que gostava de Nickie. Era engraçada e parecia ser gentil. Mesmo que fosse uma vigarista.

Jeannie chamou seu nome e Lauren fez um aceno pouco simpático que esperava que as afastasse. Normalmente teria se aproximado para conversar um pouco. Mas seu rosto estava um verdadeiro desastre e ela não se sentia com disposição para explicar.

Entrou na água para nadar. Estava ciente de que ia fazer estas coisas pela última vez: uma última caminhada, um último cigarro, um último beijo na testa pálida do filho, um último mergulho no rio (o penúltimo). Mergulhando sob a superfície, ela se perguntou se aquela seria a sensação, se ela sentiria alguma coisa. Perguntou-se aonde tinha ido parar todo o seu espírito de luta.

EM ÁGUAS SOMBRIAS

Foi Jeannie quem chegou ao rio primeiro. Estivera na delegacia olhando o temporal cair quando a chamada entrou: Patrick Townsend estava em pânico, dizendo coisas desconexas, berrando algo sobre sua mulher pelo rádio. Sua mulher e o Poço dos Afogamentos. Quando Jeannie chegou lá, o menino estava debaixo das árvores, a cabeça pousada sobre os joelhos. Primeiro achou que estivesse dormindo, mas, quando ele ergueu a cabeça, seus olhos escuros estavam arregalados.

— Sean — disse ela, tirando o casaco e cobrindo o menino. Ele estava branco-azulado, tremendo, o pijama encharcado, os pés descalços cobertos de lama. — O que foi que aconteceu?

— A mamãe está dentro d'água — respondeu ele. — É para eu ficar aqui até ele voltar.

— Quem? Seu pai? Onde está seu pai?

Sean soltou um bracinho magro de dentro do casaco e apontou para trás dela, e Jeannie viu Patrick se arrastando até a margem, a respiração lhe vindo em soluços, o rosto deformado pela aflição.

Jeannie foi até ele.

— Senhor, eu... A ambulância está a caminho, tempo estimado de chegada de quatro minutos...

— É tarde demais — disse Patrick, sacudindo a cabeça. — Eu cheguei tarde demais. Ela se foi.

Outros chegaram: paramédicos, policiais e um ou dois detetives mais graduados.

Sean tinha se levantado. Com o casaco de Jeannie enrolado no corpo como uma capa, ele se agarrou ao pai.

— Você poderia levá-lo para casa? — um dos outros detetives perguntou para ela.

O menino começou a chorar.

— Por favor. Não. Eu não quero ir. Eu não quero ir.

Patrick disse:

— Jeannie, você podia levá-lo para sua casa? Ele está com medo e não quer ir para casa.

O POÇO DOS AFOGAMENTOS

Patrick se ajoelhou na lama, abraçando o filho, afagando sua cabeça, sussurrando em seu ouvido. Quando se levantou, o menino parecia calmo e dócil. Colocou a mão na de Jeannie e saiu correndo ao lado dela sem olhar para trás.

De volta a sua casa, Jeannie despiu Sean das roupas molhadas. Embrulhou-o num cobertor e preparou torrada com queijo para ele. Sean comeu, em silêncio e todo cuidadoso, inclinando o corpo por cima do prato para não deixar os farelos caírem. Quando terminou, ele perguntou:

— A mamãe vai ficar bem?

Jeannie se ocupou em recolher os pratos da mesa.

— Você está bem agasalhado, Sean? — perguntou a ele.

— Estou bem.

Jeannie preparou xícaras de chá e colocou dois cubos de açúcar em cada uma.

— Você quer me contar o que aconteceu, Sean? — perguntou ela e ele balançou a cabeça. — Não? Como você chegou ao rio? Você estava bastante enlameado.

— Nós fomos de carro, mas eu tropecei na trilha — disse ele.

— Sei. O seu pai foi com você de carro até lá, então? Ou foi a sua mãe?

— Nós fomos todos juntos — respondeu Sean.

— Todos juntos?

O rosto de Sean transpareceu medo.

— Tinha uma tempestade caindo quando eu acordei, fazia muito barulho, e tinha uns barulhos esquisitos lá na cozinha.

— Que tipo de barulho esquisito?

— Que nem... que nem um cachorrinho faz quando está triste.

— Como um ganido?

Sean fez que sim.

— Só que a gente não tem cachorro porque não me deixam ter um. O papai diz que eu não vou tomar conta dele direito e que vai ser só mais uma coisa para ele fazer. — Ele tomou o chá e esfregou os olhos. — Eu não queria ficar sozinho por causa da tempestade. Então o papai me colocou no carro.

— E a sua mãe?

Ele franziu a testa.

— Bem, ela estava dentro do rio e eu tive de ficar esperando debaixo das árvores. Não é para eu falar no assunto.

— Como assim, Sean? O que quer dizer com isso, que não é para você falar no assunto?

Ele balançou a cabeça, encolheu os ombros, e não disse mais uma palavra.

Sean

HOWICK. PERTO DE Craster. Não era como se a história estivesse se repetindo, ela parecia mais estar brincando comigo. Não fica longe de Beckford, não muito mais que uma hora de carro, mas eu nunca vou lá. Não vou à praia nem ao castelo, nunca fui comer o famoso arenque do famoso fumeiro. Esse era o grande prazer da minha mãe, o desejo dela. Meu pai nunca me levou e hoje eu nunca vou.

Quando Tracey me disse onde ficava a casa, aonde eu teria que ir, isso mexeu comigo. Me senti culpado. Me senti como costumava me sentir quando lembrava do desejo da minha mãe de fazermos uma coisa especial no aniversário dela, a que rejeitei em favor da Torre de Londres. Se eu não tivesse sido tão ingrato, se eu tivesse dito que queria ir com ela à praia, ao castelo, será que ela teria ficado? Será que as coisas teriam acontecido de outra maneira?

Essa viagem que nunca mais aconteceria foi um dos muitos assuntos que me ocuparam depois que minha mãe morreu, quando todo o meu ser se concentrou em construir um mundo novo, uma realidade alternativa na qual ela não precisava morrer. Se tivéssemos feito a viagem para Craster, se eu tivesse arrumado meu quarto quando me mandavam, se eu não tivesse enlameado a mochila nova da escola quando fui nadar no rio, se eu tivesse ouvido meu pai e não o tivesse desobedecido com tanta frequência. Ou, então, mais tarde, eu me perguntava se talvez *não devesse* ter ouvido meu pai, se *devesse sim* tê-lo desobedecido, se devesse ter ficado acordado até mais tarde naquela noite em vez de ir me deitar. Talvez, então, eu pudesse tê-la convencido a não ir.

EM ÁGUAS SOMBRIAS

Nenhum dos meus cenários alternativos funcionou e, por fim, alguns anos mais tarde, compreendi que não havia nada que eu pudesse ter feito. O que minha mãe queria não era que *eu* tivesse feito determinada coisa, era que outra pessoa tivesse feito — ou deixado de fazer — alguma coisa: o que ela queria era que o homem que amava, o homem com quem se encontrava em segredo, o homem com quem vinha traindo meu pai, não a deixasse. Esse homem era invisível, não tinha nome. Era um fantasma, o nosso fantasma — meu e de meu pai. Ele nos deu o porquê, nos deu algum grau de alívio: *a culpa não era nossa*. (Era dele, ou dela, ou dos dois juntos, da minha mãe traidora e de seu amante. Não havia nada mais que pudéssemos ter feito, ela simplesmente não nos amava o suficiente.) Ele nos proporcionou um jeito de nos levantarmos da cama todas as manhãs, uma forma de seguirmos em frente.

Então Nel apareceu. Da primeira vez que veio à nossa casa, ela procurou meu pai. Queria conversar com ele sobre a morte da minha mãe. Ele não estava no dia, nem eu, então ela conversou com Helen, que foi curta e grossa. Patrick não só não conversará com você, disse-lhe Helen, como não vai gostar dessa intromissão. Sean tampouco, ou nenhum de nós. É um assunto particular, disse Helen, e é passado.

Nel a ignorou e abordou papai do mesmo jeito. A reação dele a intrigou. Não se zangou, como Nel talvez tivesse esperado; não lhe disse que era um assunto doloroso demais para ser discutido, que não tolerava ter de relembrar tudo aquilo. Ele disse que não havia nada a ser dito. Nada aconteceu. Foi isso que disse para ela. Nada aconteceu.

Então, finalmente, ela me procurou. Foi no meio do verão. Eu tinha tido uma reunião na delegacia de Beckford e, quando saí, encontrei-a encostada no meu carro. Estava com um vestido tão comprido que varria o chão, sandálias de couro em pés queimados de sol, esmalte azul berrante nas unhas dos pés. Eu a vira pela cidade antes disso, eu a notara — era linda, difícil não notar. Mas até então eu nunca a vira de perto. Nunca tinha me dado conta de quão verdes eram seus olhos, de como lhe conferiam um aspecto de alteridade. Como se não fosse exatamente deste mundo, certamente não deste lugar. Era exótica demais para isso.

SEAN

Ela me contou o que meu pai tinha lhe dito, que *nada aconteceu,* e me perguntou:

— É assim que você se sente também?

Eu argumentei que ele não quis dizer isso, que não quis dizer, realmente, que nada aconteceu. Que só quis dizer que não falamos a respeito, que ficou para trás. Que deixamos o assunto no passado.

— Bem, é claro que sim — disse ela, sorrindo para mim. — E eu compreendo, mas é que eu estou trabalhando num projeto, sabe, um livro, e talvez uma exposição também, e eu...

— Não — falei. — Quer dizer, eu sei o que você está fazendo, mas eu, nós, não podemos fazer parte disso. É vergonhoso.

Ela chegou ligeiramente para trás, mas o sorriso permaneceu nos lábios.

— *Vergonhoso?* Que palavra estranha de se usar. O que é vergonhoso?

— É vergonhoso para nós — respondi. — Para ele. — (Para nós ou para ele, não lembro qual dos dois eu disse.)

— Ah. — O sorriso sumiu de seu rosto e ela pareceu perturbada, preocupada. — Não. Não é... não. Não é vergonhoso. Eu não acho que ninguém mais pense nisso, pensa?

— *Ele* pensa.

— Por favor — pediu ela. — Você não poderia conversar comigo?

Acho que devo ter lhe dado as costas porque ela colocou uma das mãos no meu braço. Baixei os olhos e vi os anéis de prata em seus dedos, a pulseira em seu braço e o esmalte azul descascado nas unhas.

— Por favor, Sr. Townsend. Sean. Faz tanto tempo que quero conversar com você sobre isso.

Estava sorrindo outra vez. Sua forma de se dirigir a mim, direta e íntima, fez com que fosse impossível dizer não para ela. Soube naquele momento que estava encrencado, que *ela* era encrenca, o tipo de encrenca pela qual eu vinha esperando por toda a minha vida adulta.

Concordei em contar a ela o que eu me lembrava sobre a noite da morte da minha mãe. Disse que a encontraria em sua casa, na Casa do Moinho. Pedi a ela que mantivesse nosso encontro em segredo, porque aborreceria meu pai e

EM ÁGUAS SOMBRIAS

aborreceria minha mulher. Ela se encolheu diante da palavra *mulher* e sorriu outra vez, e nós dois soubemos ali mesmo aonde aquilo ia dar. Da primeira vez que fui conversar com ela, não conversamos um só minuto.

Então tive de voltar. E continuei a voltar para vê-la e continuamos sem conversar. Eu passava uma hora com ela, ou duas, mas, quando ia embora, tinha a sensação de que tinham sido dias. Me preocupava, de vez em quando, que eu tivesse me desligado completamente, perdido a noção do tempo. Acontece às vezes. Meu pai diz que eu *me ausento*, como se fosse uma coisa que faço de propósito, algo que posso controlar, mas não é. É algo de muitos anos, desde a infância: uma hora estou presente, em seguida não estou mais. Não é que eu queira que aconteça. Às vezes, quando me desligo, eu me dou conta, e muitas vezes consigo me puxar de volta — aprendi sozinho a como fazer isso há muito tempo: passando a mão na cicatriz no meu pulso. Geralmente funciona. Mas nem sempre.

Nunca chegava a contar a história para ela, não de início. Ela me pressionava, mas eu a achava deliciosamente fácil de distrair. Imaginava que ela estava se apaixonando por mim e que nós iríamos embora, ela, Lena e eu, deixaríamos tudo para trás, partiríamos do vilarejo, do país. Eu imaginava que finalmente me seria permitido esquecer. Imaginava que Helen não choraria a minha partida, que logo seguiria em frente com a vida e encontraria alguém mais adequado à sua bondade constante. Imaginava que meu pai morreria dormindo.

Ela foi arrancando a história de mim, parte por parte, e ficou claro que se decepcionou. Não era a história que queria ouvir. Ela queria o mito, a história de terror, queria o menino que viu aquilo tudo. Eu me dei conta, então, de que quando ela abordou meu pai, ele tinha sido o aperitivo: eu era o prato principal. Eu seria a essência do seu projeto, porque fora assim que aquilo começara para ela, com Libby e, depois, comigo.

Ela arrancou coisas de mim que eu não queria lhe contar. Eu sabia que devia parar, mas não conseguia. Sabia que estava sendo sugado para dentro de algo de onde eu não conseguiria me libertar. Sabia que estava me tornando negligente. Paramos de nos encontrar na Casa do Moinho porque as férias

SEAN

escolares iam começar e Lena estava sempre em casa. Passamos a ir para a casa dos Wards, o que eu sabia ser um risco, mas não havia quartos de hotel disponíveis, não ali na cidade, então para onde mais podíamos ir? Nunca me passou pela cabeça parar de vê-la; naquela época isso me parecia impossível.

Meu pai faz as caminhadas dele de manhã bem cedo, então não tenho a menor ideia de por que ele estava lá naquela tarde. Mas ele foi e viu meu carro; esperou em meio às árvores até Nel sair, então me deu uma surra. Me espancou até eu cair no chão, me chutou no peito e nos ombros. Eu me encolhi, protegendo a cabeça da maneira que tinha aprendido a fazer. Não revidei porque sabia que ele pararia assim que estivesse satisfeito, e quando soubesse que eu não aguentava mais.

Em seguida, pegou minhas chaves e me levou de carro para casa. Helen ficou furiosa: primeiro com meu pai, pela surra, depois comigo, quando ele explicou o motivo. Eu nunca a vira com raiva antes, não daquele jeito. Foi só quando testemunhei a sua ira, seca e apavorante, que comecei a imaginar do que ela seria capaz, como talvez se vingasse. Imaginei-a fazendo as malas e indo embora, imaginei-a se demitindo da escola, o escândalo público, a raiva do meu pai. Foi esse o tipo de vingança que imaginei dela. Mas eu imaginei errado.

Lena

EU RESPIRAVA COM dificuldade. Puxei o máximo de ar que consegui e enfiei o cotovelo nas costelas dele com toda força. Ele se contorceu, mas ainda assim me manteve imobilizada. Seu hálito quente no meu rosto me causou ânsia de vômito.

— Boa demais para você — eu continuava a dizer —, ela era boa demais para você, boa demais para você tocar, boa demais para você foder... Você acabou com a *vida* dela, seu merda. Eu não sei como você consegue, como se levanta da cama todos os dias, como sai para trabalhar, como encara a mãe dela nos olhos...

Ele arranhou o prego com força no meu pescoço e eu fechei os olhos, esperando o fim.

— Você não tem ideia do que eu tenho sofrido — disse ele. — Não tem ideia. — Ele agarrou uma parte do meu cabelo, deu um puxão e soltou de repente, o que me fez bater com a cabeça na mesa. Aí não consegui me segurar. Comecei a chorar.

Mark me soltou e se levantou. Deu alguns passos para trás e contornou a mesa para poder me olhar direito. Ficou ali me observando e eu desejei mais que tudo no mundo que a terra se abrisse e me engolisse. Qualquer coisa era melhor do que ele me ver chorar. Eu me levantei. Estava chorando como um bebê que perdeu a chupeta, e ele começou a dizer:

— Pare! Pare, Lena. Não chore assim. Não chore assim — e foi esquisito porque ele também começou a chorar, e dizia: — Pare de chorar, Lena, pare.

LENA

Eu parei. Estávamos olhando um para o outro, os dois com lágrimas escorrendo pelo rosto. Ainda segurando o prego, ele disse:

— Eu não fiz isso. O que acha que eu fiz. Não encostei o dedo na sua mãe. Pensei no assunto. Pensei em fazer todo tipo de coisa com ela, mas não fiz.

— Fez, sim — falei. — Você está com a pulseira dela, você...

— Ela veio me ver — começou ele. — Depois que Katie morreu. Ela me disse que eu tinha que contar tudo. Pelo bem de Louise! — Ele riu. — Como se ela desse a mínima. Como se ela desse a mínima para qualquer pessoa. Eu sei por que ela queria que eu falasse. Se sentia *culpada* por ter colocado ideias na cabeça da Katie, se sentia culpada e queria que outra pessoa assumisse a culpa. Queria jogar tudo em cima de mim, a filha da puta egoísta. — Observei-o girar o prego nas mãos e me imaginei voando em cima dele, arrancando-o dele e enfiando-o em seu olho. Minha boca estava seca. Lambi os lábios e senti o gosto de sal.

Ele continuou a falar:

— Pedi um tempo para ela. Disse que conversaria com Louise, que só precisava pensar direito no que eu ia dizer, como ia explicar as coisas. Eu a convenci. — Ele olhou para o prego nas mãos, depois voltou a me encarar. — Sabe, Lena, eu não precisei fazer nada com ela. O jeito de lidar com mulheres assim, mulheres como a sua mãe, não é com violência, mas por meio da vaidade delas. Já conheci mulheres dessas antes, mulheres mais velhas, do lado errado dos 35, a aparência da juventude se esvaindo. Elas querem se sentir desejadas. Dá para sentir o cheiro do desespero a um quilômetro de distância. Eu sabia o que tinha de fazer, apesar de ficar arrepiado só de pensar. Eu tinha de trazê-la para o meu lado. Encantá-la. Seduzi-la. — Ele fez uma pausa, esfregando a boca com o dorso da mão. — Pensei em tirar umas fotos dela. Comprometê-la. Ameaçar humilhá-la. Achei que aí, talvez, ela fosse me deixar em paz, me permitir chorar a minha perda. — Ele ergueu o queixo de leve. — Esse era o meu plano. Mas, aí, Helen Townsend entrou na jogada e eu não precisei fazer nada.

Ele jogou o prego de lado. Eu o observei quicar na grama e parar encostado no muro.

EM ÁGUAS SOMBRIAS

— Do que você está falando? — perguntei. — Como assim?

— Eu já vou contar. Eu vou. É só que... — Ele suspirou. — Você sabe que eu não quero machucar você, Lena. Nunca quis machucar você. Eu tive que te bater quando me atacou na minha casa, o que esperava que eu fizesse? Mas não vou fazer mais isso. A não ser que você me force. Tá? — Eu não disse nada. — Eis o que preciso que você faça. Preciso que você volte para Beckford, que diga à polícia que fugiu, que pegou uma carona, sei lá. Não quero saber o que vai dizer, só precisa dizer que mentiu sobre mim. Que inventou essa história toda. Diga a eles que inventou isso tudo porque estava com ciúmes, porque estava cega de tristeza, talvez só por ser uma vadiazinha rancorosa que quer ser o centro das atenções. Não quero saber o que você vai dizer, tá? Contanto que diga que mentiu.

Eu estreitei os olhos.

— Por que você acha que eu faria uma coisa dessas? Sério? O que me faria dizer uma merda dessas? É tarde demais, de qualquer maneira. Josh conversou com eles. Não fui eu que...

— Diga a eles que Josh mentiu. Diga que você mandou Josh mentir. Diga a Josh para desmentir a história dele, também. Eu sei que você consegue. E acho que vai fazer isso porque, se fizer, eu não só não a machuco mais como — ele enfiou a mão no bolso da calça jeans e sacou a pulseira — ainda te conto o que você precisa saber. Você faz uma coisa para mim e eu te conto o que eu sei.

Andei até o muro. Estava de costas para ele e tremia porque sabia que ele podia me atacar, sabia que ele podia acabar comigo de vez se quisesse. Mas não achava que ele quisesse isso. Dava para perceber. Ele queria mesmo era fugir. Cutuquei o prego com o bico do sapato. A única pergunta que precisava de resposta era: eu ia deixar o Mark fugir?

Eu me virei para encará-lo, dando as costas para o muro. Pensei em todos os erros imbecis que tinha cometido até aqui e em como não ia cometer mais nenhum. Me fiz de assustada, me fiz de agradecida.

— Você promete... Vai me deixar voltar para Beckford? Por favor, Mark, você promete?

LENA

Me fiz de aliviada, me fiz de desesperada, me fiz de arrependida. Eu o enganei.

Ele se sentou e colocou a pulseira na frente dele, no meio da mesa.

— Eu a encontrei — disse ele, sem rodeios, e eu caí na gargalhada.

— Você a *encontrou*? Tipo, onde, dentro do rio, onde a polícia procurou durante *dias*? Ah, porra, dá um tempo.

Ele ficou sentado em silêncio por um instante, então me olhou como se me odiasse mais do que qualquer pessoa na face da Terra. O que provavelmente era verdade.

— Você vai me ouvir ou não?

Eu me recostei no muro.

— Sou toda ouvidos.

— Eu fui à sala de Helen Townsend — recomeçou ele. — Estava procurando... — Ele pareceu envergonhado. — Alguma coisa dela. Da Katie. Eu queria... alguma coisa. Alguma coisa que pudesse segurar...

Ele estava tentando me fazer sentir pena dele.

— E?

Não estava funcionando.

— Eu estava à procura da chave do arquivo-armário. Vasculhei a gaveta da mesa de Helen e a encontrei.

— Você encontrou a pulseira da minha mãe na mesa da Sra. Townsend?

Ele fez que sim.

— Não me pergunte como foi parar lá. Mas se sua mãe a estava usando no dia, então...

— A Sra. Townsend — repeti, embasbacada.

— Eu sei, não faz o menor sentido — disse ele.

Só que fazia, sim. Ou podia fazer. Pensando bem. Eu nunca teria sonhado que ela seria capaz. A filha da puta é uma velha reprimida, eu sei, mas nunca a imaginaria machucando alguém fisicamente.

Mark estava com o olhar fixo em mim.

— Tem alguma coisa aqui que eu não estou captando, não tem? O que foi que ela fez? Para Helen? O que foi que sua mãe fez para ela?

291

EM ÁGUAS SOMBRIAS

Eu não disse nada. Virei o rosto para o outro lado. Uma nuvem passou na frente do sol e eu me senti tão gelada quanto tinha me sentido na casa dele naquela manhã, gelada por dentro e por fora, gelada por inteiro. Andei até a mesa e peguei a pulseira, então a deslizei por cima dos dedos até o pulso.

— Pronto — disse ele. — Agora eu te contei. Eu te ajudei, não ajudei? Agora é sua vez.

Minha vez. Andei de volta até o muro, me agachei e peguei o prego do chão. Me virei outra vez para olhá-lo.

— Lena — disse ele, e percebi pelo jeito de ele pronunciar o meu nome, pela respiração curta e rápida, que estava com medo. — Eu te ajudei. Eu...

— Você acha que a Katie se suicidou no rio porque tinha medo que eu a traísse, ou porque tinha medo que minha mãe a traísse, que alguém traísse vocês dois e que, então, todo mundo ficaria sabendo, e ela se meteria numa encrenca imensa, e os pais dela ficariam arrasados. Mas você sabe que, *no fundo*, não foi nada disso, não sabe? — Ele baixou a cabeça, as mãos agarrando a beirada da mesa. — Você sabe que esse não foi o verdadeiro motivo. Na verdade, ela tinha medo do que poderia acontecer com você. — Ele continuou olhando fixamente para a mesa, sem se mexer. — Ela fez aquilo por você. Ela se matou por você. E o que você fez por ela? — Os ombros dele começaram a sacudir. — O que você fez? Você mentiu e mentiu, você a negou por completo, como se ela não significasse nada para você, como se ela não fosse ninguém para você. Concorda que ela merecia coisa melhor?

Com o prego na mão, eu me aproximei da mesa. Eu o ouvia choramingar, choramingar e pedir perdão.

— Eu sinto muito. Eu sinto muito. Eu sinto muito — dizia ele. — Me perdoe. Deus, me perdoe.

— Um pouco tarde para isso — falei. — Você não acha?

Sean

EU ESTAVA MAIS ou menos na metade do caminho quando começou a chover fraco, mas o chuvisco subitamente se transformou em temporal. A visibilidade era quase nula e precisei ir devagar, quase parando. Um dos guardas enviados à casa em Howick ligou e eu o coloquei no viva-voz.

— Nada aqui — disse ele, a ligação entrecortada.

— Nada?

— Ninguém aqui. Tem um carro, um Vauxhall vermelho, mas nem sinal dele.

— Lena?

— Nem sinal dos dois. A casa está toda trancada. Estamos procurando. Vamos continuar procurando...

O carro está lá, mas eles não. O que significa que devem ter ido a algum lugar a pé, e por que estariam a pé? O carro quebrou? Se ele chegou à casa e descobriu que não dava para entrar, que não havia nenhum lugar para se esconder por ali, por que simplesmente não a arrombou? Era certamente melhor do que *fugir*, não? A não ser que alguém tivesse ido buscá-los. Um amigo? Alguém que o estivesse ajudando? Talvez houvesse alguém disposto a tirá-lo de uma situação difícil — mas a questão é que estávamos falando de um professor, não de um criminoso experiente. Eu não conseguia imaginá-lo tendo o tipo de amigos que se envolveriam num sequestro.

E não tinha certeza se isso me fazia sentir melhor ou pior. Porque se Lena não estava com ele, não tínhamos a menor ideia de onde estaria. Ninguém a via há quase 24 horas. Pensar nisso foi o suficiente para me deixar em pânico. Eu precisava garantir que estivesse a salvo. Afinal de contas, eu havia falhado tão feio com a mãe dela.

Eu tinha parado de me encontrar com Nel depois do incidente com meu pai. Na verdade, não passei mais um só instante sozinho com ela até depois da morte de Katie Whittaker e, nesse caso, não tive escolha. Precisei interrogá-la por causa de sua ligação com Katie por intermédio da filha, dadas as acusações que Louise vinha fazendo para quem quisesse ouvir.

Entrevistei-a como testemunha. O que, obviamente, foi antiprofissional — grande parte da minha conduta no último ano poderia ser classificada dentro dessa categoria —, mas, depois que me envolvi com Nel, pareceu que isso seria inevitável. Não havia nada que eu pudesse fazer.

Quando a vi de novo, foi uma tristeza, pois tive a sensação quase imediata de que a Nel de antes, a que tinha sorrido de um jeito tão franco, a que me arrebatara e me enfeitiçara, já não existia. Ela não havia exatamente sumido, na verdade, tinha recuado, se recolhido para dentro de outro "eu" que eu não conhecia. Meus planos frívolos — uma nova vida com ela e Lena, Helen deixada feliz para trás — me pareceram constrangedoramente infantis. A Nel que abriu a porta para mim naquele dia era uma mulher diferente, estranha e inatingível.

A culpa jorrava de dentro dela durante a nossa entrevista, mas era uma culpa amorfa, não específica. Nel continuava dedicada ao seu trabalho, insistia que o projeto do Poço dos Afogamentos nada tinha a ver com a tragédia de Katie e, no entanto, irradiava culpa, todas as suas frases começando com: *Eu deveria ter* ou *Nós deveríamos ter* ou *Eu não tinha me dado conta de quê.* Mas *o que* ela deveria ter feito, *do que* ela não tinha se dado conta, não chegou a dizer. Sabendo o que sei agora, só posso imaginar que sua culpa tinha a ver com Henderson, que ela talvez soubesse de alguma coisa, ou suspeitasse de alguma coisa e, no entanto, não fez nada.

Depois da entrevista eu a deixei na Casa do Moinho e fui para a casa dos Wards. Esperei por ela lá, mais esperançoso do que na expectativa. Passava da meia-noite quando ela chegou: não exatamente sóbria, chorosa e apreensiva. Depois, ao amanhecer, quando finalmente tínhamos terminado um com o outro, saímos para o rio.

Nel estava agitada, quase eufórica. Falava com a paixão de uma fanática sobre a verdade, sobre como estava cansada de contar histórias, ela só queria a verdade. A verdade, toda a verdade, e nada mais que a verdade.

Eu disse para ela:

— Você é mais inteligente que isso, não? Às vezes, em situações como essas, é impossível saber a verdade. Nunca vamos conseguir saber o que se passava pela cabeça da Katie.

Ela fez que não.

— Não é isso, não é só isso, não é só... — A mão esquerda dela agarrou a minha enquanto a direita desenhava círculos na areia. — Por que — sussurrou ela, sem olhar para mim — o seu pai toma conta deste lugar? Por que cuida dele do jeito que faz?

— Porque...

— Se este é o lugar para onde sua mãe vinha, se este é o lugar onde ela o traía, por que, Sean? Não faz sentido.

— Eu não sei — respondi. Eu mesmo já havia me feito a mesma pergunta, mas nunca tinha perguntado a ele. Não tocamos nesse assunto.

— E esse homem, esse *amante*: por que ninguém sabe o nome dele? Por que ninguém nunca o viu?

— Ninguém? Só porque *eu* não o vi, Nel...

— Nickie Sage me contou que ninguém sabia quem era esse homem.

— Nickie? — Eu tive de rir. — Você tem conversado com Nickie? Tem *dado ouvidos* a Nickie?

— Por que todo mundo faz pouco caso do que ela diz? — vociferou Nel. — Porque ela é velha? Porque é feia?

— Porque ela é *louca*.

— Claro — murmurou para si mesma. — Mulher é tudo doida.

— Ora, vamos, Nel! Ela é uma farsante! Diz que comunga com os mortos.

— Sim.

Seus dedos afundaram ainda mais na areia.

— Sim, ela é uma vigarista, mas isso não quer dizer que tudo o que sai de sua boca seja mentira. Você ficaria surpreso, Sean, com o quanto do que ela diz soa verdadeiro.

— Ela usa a leitura fria, Nel. E, no seu caso, nem precisa recorrer à leitura fria. Ela sabe o que você espera dela, sabe o que você quer ouvir.

Ela ficou em silêncio. Seus dedos pararam de se mexer, então aquilo saiu dela, um sussurro, um silvo:

— Por que Nickie ia achar que eu quero ouvir que sua mãe foi assassinada?

Lena

NÃO HAVIA ESPAÇO para culpa. Todo o espaço estava sendo ocupado pelo alívio, pela dor, por aquela leveza estranha que a gente sente quando acorda de um pesadelo e se dá conta de que não é real. Mas isso... isso nem era verdade porque o pesadelo ainda era real. Minha mãe não estava menos morta. Mas, pelo menos, morrer não foi escolha sua. Ela não escolheu me deixar. Alguém a matou — e isso já era alguma coisa porque significava que eu podia fazer algo a respeito, por ela e por mim. Podia fazer o que fosse preciso para garantir que Helen Townsend pagasse.

Eu corria pela trilha litorânea, segurando a pulseira da mamãe no meu pulso. Estava morrendo de medo que ela caísse e fosse deslizando penhasco abaixo até o mar. Queria poder enfiá-la na boca para ter certeza de que estaria segura, como os crocodilos fazem com seus filhotes.

Correr naquela trilha escorregadia parecia perigoso, porque eu poderia ter caído, mas ao mesmo tempo seguro — dava para ver um bom trecho nas duas direções, então eu sabia que não tinha ninguém vindo atrás de mim. É claro que não tinha ninguém vindo atrás de mim. Ninguém viria.

Ninguém viria atrás de mim — nem para me pegar, nem para me ajudar. E eu não estava com o meu celular, e não tinha a mais puta ideia se tinha ficado na casa de Mark, ou no carro dele, ou se ele o tinha pegado e jogado fora, e agora eu não podia mais perguntar para ele, podia?

Eu não tinha tempo para me sentir culpada. Precisava me concentrar. A quem eu poderia recorrer? Quem iria me ajudar?

Avistei construções um pouco adiante e comecei a correr mais rápido, o mais rápido que pude.

E me permiti imaginar que alguém ali saberia o que fazer, que alguém ali teria todas as respostas.

Sean

MEU CELULAR VIBROU no suporte, me trazendo de volta ao presente.

— Senhor? — Era Erin. — Onde você está?

— A caminho do litoral. E onde você está? Louise tinha alguma coisa a dizer?

Fez-se uma longa pausa, tão longa que achei que ela talvez não tivesse me ouvido.

— Louise tinha alguma coisa a dizer a respeito de Lena?

— É... não. — Ela não parecia convencida.

— O que está acontecendo?

— Olhe, eu preciso conversar com você, mas não quero fazer isso pelo telefone...

— O que foi? É Lena? Fale logo, Erin, sem rodeios.

— Não é urgente. Não é Lena. É...

— Pelo amor de Deus, se não é urgente, por que você me ligou?

— Preciso conversar com você no instante em que chegar a Beckford — disse ela. Ela me soou seca e zangada. — Está me ouvindo? — E desligou.

Com o temporal diminuindo, eu acelerei, serpenteando por estradas estreitas ladeadas por cercas vivas. Tive aquela sensação de tontura outra vez, como se estivesse indo rápido demais numa montanha-russa, zonzo por causa da adrenalina. Atravessei voando um pequeno arco de pedra, desci uma ladeira, subi onde a estrada se elevava no cume de um morro e lá estava: um pequeno ancoradouro, barcos de pesca subindo e descendo na maré impaciente.

EM ÁGUAS SOMBRIAS

O vilarejo estava silencioso, provavelmente por causa do mau tempo. Então esta era Craster. O carro começou a perder velocidade antes mesmo de eu me dar conta de que estava freando. Algumas pessoas mais resistentes, embrulhadas em anoraques que mais pareciam barracas, arrastavam-se com dificuldade por poças d'água quando embiquei o carro para estacionar. Segui um casal jovem que corria para buscar abrigo, e encontrei um grupo de aposentados debruçados sobre canecas de chá dentro da cafeteria. Mostrei-lhes fotos de Lena e de Mark, mas eles não os tinham visto. Contaram que um policial já havia lhes feito a mesma pergunta havia menos de meia hora.

Ao andar de volta para o carro, passei pelo exato fumeiro ao qual minha mãe prometera me levar para comermos arenque defumado. Tentei visualizar seu rosto, como tentava às vezes, sem sucesso. Acho que quis reviver a decepção dela quando eu disse que não queria vir aqui. Quis sentir a dor, a dor dela na época, a minha dor agora. Mas a lembrança era turva demais.

Percorri a distância de menos de um quilômetro que levava a Howick. A casa foi fácil de encontrar — era a única que havia ali, precariamente empoleirada num penhasco, debruçada sobre o mar. Como esperado, havia um Vauxhall vermelho estacionado nos fundos. A mala estava aberta.

Enquanto eu me arrastava para fora do carro, os pés pesados de temor, um dos guardas se aproximou para me colocar a par dos últimos acontecimentos — onde estavam procurando, o que haviam encontrado. Estavam em contato com a guarda costeira.

— O mar está bastante agitado, então se qualquer um dos dois tiver caído na água, pode ter sido arrastado para bem longe num curto espaço de tempo — disse ele. — Obviamente não sabemos quando chegaram aqui, ou... — Ele me conduziu até o carro e espiei dentro da mala. — Como pode ver — começou —, parece que alguém esteve aqui dentro. — Ele apontou para uma mancha de sangue no tapete e para outra no vidro traseiro. Um fio de cabelo loiro estava preso à fechadura, igual ao encontrado na cozinha.

Ele me mostrou o restante da cena: manchas de sangue na mesa do jardim, no muro, num prego enferrujado. Eu falhara com ela como havia falhado com minha mãe. Não — com a mãe *dela*. Eu falhara com ela como

SEAN

falhara com a mãe dela. Eu senti a mente começar a desligar, senti que estava prestes a perder o controle sobre mim mesmo, então:

— Senhor? Acabamos de receber uma ligação. Um lojista do próximo vilarejo aqui da costa. Diz estar com uma garota na loja dele, encharcada e um pouco machucada, sem saber onde está, pediu a ele que ligasse para a polícia.

Havia um banco do lado de fora da loja e ela estava sentada lá, a cabeça inclinada para trás, os olhos fechados. Estava embrulhada num casaco verde-escuro grande demais para seu tamanho. Quando o carro começou a parar, ela abriu os olhos.

— Lena! — Eu pulei de dentro do carro e corri em sua direção. — Lena! — Seu rosto estava branco como o de um fantasma, a não ser pelo borrão de sangue na bochecha. Ela não disse nada, apenas se encolheu no banco como se não me reconhecesse, como se não tivesse a menor ideia de quem eu era. — Lena, sou eu. Lena. Está tudo bem, sou eu.

Quando a expressão dela não mudou, quando estendi a mão e ela se encolheu ainda mais, percebi que havia algo errado. Ela estava me enxergando perfeitamente bem — não estava em estado de choque, sabia quem eu era. Sabia quem eu era e parecia com medo de mim.

Aquilo trouxe à tona uma lembrança muito vívida, uma expressão que eu tinha visto uma vez no rosto da mãe dela, e no rosto da policial Jeannie, quando me levou para casa. Não era só medo, mas outra coisa. Medo e perplexidade, medo e pavor. Me lembrou o olhar que eu às vezes lançava para mim mesmo, nas ocasiões em que cometia o erro de cruzar com meus olhos no espelho.

Jules

DEPOIS QUE NICKIE saiu, subi para o seu quarto. Sua cama estava sem lençol, então fui até o armário e tirei de dentro dele um dos seus casacos, um de cashmere caramelo, mais macio e luxuoso que qualquer coisa que eu jamais poderia sonhar em ter. Enrolei-me nele e, ainda assim, me senti mais gelada do que tinha me sentido dentro d'água. Fiquei deitada na sua cama por um bom tempo, dolorida e cansada demais para me mexer; tinha a sensação de estar esperando os ossos esquentarem, o sangue voltar a circular, o coração retomar seu batimento. Fiquei esperando ouvir você dentro da minha cabeça, mas você estava calada.

Por favor, Nel, pensei, *fale comigo, por favor. Eu já disse que sinto muito.*

Imaginei a sua resposta seca: *Esse tempo todo, Julia. A única coisa que eu quis foi conversar com você. E: Como pôde pensar uma coisa daquelas de mim? Como pôde achar que eu não daria a menor importância a um estupro, que eu teria zombado de você com uma coisa dessas?*

Eu não sei, Nel, eu sinto muito.

Quando ainda assim eu não conseguia ouvir sua voz, mudei de tática. *Então me fale sobre Lauren. Me fale sobre essas mulheres encrenqueiras. Me fale de Patrick Townsend. Conte o que estava tentando me dizer antes.* Mas você não disse uma palavra. Quase deu para senti-la toda amuada.

Meu celular tocou e na tela azul vi o nome da detetive-sargento Morgan. Por um segundo, não ousei atender. O que eu faria se algo tivesse acontecido com Lena? Como eu haveria de me redimir de todos os erros que cometi se ela também tivesse morrido? Com as mãos trêmulas, atendi. E pronto! Meu coração voltou a bater, levando sangue quente até as minhas extremidades. Ela estava bem! Lena estava sã e salva. Estavam com ela. Estavam trazendo Lena para casa.

Pareceu uma eternidade, horas e horas até eu ouvir uma porta de carro bater lá fora e conseguir ter energia para dar um pulo da cama, tirar seu casaco e sair correndo escada abaixo. Erin já estava lá, na porta da frente, observando Sean ajudar Lena a sair do carro.

Ela estava com um casaco por cima dos ombros e com o rosto pálido e sujo. Mas estava inteira. Em segurança. Estava bem. Só que, quando ergueu a vista e os olhos dela cruzaram com os meus, vi que aquilo era mentira.

Seu caminhar era hesitante, pisava com cuidado, e eu sabia qual era aquela sensação. Ela abraçava o próprio corpo numa postura protetora; quando Sean estendeu um dos braços para guiá-la para dentro de casa, ela se encolheu. Pensei no homem que a levara, pensei nas suas preferências. Meu estômago revirou e senti a doçura da vodca com suco de laranja na boca, senti um hálito quente no rosto, a pressão de dedos insistentes em carnes macias.

— Lena — falei, e ela fez que sim com a cabeça.

Percebi que o que eu achara ser sujeira no rosto de Lena era sangue, descamando da boca e do queixo. Tentei pegar a mão dela, mas só fez se abraçar com mais força, então a segui escada acima. No corredor, ficamos frente a frente. Ela sacudiu os ombros para se livrar do casaco e deixou que caísse no chão. Eu me abaixei para pegá-lo, mas Erin chegou primeiro. Apanhou-o e o entregou a Sean, e algo foi comunicado entre os dois — um olhar que eu não consegui decifrar, quase como raiva.

— Onde ele está? — sussurrei para Sean. Lena estava debruçada sobre a pia, bebendo água direto da torneira. — Onde está Henderson? — Eu senti um desejo simples e selvagem de lhe infligir dor, nesse homem que assumira uma posição de confiança para, então, abusar dela. Senti vontade de segurar um pedaço dele, torcer e arrancar fora por inteiro, de fazer com ele o que homens desse tipo merecem.

— Estamos à procura dele — respondeu. — Temos gente à procura dele.

— Como assim, *à procura* dele? Eles não estavam juntos?

— Estavam, mas...

Lena continuava debruçada sobre a pia, bebendo água.

— Você a levou para o hospital? — perguntei a Sean.

Ele balançou a cabeça.

— Ainda não. Lena deixou bem claro que não queria ir.

Havia algo no rosto dele de que eu não estava gostando, algo oculto.

— Mas...

— Eu não preciso ir para o hospital — disse Lena, endireitando o corpo e secando a boca. — Não estou machucada. Estou bem.

Ela estava mentindo. Eu sabia exatamente que tipo de mentira ela estava dizendo porque eu mesma as tinha dito. Pela primeira vez, eu vi a mim mesma nela, não você. A expressão de Lena era de medo e de desafio; percebi que se agarrava ao segredo dela como a um escudo. A gente acha que a dor vai ser menor, a humilhação, mais branda, se ninguém mais puder enxergar.

Sean me tomou pelo braço e me guiou para longe. Bem baixinho, ele disse:

— Ela foi categórica sobre vir para casa primeiro. Não podemos forçá-la a se submeter a um exame se ela não se dispuser a isso. Mas você precisa levá-la. O mais rápido possível.

— Sim, é claro que eu vou. Mas ainda não entendi por que vocês não o pegaram. Onde ele está? Onde está Henderson?

— Ele se foi — disse Lena, subitamente ao meu lado.

Os dedos dela roçaram os meus; estavam tão gelados quanto os da mãe dela da última vez que os toquei.

— Foi para onde? — perguntei. — O que você quer dizer com *se foi*?

Ela não quis olhar para mim.

— Só foi.

Townsend arqueou uma das sobrancelhas.

— Há guardas à procura dele. O carro continua lá, não pode ter ido longe.

— Aonde você acha que ele foi, Lena? — perguntei, tentando olhá-la nos olhos, mas ela continuava com o rosto virado.

JULES

Sean balançou a cabeça com uma expressão de pesar.

— Eu já tentei — disse ele, baixinho. — Ela não quer falar. Acho que só está exausta.

Os dedos de Lena se fecharam em torno dos meus, a respiração escapando num profundo suspiro.

— Estou, sim. Podemos fazer isso amanhã, Sean? Preciso dormir.

Os detetives nos deixaram depois que combinamos de nos ver pela manhã; Lena precisaria dar um depoimento formal. Olhei-os andar até o carro de Sean. Quando Erin se acomodou no banco do carona, bateu a porta com tanta força que me espantei de o vidro não ter se estilhaçado todo.

Lena me chamou da cozinha.

— Estou morta de fome — disse ela. — Será que você poderia fazer espaguete à bolonhesa, como daquela vez? — Aquele tom de voz e aquela suavidade eram novos; tão surpreendentes quanto o toque da mão dela.

— É claro que posso — respondi. — Vou preparar agora mesmo.

— Obrigada. Só vou lá em cima um pouco, preciso tomar um banho.

Coloquei a mão no braço dela.

— Lena, não. Não pode. Você precisa ir ao hospital primeiro.

Ela balançou a cabeça.

— Não, sério, não preciso, eu não estou machucada.

— Lena. — Eu não consegui encará-la quando disse: — Você precisa ser examinada antes de poder tomar banho.

Ela pareceu temporariamente confusa, então deixou os ombros caírem e se aproximou de mim. Mesmo sem querer, comecei a chorar. Ela me abraçou.

— Está tudo bem — disse ela. — Está tudo bem, está tudo bem. — Exatamente como você havia feito naquela noite, depois da água. — Ele não fez nada desse tipo. Não foi assim. Você não entende, ele não era, tipo, um pedófilo perverso. Era só um velho triste.

— Ai, graças a Deus! — falei. — Graças a Deus, Lena!

Ficamos assim abraçadas por um tempo, até eu parar de chorar e ela começar. Chorou aos soluços como uma criança, o corpo magro desmoronando, escorregando pelos meus braços até o chão. Eu me agachei também e tentei segurar a mão dela, mas o punho estava cerrado com toda a força.

— Vai ficar tudo bem — falei para ela. — De alguma maneira, vai. Eu vou cuidar de você.

Ela olhou para mim sem dizer nada; parecia incapaz de falar. Em vez disso, estendeu a mão, os dedos se abrindo para revelar o tesouro que continham — uma pequena pulseira de prata com um fecho de ônix —, e foi aí que ela recuperou a voz.

— Ela não se jogou — afirmou, os olhos faiscando. Eu senti a temperatura ambiente cair vertiginosamente. — A mamãe não me deixou. Ela não se jogou.

Lena

FIQUEI DEBAIXO DO chuveiro um tempão, com a água tão quente quanto deu para aguentar. Eu queria esfregar a pele até esfolar, queria o dia anterior todo — além da noite, da semana e do mês — lavado de mim. Queria *ele* lavado de mim, aquela casa imunda, os punhos dele, o fedor do seu corpo, seu hálito, seu sangue.

Julia foi gentil comigo quando cheguei em casa. Não estava fingindo, estava obviamente feliz por eu ter voltado, parecia preocupada comigo. Pelo visto, achou que Mark tinha me *violentado*, como se achasse que ele fosse algum tipo de tarado que não conseguia manter as mãos afastadas de adolescentes. Sobre uma coisa ele estava certo: as pessoas não compreendem o que havia entre ele e K e nunca vão compreender.

(Tem uma parte minúscula e deturpada minha que meio que queria acreditar na vida após a morte, e em que os dois pudessem recomeçar as coisas por lá e, quem sabe, ficasse tudo bem entre eles e ela fosse feliz. Por mais que eu o odeie, gostaria de pensar que, de alguma maneira, Katie poderia ser feliz.)

Quando me senti limpa, ou pelo menos o mais próximo de limpa que achei que chegaria, fui para o meu quarto e me sentei no parapeito da janela, porque é lá que penso melhor. Acendi um cigarro e tentei pensar no que fazer. Eu queria perguntar à mamãe, queria tanto perguntar a ela, mas não quis pensar nisso porque só me faria chorar outra vez, e que bem isso faria a ela? Eu não sabia se devia contar a Julia o que Mark tinha me dito. Se podia confiar nela para fazer o que era correto.

Talvez. Quando eu disse a Julia que mamãe não tinha se jogado, esperava que ela me dissesse que eu estava enganada ou que era louca ou qualquer coisa assim, mas ela simplesmente aceitou. Sem questionar. Como se já soubesse. Como se sempre tivesse sabido.

Eu nem sei se as merdas que o Mark me contou são verdade, mas teria sido uma coisa bem esquisita de se inventar. Por que apontar o dedo para a Sra. Townsend, quando tem gente mais óbvia para ele culpar? Como Louise, por exemplo. Mas talvez ele já se sinta mal o suficiente com relação aos Whittakers, considerando o que fez a eles.

Não sei se ele estava mentindo ou falando a verdade, mas, de qualquer forma, ele mereceu o que eu disse a ele, o que eu fiz. Mereceu tudo o que aconteceu com ele.

Jules

QUANDO LENA DESCEU outra vez, com o rosto e as mãos limpos, sentou-se à mesa da cozinha e devorou a comida. Depois, quando sorriu e me agradeceu, senti um calafrio. Depois de ter reparado nisso, não consigo mais não ver. Ela tem o sorriso do pai.

(O que mais, eu me perguntei, será que ela tem dele?)

— O que foi? — perguntou Lena, de repente. — Você está me encarando.

— Foi mal — respondi, sentindo o rosto enrubescer. — Eu só... Estou feliz por você estar em casa. Estou feliz por você estar bem.

— Eu também.

Hesitei um instante antes de continuar.

— Eu sei que você está cansada, mas preciso te perguntar, Lena, sobre o que aconteceu hoje. Sobre a pulseira.

Ela virou o rosto para a janela.

— É, eu sei.

— Ela estava com Mark? — Lena fez que sim de novo. — E você a tirou dele?

Ela suspirou.

— Ele me deu.

— Por que ele deu a pulseira para você? Por que estava com ele, para início de conversa?

— Eu não sei. — Ela virou a cabeça outra vez para me encarar, os olhos vazios, protegidos. — Ele me disse que a encontrou.

— Encontrou? Onde? — Ela não respondeu. — Lena, nós precisamos ir à polícia, precisamos contar para eles.

Ela se levantou e levou o prato até a pia. De costas para mim, disse:

— Nós fizemos um acordo.

— Um acordo?

— Que ele me daria a pulseira da mamãe e que me deixaria vir para casa — começou ela —, contanto que eu dissesse à polícia que tinha mentido a respeito dele e da Katie. — A voz saiu estranhamente leve enquanto ela se ocupava com a louça.

— E ele acreditou que você faria isso? — Ela ergueu os ombros magros até as orelhas. — Lena, me diga a verdade. Você acha... Você acha que foi Mark Henderson quem matou a sua mãe?

Ela se virou e olhou para mim.

— Estou dizendo a verdade. E não sei. Ele me disse que pegou a pulseira da sala da Sra. Townsend.

— Helen Townsend? — Lena fez que sim. — Mulher de Sean? Sua diretora? Mas por que a pulseira estaria com ela? Eu não entendo...

— Nem eu — disse ela, baixinho. — Não completamente.

Eu fiz chá e nos sentamos juntas à mesa da cozinha, bebericando em silêncio. Segurei a pulseira de Nel na mão. Lena estava sentada com os membros completamente relaxados, a cabeça baixa, visivelmente tranquila na minha frente. Estendi a mão e rocei meus dedos nos dela.

— Você está exausta — falei. — Devia ir se deitar.

Ela fez que sim e me olhou sob pálpebras pesadas.

— Sobe comigo, por favor? Eu não quero ficar sozinha.

Subi a escada atrás dela e entramos no seu quarto, não no dela. Ela escalou a sua cama e deitou a cabeça no travesseiro, dando um tapinha no espaço ao lado.

— Assim que nos mudamos para cá — disse ela —, eu não conseguia dormir sozinha.

— Por causa de todos os barulhos? — perguntei, escalando a cama ao lado dela e nos cobrindo com o seu casaco.

Ela fez que sim.

— Esse monte de rangidos e gemidos...

— E todas as histórias assustadoras da sua mãe?

— Exatamente. Eu costumava vir para cá e dormir ao lado da mamãe o tempo todo.

Senti um nó na garanta, uma pedrinha. Não consegui engolir.

— Eu fazia isso com a minha mãe também.

Lena pegou no sono. Fiquei ao lado dela, olhando para o rosto, que, em repouso, era *exatamente* o seu. Eu quis tocá-la, acariciar os cabelos, fazer alguma coisa maternal, mas não queria acordá-la, ou assustá-la, nem fazer nada errado. Não tenho a menor ideia de como ser mãe. Nunca tomei conta de uma criança na vida. Queria que você falasse, que me dissesse o que fazer, o que sentir. Com Lena deitada ao meu lado, acho que senti, sim, ternura, mas foi por você, pela nossa mãe, e, no instante em que os olhos verdes dela piscaram, se abriram e se fixaram nos meus, eu tremi.

— Por que você vive me observando desse jeito? — sussurrou ela, com um meio sorriso. — É megaesquisito.

— Foi mal — falei, deitando de barriga para cima.

Ela entrelaçou os dedos nos meus.

— Tudo bem — disse ela. — Esquisito é legal. Esquisito pode ser bom.

Ficamos deitadas, lado a lado, os dedos entrelaçados. Ouvi a respiração dela se tornar cada vez mais lenta, depois mais rápida, e depois outra vez mais lenta.

— Sabe o que eu não entendo? — sussurrou. — Por que você a odiava tanto?

— Eu não...

— Ela também não entendia.

— Eu sei — admiti. — Eu sei que ela não entendia.

— Você está chorando — sussurrou ela, estendendo a mão para tocar meu rosto. E enxugou as lágrimas da minha bochecha.

Eu contei a ela. Todas a coisas que deveria ter contado a você, eu contei para sua filha. Contei a ela como deixei você na mão, como pensei o pior de você, como me permiti culpar você.

— Mas por que você simplesmente não abriu o jogo? Por que não disse o que tinha acontecido de verdade?

— Era complicado — respondi, sentindo o corpo dela enrijecer ao meu lado.

— Complicado como? Como podia ser tão complicado assim?

— Nossa mãe estava morrendo. Nossos pais estavam péssimos e eu não queria fazer nada para piorar as coisas.

— Mas... ele *estuprou* você — insistiu ela. — Devia ter sido preso.

— Eu não enxerguei a coisa dessa forma. Eu era muito nova. Mais nova do que você, e não estou só falando em termos de idade, embora também fosse. Mas eu era ingênua, não tinha nenhuma experiência com aquilo, era totalmente sem noção. Não conversávamos sobre "consentimento" como vocês conversam hoje em dia. Eu achei...

— Você achou que não teve nada de mais no que ele fez?

— Não, mas não vi a coisa pelo que foi. Pelo que realmente foi. Eu achava que estupro fosse uma coisa que um homem mau fazia com você, um homem que pulava em cima de você num beco no meio da noite, um homem com uma faca na sua garganta. Eu não achava que garotos fizessem isso. Não meninos como Robbie, não garotos bonitos, os que namoram a menina mais bonita da cidade. Não achei que fizessem isso com você dentro da sala da sua casa, não achei que conversassem sobre isso com você logo depois e perguntassem se você havia gostado. Eu só achei que devia ter feito alguma coisa de errado, que não tinha deixado claro o suficiente que não queria.

Lena ficou um tempo em silêncio, mas, quando falou outra vez, a voz saiu mais aguda, mais insistente.

— Tá, talvez você não tenha querido dizer nada na época, mas, e depois? Por que não conversou com ela mais tarde?

— Porque eu a entendi mal — respondi. — Porque a julguei de forma completamente errada. Pensei que ela soubesse o que tinha acontecido naquela noite.

— Você pensou que ela soubesse e que não tinha feito *nada?* Como pôde pensar uma coisa dessas?

Como eu poderia explicar? Que eu havia juntado as suas palavras — as que disse para mim aquela noite e as que falou para mim mais tarde: *Você não gostou nem um pouquinho?* — e contado para mim mesma uma história que fez sentido para mim, que me permitiu seguir em frente com a minha vida sem nunca ter de enfrentar, de fato, o que tinha acontecido.

— Eu achei que ela tivesse preferido protegê-lo — sussurrei. — Achei que o tivesse escolhido em vez de mim. Eu não consegui culpá-lo porque não conseguia nem *pensar* nele. Se eu o tivesse culpado, se tivesse pensado nele, teria tornado aquilo real. Então eu... em vez disso, eu pensava em Nel.

Lena falou secamente:

— Eu não entendo você. Não entendo gente como você, gente que sempre escolhe culpar a mulher. Se tem duas pessoas fazendo uma coisa errada e uma delas é mulher, a culpa deve ser dela, né?

— Não, Lena, não é isso, não é...

— É, sim. É igual a quando uma mulher tem um caso. Por que a esposa sempre odeia a outra mulher? Por que não odeia o próprio marido? Foi *ele* quem a traiu, foi *ele* que jurou amá-la e cuidar dela e não sei mais o que para sempre. Por que não é *ele* que é empurrado de cima da porra de um penhasco?

Terça-feira, 25 de agosto

Erin

Saí cedo da casa dos Wards para minha corrida. Queria me afastar de Beckford para clarear as ideias, mas, ainda que o ar tivesse sido limpo pela chuva e o céu estivesse de um azul-claro perfeito, a neblina dentro da minha cabeça só se tornou mais escura e turva. Nada neste lugar faz sentido.

Até Sean e eu deixarmos Jules e Lena na Casa do Moinho, eu já estava num tal estado de agitação e tão puta da vida com ele que simplesmente abri o verbo ali mesmo no carro.

— O que exatamente estava rolando entre você e Nel Abbott?

Ele enfiou o pé no freio com tanta força que achei que ia atravessar o para-brisa. Paramos no meio da pista, mas Sean não pareceu se importar.

— O que foi que você disse?

— Não quer ir para o acostamento? — perguntei, olhando pelo retrovisor, mas ele não foi.

Eu me senti uma burra por ter deixado a coisa escapulir daquele jeito, sem nenhum preâmbulo, sem testar o terreno.

— Você está questionando a minha integridade? — Havia uma expressão em seu rosto que eu ainda não conhecia, uma dureza que eu não tivera de enfrentar ainda. — Então? Está?

— Me deram a entender — comecei, mantendo a voz calma —, me foi sugerido...

ERIN

— *Sugerido?* — Ele parecia não acreditar. Um carro atrás de nós buzinou e Sean pisou de novo no acelerador. — Alguém te deu a entender alguma coisa, foi? E você achou que seria apropriado me questionar?

— Sean, eu...

Nós havíamos chegado ao estacionamento em frente à igreja. Ele parou o carro, inclinou o corpo por cima de mim e abriu a porta do carona.

— Você já viu o meu histórico como policial, Erin? — perguntou ele. — Porque eu já vi o seu.

— Senhor, eu não quis ofendê-lo, mas...

— Saia do carro.

Eu mal tive tempo de fechar a porta antes de ele acelerar e partir.

Eu estava sem fôlego quando cheguei ao topo do morro que fica ao norte da casa; parei no cume para respirar um pouco. Ainda era cedo — antes das sete da manhã —, o vale todo era meu. Perfeita e pacificamente meu. Alonguei as pernas e me preparei para a descida. Tinha a sensação de que precisava correr mais rápido, voar, me exaurir. Não era assim que se clareavam as ideias?

Sean havia reagido como um homem culpado. Ou como um homem ofendido. Um homem que achava que sua integridade estava sendo questionada sem provas. Aumentei meu ritmo. Quando ele zombara de mim a respeito de nossos respectivos históricos, tinha razão. O dele era impecável; por muito pouco eu não fui demitida por dormir com alguém mais jovem que eu no trabalho. Agora eu estava correndo de verdade, em desabalada carreira morro abaixo, os olhos grudados na trilha, o tojo na lateral do meu campo de visão um borrão. Ele tem um histórico de prisões impressionante, é altamente respeitado pelos colegas. É, como disse Louise, um bom homem. Meu pé direito prendeu numa pedra do caminho e eu voei. Fiquei deitada na terra, lutando para respirar, completamente sem fôlego. Sean Townsend é um bom homem.

Há um bocado deles por aí.

Meu pai era um bom homem. Era um policial respeitado. Isso não o impedia de sentar o cacete em mim e nos meus irmãos quando perdia a cabeça,

EM ÁGUAS SOMBRIAS

mas, ainda assim. Quando minha mãe se queixou com um dos colegas dele depois que ele quebrou o nariz do meu irmão mais novo, o colega disse: "Nós somos uma irmandade, meu anjo, e não nos metemos nos assuntos uns dos outros."

Eu me levantei do chão, limpando a terra do corpo. Eu podia ficar calada. Podia permanecer de bem com a irmandade ignorando as sugestões e insinuações de Louise, podia ignorar a possível ligação pessoal de Sean com Nel Abbott. Mas, se eu fizesse isso, estaria ignorando o fato de que, onde há sexo, há motivação. Ele teria motivo para se livrar de Nel, assim como a mulher dele. Lembrei do rosto dela no dia em que conversamos na escola, do jeito como falou de Nel, de Lena. O que era mesmo que ela tanto detestava? Sua *insistente e cansativa expressão de disponibilidade sexual?*

Cheguei ao pé do morro e contornei o tojo; a casa estava a apenas duzentos metros de distância e dava para ver que havia alguém do lado de fora. Um vulto robusto e envergado usando um casaco escuro. Nem Patrick, nem Sean. Quando me aproximei, percebi que era a velha gótica, a *médium*, a doida de pedra da Nickie Sage.

Estava encostada no muro da casa, o rosto arroxeado. Parecia estar à beira de um ataque cardíaco.

— Sra. Sage! — gritei. — A senhora está bem?

Ela ergueu os olhos para mim respirando com dificuldade e empurrou o chapéu molengo de veludo mais para cima da testa.

— Estou bem — respondeu ela. — Mas já fazia um bom tempo que eu não andava tanto assim. — Ela me olhou de cima a baixo. — Parece que você andou brincando na lama.

— Ah, é — falei, fazendo um péssimo trabalho em tirar o resto da terra de cima de mim. — Levei um tombo. — Ela assentiu com a cabeça. Quando endireitou o corpo, deu para ouvir o chiado em seu peito enquanto respirava. — Quer entrar e se sentar?

— Aí dentro? — Ela fez um gesto com a cabeça em direção à casa. — Nem pensar. — Deu alguns passos se afastando da porta da frente. — Você sabe o que aconteceu aí dentro? Sabe o que Anne Ward fez?

ERIN

— Assassinou o marido — respondi. — Depois se afogou, bem aqui no rio.
Nickie deu de ombros, seguindo em direção à margem com seu andar gingado. Eu a segui.

— Foi mais exorcismo que assassinato, se quer saber minha opinião. Ela estava se livrando de seja lá qual mau espírito tinha tomado conta daquele homem. E o espírito realmente deixou o corpo dele, só que não deixou esse lugar, não é? Tem dificuldade para dormir aí?

— Bem, eu...

— Não me surpreende. Não me surpreende nem um pouco. Eu poderia ter lhe dito isso. Não que você fosse me dar ouvidos. Esse lugar é cheio de maldade. Por que acha que Townsend o mantém como se fosse dele, toma conta da casa como se fosse um lugar especial?

— Não tenho a menor ideia — respondi. — Achei que ele a usasse como cabana para pescaria.

— Pescaria! — exclamou ela como se nunca tivesse ouvido nada tão ridículo em toda a sua vida. — Pescaria!

— Bem, eu realmente já o vi aqui fora pescando, então...

Nickie deu um resmungo de reprovação, desdenhando da ideia com um gesto da mão. Estávamos na beira da água. Cutucando um dos calcanhares com a ponta do pé, depois o outro com a ponta do outro pé, Nickie foi deslizando os pés inchados e manchados para fora dos mocassins. Enfiou um dos dedos na água e deu uma risada satisfeita.

— A água aqui em cima é fria, não é? Limpa. — De pé, dentro do rio, com a água na altura dos tornozelos, ela perguntou: — Você já foi vê-lo? Townsend? Já perguntou sobre a mulher dele?

— Está falando de Helen?

Ela se virou para me olhar com uma expressão de desdém.

— A mulher de Sean? Aquela Helen com cara de bunda que levou uma palmada? O que ela tem a ver com coisa alguma? Ela é tão interessante quanto tinta secando num dia úmido. Não, a que devia lhe interessar é a mulher de Patrick. Lauren.

— Lauren? A Lauren que morreu há trinta anos?

317

EM ÁGUAS SOMBRIAS

— Sim, a Lauren que morreu há trinta anos! Você acha que os mortos não importam? Acha que os mortos não falam? Devia ouvir as coisas que eles têm a dizer. — Ela foi arrastando os pés um pouco mais para dentro do rio, abaixando-se para molhar as mãos. — Foi aqui, foi aqui que Anne veio lavar as mãos, exatamente assim, sabe, só que ela seguiu em frente...

Eu estava perdendo o interesse.

— Preciso ir andando, Nickie, tenho que tomar um banho e sair para trabalhar. Foi bom conversar com você — falei, me virando para deixá-la.

Já estava na metade do caminho até a casa quando a ouvi gritar:

— Você acha que os mortos não falam? Devia prestar atenção, talvez escute alguma coisa. É Lauren que você está procurando, foi ela que começou isso tudo!

Eu a deixei no rio. Meu plano era pegar Sean logo cedo; achei que, se aparecesse na casa dele, o pegasse e o levasse para a delegacia, eu o teria prisioneiro por pelo menos quinze minutos. Ele não seria capaz de se afastar de mim nem me expulsar do carro. Era melhor do que confrontá-lo na delegacia, onde haveria outras pessoas em volta.

Da casa dos Wards até a casa dos Townsends não é uma distância grande. Seguindo o rio, são cerca de cinco quilômetros, mas não há estrada direta, então é preciso ir até a cidade e sair outra vez, e já passava das oito quando cheguei lá. Era tarde demais. Não havia nenhum carro no pátio — ele já havia saído. Eu sabia que o mais sensato a fazer seria dar meia-volta e ir para a delegacia, mas eu estava com a voz de Nickie dentro da cabeça, além da de Louise, então resolvi só dar uma olhada, na remota possibilidade de Helen estar em casa.

Não estava. Bati à porta algumas vezes e não houve resposta.

Já estava voltando para o carro quando pensei que não custava nada tentar a casa vizinha, de Patrick Townsend. Ninguém atendeu lá, também. Espiei pela janela da frente, mas não consegui ver muita coisa, só um cômodo escuro e aparentemente vazio. Voltei à porta da frente e bati outra vez. Nada. Mas, quando experimentei a maçaneta, a porta se abriu e isso me pareceu um convite.

ERIN

— Olá? — chamei. — Sr. Townsend? Olá?

Não tive resposta. Entrei na sala de estar, um espaço austero com piso de madeira escura e paredes sem quadros; a única concessão a algum tipo de decoração era uma seleção de fotografias em porta-retratos sobre o console da lareira. Patrick Townsend fardado — primeiro no exército, depois na polícia — e uma série de fotos de Sean quando criança, depois adolescente, sorrindo sem graça para a máquina fotográfica, a mesma pose e a mesma expressão em cada uma delas. Havia também uma foto de Sean e de Helen no dia do casamento, de pé na frente da igreja de Beckford. Sean com uma aparência jovem, bela e infeliz. Helen não mudara quase nada — era um pouquinho mais magra, talvez. Parecia mais feliz, porém, sorrindo timidamente para a câmera apesar do vestido feio.

Num aparador de madeira, à frente da janela, havia uma coleção de quadros contendo certificados, condecorações, diplomas, um monumento às realizações de pai e filho. Não havia nenhuma foto, pelo que pude ver, da mãe de Sean.

Deixei a sala de estar e chamei outra vez:

— Sr. Townsend?

Minha voz ecoou de volta para mim no corredor.

O lugar como um todo me pareceu abandonado e, no entanto, imaculadamente limpo, nem uma partícula de poeira nos rodapés ou no corrimão. Subi a escada até o patamar. Havia ali dois quartos, um ao lado do outro, tão escassamente mobiliados quanto a sala de estar lá embaixo, mas com sinais de uso. Os dois, ao que parecia. No quarto principal, com uma enorme janela com vista para o vale até o rio, estavam os objetos de Patrick: sapatos pretos bem engraxados perto da parede, ternos pendurados no armário. No quarto vizinho, ao lado de uma cama de solteiro meticulosamente arrumada, havia uma cadeira com um paletó pendurado, que reconheci como sendo o que Helen usara quando eu a entrevistei na escola. E no armário havia outras roupas suas: pretas e cinza e marinho e sem personalidade.

Meu telefone fez um bipe ensurdecedoramente alto no silêncio de funerária daquela casa. Era uma mensagem de voz, uma chamada perdida. Jules:

319

EM ÁGUAS SOMBRIAS

"Sargento Morgan", dizia, com a voz solene. "Preciso conversar com você. É muito urgente. Estou indo vê-la. Eu... é... Preciso conversar com você a sós. Eu te vejo na delegacia."

Enfiei o celular de novo no bolso. Voltei ao quarto de Patrick e dei outra olhada rápida, nos livros das prateleiras, na gaveta ao lado da cama. Havia fotos ali, também, fotos antigas, de Sean e Helen juntos, pescando no rio perto da cabana, Sean e Helen com cara de orgulho, encostados num carro novo, Helen de pé na frente da escola parecendo, ao mesmo tempo, feliz e envergonhada, Helen no pátio da casa com um gato aninhado nos braços. Helen, Helen, Helen.

Ouvi um barulho, um clique, o som de uma porta abrindo e logo um rangido nas tábuas do assoalho. Coloquei as fotos de volta no lugar depressa, fechei a gaveta e passei o mais silenciosamente que pude para o patamar da escada. Então, gelei. Helen estava ao pé da escada com a cabeça erguida para me olhar. Segurava uma faca pequena, mas pontiaguda, na mão esquerda e agarrava a lâmina com tanta força que seu sangue pingava no chão.

Helen

HELEN NÃO TINHA ideia de por que Erin Morgan perambulava pela casa de Patrick como se fosse sua, mas, por enquanto, estava mais preocupada com o sangue no chão. Patrick gostava da casa limpa. Foi buscar um pano na cozinha e começou a limpar, o que só fez com que mais sangue jorrasse do talho profundo em sua mão.

— Eu estava cortando cebola — disse ela à detetive, numa de se explicar.

— Você me assustou.

Aquilo não era exatamente verdade, pois ela havia parado de picar cebola quando vira o carro se aproximar. Com a faca na mão, ficara completamente imóvel enquanto Erin batia à porta, então a observara se dirigir à casa de Patrick. Sabia que ele tinha saído, então imaginou que a detetive simplesmente fosse embora. Aí se lembrou de que, ao sair de manhã, não havia trancado a porta da frente. Assim, ainda segurando a faca, atravessara o pátio para verificar.

— Foi bem profundo — observou Erin. — Precisa limpar isso e fazer um curativo bem-feito.

Erin havia descido a escada e estava em pé ao lado de Helen, olhando-a limpar o chão. Ao seu lado, na casa de Patrick, como se tivesse todo o direito de estar ali.

— Ele vai ficar lívido se vir isto — disse Helen. — Ele gosta da casa limpa. Sempre gostou.

— E você... *cuida da casa* para ele?

EM ÁGUAS SOMBRIAS

Helen olhou para Erin com severidade.

— Eu ajudo. Ele faz a maioria das coisas, mas está idoso. E gosta de tudo de um determinado jeito. A falecida esposa dele — continuou ela, erguendo os olhos para Erin — era uma *libertina*. A palavra é dele. Uma palavra antiga. Não se pode mais dizer *vadia*, não é mesmo? É politicamente incorreto.

Ela se levantou e encarou Erin, segurando o pano ensanguentado à frente do corpo. A dor que sentia na mão era quente e intensa, quase como uma queimadura, com o mesmo efeito cauterizante. Já não sabia ao certo de quem devia ter medo ou pelo que, exatamente, sentir-se culpada, mas sentia que precisava manter Erin ali, descobrir o que ela queria. Segurá-la por mais um tempo, com alguma sorte até a chegada de Patrick, porque estava certa de que ele ia querer conversar com ela.

Helen limpou o cabo da faca com o pano.

— Aceita uma xícara de chá, detetive? — perguntou ela.

— Adoraria — respondeu Erin, seu sorriso alegre sumindo enquanto olhava Helen trancar a porta da frente e enfiar a chave no bolso antes de seguir até a cozinha.

— Sra. Townsend... — começou Erin.

— Toma o seu com açúcar? — interrompeu Helen.

O jeito de lidar com situações como aquela era confundindo a outra pessoa. Helen sabia disso dos anos de politicagem no serviço público. Faça o contrário do que as pessoas esperam de você, assim você as coloca na defensiva e, no mínimo, ganha tempo. Portanto, em vez de ficar zangada, indignada por aquela mulher ter entrado na casa deles sem autorização, Helen foi educada.

— Vocês o encontraram? — perguntou a Erin ao lhe entregar a xícara de chá. — Mark Henderson? Ele já apareceu?

— Não — respondeu Erin. — Ainda não.

— O carro deixado no penhasco e nem sinal dele em lugar algum. — Ela suspirou. — Um suicídio pode ser considerado admissão de culpa, não? Certamente é o que vai parecer. Que caos. — Erin fez que sim. Estava nervosa, Helen percebeu, ficava olhando para a porta, remexendo o bolso. — Vai ser

HELEN

péssimo para a escola, para a nossa reputação. A reputação deste lugar como um todo, mais uma vez maculada...

— É por isso que você não gostava de Nel Abbott? — perguntou Erin. — Porque ela estava maculando a reputação de Beckford com o trabalho dela?

Helen franziu a testa.

— Bem, é um dos motivos. Ela era uma péssima mãe, como eu já lhe disse, era desrespeitosa comigo e com as tradições e regras da escola.

— Ela era uma vadia? — perguntou Erin.

Helen riu, surpresa.

— Como é?

— Eu só estava me perguntando se, para usar seu termo politicamente incorreto, você achava que Nel Abbott era uma vadia? Ouvi dizer que teve casos com alguns dos homens da cidade...

— Não sei nada sobre isso — disse Helen, mas seu rosto ficou quente e sentiu que havia perdido a posição de vantagem.

Levantou-se, foi até a bancada e pegou a faca outra vez. De pé na pia, lavou o sangue da lâmina.

— Não sei nada sobre a vida privada de Nel Abbott — declarou, baixinho. Sentia os olhos da detetive cravados nela, observando seu rosto, suas mãos. Sentiu o rubor ir descendo pelo pescoço, pelo peito, o corpo a traí-la. Tentou manter a voz suave. — Mas eu não ficaria nada surpresa se ela fosse promíscua. Nel gostava de atenção.

Ela queria que aquela conversa acabasse logo. Queria que a detetive deixasse a casa deles, queria que Sean estivesse lá, e Patrick. Sentia um imenso desejo de colocar todas as cartas na mesa, de confessar os próprios pecados e exigir que eles confessassem os deles. Erros haviam sido cometidos, verdade, mas os Townsends eram uma boa família. Eram boas pessoas. Não tinham nada a temer. Ela se virou para encarar a detetive, com o queixo erguido e a expressão mais altiva que conseguiu exibir, mas as mãos tremiam tanto que ela achou que talvez fosse deixar a faca cair. Será que não tinha mesmo nada a temer?

Jules

DEIXEI LENA ACOMODADA na cama da mãe pela manhã, ainda dormindo profundamente. Escrevi um bilhete avisando que a encontraria na delegacia às onze horas, para que pudesse dar o seu depoimento. Tinha umas coisas que eu precisava fazer primeiro, conversas entre adultos. Eu precisava pensar como um adulto responsável de agora em diante, como mãe. Precisava protegê-la, mantê-la a salvo de perigos futuros.

Fui de carro até a delegacia, parando na metade do caminho para ligar para Erin e lhe avisar que eu estava a caminho. Queria ter certeza de que seria com Erin que eu falaria, e tinha de me certificar de que conversaríamos a sós.

"Por que não é *ele* que é empurrado de cima da porra de um penhasco?" Lena estava se referindo a Sean Townsend ontem à noite. Ela acabara me contando tudo, como Sean havia se apaixonado por Nel e — Lena achava — como Nel tinha se apaixonado um pouco por Sean. Terminara há algum tempo — Nel dissera que as coisas haviam "seguido o seu curso", embora Lena não tivesse acreditado totalmente nela. De qualquer forma, Helen deve ter descoberto, ela deve ter se vingado.

Então foi minha vez de ficar revoltada: por que Lena não tinha dito nada antes? Sean era responsável pela investigação da morte de Nel, aquilo era completamente inadequado.

— Ele a amava — Lena havia protestado. — Isso não faz dele uma boa pessoa, o fato de ter tentado descobrir o que aconteceu com ela?

— Mas Lena, será que você não vê...

JULES

— Ele é uma boa pessoa, Julia. Como eu ia dizer alguma coisa? Eu o teria colocado numa encrenca e ele não merece isso. É um bom homem.

Erin não atendeu o celular, então deixei recado e segui direto para a delegacia. Estacionei do lado de fora e liguei outra vez, e mais uma vez ela não atendeu, então resolvi esperar por ela. Meia hora se passou e decidi entrar mesmo assim. Se Sean estivesse lá, eu daria uma desculpa qualquer, fingiria ter achado que o depoimento de Lena estava marcado para as nove e não para as onze. Pensaria em alguma desculpa.

No fim das contas, ele não estava. Nenhum dos dois estava. O homem da recepção disse que o detetive-inspetor Townsend ia passar o dia em Newcastle, e que não sabia ao certo do paradeiro da detetive-sargento Morgan, embora não tivesse a menor dúvida de que ela chegaria a qualquer minuto.

Voltei para o carro. Tirei a sua pulseira do bolso — eu a colocara num saco plástico para protegê-la. Para proteger o que quer que estivesse nela. As chances de haver uma impressão digital ou DNA dentro de algum de seus elos eram escassas, mas escasso já era alguma coisa. Escasso era uma possibilidade, uma chance de resposta. Nickie disse que você estava morta porque tinha descoberto alguma coisa a respeito de Patrick Townsend; Lena disse que você estava morta porque tinha se apaixonado por Sean e ele por você, e que Helen Townsend, a enciumada e vingativa Helen, não toleraria uma coisa dessas. Não importava para onde eu me virasse, eu via Townsends.

Metaforicamente. Literalmente falando, eu via Nickie Sage me assomando, enorme, no retrovisor. Vinha com seu caminhar arrastado atravessando o estacionamento, dolorosamente lenta, o rosto cor-de-rosa por baixo do chapéu grande e molengo. Alcançou a traseira do meu carro, encostou-se nele e eu podia ouvir sua respiração difícil pelo vidro aberto.

— Nickie. — Saltei do carro. — Você está bem? — Ela não respondeu. — Nickie? — De perto, parecia estar nas últimas.

— Preciso de uma carona — disse, ofegante. — Estou andando há horas.

Eu a ajudei a entrar no carro. Suas roupas estavam encharcadas de suor.

— Onde você estava, Nickie? O que estava fazendo?

EM ÁGUAS SOMBRIAS

— Estava andando — disse ela, o peito chiando. — Lá perto da casa dos Wards. Escutando o rio.

— Você sabe que o rio passa bem na frente da sua porta, não sabe?

Ela balançou a cabeça.

— Não é o mesmo rio. Você acha que é tudo a mesma coisa, mas ele muda. Tem um espírito diferente por lá. Às vezes, a gente precisa andar um pouco para conseguir escutar a sua voz.

Dobrei à esquerda um pouco antes da ponte, indo em direção à praça.

— Aqui, não é? — Ela fez que sim, ainda buscando ar. — Talvez você devesse pedir uma carona a alguém da próxima vez que resolver passear.

Ela se recostou no banco e fechou os olhos.

— Está se oferecendo? Não imaginei que fosse permanecer aqui muito mais tempo.

Ficamos sentadas um pouco no carro depois que chegamos ao prédio dela. Não tive coragem de fazer Nickie saltar logo e subir aquelas escadas, então, em vez disso, fiquei ouvindo os argumentos dela de por que eu deveria ficar em Beckford, por que seria bom para Lena ficar perto da água, por que eu não ouviria mais a voz da minha irmã se fosse embora.

— Eu não acredito nessa coisa toda, Nickie — avisei.

— É claro que acredita — devolveu ela, zangada.

— Tá. — Eu não ia discutir. — Então. Você estava lá perto da casa dos Wards? É lá que Erin Morgan está hospedada, não é? Você a viu?

— Vi, sim. Ela tinha ido correr em algum lugar. Aí saiu correndo para outro lugar, provavelmente para ir bater na porta errada. Não parava de falar de Helen Townsend, mesmo eu tendo dito a ela que não era com Helen que deveria se preocupar. Mas ninguém me ouve. *Lauren*, eu disse, não *Helen*. Mas ninguém me ouve nunca.

Ela me deu o endereço dos Townsends. Deu o endereço e um aviso: "Se o velho achar que você sabe de alguma coisa, ele vai te machucar. Precisa ficar esperta." Eu não contei a ela a respeito da pulseira nem lhe disse que era ela, não Erin, que estava batendo na porta errada.

326

Erin

HELEN FICAVA ERGUENDO a vista em direção à janela como se estivesse esperando alguém aparecer.

— Está esperando que Sean volte? — perguntei a ela.

Ela balançou a cabeça.

— Não. Por que ele haveria de voltar? Está em Newcastle conversando com seus superiores sobre essa confusão toda do Henderson. Certamente que você sabia disso, não?

— Ele não me falou — confessei. — Deve ter esquecido. — Ela arqueou as sobrancelhas, demonstrando incredulidade. — Ele é mesmo um pouco distraído, não é? — continuei. As sobrancelhas subiram ainda mais. — Quer dizer, não que afete o trabalho dele nem nada assim, é só que, às vezes...

— Pare de falar — vociferou ela.

Ela era impossível de decifrar, dando verdadeiras guinadas que iam da cordialidade à exasperação, da timidez à agressividade; raivosa um instante e assustada no outro. Aquilo estava me deixando nervosa. Aquela mulher miúda, sem graça e inexpressiva sentada à minha frente estava me assustando porque eu não tinha *a menor ideia* do que ela ia fazer em seguida — se ia me oferecer outra xícara de chá ou me atacar com a faca.

Ela chegou a cadeira para trás de repente, os pés arrastando no piso, levantou-se e foi até a janela.

— Já faz séculos que ele saiu — disse ela baixinho.

— Quem? Patrick?

EM ÁGUAS SOMBRIAS

Ela me ignorou.

— Ele sai para caminhar pela manhã, mas, normalmente, não por tanto tempo. Ele não está bem. Eu...

— Quer sair para procurá-lo? — perguntei. — Posso ir com você, se quiser.

— Ele vai até aquela casa quase todos os dias — disse ela, falando como se eu não estivesse ali, como se não pudesse me ouvir. — Eu não sei por quê. Era lá que Sean costumava levá-la. Era lá que eles... Ah, não sei. Não sei o que fazer. Eu nem sei mais o que é certo.

Ela cerrou o punho direito e uma mancha vermelha brotou no imaculado curativo branco.

— Fiquei tão feliz quando Nel Abbott morreu — disse ela. — Todos ficamos. Foi um alívio imenso. Mas durou pouco. Muito pouco. Porque agora não consigo deixar de me perguntar se não acabou nos causando ainda mais problemas. — Ela se virou, enfim, para me encarar. — Por que você está aqui? E, por favor, não minta, porque hoje eu não estou podendo. — Ela levou a mão ao rosto e, ao enxugar a boca, o sangue borrou seus lábios.

Procurei o celular dentro do bolso e o peguei.

— Acho que é hora de eu ir andando — avisei, me levantando devagar. — Eu vim aqui conversar com Sean, mas já que ele não está...

— Ele não é distraído, sabe — disse ela, dando um passo para a esquerda, se colocando entre mim e o caminho até a porta da frente. — Ele tem ausências, mas isso é diferente. Não, se ele não lhe disse que ia a Newcastle é porque não confia em você, e, se ele não confia em você, não tenho certeza se eu deveria. Só vou lhe perguntar mais uma vez — avisou ela —, por que está aqui?

Eu assenti com a cabeça fazendo um esforço consciente de baixar os ombros, de ficar relaxada.

— Como eu já disse, quero conversar com Sean.

— Sobre?

— Sobre uma alegação de conduta imprópria — respondi. — Sobre o relacionamento dele com Nel Abbott.

Helen deu um passo na minha direção e eu senti uma onda de náusea quando a adrenalina chacoalhou minhas entranhas.

328

ERIN

— Vai haver consequências, não vai? — perguntou ela com um sorriso triste no rosto. — Como pudemos imaginar que não haveria?

— Helen — comecei —, eu só preciso saber...

Ouvi a porta da frente bater e dei um passo para trás, me distanciando dela rapidamente enquanto Patrick entrava no ambiente.

Por um instante, nenhum de nós disse nada. Ele olhou fixamente para mim, os olhos nos meus, a mandíbula travada, enquanto tirava o casaco e o pendurava no encosto da cadeira. Então virou a atenção para Helen. Notou a mão ensanguentada e imediatamente se agitou.

— O que foi que aconteceu? Ela fez alguma coisa com você? Minha querida...

Helen ruborizou e algo na boca do meu estômago se remexeu.

— Não foi nada — respondeu ela, imediatamente. — Não foi nada. Não foi ela. Minha mão escorregou enquanto eu picava cebola...

Patrick olhou para a outra mão dela, para a faca que ainda segurava. Tirou-a com todo o cuidado.

— O que ela está fazendo aqui? — perguntou ele, sem olhar para mim.

Helen inclinou a cabeça para o lado, olhando do sogro para mim e outra vez para ele.

— Ela está me fazendo perguntas — respondeu ela — sobre Nel Abbott. — Engoliu em seco. — Sobre Sean. Sobre a conduta profissional dele.

— Eu só preciso esclarecer um detalhe, processual, relacionado ao modo como a investigação vem sendo conduzida.

Patrick não parecia interessado. Sentou-se à mesa da cozinha sem olhar para mim.

— Você sabe por que mandaram ela para cá? — perguntou a Helen. — Eu andei me informando, ainda tenho contatos, claro, e conversei com um dos meus antigos colegas de trabalho lá de Londres. Ele me contou que esta bela detetive foi retirada da posição que ocupava na polícia metropolitana por ter seduzido uma pessoa mais jovem no trabalho. E não só uma pessoa qualquer: uma mulher! Dá para imaginar uma coisa dessas? — A gargalhada seca se

329

transformou numa aflitiva tosse de fumante. — E cá está ela, perseguindo o Sr. Henderson, quando é culpada da mesma coisa. Abuso de poder para a própria satisfação sexual. E continua empregada. — Ele acendeu um cigarro. — Aí ela vem aqui e diz que quer falar sobre a conduta profissional do meu filho!

Por fim, ele olhou para mim.

— Você devia ter sido expulsa da polícia e ponto, mas, como é mulher, como é *sapatão*, deixaram você se safar. Isso é o que chamam de *equidade*. — Ele riu com escárnio. — Dá para imaginar o que aconteceria se fosse com um homem? Se Sean fosse pego dormindo com um dos seus subalternos, estaria no olho da rua.

Cerrei os punhos para fazer com que as mãos parassem de tremer.

— E se Sean estivesse dormindo com uma mulher que acabou morta? — perguntei. — O que o senhor acha que aconteceria com ele, então?

Ele é rápido para um velho. Estava de pé, a cadeira caindo no chão com um estrondo, e com a mão no meu pescoço no que pareceu ser menos de um segundo.

— Muito cuidado com essa boca, sua vagabunda imunda — sussurrou ele, soltando um bafo azedo na minha cara. Eu lhe dei um belo empurrão no peito e ele me largou.

Deu um passo atrás, os braços paralelos ao corpo, os punhos cerrados.

— Meu filho não fez nada de errado — disse ele, baixinho. — Assim, se você arrumar alguma encrenca para ele, mocinha, eu arrumo outra para você. Está me entendendo? E ainda vai receber a sua parte com juros.

— Papai — disse Helen. — Já chega. Você a está deixando assustada.

Ele se virou para a nora com um sorriso.

— Eu sei, querida. É proposital. — Ele olhou para mim outra vez e voltou a sorrir. — Com essas daí, é a única coisa que entendem.

Jules

ESTACIONEI AO LADO da trilha que leva à propriedade dos Townsends. Não era preciso, havia espaço suficiente para estacionar no pátio deles, mas achei que era o certo a fazer. Eu tinha a sensação de que aquela deveria ser uma missão clandestina, como se eu devesse surpreendê-los. A persona destemida, aquela que surgira no dia em que eu enfrentara o meu estuprador, estava de volta. Com a pulseira no bolso, caminhei com passos decididos rumo ao pátio ensolarado, as costas retas, resoluta. Eu viera em nome da minha irmã, para fazer um acerto de contas em nome dela. Estava decidida. Destemida.

Continuei sem medo até Patrick Townsend abrir a porta para mim, o rosto manchado de raiva, uma faca na mão.

— O que você quer? — perguntou ele.

Eu me afastei da porta dando dois passos para trás.

— Eu... — Ele estava prestes a bater com a porta na minha cara e eu estava assustada demais para dizer o que precisava. *Ele deu fim na mulher dele,* Nickie havia me dito. *E na sua irmã, também.* — Eu estava...

— Jules? — uma voz me chamou lá de dentro. — É você?

O que encontrei foi uma cena e tanto. Lá estava Helen, com sangue na mão e no rosto, além de Erin, tentando sem muito sucesso fingir que estava com a situação sob controle. Ela me cumprimentou com um sorriso alegre.

— O que a traz aqui? Era para nos encontrarmos na delegacia.

EM ÁGUAS SOMBRIAS

— É, eu sei. Eu...

— Fale logo — resmungou Patrick. Minha pele formigava de calor, a respiração ficando difícil. — Vocês, Abbotts! Meu Deus, que família! — exclamou ele bem alto e golpeou a mesa com a faca. — Eu me lembro de você, sabia? Obesa, não era, quando mais nova? — Ele se virou para Helen. — Era uma coisinha gorda e asquerosa, ela. E os pais! Patéticos. — Minhas mãos tremiam quando ele se virou para me olhar outra vez. — Suponho que a mãe tivesse uma desculpa, porque estava morrendo, mas alguém tinha de ter controlado essas duas. Vocês viviam soltas, não era mesmo, você e sua irmã? E vejam só que ótimo resultado! Ela era mentalmente desequilibrada, e você... bem. Você é o quê? Burrinha?

— Já chega, Sr. Townsend — disse Erin. Ela me tomou pelo braço. — Vamos embora, vamos para a delegacia. Precisamos pegar o depoimento da Lena.

— Ah, sim, a menina. Essa vai pelo mesmo caminho da mãe, tem a mesma expressão imunda, a mesma boca suja, o tipo de rosto que dá vontade de dar um tapa...

— O senhor passa muito tempo pensando em fazer determinadas coisas com a minha sobrinha adolescente? — falei, bem alto. — Acha isso apropriado? — Minha ira foi de novo despertada e Patrick não estava preparado para aquilo. — Então? Passa? Velho nojento. — Eu me virei para Erin. — Na verdade, eu ainda não estou pronta para ir embora — avisei. — Mas que bom que você está aqui, Erin, acho bom, porque o motivo de eu ter vindo não foi para falar com *ele* — fiz um gesto brusco com a cabeça em direção a Patrick —, mas com *ela*. Com você, Sra. Townsend. — Com a mão trêmula, tirei o saquinho de plástico do bolso e o coloquei sobre a mesa, ao lado da faca. — Eu gostaria de lhe perguntar quando foi que tirou esta pulseira do braço da minha irmã?

Os olhos de Helen se arregalaram e eu soube que ela era culpada.

— De onde saiu essa pulseira, Jules? — perguntou Erin.

— Estava com Lena. Que a tirou de Mark Henderson. Que a tirou de Helen. Que, pela cara de culpa, deve ter tirado da minha irmã antes de matá-la.

Patrick começou a rir, uma risada latida — alta e falsa.

— Ela tirou de Lena, que tirou de Mark, que tirou de Helen, que tirou da fadinha que enfeitava a porra da árvore de Natal! Perdão, querida — ele se desculpou com Helen —, perdão pelo meu palavreado, mas é muita bobagem junta.

— Estava na sua sala, não estava, Helen? — Olhei para Erin. — Vai ter digitais, DNA, não vai?

Patrick deu outra risadinha, mas Helen parecia abalada.

— Não, eu... — disse ela, enfim, os olhos passando de mim para Erin e para o sogro. — Estava... Não. — Ela respirou fundo. — Eu a encontrei — afirmou. — Mas eu não sabia... Não sabia que era dela. Eu só... Só fiquei com a pulseira. Ia entregar para o achados e perdidos.

— Onde a encontrou, Helen? — perguntou Erin. — Na escola?

Helen olhou para Patrick, então outra vez para a detetive, como se tentasse decidir se a mentira iria colar.

— Acho que eu... Sim, foi isso. E, é... eu não sabia de quem era, então...

— Minha irmã usava essa pulseira direto — afirmei. — Tem as iniciais da minha mãe gravadas. Estou achando difícil acreditar que você não se deu conta do que se tratava, de que era importante.

— Eu não me dei conta, mesmo — disse Helen, embora a voz tenha saído fraca e o rosto estivesse ficando cada vez mais vermelho.

— É claro que ela não sabia! — gritou Patrick, de repente. — É claro que ela não sabia de quem era e de onde tinha saído. — Colocou-se ao lado da nora imediatamente, pousando uma das mãos em seu ombro. — Helen estava com a pulseira porque eu a deixei no carro dela. Descuido meu. Eu ia jogá-la fora, era a minha intenção, mas... Eu tenho andado meio esquecido. Eu ando esquecido, não ando, querida? — Helen não disse nada, nem se mexia. — Eu a deixei no carro — repetiu ele.

— Muito bem — começou Erin —, e de onde foi que *você* a tirou?

Ele olhou direto para mim quando respondeu:

— De onde acha que eu a tirei, sua imbecil? Eu a arranquei do pulso daquela piranha antes de jogá-la lá de cima.

Patrick

ELE A AMAVA fazia muito tempo, mas não tanto quanto no momento em que ela se pôs em sua defesa.

— Não foi isso que aconteceu! — Helen ficou de pé com um salto. — Não foi... Não! Nem pense em assumir a culpa disso, papai, *não* foi isso que aconteceu. Você não... você nem mesmo...

Patrick sorriu, estendendo a mão para ela. Helen a pegou e ele a puxou para mais perto. Ela era doce, mas não fraca, o seu recato, a simplicidade desconcertante era mais atraente do que qualquer beleza fácil. Ficou comovido com aquilo — sentiu o sangue fluir mais rápido, o velho coração bombear.

Ninguém disse nada. A irmã chorava baixinho, articulando palavras com a boca, sem emitir som. A detetive o observava, observava Helen, uma expressão de "eu sabia" no rosto.

— O senhor está...? — Ela balançou a cabeça, sem conseguir encontrar as palavras. — Sr. Townsend, eu...

— Vamos logo com isso! — Ele se sentiu subitamente irritado, desesperado para se ver livre da óbvia aflição daquela mulher. — Pelo amor de Deus, você é uma policial, faça o que tem que fazer.

Erin respirou fundo e deu um passo em sua direção.

— Patrick Townsend, você está preso sob suspeita do assassinato de Danielle Abbott. Não precisa dizer nada que...

— Sim, sim, sim, eu já sei — disse ele, cansado. — Eu sei disso tudo. Meu Deus. Mulheres como você nunca sabem quando parar de falar. — E se virou

PATRICK

para Helen. — Mas, você, minha querida, você sabe. Você sabe quando falar e quando se calar. Você diz a verdade, minha menina.

Ela começou a chorar e ele quis, mais que qualquer coisa, estar ao seu lado, no quarto lá de cima, uma última vez, antes de ser levado para longe dela. Beijou-a na testa e, antes de seguir a detetive porta afora, disse-lhe adeus.

Patrick nunca fora afeito ao misticismo, a pressentimentos ou palpites, mas, para ser sincero, andara com a sensação de que aquilo estava por vir: o acerto de contas. A rodada final. Tivera a sensação muito antes de arrastarem o corpo gelado de Nel Abbott de dentro d'água, mas descartara aquilo como sendo um sinal da idade. Sua mente vinha lhe pregando muitas peças ultimamente, aumentando a intensidade das cores e dos sons de suas velhas recordações, distorcendo as bordas das mais recentes. Ele sabia que era o início de tudo, do longo adeus, que seria devorado de dentro para fora, do miolo até a casca. Sentia-se grato, pelo menos, por ainda ter tempo de cuidar das pontas soltas, de poder assumir o controle. Era, ele percebia agora, a única forma de salvar algo da vida que haviam construído, embora soubesse que nem todo mundo poderia ser poupado.

Quando o sentaram na sala de interrogatório da delegacia de Beckford, de início achou que a humilhação seria mais do que poderia suportar, mas ele aguentou. O que tornou as coisas mais fáceis, descobriu, foi a surpreendente sensação de alívio. Ele queria contar a sua história. Se era para vir à tona, então ele devia ser a pessoa a contá-la, enquanto ainda dispunha de tempo, enquanto a mente ainda lhe pertencia. Mais do que mero alívio, havia o orgulho. Durante toda a vida, uma parte sua desejara contar o que aconteceu na noite em que Lauren morreu, mas ele não havia sido capaz. Havia se segurado por amor ao filho.

Falou em frases curtas e simples. Foi claro. Expressou a intenção de fazer uma confissão completa dos assassinatos de Lauren Slater, em 1983, e de Danielle Abbott, em 2015.

Lauren foi mais fácil, claro. Era uma história objetiva. Tinham discutido em casa. Ela o atacara e ele havia se defendido e, durante o confronto, ela se ferira gravemente, demais para poder ser salva. Assim, tentando poupar o filho da verdade e — ele admitia — a si mesmo de uma sentença de prisão, ele a levou de carro até o rio, carregou seu corpo até o topo do penhasco e a atirou, já sem vida, dentro d'água.

A detetive-sargento Morgan o escutava educadamente, mas o interrompeu nesse ponto.

— Seu filho estava com o senhor na ocasião, Sr. Townsend? — perguntou ela.

— Ele não viu nada — replicou Patrick. — Era muito pequeno e estava assustado demais para compreender o que estava acontecendo. Ele não viu a mãe se machucar e não a viu cair.

— Ele não o viu atirá-la do penhasco?

Ele precisou reunir todas as suas forças para não saltar por cima da mesa e dar um soco nela.

— Ele não viu *nada*. Eu tive de colocá-lo no carro porque não podia deixar uma criança de 6 anos sozinha em casa no meio de um temporal. Se você tivesse filhos, entenderia isso. Ele não viu nada. Estava confuso, então eu contei a ele... uma versão da verdade que faria sentido. Que ele conseguiria compreender.

— Uma versão da verdade?

— Eu contei a ele uma história, é o que se faz com as crianças, com coisas que elas não são capazes de entender. Contei a ele uma história com a qual ele poderia lidar, que tornaria a vida dele possível de viver. Será que você não entende? — Por mais que ele tentasse, não conseguia impedir que a voz fosse aumentando de volume. — Eu não ia deixá-lo sozinho, ia? A mãe estava morta, e, se eu fosse para a cadeia, o que teria acontecido com ele? Que tipo de vida ele teria tido? Teria acabado sob os cuidados do Estado. Eu já vi o que acontece com crianças criadas sob os cuidados do Estado, não tem uma que não saia corrompida e pervertida. Eu venho protegendo meu filho — concluiu Patrick, o orgulho inflando o peito —, a vida dele toda.

A história de Nel Abbott foi, inevitavelmente, menos fácil de contar. Quando descobrira que Nel vinha conversando com Nickie Sage e levando a sério as alegações que esta fazia a respeito de Lauren, ele ficara preocupado.

PATRICK

Não que ela fosse procurar a polícia, não era isso. Ela não estava interessada em justiça nem nada assim, só estava interessada em criar uma sensação em torno de seu livro. O que o preocupou foi que ela pudesse contar alguma coisa perturbadora para Sean. Mais uma vez, estava protegendo o filho.

— É o que fazem os pais — observou ele. — Embora você talvez não saiba disso. Me contaram que o seu era um bêbado. — Ele sorriu para Erin Morgan, observando-a se encolher quando o golpe a atingiu. — Me disseram que tinha um gênio e tanto.

Ele contou que tinha combinado um encontro com Nel Abbott tarde da noite para conversarem sobre as acusações.

— E ela foi se encontrar com você no penhasco? — A sargento Morgan parecia perplexa.

Patrick sorriu.

— Você não a conheceu. Não tem noção do tamanho da vaidade, da presunção dela. Tudo o que precisei fazer foi sugerir que faria a reconstituição exata do que havia acontecido entre mim e Lauren. Eu mostraria a ela como os terríveis acontecimentos daquela noite haviam se desenrolado, exatamente ali, no local onde tinham ocorrido. Eu contaria a ela a história como nunca havia sido contada, ela seria a primeira a ouvi-la. Assim, uma vez que consegui que ela fosse até lá em cima, o resto foi fácil. Ela tinha bebido e seu equilíbrio estava prejudicado.

— E a pulseira?

Patrick se remexeu na cadeira e se forçou a encarar a detetive-sargento Morgan bem dentro dos olhos.

— Nós lutamos um pouco e eu agarrei o braço dela enquanto tentava se afastar de mim. A pulseira se soltou do seu pulso.

— O senhor a arrancou, foi isso que me disse mais cedo, não foi? — Ela consultou as anotações. — O senhor a arrancou "do pulso daquela piranha".

— Sim, eu estava com raiva, tenho de admitir. Estava com raiva por ela estar tendo um caso com meu filho, pondo em risco o casamento dele. Ela o seduziu. Até o homem mais forte e de moral mais elevada pode se ver prisioneiro de uma mulher que se oferece daquele jeito...

— De que jeito?

Patrick cerrou os dentes.

— Que oferece um tipo de prazer sexual que ele talvez não tenha em casa. É triste, eu sei. Acontece. Aquilo me deixou com raiva. O casamento do meu filho é muito sólido. — Patrick viu as sobrancelhas da sargento Morgan arqueando e, mais uma vez, precisou se controlar. — Isso me deu raiva. Eu arranquei a pulseira do pulso dela. Eu a empurrei.

PARTE QUATRO

Setembro

Lena

ACHEI QUE NÃO ia querer ir embora, mas não consigo olhar para o rio todos os dias, atravessá-lo a caminho da escola. Nem sinto mais vontade de nadar nele. Já está muito frio agora, de qualquer forma. Nós vamos para Londres amanhã, minhas malas estão quase prontas.

A casa vai ser alugada. Eu não queria isso. Não queria gente morando nos nossos quartos e salas, preenchendo os nossos espaços, mas Jules disse que, se a gente não alugasse, a casa podia acabar sendo invadida, ou então as coisas podiam começar a se deteriorar e não ia ter ninguém por perto para consertar, e eu também não gostei dessa ideia. Então, concordei.

Ela vai continuar sendo minha. Mamãe a deixou para mim, então, quando eu fizer 18 anos (ou 21, sei lá), vai ser minha de verdade. Aí eu venho morar aqui de novo. Eu sei que venho. Vou voltar para cá quando não doer tanto quanto agora, e quando eu não vir mais a mamãe em todos os lugares para onde olho.

Estou com medo de ir para Londres, mas estou mais acostumada com a ideia agora. Jules (não Julia) é um bocado esquisita, sempre vai ser; é fodida da cabeça. Mas eu também sou um pouco estranha e fodida da cabeça, então talvez a gente fique bem. Tem coisas que gosto nela. Ela cozinha e é cheia de cuidados comigo, reclama de eu fumar, me faz avisar aonde estou indo e quando vou voltar. Como fazem as mães dos outros.

EM ÁGUAS SOMBRIAS

De qualquer forma, ainda bem que vamos ser só nós duas, nada de marido e, imagino, nada de namorados ou coisa do tipo, e pelo menos quando eu for para a minha escola nova ninguém vai saber quem eu sou nem nada a meu respeito. Você pode se reinventar, disse Jules, o que eu achei meio nada a ver porque, tipo, o que é que tem de errado comigo? Mas entendo o que ela quis dizer. Cortei meu cabelo curto e estou diferente agora. Quando eu começar na minha escola nova em Londres, não vou mais ser a garota bonita de quem ninguém gosta, vou ser só uma garota comum.

Josh

LENA VEIO AQUI se despedir. Ela cortou o cabelo. Continua bonita, mas não tão bonita quanto antes. Eu disse que gostava mais quando ele era comprido e ela riu e disse que vai crescer de novo. Ela disse: "Vai estar comprido da próxima vez que você me vir." Isso me fez sentir melhor porque pelo menos ela acha que a gente vai se ver de novo algum dia, o que eu não tinha certeza se ia acontecer, porque ela vai estar em Londres agora e nós vamos para Devon, que não fica exatamente perto. Mas ela disse que também não é tão longe, só umas cinco horas, ou coisa assim, e daqui a alguns anos ela vai tirar carteira de motorista e vai me buscar e a gente vê em que tipo de encrenca consegue se meter juntos.

Ficamos no meu quarto um tempo. Foi meio esquisito porque a gente não sabia o que dizer um para o outro.

Perguntei se Lena tinha alguma notícia e ela meio que me olhou sem entender do que eu estava falando, e eu disse: "Sobre o Sr. Henderson." Ela fez que não com a cabeça. Não pareceu querer falar nisso. Tem rolado um monte de boatos — o pessoal da escola está dizendo que ela matou ele e que o empurrou para dentro do mar. Eu acho que é mentira, mas, mesmo se não for, eu não a culparia.

Eu sei que a Katie ficaria muito triste se alguma coisa acontecesse com o Sr. Henderson, mas ela não sabe de nada, né? Não existe essa coisa de vida após a morte. Só o que importa são as pessoas que ficam, e eu acho que as

EM ÁGUAS SOMBRIAS

coisas estão melhores. Mamãe e papai não estão felizes, mas estão melhorando, estão diferentes de antes. Aliviados, talvez? Como se não tivessem mais que se perguntar por quê. Eles têm algo para apontar e dizer: é isto, este é o motivo. Eles têm *algo no que se apegar*, foi o que alguém disse, e eu entendo, mesmo achando que nada disso nunca vai fazer sentido para mim.

Louise

As MALAS ESTAVAM no carro, as caixas, etiquetadas, e pouco antes do meio-dia eles entregariam as chaves. Josh e Alec resolveram dar uma volta rápida por Beckford, para se despedir, mas Louise ficara em casa.

Alguns dias eram melhores que outros.

Louise ficara para se despedir da casa onde a filha havia morado, o único lar que ela havia conhecido. Tinha de se despedir da tabela de baixo da escada na qual marcara as alturas dos filhos, do degrau de pedra no jardim onde Katie caíra e machucara o joelho e onde Louise tivera de enfrentar, pela primeira vez, a constatação de que a filha não seria perfeita, que teria marcas, cicatrizes. Tinha de se despedir do quarto onde ela e a filha tinham se sentado e conversado enquanto Katie secava os cabelos e passava batom e dizia que iria à casa de Lena mais tarde e será que tudo bem se dormisse por lá? Quantas vezes, ela se perguntou, aquilo teria sido mentira?

(O que a mantinha acordada à noite — uma das coisas — era aquele dia à beira do rio quando ficara tão mexida, tão comovida em ver lágrimas nos olhos de Mark Henderson quando ele lhe dera os pêsames.)

Lena viera se despedir e trouxera com ela o manuscrito de Nel, as fotos, as anotações, um pendrive com todos os arquivos de computador.

— Faça o que quiser com isso — disse ela. — Queime se quiser. Eu não quero nunca mais olhar para nada disso.

Louise ficou satisfeita por Lena ter vindo e mais satisfeita ainda por nunca mais ter de voltar a vê-la.

EM ÁGUAS SOMBRIAS

— Acha que consegue me perdoar? — perguntara Lena. — Algum dia?

E Louise disse que já havia perdoado, o que era uma mentira, dita por gentileza.

A gentileza era o seu novo projeto. Esperava que fosse mais benéfico para a alma do que a raiva. De qualquer modo, mesmo sabendo que nunca seria capaz de perdoar Lena — pela dissimulação, pelos segredos guardados, por simplesmente *existir* enquanto a própria filha não existia mais —, também não conseguia odiá-la. Porque, se uma coisa havia ficado clara, uma coisa pelo menos, se algo naquele horror todo não deixara a menor dúvida, era o amor de Lena por Katie.

Dezembro

Nickie

As malas de Nickie estavam prontas.

As coisas andavam mais calmas na cidade. Sempre fora assim com a chegada do inverno, mas muita gente também tinha ido embora de vez.

Patrick Townsend estava apodrecendo em sua cela na cadeia (rá!) e o filho fugira para encontrar alguma paz.

Boa sorte para ele com isso.

A Casa do Moinho estava vazia: Lena Abbott e a tia tinham viajado para Londres.

Os Whittakers também tinham partido — a casa ficou à venda pelo que pareceu ser menos de uma semana até chegar um pessoal com um Range Rover, três filhos e um cachorro.

As coisas também andavam mais calmas dentro da sua cabeça. Jeannie não vinha falando tão alto quanto antes, e, quando o fazia, era mais um bate-papo que uma bronca.

Ultimamente, Nickie vinha percebendo que passava menos tempo à janela olhando para fora e mais tempo na cama. Sentia-se muito cansada e as pernas doíam mais do que nunca.

Pela manhã, partiria para a Espanha, onde ia passar duas semanas sob o sol. Descanso e divertimento, era disso que precisava. O dinheiro chegara de surpresa: dez mil libras esterlinas de herança de Nel Abbott para uma certa Nicola Sage, moradora da Marsh Street, em Beckford. Quem teria imaginado uma coisa dessas? Mas, por outro lado, talvez Nickie não devesse ter se surpreendido, pois Nel fora, na verdade, a única pessoa que lhe dera ouvidos.

Pobre alma! Que grande bem isso lhe fizera.

Erin

VOLTEI LÁ UM pouco antes do Natal. Na verdade, nem sei dizer por que, a não ser pelo fato de ter sonhado com o rio quase todas as noites, e achei que uma ida a Beckford talvez pudesse exorcizar o demônio.

Deixei o carro perto da igreja e segui para o norte, partindo do poço, subi o penhasco, passei por alguns buquês de flores quase mortas envoltos em celofane. Percorri o caminho todo até a casa dos Wards. Estava arqueada e triste, com as cortinas fechadas e tinta vermelha espirrada na porta. Tentei a maçaneta, mas estava trancada, então dei meia-volta e fui triturando com meus passos a grama congelada até chegar ao rio, que estava azul-claro e silencioso, com uma bruma emergindo de dentro dele como um fantasma. Minha expiração pairava branca no ar à minha frente e as orelhas doíam de frio. Devia ter colocado um gorro.

Vim até o rio porque não havia outro lugar para ir, e ninguém com quem conversar. A pessoa com quem eu realmente queria falar era Sean, mas não conseguia encontrá-lo. Me disseram que tinha se mudado para um lugar chamado Pity Me, no condado de Durham — um lugar com um nome que significa "tenha piedade de mim" parece coisa inventada, mas não é. A cidade está lá, mas ele, não. O endereço que me forneceram acabou sendo de uma casa vazia com uma placa de "ALUGA-SE". Cheguei a entrar em contato com a penitenciária de Frankland, onde Patrick haverá de passar o resto de seus dias, mas me disseram que o velho não recebeu um único visitante desde que chegou

EM ÁGUAS SOMBRIAS

Queria pedir a Sean que me contasse a verdade. Achei que talvez fosse me contar, agora que não é mais da polícia. Achei que talvez pudesse me explicar como tinha levado a vida que levou, e responder se sabia o tempo todo sobre o pai enquanto investigava a morte de Nel. Não era tão improvável assim. Afinal, vinha protegendo o pai a vida toda.

O rio em si não ofereceu respostas. Quando, um mês antes, um pescador tirara um celular de dentro da lama no local onde suas galochas afundaram, eu tive esperança. Mas o telefone de Nel Abbott não nos revelou nada além do que já tínhamos descoberto por seus registros telefônicos. Se havia fotografias comprometedoras, imagens que explicariam o que permanecera sem explicação, não tínhamos como acessá-las — o telefone nem ligou, estava morto, a parte interna grudada e corroída pelo lodo e pela água.

Depois que Sean se foi, houve uma montanha de documentos a ser analisada, um inquérito, perguntas feitas e não respondidas sobre o que Sean sabia e desde quando, e por que aquela merda toda tinha sido tão malconduzida. E não só o caso de Nel, como o de Henderson também: como ele foi capaz de desaparecer sem deixar pistas bem debaixo do nosso nariz?

Quanto a mim, fiquei repassando na mente, sem parar, aquele último interrogatório com Patrick, a história que ele havia contado. A pulseira de Nel arrancada do pulso. A luta que tinham travado lá em cima antes de ele empurrá-la. Só que não havia hematomas nas partes do corpo em que ele disse tê-la segurado, não havia marcas no pulso, de onde ele arrancara a pulseira, nenhum sinal aparente de luta. Sem contar que o fecho da pulseira não estava quebrado.

Eu fiz essas observações à época, mas, depois de todos os acontecimentos, depois da confissão de Patrick e da demissão de Sean, com todo mundo tirando o seu da reta e tentando passar a responsabilidade adiante, ninguém ficou muito a fim de escutar.

Eu me sentei à margem do rio e tive a sensação que vinha tendo fazia um tempo: de que tudo isso, a história de Nel, a de Lauren e a de Katie, era um caso "a encerrar". Que, na verdade, eu não cheguei a ver tudo o que havia para ser visto.

Helen

HELEN TINHA UMA tia que morava nos arredores de Pity Me, ao norte de Durham. Tinha uma fazenda, e Helen se lembrava de tê-la visitado num certo verão, de ter alimentado burros com pedacinhos de cenoura e colhido amoras nos arbustos. A tia não estava mais lá; Helen não tinha certeza quanto à fazenda. A cidadezinha parecia mais decadente e pobre do que ela recordava e sem nenhum burro à vista, mas por ser pequena e anônima, ninguém prestava a menor atenção nela.

Tinha conseguido um emprego para o qual era superqualificada, e um pequeno apartamento térreo com um terraço nos fundos. Pegava o sol da tarde. Assim que chegaram à cidade, tinham alugado uma casa, mas isso só durara algumas semanas. Ao acordar certa manhã, viu que Sean tinha ido embora, então ela devolveu as chaves para o proprietário e começou a procurar outra vez.

Não havia tentado ligar para ele. Sabia que não ia voltar. Sua família estava desfeita, era o que ia acontecer sem Patrick, ele era a cola que os mantinha unidos.

Seu coração, também, estava estilhaçado de tantas maneiras que não queria nem pensar. Não tinha ido visitar Patrick. Sabia que não devia nem sentir pena dele — ele admitira ter matado a esposa, ter assassinado Nel Abbott a sangue-frio.

Não a sangue-frio, não. Isso não estava certo. Helen compreendia que Patrick via as coisas aos extremos, e que acreditava, acreditava sinceramente,

351

EM ÁGUAS SOMBRIAS

que Nel Abbott era uma ameaça à família deles, à sua união. E era. Então tomou uma providência. Fez aquilo por Sean, fez aquilo por ela. O que não é sinal de um sangue tão frio assim, é?

Mas, todas as noites, Helen tinha o mesmo pesadelo: Patrick segurando a gata dela debaixo d'água. No sonho, os olhos dele estavam fechados, mas os da gata permaneceram abertos, e quando o animal em luta virava a cabeça em sua direção, ela percebia que seus olhos eram verdes e brilhantes, exatamente como os de Nel Abbott.

Dormia mal e se sentia só. Alguns dias antes dirigira trinta quilômetros até a loja de jardinagem mais próxima para comprar um arbusto de alecrim. E mais tarde, no mesmo dia, foi até o abrigo de animais de Chester-le-Street para adotar um gato.

JANEIRO

Jules

É ESQUISITO EU me sentar a mesa do café todas as manhãs com uma versão sua de 15 anos na minha frente. Ela tem os seus mesmos maus modos à mesa e revira os olhos com a mesma intensidade que você revirava os seus quando chamo a atenção dela. Senta na cadeira com os pés enfiados por baixo do corpo, os joelhos ossudos se projetando para os lados, exatamente como você se sentava. Adota a mesma expressão sonhadora quando se perde na música, ou nos pensamentos. Não ouve. É voluntariosa e irritante. Canta, o tempo todo e fora do tom, igualzinho à mamãe. Tem a risada do nosso pai. Ela me dá um beijo na bochecha todas as manhãs antes de sair para a escola.

Não tenho como me redimir com você pelo que fiz de errado — minha recusa em escutá-la, minha ânsia em pensar o pior de você, minha incapacidade de ajudá-la quando você estava desesperada, até mesmo minha incapacidade de amá-la. Como não há nada que eu possa fazer por você, minha redenção terá de ser um ato de maternidade. Vários atos de maternidade. Eu não pude ser uma irmã para você, mas vou tentar ser uma mãe para sua filha.

No meu apartamento minúsculo, porém organizado, de Stoke Newington, ela promove o caos diariamente. Preciso de uma imensa força de vontade para não ficar ansiosa e em pânico com aquela confusão toda. Mas estou me esforçando. Eu me lembro da versão destemida de mim mesma que veio

EM ÁGUAS SOMBRIAS

à tona no dia que enfrentei o pai de Lena; eu gostaria que aquela mulher retornasse. Gostaria de ter mais daquela mulher em mim, mais de você em mim, mais de Lena. (Quando Sean Townsend me deixou em casa no dia do seu enterro, ele disse que eu era igual a você, e eu discordei, disse que era a antiNel. Eu costumava sentir orgulho disso. Não sinto mais.)

Tento curtir a vida que levo com sua filha, já que ela é a única família que eu tenho ou que terei. Eu a curto e me consolo com uma coisa: o homem que matou você vai morrer na cadeia e isso não vai demorar. Ele está pagando pelo que fez com a mulher, com o filho, e com você.

Patrick

PATRICK JÁ NÃO sonhava com a esposa. Ultimamente, vinha tendo um sonho diferente, no qual aquele dia na sua casa se desenrolava de maneira alternativa. Em vez de se confessar para a detetive, ele pegava a faca pontuda de cima da mesa e a enfiava no coração dela, e, quando terminava com a detetive, voltava-se para a irmã de Nel Abbott. A excitação do ato ia crescendo e crescendo até que, uma vez saciada, ele tirava a faca do peito da irmã, erguia os olhos e lá estava Helen, observando, lágrimas escorrendo pelo rosto e sangue pingando das mãos.

— Papai, não — dizia ela. — Você a está deixando assustada.

Quando acordava, era sempre no rosto de Helen que pensava, na sua expressão atormentada quando contou a elas o que havia feito. Sentia-se grato por não ter tido de testemunhar a reação de Sean. Quando o filho retornara a Beckford aquela noite, Patrick já havia feito sua confissão completa. Sean foi visitá-lo uma vez, enquanto ainda estava preso em caráter preventivo. Patrick duvidava que fosse voltar, o que lhe partia o coração, porque tudo o que tinha feito, as histórias contadas por ele e a vida que havia construído, tinha sido por Sean.

Sean

Eu NÃO SOU o que penso ser.

Eu não era quem pensava ser.

Quando tudo começou a rachar, quando eu comecei a rachar, com Nel dizendo coisas que não devia ter dito, eu mantinha o mundo em ordem ao repetir: *As coisas são do jeito que são, do jeito que sempre foram. Elas não podem ser diferentes.*

Eu era o filho de uma mãe suicida e de um bom homem. Enquanto fui o filho de uma mãe suicida e de um bom homem, eu me tornei policial; me casei com uma mulher decente e responsável, e tive uma vida decente e responsável. Era simples, era seguro.

Havia dúvidas, claro. Meu pai me contou que, depois que minha mãe morreu, eu não falei durante três dias. Mas eu tinha uma lembrança — o que eu pensava ser uma lembrança — de conversar com a gentil e doce Jeannie Sage. Ela me levou para a casa dela naquela noite, não levou? Não ficamos sentados comendo torrada com queijo? Eu não contei a ela que tínhamos todos ido até o rio de carro juntos? *Juntos?*, ela me perguntou. *Vocês três?* Eu achei melhor não falar mais nada a partir daí, porque não queria dizer o que não devia.

Eu achava que me lembrava de nós três no carro, mas meu pai disse que tinha sido um pesadelo.

No pesadelo, não foi a tempestade que me acordou, foi meu pai aos gritos. Minha mãe também, eles estavam dizendo coisas feias um para o outro. Ela:

SEAN

fracassado, bruto; ele: *vagabunda, piranha, mãe de merda.* Eu ouvi um estalo, um tapa. Em seguida, outros barulhos. E, logo depois, barulho nenhum.

Só a chuva, a tempestade.

Então uma cadeira arrastando no chão, a porta dos fundos se abrindo. No pesadelo, eu desci a escada bem quietinho e fiquei do lado de fora da cozinha, prendendo a respiração. Ouvi a voz do meu pai outra vez, mais baixa, resmungando. Outra coisa: um cachorro ganindo. Mas nós não tínhamos cachorro. (No pesadelo, eu me perguntava se meus pais estavam brigando porque minha mãe tinha trazido um cachorro de rua para casa. Era o tipo de coisa que ela faria.)

No pesadelo, quando me dei conta de que tinha ficado sozinho em casa, corri para fora e meus pais estavam lá, os dois, entrando no carro. Estavam me deixando, me abandonando. Entrei em pânico, saí correndo e gritando em direção ao carro e me enfiei de qualquer maneira no banco de trás. Meu pai me arrastou para fora, berrando e xingando. Eu me agarrei à maçaneta da porta, chutei, cuspi e mordi a mão dele.

No pesadelo, éramos três no carro: meu pai dirigindo, eu atrás e minha mãe no banco do carona, não sentada direito, mas jogada junto à porta. Quando fizemos uma curva fechada, ela se mexeu, a cabeça despencando para a direita de um jeito que consegui vê-la, o sangue na sua cabeça e na lateral do rosto. Vi que ela tentava falar, mas não conseguia entender o que dizia, as palavras soavam estranhas como se estivesse falando uma língua que eu não entendia. Seu rosto também me pareceu estranho, torto, a boca retorcida, os olhos revirando, só o branco à vista. A língua ficou pendurada para fora igual à de um cachorro; uma saliva rosa e espumosa escorria pelo canto da boca. No pesadelo, ela estendeu o braço e encostou na minha mão e eu fiquei apavorado, me encolhi no banco e me agarrei à porta tentando me afastar ao máximo dela.

Meu pai disse:

"Sua mãe estendendo a mão para encostar em você, isso foi um pesadelo, Sean. Não aconteceu. Igual àquela vez que você disse que se lembrava de ter comido arenque defumado em Craster com sua mãe e eu, mas acontece que

357

EM ÁGUAS SOMBRIAS

você só tinha três meses na época. Disse que se lembrava do fumeiro, mas só porque tinha visto uma foto. É a mesma coisa."

Isso fazia sentido. Não parecia certo, mas pelo menos fazia sentido.

Quando eu tinha 12 anos, me lembrei de outra coisa: me lembrei da tempestade, de correr em direção à chuva, mas dessa vez meu pai não estava entrando no carro, estava colocando mamãe dentro dele. Estava acomodando ela no banco do carona. Aquilo me veio com uma nitidez absurda, não me pareceu fazer parte do pesadelo, a transparência da lembrança pareceu diferente. Nela, eu estava com medo, mas era um pavor diferente, menos visceral do que o que senti quando minha mãe estendeu a mão para mim. Aquilo me incomodou, aquela memória, então perguntei ao papai.

Ele deslocou meu ombro me atirando contra a parede, mas foi o que aconteceu depois que ficou marcado na minha mente. Ele disse que precisava me ensinar uma lição, então pegou uma faca para filetagem e fez um corte preciso no meu pulso. Foi um aviso.

— Isso é para você se lembrar — disse ele. — Para você nunca esquecer. Se esquecer, da próxima vez vai ser diferente. Eu corto de outro jeito. — Ele colocou a ponta da lâmina no meu pulso direito, na base da minha palma, e foi arrastando a ponta lentamente em direção ao cotovelo. — Assim. Não quero discutir esse assunto outra vez, Sean. Você sabe disso. Já falamos sobre isso o suficiente. Nós não falamos da sua mãe. O que ela fez foi vergonhoso.

Ele me contou do sétimo círculo do inferno, onde os suicidas são transformados em arbustos espinhosos e devorados pelas harpias. Perguntei a ele o que era uma harpia e ele disse: "Sua mãe era uma." Aquilo era confuso: ela era o arbusto espinhoso ou a harpia? Pensei no pesadelo, pensei nela dentro do carro estendendo a mão para mim, na sua boca aberta e na baba sangrenta escorrendo dos lábios. Não queria que ela me devorasse.

Quando meu pulso ficou bom, descobri que a cicatriz era muito sensível e bastante útil. Toda vez que eu me pegava me desligando, eu a tocava e, na maioria das vezes, aquilo me trazia de volta.

Sempre houve uma falha sísmica ali, dentro de mim, entre a minha compreensão do que eu sabia ter acontecido, do que eu sabia que nós éramos, meu

SEAN

pai e eu, e a estranha e incerta sensação de que algo estava errado. Como o fato de os dinossauros não estarem na Bíblia, era uma coisa que não fazia o menor sentido e, no entanto, eu sabia que tinha de ser assim. Tinha de ser porque me foi dito que essas coisas eram verdade, tanto Adão e Eva *quanto* os brontossauros. Com o passar dos anos, houve deslocamentos ocasionais, e eu sentia a terra tremer acima da falha, mas o terremoto mesmo só veio quando conheci Nel.

Não no início. No início tudo girava em torno dela, de nós dois. Ela aceitou, com alguma decepção, a história que lhe contei, a história que eu conhecia como verdadeira. Mas, depois que Katie morreu, Nel mudou. A morte de Katie a deixou diferente. Ela começou a conversar mais e mais com Nickie Sage, e já não acreditava no que eu tinha lhe contado. A história de Nickie se encaixava bem melhor com a visão que Nel tinha do Poço dos Afogamentos, do lugar que ela havia evocado, um local para mulheres perseguidas, problemáticas e desajustadas que haviam infringido os decretos patriarcais, e meu pai era a personificação de tudo isso. Ela me disse acreditar que meu pai tivesse matado minha mãe e a falha sísmica só fez aumentar; tudo se deslocou e, quanto mais se deslocava, mais aquelas imagens estranhas voltavam, de início como pesadelos, depois como lembranças.

Ela vai puxá-lo para baixo, disse meu pai quando descobriu sobre mim e Nel. Ela fez mais que isso. Ela me desfez. Se eu desse ouvidos a ela, se acreditasse na história que contava, eu já não seria o filho trágico de uma mãe suicida e de um homem de família honrado, eu seria o filho de um monstro. Mais do que isso, pior que isso: eu seria o garoto que viu a mãe morrer e não disse nada. Eu seria o garoto, o adolescente, o homem que protegia o assassino dela, que morava com o assassino dela e que o amava.

Achei esse um homem difícil de ser.

Na noite em que ela morreu, nos encontramos na casa dos Wards, como havíamos feito antes. Eu me perdi. Ela queria tanto que eu chegasse à verdade, disse que isso me libertaria de mim mesmo, de uma vida que eu não queria. Mas ela também estava pensando em si mesma, nas suas descobertas e no que isso significaria para ela, para o seu trabalho, para a sua vida, para aquele lugar dela. Isto, acima de qualquer outra coisa: aquele lugar dela já não era um local de suicídios. Era um lugar onde as pessoas se livravam de mulheres problemáticas, encrenqueiras.

Caminhamos de volta à cidade juntos. Fazíamos isso com frequência — desde que meu pai nos descobrira na casa dos Wards, eu não estacionava mais o carro do lado de fora, eu o deixava na cidade. Ela estava inebriada pela bebida, pelo sexo e pelo propósito renovado. Você precisa se lembrar, ela me disse. Precisa ficar lá em cima e olhar para o precipício e se lembrar, Sean. Do jeito que aconteceu. Agora. À noite.

Estava chovendo, eu disse a ela. Quando ela morreu, estava chovendo. O céu não estava aberto como hoje. A gente devia esperar chover.

Ela não quis esperar.

Ficamos em cima do penhasco olhando para baixo. Eu não vi tudo daqui, Nel, falei. Eu não estava aqui. Estava no meio das árvores, lá embaixo, não dava para ver nada. Ela estava na beira do penhasco, de costas para mim.

Ela gritou?, Nel me perguntou. Quando ela caiu, você ouviu alguma coisa?

Fechei os olhos e a vi no carro, estendendo a mão para mim, e quis fugir dela. Eu me encolhi, mas ela continuou se aproximando, e eu tentava afastá-la para longe de mim. Com as duas mãos na base da coluna de Nel, eu a empurrei.

Agradecimentos

A fonte deste rio em especial não é tão fácil de encontrar, mas o meu primeiro obrigada vai para Lizzy Kremer e Harriet Moore, provedoras de ideias peculiares e de opiniões fortes, listas de leitura desafiadoras e apoio inexaurível.

Encontrar a fonte foi uma coisa, seguir o curso do rio, outra completamente diferente: obrigada às minhas editoras excepcionais, Sarah Adams e Sarah McGrath, por me ajudarem a encontrar o caminho. Obrigada, também, a Frankie Gray, Kate Samano e Danya Kukafka, por todo o seu apoio editorial.

Obrigada a Alison Barrow, pois sem a sua amizade e conselhos eu talvez não tivesse sobrevivido aos últimos dois anos.

Pelo seu apoio e encorajamento, recomendações de leitura e ideias brilhantes, obrigada a Simon Lipskar, Larry Finlay, Geoff Kloske, Kristin Cochrane, Amy Black, Bill Scott-Kerr, Liz Hohenadel, Jynne Martin, Tracey Turriff, Kate Stark, Lydia Hirt e Mary Stone.

Pelos seus impressionantes e lindos layouts de capa, obrigada a Richard Ogle, Jaya Miceli e Helen Yentus.

Obrigada a Alice Howe, Emma Jamison, Emily Randle, Camilla Dubini e Margaux Vialleron, por todo o empenho em garantir que este livro possa ser lido em dezenas de línguas diferentes.

Obrigada a Markus Dohle, Madeleine McIntosh e Tom Weldon.

Pelos insights profissionais, obrigada a James Ellson, ex-funcionário do departamento de polícia da grande Manchester, e à professora Sharon

EM ÁGUAS SOMBRIAS

Cowan, da Faculdade de Direito de Edimburgo — desnecessário dizer que quaisquer erros jurídicos ou processuais são inteiramente de minha autoria.

Obrigada às irmãs Rooke de Windsor Close, por uma vida inteira de amizade e inspiração.

Obrigada ao Sr. Rigsby, por todos os conselhos e críticas construtivas.

Obrigada a Ben Maiden, por manter meus pés no chão.

Obrigada aos meus pais, Glynne e Tony, e ao meu irmão Richard.

Obrigada a cada um dos meus amigos tão pacientes.

E obrigada a Simon Davis, por tudo.

Este livro foi composto na tipologia Minion Pro
Regular, em corpo 11/16, e impresso em
papel off-white no Sistema Cameron da
Divisão Gráfica da Distribuidora Record.